HEYNE <

TANJA KOKOSKA

Juli verteilt das Glück und findet die Liebe

Roman

WILHELM HEYNE VERLAG
MÜNCHEN

MIX
Papier aus verantwortungsvollen Quellen
FSC® C083411
FSC www.fsc.org

Verlagsgruppe Random House FSC® N001967

Originalausgabe 12/2018

Printed in Germany
Redaktion: Susann Rehlein
Umschlaggestaltung: ZERO Werbeagentur unter Verwendung
von mauritius images / dieKleinert / Ann-Kathrin Busse
Satz: Vornehm Mediengestaltung GmbH, München
Druck und Bindung: CPI books GmbH, Leck
ISBN 978-3-453-42253-7

www.heyne.de

Für den Mann.
Für immer.

ZUM GLÜCK MUSSTE Juli nicht niesen. Sie balancierte in der Speisekammer auf dem kleinen Schemel, fast auf den Zehenspitzen, und streckte sich bis ans oberste Regalbrett. Dort stand die Suppenschüssel. Juli nahm sie vorsichtig, beinahe andächtig, herunter und umschlang sie mit einem Arm. Dann hob sie den Deckel und senkte die Nase in das Porzellan, das blütenweiß war und kunstvoll verziert mit zarten Rosenknospen. Juli atmete tief ein: Mandeln, Vanille, gebräunte Butter. Sie seufzte. Der Duft war immer noch da. Aber er wurde schwächer. Juli ahnte, dass er eines Tages verschwinden könnte und dass sie dann selbst daran schuld sein würde. Als gäbe es nur eine bestimmte Menge Duft, von dem sie jedes Mal, wenn sie den Deckel hob, etwas aufbrauchte, bis er für immer verloren war. Das war ihre Angst, größer noch als damals die bei »Peter und der Wolf«. Diese Klänge würde sie nie vergessen, die Melodie der drei Hörner, die den Wolf ankündigten, dazu musste sie die Platte gar nicht mehr auflegen. Am meisten aber fürchtete sie sich vor etwas anderem.

Seit jeher hatten sie Weihnachtsplätzchen in dieser Suppenschüssel aufbewahrt, die Urgroßmutter, die Großmutter und die Mutter auch, Jahr um Jahr, und immer Spritzgebackenes, ein heller Mürbeteig, den sie durch den Fleischwolf drehten. Juli besaß ihn noch, diesen harmlosen Wolf, ein wuchtiges Ding aus Gusseisen, mit Handkurbel. Wie sie überhaupt fast alles behalten hatte, was je in dieses Haus gelangt war, das nur stand, weil die Urgroßmutter es vor mehr als siebzig Jahren nach dem Krieg wiederaufgebaut hatte, mit starkem Willen und bloßen Händen, wie sie gern gesagt hatte. Juli besaß die hauchdünnen Mokkatassen in der Vitrine. Das aufklappbare Nähkästchen mit den bunten Garnspulen. Die Garderobe in der Diele, die zu locker eingedübelt und deshalb ein bisschen windschief war, besonders, wenn man einen schweren Mantel daran aufhängte, dann fiel sogar mal ein Hut herunter. Aber Juli trug nur selten Hut. Sie besaß die Küchenwaage mit den kegelförmigen Gewichten. Die Waschmaschine, die im Bad spazieren ging und so donnernd schleuderte, dass man sich kaum unterhalten konnte. Aber Juli unterhielt sich nur selten.

Sorgfältig schloss sie den Deckel der Suppenschüssel, hob sie wieder auf ihren Platz auf dem obersten Regalbrett. Sie mochte das schabende Geräusch, das dabei entstand. Da läutete es an der Tür.

Juli erschrak. Sie erschrak immer, wenn es läutete. Sie wusste ja nicht, wer es war. Vielleicht der Briefträger oder jemand von der Volkszählung? Aber die letzte hatte es, Juli konnte sich kaum erinnern, in den Achtzigerjahren gegeben. Und der Briefträger kam nie so spät, das war doch das Gute an dem Beruf, dass man früh Feierabend hatte. Außerdem bekam Juli nur selten Post.

Sie stand noch immer reglos auf dem Schemel und horchte. In der Kammer war es kühl, dunkel und auch ein bisschen staubig. Aber Juli kannte sich hier aus. Nur mit Besuch, der läutete, kannte sie sich nicht aus, schon gar nicht, wenn sie Trost brauchte. Dann half bloß der Plätzchenduft, der in der Suppenschüssel war. Und Julis Angst-Almanach. Das war ein Notizbuch, so groß wie ein halbes Frühstücksbrettchen, mit dunkelblauem Einband und liniertem Papier. Jedes Mal, wenn ihr eine Angst begegnete, wurde die Sammlung um zwei, drei Zeilen reicher: ein Kind auf einem Friseurstuhl, das beim Anblick der Schere zu schreien begann. Ein Mann, der zitternd die Leiter an einem Apfelbaum emporstieg. Eine Frau, die aus einem Abflussschacht den Schwanz einer Ratte ragen sah, unfähig, daran vorbeizugehen.

Manchmal entdeckte Juli in ihrem alten, fünfundzwanzigbändigen Lexikon sogar den Fachbegriff: Platzangst (Agoraphobie), Angst in geschlossenen Räumen (Klaustrophobie), Angst vor Spinnen (Arachnophobie). Manchmal nicht. Dann schrieb sie einfach: »Die Angst, einem Schokoladenosterhasen die Ohren abzubeißen.« Oder: »Die Angst, beim Knopfannähen eine Nadel auf den Teppich fallen zu lassen und nicht wiederzufinden.« Oder: »Die Angst vor den drei Hörnern in ›Peter und der Wolf‹.« Und wenn sie durch den Almanach blätterte, war ihr das eine Beruhigung – wie viele Ängste gab es auf der Welt, da erschienen ihr die eigenen gleich etwas unbedeutender.

Vor dem Alleinsein fürchtete sich Juli nicht, im Gegenteil, sie war gern allein, besonders inmitten der Dinge in ihrer Wohnung, die altmodisch und gestrig sein mochten, an denen sie aber hing und die sie brauchte. Doch wenn es klingelte, war man in den meisten Fällen gleich nicht mehr allein.

Sie wartete. Wenn es etwas Wichtiges war, würde es noch einmal läuten, dachte sie, das war wie in der Kirche, dort läutete es auch mehrmals, wenn es wirklich wichtig war. Aber es regte sich nichts mehr.

Seit die Mutter gestorben war, im Mai, fast sieben Monate war das her, hatte Juli öfter Trost gebraucht. Sogar im Sommer, als die Sonne so ofenheiß gebrannt hatte, dass der Gedanke an Weihnachtsplätzchen selbst Juli absurd vorgekommen war, hatte sie Sehnsucht nach dem Duft gehabt. Sie allein würde dieses Jahr wohl keine backen, auch wenn es längst Zeit dafür war; in den Fenstern der Nachbarn leuchteten Schwibbögen und glitzerten Sterne aus Goldpapier, und der Christbaumhändler, der wie jedes Jahr an der Ecke zum Parkfriedhof stand, hatte die schönsten Tannen längst verkauft.

Alleine Spritzgebäck zu backen ist nicht dasselbe, dachte Juli, einer muss kurbeln und der andere den Teig in hübschen Kringeln und Kreisen und Achten auf das Blech legen. Alleine geht das nicht.

Ein Jahr und acht Monate hatte es gedauert, dann war die Mutter nicht mehr aufgewacht. Während das Leben aus ihr gewichen war, hatte sie auch tagsüber allein in dem großen Doppelbett gelegen, in dem schon die Großmutter und die Urgroßmutter geschlafen hatten, und Juli hatte gekocht, geputzt, die Kissen aufgeschüttelt. Und gelächelt hatte sie, bis die Mundwinkel schmerzten, denn wenigstens eine in diesem Haus hatte doch lächeln müssen. Nur wenn sie sicher gewesen war, dass die Mutter schlief, hatte Juli manchmal am Fenster gestanden und ernst in die Nacht geschaut.

Juli war weder groß noch klein. Genau einhundertsiebenundsechzig Zentimeter. Weder dick noch dünn. Genau einhundertvierunddreißig Pfund. Weder hässlich noch schön. Die Augen blank und federgrau, die Nase ein bisschen krumm, die Haut ein bisschen blass. Die dunklen Locken band sie zu einem kurzen Zopf. Im Frisiertisch der Mutter hatte sie einst ein rundes, flaches Farbdöschen entdeckt. Aber mit roten Wangen fand sie sich albern, wie das dralle Kind auf der Zwiebackschachtel. So blieb ihr Lächeln ungeschminkt. Nur ein feiner Schatten verdunkelte es, von dem sie nicht sagen konnte, woher er kam. Er war einfach da, so wie sie selbst, und gehörte zu ihr wie der kleine, kreisrunde Leberfleck rechts über der Lippe, der aussah wie hingemalt.

Bis Juli drei Jahre alt gewesen war, war sie kaum anderen Kindern begegnet. Im Haus hatte es keine gegeben, und die Mutter und die Großmutter hatten fast nie Besuch gehabt. Dann, als Juli in den Kindergarten gekommen war, hatte sie sich vor den anderen gefürchtet. Laut waren sie gewesen, sie hatten gelacht und gejohlt und Juli angefasst, sie hatten sie umgestoßen und ihr das Spielzeug weggenommen. Am dritten Tag im Kindergarten hatte Juli plötzlich zu schreien begonnen und nicht mehr aufgehört. So gellend und durchdringend, dass die Mutter es zu Hause hatte hören können, sogar bei geschlossenem Fenster, denn der Kindergarten war nur eine Straße entfernt gewesen. Als die Mutter gekommen war, um sie abzuholen, war Juli verstummt.

So war es drei Tage gegangen, dann hatte die Mutter beschlossen, dass ihre Tochter nicht mehr dorthin musste. Fortan war Juli daheimgeblieben, und viel lieber als in ihrer winzigen Kammer hatte sie auf dem Dielenboden in der Küche gesessen und lautlos und verträumt mit dem gespielt, was sie gerade fand: mit einer Garnspule, mit den Gewichten der Waage, mit der Fleischwolfkurbel. Der Mutter und der Großmutter war es nur recht gewesen – so hatten sie Zeit gehabt, sich um alles andere zu kümmern.

Als Juli drei Jahre später in die Schule kam, schrie sie nicht mehr. Aber sie sprach auch kaum. Sie war ein stilles, in sich gekehrtes Kind, das niemandem auffiel. Und weil das so war, machte sich auch kaum jemand die Mühe, sie zu loben oder zu hänseln. Das Stuckrelief an der Wohnzimmerdecke oder das Sprossenmuster im Glas der Haustür wurden ja auch nicht gelobt oder getadelt. Juli blieb für sich, saß allein in ihrer Schulbank und schwieg. In den meisten Fächern bekam sie trotzdem eine Drei, weil sie gute Arbeiten schrieb. Dafür musste sie ja nicht sprechen.

Geboren wurde sie im Februar 1979, es war ein Freitag, und es war so eisig, dass weiße Blumen an den Fensterscheiben wuchsen, draußen und auch drinnen. Die Mutter gab ihrem einzigen Kind den wärmsten Namen, der ihr einfallen wollte; wäre Juli ein Junge geworden, hätte sie August geheißen. Die Mutter war eine kränkliche Frau gewesen, schwach und bleich, die Hände immer kalt, und gegen ihr Ende hin wirkte es, als lösten ihre Konturen sich auf, als würde sie eins mit den steifen Kissen, auf denen sie lag. Juli hatte früh gelernt, für die Mutter zu sorgen und auch für sich selbst. Juli war Julis einzige Freundin, so gut das eben ging. Mit den Jahren ging es immer besser. Zum Beispiel mit Graupensuppe.

Niemand liebte Graupensuppe außer Juli, und niemand wusste, nicht mal sie selbst, warum das so war. Schon als Kind hatte sie am liebsten nur diese Suppe essen wollen, ob sie nun krank war oder nicht, und besonders gerne mit Bauchfleisch, aber nur vom Metzger Saltzmann. Der hatte sein Geschäft vier Häuser weiter, und Juli erinnerte sich noch genau, wie sie das erste Mal dorthin gegangen war. An der Hand der Mutter war sie drei Stufen hinaufgestiegen, und schon in der Tür hatte sie die Kälte gespürt, die aus dem Laden gekommen war. Diese Kälte hatte seltsam gerochen, metallisch und roh. Juli hatte zu den Hinterköpfen der Menschen aufgeschaut, die vor ihnen an der Reihe gewesen waren, und sich ausgemalt, wovor sie wohl Angst hatten. Vor Spritzen, vor Gewitter oder vor Kreide, die über eine Wandtafel schrammte. Sich das vorzustellen war gar nicht so einfach, wenn man den Menschen nicht in die Augen sah.

Das tat Juli heute noch. Ein- oder zweimal die Woche ging sie zum Metzger Saltzmann, kaufte hundertfünfzig Gramm Bauchfleisch, schaute auf Hinterköpfe und überlegte, ob die Frau mit der blondierten Turmfrisur, die gerade ein Pfund Kalbsgeschnetzeltes bestellte, niemals ins Varieté ging, weil sie fürchtete, einen Artisten vom Hochseil stürzen zu sehen. Oder ob der kahlköpfige Mann, der eine daumendicke Scheibe Leberkäse verlangte, niemals badete, weil er den Anblick seiner verschrumpelten Fingerkuppen nicht ertrug. Aber nie hatte Juli gewagt, jemanden zu fragen, ob es wirklich so war.

Jetzt nahm sie den Suppentopf aus dem Kühlschrank, stellte ihn auf den Herd und zündete die Flamme an. Sie goss

Milch in einen Becher und rückte ihn auf dem Küchentisch zurecht, genau neben die Serviette und den alten Silberlöffel, in den herrlich viel Suppe passte. Dann streichelte sie die Kerbe, die der Fleischwolf in das weiche Holz des Tisches gegraben hatte, dabei sah sie zum Fenster hinaus und fand den Mond, der halb im Himmel steckte wie ein weißer Knopf.

Neben dem Becher, der Serviette und dem Suppenlöffel stand die Weihnachtspyramide, auch die besaß Juli noch, ein hohes, hölzernes Gestell aus dem Erzgebirge, das zur Adventszeit gehörte, schon immer. Sie zündete die vier Kerzen an, und dann drehten sich Josef, Maria, das Jesuskind und der Ochse im Kreis, gemütlich sah das aus, und Juli schaute zu. Nur der Esel drehte sich nicht mit, eines Tages war er fort gewesen und nicht wieder aufgetaucht. An der Stelle, an der er all die Jahre gestanden hatte, glänzte noch etwas getrockneter Leim.

Die Suppe begann zu köcheln. Juli nahm einen Löffel davon, pustete hinein und probierte, dabei schlürfte sie, aber das störte keinen, denn außer ihr war ja niemand da. Dann tauchte sie drei Finger in die Schütte Salz und würzte noch ein bisschen nach.

Kaum hatte sie die erste dampfende Kelle über den Teller gehoben, läutete es wieder und nun sogar zweimal. Juli erschrak, denn sie erschrak immer, wenn es läutete. Aber wenn es zum zweiten Mal läutete und dann sogar doppelt, musste es wichtiger Besuch sein, obwohl Juli sich damit gar nicht auskannte.

Also goss sie die Suppe zurück in den Topf und trocknete die Hände an ihrem blauen Glockenrock. Wenn sie zur Tür wollte, und sie wollte jetzt zur Tür, dann musste sie durch den Flur. Dort lag eine Diele, die besonders schön knarrte, ein Knarren wie aus dem Bilderbuch, wenn es so etwas denn geben würde. Auf diese Diele trat Juli gern und freute sich an dem Knarren. Aber in dem Flur stand auch der Schrank, hoch und drohend. Er stand dort schon immer, seit Juli denken konnte. Und seit sie denken konnte, fürchtete sie sich vor ihm, eigentlich ohne Grund. Da war nur das Gefühl, als gingen mächtige Kräfte von ihm aus, als würde er sie, sobald sie ihn öffnete, in einen tiefen Schlund hineinzerren. Er war der Grund, weshalb Juli begonnen hatte, Ängste zu sammeln. Weil sie nicht verstand, wie man sich vor etwas so Harmlosem wie einem Schrank erschrecken konnte. Niemand sonst fürchtete sich davor, nicht die Mutter, nicht die Großmutter und auch nicht der Briefträger, wenn er, was kaum vorkam, ein Päckchen bis in die Wohnung brachte. Aber dann hatte Juli eines Tages auf der Straße einen Mann beobachtet, der es vermied, auf die Spalten zwischen den Pflastersteinen zu treten. Und dann hatte sie gedacht, dass sie mit ihrer sonderbaren Furcht vor einem Möbelstück vielleicht doch nicht allein auf der Welt war. Die zweite Zeile in ihrem Almanach lautete: »Die Angst, zwischen die Fugen zu geraten.« Und die erste: »Die Angst vor dem großen, dunklen Schrank, der bei uns im Flur steht.« Der Urgroßmutter hatte er gehört, und Juli hatte keine Vorstellung, was sich in ihm verbarg. Nie hatte sie ihn geöffnet, und sie wagte auch nicht, ihn fortbringen zu lassen, als fürchtete sie, er könne eines Tages dafür Rache nehmen. Wenn Juli zur Wohnungstür wollte oder musste, dann machte sie sich so klein, wie es ging, und duckte sich an ihm vorbei.

Dann stand sie vor der Tür und war wieder groß, genau einhundertsiebenundsechzig Zentimeter.

Sie sah den Schatten, der sich durch die Milchglasscheibe abzeichnete. Sie kannte diesen Schatten. Sie drehte den Schlüssel um, einmal, noch mal, und begrüßte Frau Jakobi.

»Guten Abend.«

Der Schatten war nicht schwer zu erkennen gewesen, denn Frau Jakobi hatte einen beträchtlichen Busen, den sie auch im Winter nicht gerade versteckte. Und langes, wild gelocktes Haar, das sie zu einer feuerroten Palme oben auf ihrem Kopf zusammenband. Eigentlich war ihr Haar gar nicht rot, sondern irgendwie blond. Aber Frau Jakobi strich eine Paste darauf, die die Haare rot färbte, obwohl sie grün war und nach Kuhmist roch. Eine merkwürdige Sache, besonders, weil Frau Jakobi sich vor Kühen fürchtete. Das war eine Angst, die in Julis Liste noch nicht vorkam, im Gegensatz zu der Furcht vor Katzen (Ailurophobie), vor Mäusen (Murophobie) und vor Fröschen (Bufonophobie). Die Angst vor Clowns allerdings, die Frau Jakobi seit ihrer Kindheit verspürte, teilte sie mit vielen anderen.

»Ich hoffe, ich störe nicht?« Frau Jakobi hatte zwar den Eindruck, dass es nichts gab, bei dem sie Juli wirklich hätte stören können, vor allem nicht, seit deren Mutter gestorben war. Aber sie war eben ein höflicher Mensch.

»Nein, ich wollte gerade Graupensuppe essen.«

»Ah.«

»Möchten Sie auch? Es ist genug da.«

»Oh nein, vielen Dank!« Frau Jakobi hob beide Hände, die Falten darin waren schwarz von Blumenerde. »Ich habe schon gegessen. Ich wollte Sie nur etwas fragen.«

»Ja?«

»Max ist krank geworden …«

»Oh weh. Und so kurz vor Weihnachten.«

»Es ist nur eine Grippe, er hat Fieber und muss im Bett bleiben. Aber ich kann ja den Laden nicht alleine lassen, und da dachte ich, vielleicht hätten Sie Zeit, die Blumenlieferung zu übernehmen?«

»Natürlich!«

Das war das Schöne an Blumen, man konnte Menschen damit überraschen, das machte Juli besonders gerne. Und sie war auch gut im Überraschen. Sie läutete nicht einfach und sagte: »Guten Tag, ich habe Blumen für Sie.« Sie läutete und sagte: »Guten Tag, ich habe eine Überraschung für Sie.« Und dann holte sie den Strauß mit Schwung hinter ihrem Rücken hervor, fast wie Zauberei sah das aus. So machte das nicht jeder, das musste man können.

Juli gehörte der Blumenladen im Erdgeschoss. Seit einiger Zeit führten Frau Jakobi und ihr Mann Max das Geschäft und wohnten auch dort, direkt nebenan lag ihre Wohnung, und das war praktisch. Denn manchmal machten Herr und Frau Jakobi eine Pause und saßen in der Stube bei einem Cappuccino. Und wenn die Ladenklingel ging, das Glockenspiel über der Tür, hörten sie es und taten so, als hätten sie nicht gerade Pause gemacht.

Juli gehörte jedoch nicht nur der Laden, sondern auch das ganze Haus. Es war zwar nicht sehr groß, über dem Geschäft gab es nur noch den ersten Stock, in dem sie selbst lebte, und einen Dachboden, den sie vielleicht einmal ausbauen würde. Aber das Haus war etwas Besonderes, mitten in der

Stadt mit ihren grauen Wohnblöcken aus den Sechzigerjahren. Juli mochte den roten Backstein, die braunen Schindeln und das holprige Steinpflaster, das in den Hinterhof führte. Dort standen zwei gläserne Pflanzenhäuser für Orchideen und Setzlinge.

Frau Jakobi war froh darüber, dass Juli ihre Verpächterin war. Mit ihr war alles anders. Die Mutter und die Großmutter hatten das Geschäft nie wirklich hergegeben, auch wenn sie so getan hatten, als ginge es sie nichts an, wie Frau Jakobi und ihr Mann das Schaufenster schmückten, wie sie putzten, wie sie die Sträuße banden. In Wahrheit aber hatten die Mutter und die Großmutter gemeint, es ginge sie sehr wohl etwas an. »Wir wollen uns ja nicht einmischen«, hatten sie dann zu Herrn und Frau Jakobi gesagt, »aber Freesien und Sonnenblumen passen nicht wirklich zusammen.« Oder: »Es ist ja Ihre Entscheidung, aber Zierkohl? Wir verkaufen doch kein Gemüse!« Oder: »Uns kann es ja egal sein, aber blaue Orchideen sind im Einkauf viel zu teuer.« Und schon gar nicht war ein anderer Name infrage gekommen, der Laden hieß, wie er immer geheißen hatte: Blumen Mahlo. So wie die Urgroßmutter, die ihn wiederaufgebaut hatte, mit starkem Willen und bloßen Händen.

Auf eine Weise hatte Frau Jakobi das verstanden, und auf eine andere Weise hatte es ihr sogar imponiert, so ein Haus voller Frauen, die den Laden zusammenhielten. Was hätten sie auch sonst tun sollen? Der Großvater war aus dem zweiten Krieg nicht zurückgekehrt und der Urgroßvater nicht aus dem ersten. Und der Vater, Julis Vater, war sehr krank gewesen, er starb, als sie noch ein Baby war. Ein Krebsgeschwür, bösartig und schnell, so hatten sie es Juli später erzählt.

Das tat Frau Jakobi leid. Aber sie tat sich selbst auch leid und eben ein bisschen mehr. Denn sie versuchte doch nur, genau das zu tun, was auch Julis Mutter und Großmutter getan hatten: Sie wollte ihr eigener Herr sein. Deshalb wäre es Frau Jakobi eigentlich nie in den Sinn gekommen, ausgerechnet eine Frau von Blumen Mahlo um Hilfe zu bitten. Aber Juli war anders, und so, wie sie jetzt strahlte, dachte Frau Jakobi, wäre es sogar möglich, dass sie Juli einen Gefallen tat und nicht umgekehrt.

»Wunderbar. Ich habe Ihnen die Liste mitgebracht, bisher sind es acht Aufträge, vor allem Weihnachtssterne.«

»Dann habe ich ja besonders schöne Mitfahrer.«

Frau Jakobi bedankte sich noch einmal, dabei schüttelte sie Juli kräftig die Hand, ihr Busen wogte, die Palme wackelte, und dann ging sie die Treppe hinunter zu ihrer Wohnung und zu ihrem Mann.

Juli stand in der Tür, sie ließ sie einen Spalt offen stehen, und zählte die Stufen, die Frau Jakobi nahm, zwölf, dreizehn, vierzehn … Dann hielt Frau Jakobi inne. Juli hörte, wie sie auf die Taschen ihrer Jeans klopfte, wie sie sich umdrehte und noch einmal klopfte. Wie sie vier Stufen wieder hinaufstieg, stehen blieb, noch einmal klopfte, hinunterging, zögerte, und wie sie dann die Treppe wiederum heraufkam.

Juli lächelte und verbarg ihre Hände hinter dem Rücken. Jetzt würde sie Frau Jakobi überraschen, denn Frau Jakobi war zwar noch nicht alt, im Gegenteil, sie war nur drei, vier Jahre älter als Juli, und sie war eifrig darin, noch jünger auszusehen. Aber sie war doch ein bisschen kopflos. Da hatten die Mutter und die Großmutter schon recht gehabt.

»Haben Sie sich mal wieder ausgesperrt?«, fragte Juli, bevor Frau Jakobi etwas sagen konnte. Und dann zauberte sie etwas hinter ihrem Rücken hervor, mit Schwung. Es war ein Schlüssel, der in die Tür vom Blumenladen passte.

»Dann müssen Sie nicht läuten. Bestimmt würde Ihr Mann erschrecken, wenn es jetzt läuten würde, denn er liegt sicher im Bett und schläft schon, wenn er doch Grippe hat. Ich nehme ihn morgen wieder mit.« Juli lachte. »Den Schlüssel. Ihren Mann natürlich nicht.«

Frau Jakobi lachte auch. Dabei wäre es gar keine schlechte Idee gewesen, hätte Juli mal wieder einen Mann mit nach Hause gebracht. Das hatte sie schon lange nicht mehr gemacht, es gab ja immer so viel zu tun.

Eines Abends, als Juli schon sechsundzwanzig gewesen war, da waren die Mutter und die Großmutter nicht zu Hause geblieben, sondern in der Operette gewesen, »Die Fledermaus« hatte es gegeben, und das war gut, denn die dauerte fast drei Stunden. Und in dieser Zeit hatte Juli mit einem Mann in dem schmalen Bett in ihrer winzigen Kammer gelegen. Martin hatte er geheißen, stattlich hatte er ausgesehen in seinem karierten Anzug, den er bei dieser Gelegenheit aber ausgezogen und sehr ordentlich über einen Stuhl gehängt hatte. Er hatte alle Filme geliebt, die Juli auch liebte, besonders »Sissi – Schicksalsjahre einer Kaiserin«. Juli hatte richtig geschwärmt für den Martin. Genug jedenfalls, dass er sie küssen durfte. Und an diesem Abend sogar noch mehr als sonst.

Schon oft hatte Juli sich vorgestellt, wie es wäre, mit einem Mann zu sein. Innig, hatte sie gedacht, innig müsste es sein und behutsam. Und der Mann wäre ein Mann von Welt, und er wüsste, was Juli gefiele, denn sie selbst wusste das gar nicht so genau. Aber Martin hatte vor allem gewusst, was ihm gefiel. Er hatte auf ihr gelegen und sich hastig bewegt, viel zu hastig, und sie hatte seine Augen nicht sehen können, weil er sie zugemacht und die ganze Zeit nicht wieder geöffnet hatte. Juli hatte nicht gewagt, etwas zu sagen, sie hatte nur still dagelegen und zugesehen, was er tat, und behutsam war es nicht. Nach einer Weile hatte Martin laut gestöhnt und war auf Juli zusammengesackt, und er war so schwer gewesen, dass sie hatte lachen müssen, obwohl sie kaum Luft bekam. Und das Lachen, das sich aus ihrem Bauch nach oben gekämpft hatte, hatte schal und trocken geschmeckt wie altbackenes Brot.

Martin hatte sich auf die Seite gedreht, und Juli hatte seinen Rücken gesehen und ein Ohr, das genauso rot gewesen war wie das Haar von Frau Jakobi. Darüber hatte sie noch ein bisschen weiterlachen müssen, und auf einmal hatte das Lachen nicht nur schal geschmeckt, sondern auch so geklungen. Martin hatte sie immer noch nicht angesehen, er hatte nur mit dumpfer Stimme in das Kissen gemurmelt, dass sie jetzt gehen müsse. Doch es war ja Julis Bett gewesen, in dem sie gelegen hatten, und deshalb war es Martin gewesen, der hatte gehen müssen. Juli hatte ihn nie wiedergesehen. Vielleicht hatte er den Esel von der Weihnachtspyramide mitgenommen.

So in Gedanken versunken, merkte Juli gar nicht, dass Frau Jakobi längst die Hand nach dem Blumenladenschlüssel ausgestreckt hatte.

»Dann gehe ich mal wieder.« Frau Jakobi nahm den Schlüssel und hob ihn zum Gruß in die Höhe.

»Gute Nacht«, sagte Juli, »und gute Besserung!« Sie schloss ab, einmal, zweimal. Im Treppenhaus machte es leise »Klack«, und das Licht war aus. Juli drehte sich um und sah den Schrank, der riesig und finster vor ihr aufragte. Sie starrte hinauf. Der Schrank war zwei Meter breit und fast drei Meter hoch, er füllte die Wand bis zur Decke aus, und Juli war so klein, sie wurde noch kleiner, wie sie so vor ihm stand und von seinem Schatten verschluckt wurde. Sie fühlte, wie die Angst ihren Nacken hinaufkroch wie eine schwarze Spinne, die aus dem Keller kam. Juli wusste, dass es kindisch war, sich vor einem Schrank zu fürchten. Aber dieses Wissen half nicht, die Angst war stärker.

Sie fröstelte. Doch dann musste sie an die Graupensuppe denken, die auf dem Herd stand, und schon wurde ihr ein bisschen wärmer. Sie machte einen Bogen um den Schrank, soweit der Flur das zuließ, und folgte dem Duft, der aus der Küche kam. Wenigstens hatte die Diele wieder so schön geknarrt.

* * *

HANS HABAKUK WAR der letzte Name auf ihrer Liste. Es hatte geschneit, Flocken, so groß wie Zuckerwürfel. Doch jetzt, am späten Nachmittag, als Juli den Lieferwagen in der Richard-Wagner-Straße parkte, hörte es endlich auf. Das Klingelschild war von innen beschlagen und der Name kaum zu lesen. Aber Juli hatte ihn trotzdem gefunden und auf den Knopf gedrückt, und nun wartete sie geduldig.

Es dauerte eine Weile, bis sich etwas tat, zuerst knarrte es in dem Kästchen, das an der Hauswand hing, und Juli hörte ein schwaches, blechernes »Ja?«. So klang ein Mensch, der den ganzen Tag noch nicht gesprochen hatte.

»Guten Tag, ich habe etwas besonders Schönes für Sie dabei«, sagte Juli in das Kästchen.

»Oh«, erwiderte Herrn Habakuks Stimme, und Juli spürte, dass ein kleines Lächeln darin war, »ich würde ja herunterkommen, aber ich wohne im vierten Stock, wissen Sie, und ich bin nicht mehr gut zu Fuß, ich fürchte mich davor zu fallen.«

Die Angst vor Treppen, notierte Juli im Kopf und fragte sich, ob man sie nur beim Hinuntergehen verspürte oder auch, wenn man hinaufstieg.

Herr Habakuk räusperte sich. Er hatte außerdem noch große Furcht vor Wildschweinen, aber das hatte er noch nie jemandem gesagt.

»Ich bringe es Ihnen gerne hoch«, antwortete Juli, und da ging auch schon die Tür auf.

Ordentlich säuberte sie ihre Stiefel an der Fußmatte, und dann trug sie den Weihnachtsstern, der in rotes Seidenpapier eingeschlagen war, die Stufen hinauf, so vorsichtig, als sei er aus Biskuitporzellan. Juli hörte das Echo ihrer Schritte, sie hallten an den gekachelten Wänden wider, und das gefiel Juli nicht, es erinnerte sie an das Schwimmbad, in dem sie als Kind hatte schwimmen lernen sollen. Eines Morgens waren sie in das tiefe Becken gegangen, in dem man mit den Füßen nicht mehr auf den Boden kam, nicht mal mit den Zehenspitzen. Der Lehrer hatte eine Trillerpfeife gehabt und gesagt, sie sollten alles genauso machen, wie sie es in dem flachen Becken gelernt hatten. Das hatte Juli auch getan, aber niemand hatte auf sie geachtet, so wie immer, und deshalb war es auch niemandem aufgefallen, als Juli plötzlich verschwunden war. Auf einmal hatte sie nicht mehr gewusst, wo oben und unten war, alles hatte gleich ausgesehen, eine gurgelnde, schwankende Welt. Sie war immer tiefer gesunken, und irgendwie hatte sich das sogar gut angefühlt, dieses langsame Sinken, und Juli hatte sich ihm hingegeben, diesem Gefühl zu fallen, lautlos und frei. Aber dann hatte sie keine Luft mehr bekommen, und ihr Körper hatte angefangen zu strampeln, wie wild mit Armen und Beinen, er machte das ganz von alleine, und Juli hatte Panik gespürt. Die Angst zu ersticken. Doch dann hatte sie die Schwimmbaddecke gesehen, die türkisblau gewesen war wie das Wasser, und da hatte sie gewusst, dass sie wieder atmen konnte.

So sollte es nicht in einem Wohnhaus sein, dachte Juli jetzt, als sie Stufe um Stufe hinaufstieg und dabei ein bisschen keuchte, und die Decke hing so tief wie eine Wolke im November. Wäre Herr Habakuk zwei Meter groß, müsste er sich immer krumm machen.

Aber Herr Habakuk war nicht zwei Meter groß, ganz und gar nicht, zumindest in der Höhe gelangte er mühelos durch seine Wohnungstür, trotz der Pelzmütze, die tief in seine Stirn gerutscht war, fast bis auf die Augenbrauen. Herr Habakuk trug auch noch einen Schal, einen Seemannspullover und noch einen, darüber eine grobe Strickjacke, der Knopf über dem Bauch hatte Mühe, das alles zusammenzuhalten. Und die Tür schien gar nicht breit genug zu sein, damit er in all diesen Kleiderschichten hindurchpasste. Die Hände aber waren zierlich, fast zart, so wie der Körper, der in der ganzen Wolle steckte. Herr Habakuk stützte sich auf einen Stock.

Juli war verwirrt. »Ist Ihnen kalt?«

Herr Habakuk lächelte gequält. »In diesem Haus funktioniert einfach gar nichts. Erst der Fahrstuhl und jetzt auch noch die Heizung.« Seine Stimme war heiser, in den Augen schimmerte ein trüber Glanz.

Vielleicht hat er Fieber, dachte Juli, Herr Jakobi hat ja auch welches.

»Sie bringen mir meinen Weihnachtsstern?«

»Woher wissen Sie das?« So geht das nicht, dachte Juli, so macht das Blumenliefern keinen Spaß.

Herrn Habakuks Lachen klang, als könne man damit Kartoffeln reiben. »Weil ich ihn mir selbst geschickt habe.«

»Ach?« Juli betrachtete das Paket in ihren Händen, das jetzt gar keine Überraschung mehr war.

»Das mache ich jedes Jahr.« Er blickte zu Boden, die Pelzmütze rutschte noch ein Stück tiefer in seine Stirn. »Nun ja, seit … seit ein paar Jahren jedenfalls.« Er hob den Kopf, und Juli konnte sehen, dass ein Gedanke ihn bekümmerte.

»Weihnachtssterne sind wirklich sehr schön«, versuchte sie ihn aufzumuntern und sich selbst gleich mit. »Wenn Sie möchten, bringe ich ihn noch hinein. Der ist nämlich auch ganz schön schwer.«

»Das würden Sie tun?« Herr Habakuk schaute ungläubig. »Aber nur, wenn es Ihnen keine Mühe macht.« Doch schon trat er zwei, drei Schritte zurück, damit Juli und der Weihnachtsstern an ihm vorbei durch die Tür kamen. »Gehen Sie einfach geradeaus durch.«

Dann stand Juli in Herrn Habakuks Wohnzimmer, es war groß und karg, und es roch nach nichts, was sonderbar war, weil es doch in allen Wohnungen irgendwie roch. Aber sosehr sie sich bemühte und Herrn Habakuks Wohnzimmerluft einatmete, sie konnte nichts riechen, nicht mal ein bisschen. Es gab einen Sessel und eine Kommode, darauf einen Fernseher. Es gab ein kleines Sofa, einen Tisch dazu, eine Vitrine, einen Teppich auf Linoleum. Und alles war grau, obwohl es gar nicht grau war.

Juli fror. Doch nicht vor Kälte, wenngleich es wirklich kalt war in Herrn Habakuks Wohnzimmer. Sie fror, weil es trostlos war.

Sie schaute auf den Fernseher, er zeigte Tiere im Zoo, aber ohne Ton, und wenn etwas Helles zu sehen war, etwa ein Eisbär auf einem Felsen, der wie ein Eisberg wirken sollte, dann wurde es auch in Herrn Habakuks Wohnzimmer ein bisschen heller. Und dann konnte Juli die drei Fotos erkennen, die an der Wand neben dem Fernseher hingen. Ein kleines Natursteinhaus. Ein Strand. Ein schneebedeckter Gipfel. An dem Strand stand eine Frau, sie blinzelte gegen die Sonne und lachte. Ein buntes Tuch bedeckte ihre Haare, man sah, dass es im Wind flatterte. Eine schöne Frau, dachte Juli.

»Teneriffa«, erklärte Herr Habakuk.

Juli drehte sich zu ihm um. »Es ist kalt.«

Er wies mit dem Stock auf die drei Bilder. »Dort sind es jetzt fünfundzwanzig Grad.«

Einen Moment standen sie so voreinander und schauten sich an, unschlüssig, was sie nun tun sollten. Herr Habakuk kratzte sich unter der Pelzmütze, nahm sie aber nicht ab. Und dann wusste Juli wieder, warum sie hier war. »Möchten Sie Ihren Weihnachtsstern selbst auspacken?«

»Nein, danke.« Herr Habakuk ließ sich in den Sessel fallen, er ächzte, und der Sessel ächzte auch. »Ich weiß ja, was drin ist.«

»Ich stelle ihn auf die Kommode, dann können Sie ihn von überall sehen.«

Doch Herr Habakuk hörte gar nicht zu, er war zu alt, um zwei Dinge auf einmal zu tun, und jetzt war er damit beschäftigt, die Wolldecke, die auf den Boden gefallen war, wieder auf seinen Knien auszubreiten.

»Warten Sie, ich helfe Ihnen.«

Juli konnte das gut, Zudecken, sie hatte die Mutter oft zugedeckt, und jetzt deckte sie Herrn Habakuk zu. Sie wollte die Decke sogar um seine Beine wickeln, aber das mochte er nicht, er wedelte mit einer zierlichen, zarten Hand und sagte mit seiner Kartoffelreibestimme, es sei ja schon gut, schon gut.

Juli stand auf und betrachtete den verpackten Herrn Habakuk, aber warm war ihm nicht, das sah sie genau. »So geht das nicht. Ich schau mal nach der Heizung.«

»Aber bitte, nein!« Herr Habakuk fuchtelte mit den Armen, und das war gar nicht so einfach mit dem Pullover und noch einem Pullover und der Strickjacke, und dann fiel die Wolldecke wieder herunter. »Das müssen Sie nicht, ehrlich nicht, ich komme allein zurecht, wirklich, das ist … das ist nicht nötig … Lassen Sie nur!«

Aber Juli achtete gar nicht auf Herrn Habakuk, auch das konnte sie gut. Wie oft hatte sie auch gar nicht auf die Mutter geachtet, wenn diese gemeint hatte, sie käme allein zurecht. Juli kniete vor der Heizung, legte ein Ohr daran und horchte.

»Die gluckert«, verkündete sie.

»Was? Wirklich?« Herr Habakuk lauschte in die Stille. »Ich höre nichts.«

»Doch, und wie die gluckert.« Juli erhob sich, sie wusste, was jetzt zu tun war. »Haben Sie so ein Ding?«

»Was für ein Ding?«

»So ein Ding, mit dem man die Heizung entlüften kann. Das sieht aus wie ein kleiner Schlüssel.«

»Ach so, ja, der ist irgendwo da in der Vitrine, glaube ich.«

Und das war eigenartig, denn die Vitrine war leer, bis auf ein einziges Fach, in dem Kaffeegeschirr stand, mit Goldrand und ordentlich aufgereiht, und staubig war es, so staubig wie Kaffeegeschirr war, das schon lange niemand mehr benutzt hatte. Juli dachte an die Vitrine, die bei ihr zu Hause in dem Raum stand, den die Mutter und die Großmutter immer »das mittlere Zimmer« genannt hatten, weil es zwischen Wohn- und Schlafzimmer lag. Es wurde nur benutzt, wenn Gäste da waren, aber es waren ja fast nie Gäste da gewesen. Mit Martin hatte Juli manchmal dort gesessen, jeder in einem Ohrensessel, obwohl es auch ein Sofa gab, auf dem man hätte nebeneinander sitzen können. Die Rückenlehnen waren steif und die Gespräche auch, und sie hatten Kaffee aus den Mokkatässchen getrunken, die Juli immer noch besaß. Sie hatte das nie gemütlich gefunden, viel lieber hätte sie mit Martin in der Küche am Tisch gesessen und die Fleischwolfkerbe gestreichelt und manchmal auch Martins Hand. Aber die Mutter und die Großmutter hatten das auch so gemacht, wenn sie einen Verehrer mit nach Hause gebracht hatten, so hatten sie das gesagt, Verehrer, und dass er bloß nicht zu schön sein durfte, mit schönen Männern hatte man nur Kummer. Juli hatte den Verdacht, dass sie heimlich hinter der Tür des mittleren Zimmers gestanden und gelauscht hatten, wenn sie mit Martin dort gesessen und Kaffee getrunken und nicht gewusst hatte, was sie reden sollte.

Der Heizungsschlüssel lag in einer Goldrandtasse, Juli pustete hinein und musste ein bisschen husten. Und dann sah sie etwas, ganz hinten in dem Fach, es war flach und hell wie Perlmutt. Juli zog es vorsichtig ein Stück zu sich heran. Es war ein Album aus Karton, und auf dem Einband stand in geschnörkelter Schrift: »Hans Habakuk, 1950«. Juli hob den Deckel etwas an, und dann erkannte sie, dass Bilder darin waren, die meisten schwarz-weiß, und handgeschriebene Notizen.

Herr Habakuk bemerkte es nicht, er saß noch immer in seinem Sessel und fuchtelte noch immer mit den Armen. »Machen Sie sich bloß keine Umstände!«

Juli hätte gar nicht sagen können, was das war, Umstände. Sie wusste nur, dass die Menschen, die davon sprachen, meistens etwas ganz anderes meinten. So wie die Mutter. Als sie gespürt hatte, dass sie auf Juli angewiesen war, hatte sie Julis Hilfe noch energischer verweigert.

Juli schob das Album wieder an seinen Platz, dann nahm sie den Schlüssel und eine Tasse und sagte: »Das haben wir gleich.« So sagten das die Handwerker auch immer, wenn sie etwas zu reparieren hatten, den Abfluss oder das Dach, sie schauten nur einmal darauf und sagten, das haben wir gleich.

Aus dem Heizungsventil kam ein Zischen, erst leise, dann lauter, und schließlich war es so laut, dass auch Herr Habakuk es hören konnte.

»Oh«, sagte er.

»Oha«, sagte Juli. »Da ist aber viel Luft drin.«

Es zischte weiter, dann kam ein Gurgeln, als würde ein leeres Fass im Meer versinken, das Zischen wurde leiser, noch leiser, und dann kam ein schwarzes, moderiges Rinnsal. Aber Juli wusste, das musste so sein. Sie drehte das Ventil wieder zu, legte eine Hand an das Rohr, das aus dem Boden kam, und wartete.

»Es wird warm!«

»Wirklich?« Herr Habakuk war so verblüfft, dass er die Pelzmütze abnahm.

»Ja, wirklich.« Juli strahlte. »War doch ganz einfach.«

Und da ging ein Leuchten über Herrn Habakuks Gesicht, kurz nur, als risse der Wolkenhimmel auf.

»Ich schau mal in den anderen Räumen nach, wenn es Ihnen recht ist.«

»Ja«, murmelte Herr Habakuk, »ja, äh, ich weiß nicht, ich meine, das wäre … das würden Sie für mich tun?«

»Das haben wir gleich.« Juli ging ins Bad, in die Küche und ins Schlafzimmer, auch dort zischte und gluckerte es, und dann wurde es warm. Nur Juli war immer noch so kalt wie zuvor. Aber jetzt im Bauch, es war, wie von innen zu frieren. Sie stand vor Herrn Habakuks Bett, einem Doppelbett, auf dem Kissen war noch der Abdruck von seinem Kopf zu sehen, die Decke lag am Fußende zu einem Bündel verknäult. Juli schüttelte das Kissen auf, das ging automatisch, sie dachte gar nicht darüber nach, und dann schüttelte sie auch die Decke auf und legte sie ordentlich hin. Auf der anderen Seite war keine Decke und auch kein Kissen, da war nur ein Laken, weißes Leinen, es wirkte nackt und stumpf. Juli stellte sich vor, wie Herr Habakuk im Schlaf nach einem Körper tastete, der nicht mehr neben ihm lag. Wie er morgens aufwachte und das Erste, was er sah, war diese Leere neben ihm.

Juli wusste, dass man Kraft brauchte, um das auszuhalten, so ein nacktes, stumpfes Laken. Dass es viel verlangt war, sich gegen die Einsamkeit zu stemmen. Wenn die Arme müde wurden und vor allem das Herz, dann war man verloren. Sie wusste, wie es war, wenn der Tod an ein Bett trat. Aber das war nicht das Schlimmste. Auch nicht das Schweigen, das er zurückließ. Das Schlimmste war das Schweigen, das ihn ankündigte. Juli hatte es auf dem Gesicht der Mutter gesehen, wie einen düsteren Schleier, der sich über ihre Züge gelegt hatte. Nie hatten sie über die Zeit gesprochen, in der sie mit Juli schwanger gewesen war. Und auch nicht über die Zeit davor. Juli hatte gespürt, welche Macht das Schweigen hatte und dass die Mutter nicht genug Kraft besaß, sich dagegenzustemmen. Auch deshalb hatte Juli nie nach dem Vater gefragt. Sie wusste, dass er ein paar Jahre älter als die Mutter gewesen und krank geworden war. Schon damals, als sie noch ein Baby gewesen war, war der Vater schwach gewesen. Einmal, so hatte es die Mutter erzählt, hatte er Juli fallen lassen, nicht aus großer Höhe, denn er hatte schon nicht mehr stehen können. Es war nichts weiter passiert, hatte die Mutter gesagt, nur eine Wunde am Kopf, die schnell verheilt war.

Vielleicht aber war Juli damals auch ein bisschen aus der Zeit gefallen.

Sie ging zurück ins Wohnzimmer. Herr Habakuk war aus dem Sessel aufgestanden, hielt die Pelzmütze in der Hand, und es sah aus, als stünde er vor einem Grab. Dabei betrachtete er nur den Weihnachtsstern.

Er hat noch Kraft, dachte Juli. Jemand, der sich selbst einen Weihnachtsstern schenkte, war noch nicht verloren. Obwohl die Möbel, die Wände, die tiefe Decke, sogar das Licht und die Luft, die nach nichts roch, obwohl das alles wirkte, als glaube Herr Habakuk, es geschähe ihm recht, das Verlorensein.

»Wie weich das ist.« Er strich vorsichtig über ein Blütenblatt.

»Ja.« Juli wusste nicht, was sie sonst hätte sagen sollen, wie damals, als sie neben Martin gesessen und sein Knie kurz ihr Knie berührte hatte. Sie sah nach draußen, das Fenster ging in einen kleinen, engen Hinterhof, die Wohnung gegenüber lag im Dunkeln. Es schneite schon wieder. Juli sah den Flocken beim Fallen zu und fragte sich, wie es wohl kam, dass man sich bei Schnee einsam fühlte.

»Ich könnte uns Tee machen«, sagte Herr Habakuk in die Stille. Es war, als habe er sich selbst angeknipst. »Möchten Sie einen Tee? Ich habe vielleicht auch noch ein paar Plätzchen da, ich muss mich doch irgendwie bei Ihnen bedanken, ohne Sie würde ich immer noch in der Kälte sitzen, das war wirklich sehr freundlich von Ihnen, ich weiß ja gar nicht, wie ich Ihnen danken soll, mögen Sie Pfefferminz? Oder lieber Kamille? Hagebutte habe ich nicht, ich mag Hagebutte nicht.«

Juli schmunzelte. »Ich auch nicht.«

»Gut. Sehr gut.«

Herr Habakuk lächelte, aber das Lächeln ging nicht bis zu den Augen, die blieben trüb wie angelaufenes Silberbesteck.

Man müsste sie polieren, dachte Juli. Doch sie wusste nicht, wie das ging.

»Bitte, setzen Sie sich«, er nahm seinen Stock, um Juli zu zeigen, wohin, »und dann bleiben Sie sitzen, ich gehe nur schnell in die Küche und mache Tee, und Sie warten hier so lange, ja?«

Juli ließ sich auf dem Sofa nieder.

»Gut. Sehr gut.«

Dann lief er los. Erst setzte er den Stock ein Stück nach vorne, dann tat er einen Schritt und noch einen, bis er mit dem Stock auf gleicher Höhe war. Und so ging es weiter, bis er in der Küche verschwunden war. Juli hörte, wie er Wasser in einen Kessel laufen ließ, wie er mit Geschirr klapperte, wie er Schranktüren öffnete und wieder schloss.

Juli zog ihren Mantel aus, die Mütze und den Schal.

»Ja, machen Sie es sich bequem.« Herr Habakuk trug einen Becher, aus dem es dampfte, er stellte ihn vor Juli hin, und sie sah, dass es Pfefferminz war. Dann ging er zurück in die Küche, erst der Stock, dann ein Schritt, noch einer und immer so weiter, und kam mit einem zweiten dampfenden Becher zurück. Er blieb vor dem kleinen Tisch stehen, sah auf Juli und die beiden Becher und war noch nicht zufrieden. »Möchten Sie Zucker? Ich habe auch Zucker. Oder Honig. Und Milch, möchten Sie vielleicht Milch?«

»Pfefferminztee mit Milch?« Juli lachte. »Nein, vielen Dank.«

»Leider habe ich keine Plätzchen.« Herr Habakuk ließ sich in den Sessel fallen, er war ganz außer Atem. »Dabei war ich mir so sicher, dass ich noch welche habe, aber ich finde keine mehr. Lebkuchen auch nicht, mögen Sie Lebkuchen? Aber davon sind leider auch keine mehr da.«

»Das macht nichts.«

»Doch, doch, ich muss mich bei Ihnen bedanken …«

»Das ist schon in Ordnung.«

»Nein, wirklich, ich muss … ich glaube, ich habe noch …«

Herr Habakuk wollte wieder aufstehen, aber das war nicht so einfach, der Sessel war tief, und Herr Habakuk versank fast darin. Er versuchte, Schwung zu holen, er lehnte sich vor und zurück, vor und zurück, und das sah ein bisschen so aus, als säße er in einer Achterbahn. Martin war mit Juli einmal auf den Rummelplatz gegangen, er hatte ihr Zuckerwatte gekauft und ein Herz aus Pfefferkuchen, und er hatte unbedingt mit ihr Achterbahn fahren wollen. Das hatten sie dann auch gemacht, sie hatten beieinandergesessen in einem engen Waggon, ganz nah, viel näher als in dem mittleren Zimmer bei ihr zu Hause. Und als es hinunterging, rasend schnell, und Juli ihren Bauch gespürt hatte, ganz tief drinnen, so tief drinnen wie noch nie, da hatte Martin laut geschrien, viel lauter noch als an dem Abend, an dem er mit Juli in ihrem Bett gelegen hatte. Danach war Juli nie wieder auf dem Rummelplatz gewesen. Das war so ähnlich wie Weihnachtsplätzchen backen, alleine machte das keinen Spaß.

Daran musste Juli denken, als sie Herrn Habakuk jetzt beim Schwungholen zusah. Sie legte sanft eine Hand auf seinen Arm. »Ich möchte gar keine Lebkuchen, vielen Dank, wir trinken einfach den Tee.«

Herr Habakuk schnaufte. Unter der Pelzmütze war sein Haar strähnig geworden, feucht klebte es ihm am Kopf, graues Haar, dem man ansah, dass es einst blond gewesen war. Juli betrachtete seine Ohrläppchen. Sie mochte es nicht, wenn sie angewachsen waren. Als junger Mann hatte Herr Habakuk bestimmt sehr gut ausgesehen und viele Verehrerinnen gehabt.

Er pustete in seinen Becher aus blauer Keramik. »Mein Schatz« stand in geschwungenen Buchstaben darauf.

»Wird es Ihnen jetzt nicht zu heiß in all den Sachen?«, fragte Juli.

»Nein, nein.«

»Soll ich Ihnen helfen?« Sie zupfte an seinem Jackenärmel.

»Nein, danke, ich friere sowieso immer, ich weiß auch nicht, woher das kommt.« Herr Habakuk schaute Juli an, und so wie er schaute, dachte sie, dass er genau wusste, woher das kam. Und dann schaute Herr Habakuk nach innen, in sich hinein, vielleicht dorthin, wo das Frieren saß. Juli fragte sich, woran es lag, dass man einem Blick genau ansehen konnte, ob er nach drinnen oder nach draußen ging.

»Auf Teneriffa würden Sie jetzt nicht frieren.«

Herr Habakuk drehte sich zur Seite, sein Blick ging wieder nach draußen, er schaute zu den Fotos an der Wand, zu dem Strand, den Palmen und der schönen Frau mit dem bunten Tuch. »Ja, das ist der einzige Ort auf der Welt, an dem mir nicht kalt ist.« Er nahm einen Schluck Tee. »Wir haben jedes

Jahr im Winter Urlaub gemacht, bis sie ... Nun ja. Seitdem war ich nicht mehr dort.«

Juli verstand. »Deshalb der Weihnachtsstern.«

Herr Habakuk nickte. »Dort blühen sie wild und üppig, und sie sind so groß wie Bäume, nicht so ein kleiner Kamerad wie der hier. Aber immerhin.« Er lehnte sich in seinem Sessel zurück. »Besser als gar nichts, würde Irene sagen.«

Juli sah, dass Herrn Habakuk die Augen zufielen. Sie nahm den Becher aus seiner Hand und stellte ihn auf den kleinen Tisch. Dann wartete sie, es dauerte nicht lange, und sie hörte ihn atmen im Schlaf. Da stand sie leise auf und öffnete die Vitrine.

* * *

JULI ERKANNTE IHN sofort. »Hans Habakuk, 1950«: ein pickliger Junge in kurzen Hosen. Blonde Locken, Sommersprossen, eine Lücke zwischen den Schneidezähnen. Er hätte einer der Lausbuben aus den Kinderbüchern sein können, die Juli früher gelesen hatte. Aber da war etwas an ihm, Juli sah es auf seinem Gesicht, damals und heute. Etwas Dunkles. Eine Scham. Und eine Schwermut.

Hans, dachte Juli. Hans im Glück. Der Name passt nicht zu ihm.

Es war ein Fototagebuch, die Zwischenblätter aus Pergamin, das leise knisterte wie Butterbrotpapier. Es begann mit einem Geburtstag, Herrn Habakuks elftem. Das erste Bild, mit Fotoecken auf den Karton geklebt, zeigte ihn an einem großen, festlich gedeckten Tisch. Die Mutter war eine grazile Frau, sie trug ein Kleid mit weißen Tupfen und das Haar hochgesteckt, sie kniete neben ihrem Sohn und sah zu ihm auf. Der Vater, hager, mit Kragen und Krawatte, Hornbrille, stand steif daneben, die Hände ineinander verschränkt, und schaute, als ginge ihn das alles nichts an. Mit am Tisch Hans' Freunde, fünf Jungen, die meisten wohl im selben Alter wie er. Nur einer nicht, Hermann Nachtwey hieß er, das hatte Herr Habakuk krakelig danebengeschrieben. Hermann Nachtwey sah älter aus als die anderen Buben, zwei oder drei Jahre, er hatte etwas Verschlagenes, eine Härte, die vielleicht aus der Not erwachsen war. Alle sahen mit gierigem Blick auf die Torte. Bestimmt war es ein Schokoladenkuchen, dachte Juli, Schokoladenkuchen gab es auch in Schwarz-Weiß. Darunter stand: »4. März 1950, mein elfter Geburtstag. Ich habe einen neuen Fußball bekommen, wie ich es mir gewünscht habe. Und das größte Stück von meinem Lieblingskuchen.«

Im Hintergrund schnarchte Herr Habakuk.

Aber das war es nicht, was Juli irritierte. Da war etwas auf dem Bild, sie hielt das Album näher an den Fernseher, der noch immer lief, und schaute genau hin. Und wirklich: Jemand fehlte. Neben Hans Habakuk saß noch eine Person, aber zu sehen war nur eine Hand, die eine Kuchengabel hielt. Juli dachte, es sei ein Mädchen, weil die Hand so schlank war und die Glieder so fein, aber dann sah sie den Namen, den Herr Habakuk neben das Foto geschrieben hatte. Dieter Vallentin. Vallentin mit zwei l. Jemand, vielleicht war es Herr Habakuk selbst gewesen, hatte das Bild an dieser Stelle abgeschnitten.

Juli sprach den Namen lautlos vor sich hin. Dieter Vallentin, Vallentin mit zwei l, das war leicht zu merken, und der Name war jetzt in ihrem Kopf, sie konnte gar nichts dafür.

Dann blätterte sie um, und da waren noch mehr Fotos, aber auf fast keinem war Herr Habakuk zu sehen. Es gab Bilder von dem Haus, in dem er damals gewohnt hatte, mit seiner Mutter in dem Tupfenkleid und seinem Vater im steifen Kragen. Es war ein vierstöckiges Haus aus Klinkerstein, das in einer Siedlung von Häusern stand, die alle genau gleich aussahen. Es gab Bilder von einer Teppichstange im Hof, von einem halb geschmolzenen Schneemann, von einer Weinbergschnecke, einer Wolke, einem Teddybär, dem ein Knopfauge fehlte. Und Bilder von Hans Habakuks Freunden, wie sie Fußball spielten, immer drei gegen drei, ohne Torwart, und die Teppichklopfstange war das Tor. Dieter Vallentin war nie dabei. Aber auch von ihm hatte es Fotos gegeben, genau drei Stück, denn genau drei Mal hatte Herr Habakuk den Namen unter ein Bild geschrieben. Da stand: »Dieters neues Fahrrad«, und: »Dieter macht meine Hausaufgaben«, und: »Dieter am Fenster, er hat die Masern und darf nicht raus«. Aber die Bilder waren nicht mehr da, nur die Fotoecken, genau zwölf Stück.

Und in Julis Kopf war jetzt nicht nur der Name, sondern auch eine Frage: Was war mit Dieter Vallentin, dass Herr Habakuk ihn nicht mehr sehen wollte?

Es fehlten auch noch andere Fotos. »Im Bergwerkswald«, hatte Herr Habakuk die Seiten überschrieben, offenbar war er gern und oft dort gewesen, er hatte viele Bilder gemacht und beschrieben, aber kein einziges übrig gelassen. Juli kannte diesen Wald. Sie wusste, dass dort früher ein Bergwerk gewesen war, aus dem man Steine geholt hatte, Eisen und Erz. Dann war der Krieg gekommen, Bomben waren auf das Bergwerk gefallen und hatten Krater hinterlassen, in denen heute das Wasser stand, manche so groß wie ein Teich, andere so groß wie ein See. Auch Juli war dort baden gewesen als Kind, aber nur im Flachen, ins Tiefe hatte sie sich nicht getraut. Und auch nicht in die Tiefe des Waldes. Denn dort, hatte sie gedacht, lebten der Wolf und die Melodie der drei Hörner, die ihn ankündigten.

Was war mit diesem Wald, dass Herr Habakuk ihn nicht mehr sehen wollte?

Dann, nur wenige Seiten später, kamen überhaupt keine Fotos mehr. Das letzte Bild hatte Herr Habakuk von zwei Stiefeln gemacht, die vor seinem Bett standen, es sah aus, als schauten sie in die Kamera. Darunter stand: »19. Januar 1951. Heute hat es den ganzen Tag geschneit. Meine rechte Schuhsohle hat ein Loch.«

Juli schloss das Album und schob es zurück in die Vitrine, genau an seinen Platz, dann würde Herr Habakuk nichts merken. Sein Atem ging tief und ruhig. Juli dachte, er sollte immer in diesem Sessel schlafen und nie mehr in dem Bett, in dem seine Frau nicht mehr lag.

Juli nahm das Seidenpapier, in das sie den Weihnachtsstern gehüllt hatte, sie strich es glatt und schrieb darauf: »Ich komme bald wieder und bringe Plätzchen mit.« Dann nahm sie ihren Mantel, ihre Mütze und ihren Schal und schlich hinaus, so leise wie eine Maus.

Draußen biss der Frost in ihre Wangen. Aber das störte Juli nicht. Sie lächelte. Denn sie wusste nun, dass sie etwas zu tun hatte.

* * *

ES KONNTE JULI gar nicht schnell genug gehen, sie polterte die Treppe hinauf, immer zwei Stufen auf einmal, das war nicht so leicht mit den schweren Stiefeln. Dann stand sie vor ihrer Tür und atmete und suchte nach dem Schlüssel. Wo war der Schlüssel, er musste doch im Mantel sein, da, wo er immer war. Aber sie fand ihn nicht, sie klopfte auf ihre Taschen, links, rechts, schon kam sie sich vor wie Frau Jakobi. Dann, endlich, hörte sie ihn klappern, in der Innentasche, man muss nur Geduld haben, dachte Juli, aber sie hatte gerade keine. Endlich ging die Tür auf. Juli strampelte sich aus dem Mantel, ließ ihn, auf links gedreht, einfach auf den Boden fallen, Mütze, Schal, Handschuhe, alles einfach auf den Boden. Das hatte sie noch nie gemacht. Aber sie hatte es auch noch nie in ihrem Leben so eilig gehabt. Selbst für den riesigen, finsteren Schrank in ihrem Flur hatte sie keine Geduld, sie hatte auch keine Zeit, Angst zu haben, jedenfalls nicht sehr viel. Sie kniff die Augen zu und stürmte an dem Schrank vorbei ins Wohnzimmer. Wo war das Telefonbuch? Juli wusste, dass es hier irgendwo sein musste, und sie wusste auch, wann sie es das letzte Mal gebraucht hatte. Es war der Tag gewesen, an dem die Mutter nicht mehr aufgewacht war. Auch damals hatte Juli gewusst, was sie zu tun hatte, unter B nachschlagen, B wie Bestattungen. Und jetzt musste sie unter V nachschlagen, V wie Vallentin mit zwei L.

Ihr Blick fiel auf den alten Nähmaschinentisch, schwarz lackiertes Gusseisen, die Platte aus Marmor. Das Fußpedal war noch da, aber die Nähmaschine nicht. An ihrem Platz stand jetzt das alte, hellgraue Wählscheibentelefon mit Ringelschnur. Davon hatte Juli sich nie trennen können, auch wenn es unpraktisch war, aber ums Praktische ging es nicht, es ging ums Wertschätzen. Juli fand, all diese alten Dinge hatten es verdient, dass man sie achtete. Wenn das Telefon mal klingelte, wollte meistens jemand von Juli wissen, ob sie ein neues Waschpulver ausprobieren oder eine Reise in die Karibik gewinnen wollte. Aber das wollte sie nicht, sie war mit ihrem Waschpulver zufrieden, und in die Karibik wollte sie auch nicht, sie war lieber zu Hause, da kannte sie sich aus. Und wenn Juli telefonieren wollte, wählte sie am liebsten diese Nummer mit den vielen Nullen, dann ratterte die Wählscheibe, und sie hörte diese schnarrende Stimme: »Beim nächsten Ton ist es sechzehn Uhr, vierundvierzig Minuten und dreißig Sekunden.« Natürlich nur, wenn es gerade genau zwischen 16.44 Uhr und 16.45 Uhr war. Und da lag es doch, das Telefonbuch, wo es hingehörte, neben dem Telefon.

Julis Herz schlug schnell, als sie durch die Seiten blätterte. V war weit hinten, am besten fing sie gar nicht von vorne an, sondern von hinten, so wie die Mutter immer Zeitung gelesen hatte, von hinten statt von vorne, weil vorne, hatte sie gesagt, immer nur schlechte Nachrichten standen. Das war doch ein gutes Zeichen, dachte Juli, dass V so weit hinten war, dann hatte es bestimmt auch mit einer guten Nachricht zu tun.

Und dann war sie auf der richtigen Seite und fuhr mit einem Finger die Namen entlang. Es gab viele Valentins in der Stadt, aber alle hatten nur ein L: Valentin, Eduard; Valentin, Lucia; Valentin, Robert. Dann Valentini, Valk, Vallei … Vallentin. Es gab einen Vallentin. Keinen Dieter. Eine Margarethe. Margarethe Vallentin, Friedrichstraße 59. Und eine Telefonnummer, leider ohne Null.

Juli dachte nach. Sollte sie einfach anrufen? Aber was sollte sie Margarethe Vallentin fragen? Das musste man können, einfach fremde Menschen anrufen und Dinge fragen, nach Waschpulver oder Karibikreisen, das war Juli nicht gegeben. Aber etwas musste sie doch tun. Juli dachte weiter nach, und wie immer, wenn sie besonders eifrig nachdachte, lugte ihre Zunge ein Stück zwischen den Zähnen hervor. Ich muss etwas tun, das ich gut kann, dachte sie, dann kann auch nichts schiefgehen. Und dann fiel ihr etwas ein, in dem sie gut war.

Mit einem Mal fühlte sie sich stark, da war eine Energie in ihr, die von irgendwoher kam, sie floss durch Juli hindurch, von oben nach unten und wieder zurück, und Juli dachte, so musste es sein, wenn man keine Zweifel mehr hatte.

Sie ging zum Fenster und schaute hinaus, in die Richtung, in der die Friedrichstraße 59 lag. Juli wusste, wo das war. Sie stellte sich vor, wie Margarethe Vallentin an einem Tisch saß und zu Abend aß, vielleicht alleine, vielleicht auch nicht. Vielleicht war sie einsam, weil sie alleine war. Vielleicht war sie einsam, weil jemand bei ihr war. Oder sie war sogar glücklich, dachte Juli, wer wusste das schon. Morgen würde ein neuer Tag im Leben von Margarethe Vallentin sein, und er würde anders sein als heute und gestern und vorgestern. Morgen würde Juli sie überraschen. Und sie wusste auch schon, womit.

* * *

DER WEIHNACHTSSTERN IN Seidenpapier stand neben Juli auf dem Beifahrersitz, sie hatte ihn sogar angeschnallt, damit ihm nichts passierte. Die Friedrichstraße war nicht weit, sie hätte dorthin laufen können, aber so, mit dem Lieferwagen von Blumen Mahlo, wirkte die Überraschung für Margarethe Vallentin bestimmt überzeugender. Den Umschlag mit der Karte hatte Juli mit einem Klebestreifen an das Papier geheftet, sorgfältig hatte sie das gemacht, damit alles echt aussah, so echt wie möglich. Nur die Schrift hatte sie nicht richtig hinbekommen, deshalb hatte sie sich für Druckbuchstaben entschieden, damit konnte man nichts falsch machen.

Nun fuhr sie langsam die Straße entlang, die geraden Zahlen waren auf der rechten Seite, also würde die 59 links sein, 53, 55, 57, 59. Jetzt musste Juli bremsen, und das tat sie auch, sie bremste mit aller Kraft, und der Weihnachtsstern wäre umgekippt, hätte sie ihn nicht so fest angeschnallt.

Der Wagen hinter Juli bremste auch, aber er blieb nicht stehen, nicht sofort, er rutschte noch ein Stück nach vorne, er schlingerte, dann hörte man es quietschen, und der Wagen stand. Im Rückspiegel sah Juli, wie der Fahrer sein breites, stoppeliges Gesicht zum Fenster herausstreckte. In seinem Mundwinkel hing eine Zigarette.

»Idiot«, schimpfte er, sein Atem qualmte, und die Zigarette qualmte auch. »Hast wohl auf der Klippschule fahren gelernt?«

Aber Juli war schon damit beschäftigt, sich die Friedrichstraße 59 genau anzusehen. Ein zweigeschossiges Haus, weiß verputzt, mit blauen Fensterläden, davor ein kleiner Garten mit einem Vogelhäuschen. Juli mochte Vogelhäuschen und auch blaue Fensterläden. Alle Häuser, in denen freundliche Menschen wohnten, hatten blaue Fensterläden, so wie in

Julis Kinderbüchern, die waren zwar aus Schweden, aber das war doch wohl nicht so entscheidend.

Bestimmt war Margarethe Vallentin auch freundlich, wenn sie in so einem Haus wohnte, dachte Juli. Weil davor kein Platz frei war, parkte sie in der Einfahrt, das Tor stand offen, und dann konnte auch der Wagen hinter ihr weiterfahren, der Fahrer zog den Kopf zurück, gab Gas und jagte mit jaulendem Motor davon.

Juli blieb noch einen Moment sitzen. War es das Richtige, was sie vorhatte? Hatte sie das Recht dazu? Und war Margarethe Vallentin überhaupt die Richtige? Hatte sie irgendetwas mit Dieter Vallentin zu tun? Oder war es nur Zufall, dass sie genauso hieß, und Juli hätte sich das Pläneschmieden sparen können? Wenn sie hier sitzen blieb, würde sie es nie erfahren, dachte Juli. Und außerdem kam sie in bester, in allerbester Absicht. Also: aussteigen, die Blumen nehmen, klingeln und warten. Und das tat Juli nun auch. Vor Aufregung war ihr ein bisschen schlecht. Aber das war jetzt nicht wichtig. Wichtig war jetzt, dass Margarethe Vallentin zu Hause war. Deshalb war Juli extra spät losgefahren, als es schon dämmerte, so konnte sie nämlich sehen, ob Licht brannte. Und es brannte tatsächlich Licht. Das war schon mal was.

Auf dem schiefernen Klingelschild stand kein Vorname, nur Vallentin. Juli drückte den Knopf. Zunächst blieb alles still. Juli hörte ihr Herz schlagen, dann hörte sie Schritte, die Tür ging auf, und darin stand eine Frau. Klein war sie und hager, die weißen Haare hatte sie zu einem Knoten hochgesteckt, und Juli sah, dass es eine Frau war, die, wie man sagte, etwas auf sich hielt. Sie trug ein knielanges Kleid, der blaue

Stoff schillerte im Licht der Laterne, die über dem Türrahmen hing, und um den Hals trug sie eine lange, goldene Kette mit einem in Golddraht gewundenen Amethyst. Angeblich half er gegen Migräne, die Margarethe Vallentin so sehr fürchtete. Aber das sagte sie Juli natürlich nicht. Dafür konnte Juli etwas anderes sehen: Margarethe Vallentin vermied es, ihr in die Augen zu schauen. Sich vor fremden Blicken zu fürchten, das war eine Angst, die Juli schon öfter begegnet war. Und vielleicht war diese Furcht der Grund dafür, dass Frau Vallentin überhaupt nicht so freundlich wirkte wie die Menschen in den schwedischen Kinderbüchern. An ihr war etwas, das Juli einschüchterte. Sie nahm all ihren Mut zusammen. Trotzdem zitterte ihre Stimme ein bisschen.

»Guten Tag, Frau, äh, Vallentin, ich habe eine Überraschung für Sie.«

Margarethe Vallentin betrachtete das rotseidene Paket, das Juli hinter ihrem Rücken hervorzauberte. »Aha?« Dabei hob sie eine Augenbraue.

Juli vergaß für einen Moment ihre Schüchternheit und wurde neidisch. Nur eine Augenbraue heben, das hätte sie auch gerne gekonnt. Aber das war wie mit der Zunge, man konnte sie zusammenrollen oder nicht, da half auch kein stundenlanges Üben.

»Jemand hat Ihnen Blumen geschickt.«

Aber Margarethe Vallentin sah gar nicht überrascht aus, sie sah noch genauso misstrauisch aus wie zuvor.

Juli zögerte. Hatte die Frau sie überhaupt verstanden? Vielleicht musste Juli deutlicher sprechen, vielleicht war Margarethe Vallentin nur zu eitel, um ein Hörgerät zu tragen.

»Jemand hat Ihnen Blumen geschickt«, wiederholte Juli lauter.

»Das ist noch lange kein Grund zu schreien«, sagte Frau Vallentin, machte jedoch noch immer keine Anstalten, Juli das Paket abzunehmen, so wie das sonst alle Menschen taten, die sie überraschte. Frau Vallentin stand einfach da und schaute sie verdrossen an.

Juli wusste nicht weiter und schaute einfach zurück.

»Ja, was ist denn nun da drin?« Margarethe Vallentin machte eine Geste, die wohl bedeuten sollte, dass sie sich in diesem feinen, teuren Kleid außerstande sah, ein Paket unbestimmten Inhalts zu öffnen.

Na gut, dachte Juli, für das Gelingen einer Überraschung spielte es ja keine Rolle, wer sie aufmachte. Hauptsache, sie wurde überhaupt aufgemacht. Juli schlug das rote Papier ein Stück auseinander.

»Ein Weihnachtsstern.« Es klang nicht so, als würde Margarethe Vallentin sich darüber freuen.

Aber Juli freute sich, sie strahlte und sagte: »Genau!«

»Ich hasse Weihnachtssterne.«

»Oh, das ist aber schade.«

»Finden Sie?« Frau Vallentin kräuselte die Lippen. Ihr Lippenstift war violett und passte genau zu dem Amethyst. »Dann behalten Sie ihn. Ich schenke ihn Ihnen.«

»Aber so geht das nicht!«, rief Juli. »Sie wissen doch gar nicht, wer ihn geschickt hat.«

»Liebes Kind«, sagte Margarethe Vallentin tatsächlich wie zu einem Kind, »wer mich kennt, würde mir niemals einen Weihnachtsstern schenken. Weihnachtssterne sind …«, sie räusperte sich, als müsse sie sich körperlich auf das Wort vorbereiten, »primitiv«.

»Überhaupt nicht«, protestierte Juli, »auf Lateinisch heißen sie Euphorbia pulcherrima, und das bedeutet: die schönste aller Wolfsmilchgewächse.« Sie war stolz. Da hatte es sich endlich mal gelohnt, dass sie immer die kleinen Schildchen las, die in den Blumentöpfen steckten.

»Das«, verbesserte Margarethe Vallentin, »wenn überhaupt, dann heißt es, das schönste Gewächs.«

Fast wäre es Juli gelungen, eine Augenbraue zu heben.

Frau Vallentin trat in ihren Pumps von einem Fuß auf den anderen und stöhnte. »Also gut, dann sagen Sie schon, von wem dieses … Gewächs kommt.«

Und schon fing Julis Herz wieder zu schlagen an, denn jetzt ging die Überraschung ja erst richtig los. Feierlich wollte sie die Karte überreichen, fast hätte sie sogar einen Knicks gemacht. Margarethe Vallentin wedelte mit einer Hand, an der sie viele Ringe aus Gold trug, an jedem Finger mindestens einen. »Das müssen Sie mir schon vorlesen, ich habe doch jetzt meine Brille nicht dabei.« Als hätte Juli das wissen können.

Juli seufzte. So hatte sie sich die Überraschung nicht vorgestellt, und so verdrießlich, wie Margarethe Vallentin war, hoffte Juli fast, sie habe rein gar nichts mit Dieter Vallentin zu tun. Aber so war das Leben, man wusste nie, wer einen überrumpelte. Juli faltete die Karte auseinander, sie war aus goldenem Papier, und darauf war ein Engel abgebildet. Die Druckbuchstaben waren ihr wirklich gut gelungen. Sie las laut vor: »Frohe Weihnachten wünscht Ihnen Hans Habakuk.« Sechs Worte, für die Juli lange gebraucht hatte, sie hatte sich genau überlegt, was sie schreiben wollte, das war gar nicht so einfach. Mit Worten kannte sie sich nicht so gut aus.

Und dann geschah etwas Merkwürdiges. Margarethe Vallentin erstarrte. Nichts an ihr rührte sich, nicht mal ein feines Haar in ihrem Kragen. Sekundenlang stand sie so da. Aber dann sah Juli ihre Augen. Und ihre Augen bewegten sich, innen drin. Die Pupillen waren wie schwarze Tropfen in einem Wasserglas, und die Tropfen breiteten sich aus, wurden langsam größer und weiter, und sie schluckten alles, was jemals hell gewesen war in Margarethe Vallentins Blick. Juli sah in diese Augen und las etwas darin. Unglaube.

Sie dachte, vielleicht war die Überraschung doch noch gelungen, so ging es ja bei den meisten Überraschungen, erst kam der Unglaube, und dann kam die Freude.

Frau Vallentin aber freute sich nicht, im Gegenteil, jetzt wurden ihre Augen schmal, bis sie nur noch schwarze Schlitze waren. Und Juli sah, was jetzt darin stand. Hass. So viel Hass, wie Juli noch nie in zwei Augen gesehen hatte.

Und dieser Hass bewegte Margarethe Vallentin. Sie zerrte Juli die Karte aus der Hand und zerriss sie, ohne sie noch einmal zu lesen.

»Nehmen Sie dieses … dieses … Ding, und verschwinden Sie.« Ihre Stimme war wie aus Eis geschnitten. Dann drehte sie sich um. Die Wucht, mit der sie die Tür hinter sich zuschlug, hallte in Juli nach, ein düsteres, bedrohliches Echo.

Langsam trug sie den Weihnachtsstern zurück zum Auto und band ihn auf der Beifahrerseite fest. Dann ließ sie den

Motor an und setzte vorsichtig zurück. Als sie an dem Haus mit den blauen Fensterläden vorbeifuhr, erkannte sie, dass Margarethe Vallentin hinter den Gardinen stand und ihr nachsah.

Juli wusste nicht, was sie so wütend gemacht hatte. Aber eines wusste sie: Glücklich war Margarethe Vallentin nicht.

* * *

IN DER NACHT konnte Juli nicht schlafen. Da waren diese Fragen in ihrem Kopf, die immer größer und größer wurden, als wäre ihr Kopf eine Schüssel und die Fragen aus Hefeteig, und die Fragen wuchsen und wuchsen, bis sie fast über den Schüsselrand ragten. Da war nicht so viel Platz in ihrem Kopf für so viele Fragen und vor allem nicht für so viel Hass, wie sie in den Augen von Margarethe Vallentin gesehen hatte.

Was war mit Dieter Vallentin? Was war mit dem Wald? Und was war mit Hans Habakuk, dass Margarethe Vallentin nicht einmal seinen Namen ertrug?

Juli sah, dass der Morgen ein scheues Licht zu ihr hereinschickte, und sie wusste, dass nun ein neuer Tag war und dass die Fragen nicht aus ihrem Kopf verschwinden würden, wenn sie keine Antworten darauf fand. Aber sie wusste nicht, wo sie die hernehmen sollte, und deshalb tat sie etwas, womit sie sich trösten konnte. In der Speisekammer fand sie sogar noch eine Tüte gemahlene Mandeln und ein Pfund Mehl. Beides gab sie zusammen mit Butter, Zucker und Eigelb in eine Schüssel, und dann begann sie zu kneten. Immer wieder drückte sie ihre Hände in den Teig, und das tat gut, denn Juli spürte, dass sie Kraft dafür brauchte und dass sie Kraft dafür hatte. Sie nahm den Fleischwolf und schraubte ihn an der Tischplatte fest, genau an der Stelle, an der er immer gewesen war. Und auch das gab ihr Trost, dass es Dinge gab, die ihren Platz hatten, unabänderlich. Dann füllte sie den Teig in die Maschine, dazu musste man kurbeln, also kurbelte Juli und füllte immer mehr Teig hinein und kurbelte weiter, aber noch drang nichts durch die Öffnung, die wie ein kleiner Stern aussah. Juli dachte, dass das so ähnlich war wie mit den Fragen. Erst kamen sie in den Kopf hinein, dann durchdachte man sie, und das Durchdenken war wie ein Walken mit dem Gewinde, das in dem Fleischwolf war. Und irgendwann kam etwas dabei heraus, das man greifen und in Kreisen und Kringeln und Achten auf ein Blech legen konnte. Juli dachte, wenn es ihr gelang, alleine Spritzgebäck zu backen, etwas, das sie noch nie getan hatte, dann würde ihr auch noch anderes gelingen, was sie noch nie getan hatte.

Ihre Wohnung war nun erfüllt von dem Duft, der seit vielen Monaten nur in der Suppenschüssel gewesen war. Das letzte Mal hatte sie mit der Mutter Plätzchen gebacken im Dezember vor zwei Jahren. Es war einer der seltenen Tage gewesen, an denen die Mutter noch hatte aufstehen können. Juli hatte die schweren Arbeiten erledigt, vor allem das Kneten und das Kurbeln, und die Mutter hatte blass am Tisch gesessen und den Teig auf ein Blech gelegt. Das hatte sie noch gekonnt, und die Kreise, Kringel und Achten hatten so rund wie immer ausgesehen und auch so gut geduftet.

Diesen Duft sog Juli nun tief ein. Und dann aß sie eines der Plätzchen, das noch warm war, obwohl sie wusste, dass man nicht nur mit Fragen Geduld haben musste, sondern auch mit Spritzgebäck. Es schmeckte am besten, wenn man es eine Weile in Ruhe ließ, eine Woche, besser noch zwei, etwa in einer Suppenschüssel.

»Mit Spritzgebäck ist es wie mit Gefühlen«, hatte die Mutter immer gesagt, »alles eine Sache der Selbstbeherrschung«.

Aber auch dieses noch warme Plätzchen barg schon den besten Geschmack in sich, Juli konnte ihn deutlich ahnen.

Stück für Stück gab sie in die Suppenschüssel, sie füllte sie bis obenhin, dann schloss sie behutsam den Deckel und stellte die Schüssel auf ihr Bord in der Speisekammer. Aber die besonders gut gelungenen Kreise, Kringel und Achten hatte sie in eine Blechdose gelegt, die so rot war wie ein Weihnachtsstern, und eine goldene Schleife darum gebunden.

Draußen war der Tag nur noch halb so neu. Kaum hatte das Licht es durch die Wolken geschafft, verschwand es schon wieder, als hätte es sich vor der Welt erschreckt.

Juli zog den Mantel, die Mütze und den Schal an, dann nahm sie die Blechdose und ging los. Vor lauter Plätzchenduft und Nachdenken hätte sie fast vergessen, sich vor dem riesigen, finsteren Schrank zu fürchten. Aber nur fast.

* * *

ES DAUERTE WIEDER eine Weile, bis sich etwas tat. Zuerst knarrte es in dem Kästchen, das an der Hauswand hing, Juli hörte ein Räuspern und dann ein blechernes »Ja?«. Doch heute klang Herrn Habakuks Stimme anders, zögerlicher.

»Guten Tag«, erwiderte Juli, »ich bin die Frau mit dem Weihnachtsstern. Ich habe wieder etwas für Sie dabei, und wieder ist es etwas Schönes.«

Das Kästchen schwieg einen Moment. Dann fragte es: »Sind Sie sicher?«

Juli war verwirrt. Worüber sollte sie sicher sein? Darüber, dass sie Juli war? Oder dass das, was sie dabeihatte, etwas Schönes war?

»Ja, ich bin die Frau mit dem Weihnachtsstern«, Juli betonte jedes Wort besonders deutlich, »und ich habe wirklich etwas Schönes für Sie dabei.«

Das Kästchen schwieg erneut, aber Juli konnte hören, wie Herr Habakuk atmete, und fast meinte sie sogar zu hören, wie er nachdachte.

»Ich weiß nicht«, sagte er schließlich. »Ich glaube, ich möchte lieber allein sein.«

Juli dachte, mit dem Alleinsein war es manchmal wie mit dem Umständemachen. Wenn die Menschen davon sprachen, meinten sie eigentlich etwas ganz anderes. Meistens meinten sie das Gegenteil.

Deshalb antwortete Juli jetzt: »Nein, das möchten Sie nicht.«

Und da ging die Tür auf.

Wieder nahm Juli die Treppe in den vierten Stock, denn der Aufzug fuhr immer noch nicht. Und wieder stand Herr Habakuk im Türrahmen, wie er das auch gestern getan hatte. Diesmal trug er aber keine Pelzmütze und auch nicht zwei Pullover und eine Strickjacke übereinander, er trug ein Hemd, das kariert war und ordentlich gebügelt. Und noch etwas war anders. Es sah aus, als sei er über Nacht geschrumpft. Noch kleiner wirkte er, noch gebückter, wie er sich duckte, wie er den Kopf zwischen die Schultern zog. Das Haar zerzaust, in den Augen ein Flackern.

Eigentlich hatte Juli geplant, ihn zu überraschen, denn sie wusste gar nicht recht, was man sonst tat, wenn man zu jemandem nach Hause ging. Sie hatte die Blechdose mit der goldenen Schleife hinter ihrem Rücken versteckt, denn ob es Blumen waren oder Plätzchen, davon hing das Überraschen ja nicht ab. Aber sie kam gar nicht dazu. Wie Herr Habakuk jetzt vor ihr stand, so klein und gebeugt, wusste sie, dass es mit Plätzchen allein nicht getan sein würde.

»Kommen Sie herein.«

In der Wohnung war es warm, und es roch darin sogar nach etwas, das Juli sofort erkannte, es roch nämlich nach Graupensuppe. Trotzdem stimmte etwas nicht.

Sie gab ihm das Geschenk mit der goldenen Schleife. »Ich habe Plätzchen gebacken, jetzt haben wir etwas für den Tee.«

Herr Habakuk zog den Kopf noch mehr ein. »Das habe ich gar nicht verdient, dass Sie sich so viele Umstände machen.« Er sah sie an. »Ich stehe tief in Ihrer Schuld.« So sagte er das. Tief in Ihrer Schuld.

Er stellte die Blechdose zu dem Weihnachtsstern auf den kleinen Tisch, schön sah das aus, ein roter Weihnachtsstern und ein rotes Geschenk mit goldener Schleife, und dabei kehrte er Juli den Rücken zu. Trotzdem bemerkte sie, dass er zitterte. Es begann in seinem Nacken, ein schwaches Zucken wie von einem Muskel. Aber es war kein Muskel, es war ein Schaudern, das sich ausbreitete, es rann über Herrn Habakuks Schultern, über seine Arme, über den Rücken. Und dann zitterte der ganze gekrümmte Körper, Herr Habakuk ließ den Stock fallen und stützte sich mit beiden Händen auf den kleinen Tisch.

Juli sah, dass dieses Zittern auch ein Kampf war, ein Ringen mit sich selbst, als versuchte Herr Habakuk, etwas zu bezwingen, das er schon oft bezwungen hatte, das nun aber stärker war als er. Und dann kam aus seiner Kehle ein Laut, wie Juli ihn noch nie gehört hatte. Es war ein Klagen, unbeherrscht, furchterregend. Schmerz, zu einem Ton geformt.

Sie trat hinter ihn und umfasste seine Schultern, die in ihren Händen bebten. Er drehte sich zu ihr um, und sie sah sein Gesicht, die Züge verzerrt, die Wangen tränenfeucht. Und auf einmal war er in ihren Armen, und sie hielt ihn fest, diesen gebeugten, bebenden Körper, und er weinte und atmete den Schmerz aus sich heraus. Juli dachte, dass es ein Schmerz sein musste, der schon viele Jahre in ihm schwelte, denn es dauerte lange, bis er ganz und gar heraus war.

Und als Herr Habakuk in seinem Sessel saß und tief Luft geholt hatte, so tief wie vielleicht seit Jahren nicht mehr, da konnte er wieder sprechen.

»Heute Morgen ist etwas geschehen, das ich mir nicht erklären kann. Eine Frau war bei mir, sie heißt …« Er zögerte, holte noch einmal Luft, und dann sprach er den Namen aus. »Sie heißt Margarethe Vallentin.«

Julis Herz zuckte.

»Sie hat direkt vor meiner Wohnung gestanden, keine Ahnung, wie sie ins Haus gelangt ist. Und da stand sie und schrie, sie schrie ganz furchtbar, was mir einfiele, ihr Blumen zu schicken, zumal solch hässliche. Ich solle sie endlich in Frieden lassen, hat sie geschrien, sonst würde sie die Polizei rufen. Die Polizei, stellen Sie sich vor.« Er sah Juli an. »Ich verstehe das nicht, ich habe ihr doch gar nichts geschickt, keine Blumen und auch sonst nichts. Ich käme doch nie auf den Gedanken, ihr, ausgerechnet ihr … Das ist ganz und gar unmöglich, das muss ein furchtbares Missverständnis sein.«

Er sah Juli noch immer an, Juli – die Frau, die die Blumen brachte –, und in seinen Augen stand eine Frage.

Juli wusste, dass es jetzt wichtig war, sich nichts anmerken zu lassen. Aber zum Glück war sie gut darin, nicht nur im Überraschen und Pläneschmieden. An dem Abend, als die Mutter und die Großmutter aus der »Fledermaus« zurückgekommen waren und Juli mit so einem prüfenden Blick angesehen hatten – sie hatten genau gewusst, dass Juli mit Martin allein gewesen war –, auch da hatte Juli sich nichts anmerken lassen. Sie hatte diesem Blick standgehalten. Und das war sogar recht einfach gewesen. Sie hatte bloß stumm zurückgeschaut.

So machte sie es jetzt auch. Und da schaute Herr Habakuk wieder weg. Sein Blick fiel auf seine schmalen Hände, die verschränkt in seinem Schoß lagen. Dann ging sein Blick nach innen, und Juli wusste jetzt, wohin genau. Es war die Stelle, an der der Schmerz viele Jahre gelauert hatte.

»Ich kenne Margarethe Vallentin von früher, als ich noch ein Kind war, in der Quinta. Damals habe ich einen Freund gehabt, er war ein stiller, unzugänglicher Junge, aber ich habe ihn gemocht. Nicht nur, weil er mir bei den Hausaufgaben geholfen hat, vor allem in Chemie, da war ich immer eine Niete, wissen Sie. Er war so anders als ich. Er war unerschrocken. Er ruhte in sich selbst. Das hat mir gefallen. Heute denke ich, dass er wohl der einzige wirkliche Freund war, den ich je hatte.« Herr Habakuk schluckte. Als er fortfuhr, klang seine Stimme tiefer, dunkler, als spräche er aus einem Brunnen zu Juli herauf. »Er hieß Dieter. Dieter Vallentin. Er war Margarethe Vallentins Bruder.«

Und dann kamen die Worte wie von selbst, sie strömten aus ihm heraus, drängend, unaufhaltsam. Und Juli sah ihn vor sich, Hans Habakuk, diesen kleinen, pickligen Jungen, mit blonden Locken und einer Lücke zwischen den Schneidezähnen. So, wie er war, vor bald siebzig Jahren.

* * *

ICH WEISS NOCH *jedes Detail. Es ist der 20. Januar 1951, ein Samstag. Ich bin in dem Wald, aber ich habe keine Ahnung mehr, wo genau. Dabei kenne ich den Wald gut, er liegt nicht weit von unserem Haus entfernt, und wir sind fast jeden Tag hier, die Brüder Nachtwey, die zwei Stockwerke unter uns wohnen, und ich. Nach dem Mittagessen, wenn es Vater Nachtwey gefallen hat, einen seiner drei Söhne mit dem Gürtel zu schlagen, dürfen sie hinaus. Manchmal sind noch andere Jungen aus der Nachbarschaft dabei, aber immer sind es Freunde von Hermann, dem ältesten der Brüder, er ist schon vierzehn. Er hat das Kommando, er entscheidet, ob einer mitspielen darf oder nicht. Ich weiß gar nicht genau, warum er mich mitmachen lässt. Vielleicht, weil er weiß, dass ich verschwiegen bin. Er hat mich auf die Probe gestellt, damals, als er einem seiner Klas-*

senkameraden das Kaninchen stahl. Keine Ahnung, warum. Mathias' Vater züchtete Zwergkaninchen, er hielt sie draußen in winzigen Käfigen, auch wenn es Winter war, so wie jetzt, dann war ihr Fell besonders weich, und man konnte sehen, wie ihr Atem in kleinen Wolken aus ihren Mäulern kam. Eines Tages brachte Hermann so ein Kaninchen mit, ein schwarz-weißes, er hielt es an den Ohren, es zappelte und stieß quiekende Laute aus. Ich erinnere mich noch genau daran, wie es klang, dieses Quieken. Zum Erbarmen.

Hermann stellte sich in die Runde, er grinste, und mit der freien Hand zog er ein großes Fleischermesser hervor. Er hielt es an der Klinge, nicht am Griff. Wir standen um ihn herum, seine Brüder und ich, er kam auf mich zu, streckte die Hand aus und sagte: »Nimm.« Ich sah das Kaninchen, das schlagartig stillhielt, als ahnte es, was mit ihm geschehen würde. Stocksteif hing es in Hermanns Faust. Nur am Zittern der Barthaare erkannte ich, dass es noch lebte. Ich blickte auf das Messer in Hermanns Hand. »Nimm«, wiederholte er. Ich nahm es. In seiner Handfläche glänzte ein Schnitt, er blutete, ein Tropfen fiel in den Schnee und färbte ihn rot. Hermann lachte. »Nun mach schon.« Er hob das Kaninchen noch ein Stück höher. Ich sah sein schlagendes Herz, es pochte wild unter dem dichten Fell. So wild wie meines.

Ich senkte den Blick. »Ich kann das nicht.« Hermanns Augen funkelten. »Wie bitte?« Er drehte sich so, dass meine Lippen fast sein Ohr berührten. »Würdest du das wiederholen?« Ich fühlte, wie mir eine Träne über die frostige Wange lief. »Ich kann das nicht«, flüsterte ich noch leiser. Hermann wandte sich von mir ab und lächelte teuflisch in die Runde. »Ach so«, höhnte er, »er kann das nicht. Ist er etwa zu feige?« Ich schwieg. Seine Brüder sahen ihn nur gleichmütig an. Sie kannten das alles schon. Hermann seufzte verächtlich. »Alles muss man selber machen …« Er setzte dem Tier das Messer an den Hals. Ich schloss die Augen. Aber ich hörte, wie die Klinge das Fleisch durchschnitt, wie sie auf Haut und Muskeln und Sehnen traf. Ich hatte das Gefühl, als hielte der Wald für eine Sekunde den Atem an. Als rührte sich nichts, kein Blatt, kein Tier, nicht mal ein Windhauch. Als ich die Augen wieder öffnete, hielt Hermann nur noch den Kopf in der Hand. Der Rumpf des kleinen Körpers lag im Schnee, und das Blut des Kaninchens mischte sich mit Hermanns Blut. Er holte aus und warf den Kopf in weitem Bogen in den Wald. Dieses Bild hat sich mir besonders eingeprägt, vielleicht, weil es so grotesk aussah, wie die beiden langen Ohren sich in der Luft drehten. Wie pelzige Rotorblätter.

Hermann wischte sich mit einem Ärmel über den Mund, das blutige Messer noch in der Hand. Er warnte mich. »Du sagst niemandem etwas, sonst …« Dann drehte er sich um und machte uns ein Zeichen, ihm zu folgen. Die Brüder mieden meinen Blick.

Ich hielt Wort und schwieg. Seither ließ mich Hermann in Frieden. Offenbar hatte meine Probe in einem möglichen Verrat bestanden und nicht darin, ein kleines, hilfloses Wesen zu töten. Einmal hat er mir sogar den Arm um die Schulter gelegt und »Gut gemacht, Kleiner« gesagt, als ich einen steilen Abhang hinabgestiegen war, um unseren Ball zu holen, der in einen Graben gefallen war. Ich kann gut klettern, vielleicht hat Hermann das imponiert. Seltsam, dass mir das wichtig war. Aber für mich zählte damals nur dazuzugehören. Es fiel mir *schwer, Freunde zu finden, schüchtern wie ich war, und Hermanns Clique verlieh mir ein Gefühl von Stärke. Obwohl ich auch Angst hatte und wusste, ich konnte mich auf seine Gunst nicht verlassen.*

An diesem Tag war Hermann wieder vorausgegangen, wie immer, er hatte die längsten Beine und trug die wärmsten Stiefel. Er trat eine Spur in den Schnee, der so hoch lag, dass ich bis über die Knöchel darin versank. In einem meiner Schuhe war ein Loch, und ich fühlte, wie feuchte Kälte durch die Sohle drang und meine Zehen betäubte. Aber ich ließ mir nichts anmerken.

Natürlich liefen wir fernab der Wege, einfach mitten zwischen den immer dichter stehenden Bäumen hindurch wie eine Rotte Wildschweine. Erst Hermann, dann seine Brüder Heiner und Harald, der mit mir in dieselbe Klasse ging. Danach Eugen – ein Schulkamerad von Hermann, ein bulliger Kerl mit riesigem Schädel – und sein bester Freund Johann, zwölf Jahre alt und von nicht minder beeindruckender Statur. Dann ich. Und ganz zum Schluss Dieter. Er war zum ersten Mal dabei.

Dieter wohnte auch in unserer Nachbarschaft, allein mit seiner Mutter und seiner älteren Schwester Margarethe. Sein Vater, hieß es, sei vermisst, irgendwo in Russland habe sich seine Spur verloren, wie die so vieler anderer Väter. Ich glaube, insgeheim schauten die Brüder Nachtwey voller Neid auf all die Halbwaisen und verwünschten ihr eigenes Schicksal, einen Vater zu haben, der mit einem verkrüppelten Arm lebte, seit er als Kind unter einen Pflug geraten war. Die verbliebene Rechte barg dafür umso mehr Kraft. Aber zu Hitlers letztem Aufgebot hatte es dennoch nicht gereicht. Eine Demütigung, die Vater Nachtwey vergeblich versuchte, in Weinbrand zu ertränken.

Dieter war, obwohl auch schon zwölf Jahre alt, mit Abstand der Kleinste von uns, sein Körper wirkte zart, noch kindlich, und Hermann und die anderen zogen ihn unablässig damit auf. »Mädchen«, nannten sie ihn, »du Mädchen«. Als ich Dieter zu meinem Geburtstag eingeladen hatte, da hatten sie gelacht und gesagt: »Hans, bist du etwa verliebt in das Mädchen?« Aber Dieter, durch den Verlust des Vaters und die Sorge um die Mutter widerstandsfähig geworden, ließ sich von ihren Sprüchen nicht beeindrucken. Er beharrte darauf, zu unserer Gruppe gehören zu wollen, so oft Hermann ihn auch stehen ließ.

Heute hatte er ihn nicht stehen lassen. Er hatte nur genickt und ihn angewiesen, ihm zu folgen. Kurz hatte ein Lächeln Dieters Lippen umspielt, dann hatte er eine lässige Miene aufgesetzt und war hinter uns hergelaufen, als habe er nie etwas anderes getan.

Jetzt steht er da drüben, kaum zwanzig Meter von mir entfernt, und ich kann seinen Atem sehen. Es ist still um uns, seit einer Weile hat Dieter nicht mehr um Hilfe gerufen, hat aufgehört, an seinen Fesseln zu rütteln, die ihm ohnehin kaum Bewegungsfreiheit lassen. Vielleicht könnte ich sehen, wie sein Herz unter der viel zu dünnen Jacke schlägt, so wie ich damals das Herz des Kaninchens schlagen sah. Aber ich wage es nicht, zu ihm zu gehen.

Ich weiß nicht, wie lange ich schon in meinem Versteck ausharre, einem Wall aus Gestrüpp und Gebüsch, von einer dicken Schicht gefrorenem Schnee überzogen. Zwei, vielleicht drei Stunden. Ich habe das Seil gesehen, das Hermann auf dem Weg hin und her schwang, wie er es zu einem Lasso verknotete. Zuerst dachte ich, er wolle ein Tier damit fangen. Aber dann, als wir lange Zeit marschiert waren, bis der Wald immer dichter und dunkler wurde und mir schien, als kämen nicht einmal mehr die Schneeflocken bis zu uns durch, da forderte Hermann Dieter auf, sich mit dem Rücken an einen Baum zu stellen. Es war eine hohe, fast schwarze Fichte. Er wand das Seil in engen Schlingen um Dieters Körper und zog es fest. »Mädchen, du wolltest doch Räuber und Gendarm spielen«, sagte Hermann. »Noch Fragen, wer hier der Räuber ist?« Er grinste. Dieter sah ihn an, große blaue Augen in einem blässlichen Gesicht, die Schiebermütze tief in die Stirn gezogen, und zeigte keine Furcht. Hermann beugte sich zu ihm hinunter: »Wer ein richtiger Räuber ist, der kann sich auch selbst befreien.« Er drehte sich zu uns anderen um. »Keiner von euch rührt das Mädchen an!« Dann gab er das Zeichen, er stieß einen hohen, durchdringenden Pfiff auf zwei Fingern aus, und wir stoben wild johlend auseinander. Die beiden übrigen Räuber – Harald und ich – Richtung Süden, die Gendarmen nach Norden. So wie immer. Nur Dieter blieb allein zurück.

Nun ist es längst dunkel geworden. Ewig scheint es mir her, seit die Rufe der anderen verhallt sind, ich höre nur die Geräusche des Waldes, vom Schnee gedämpft. Niemand außer uns ist hier. Es wäre ein Leichtes für mich, aufzustehen und Dieter zu befreien. Er würde einfach behaupten, es sei ihm gelungen, seine Fesseln zu lösen. Aber würde Hermann das glauben? So fest, wie er den Strick gezogen und verschnürt hatte, würde er sicher bezweifeln, dass dieser Winzling so etwas fertigbrachte. Und er würde mir ansehen, dass ich derjenige war, der sich seinem Befehl widersetzt hat. Ich wage nicht, mir vorzustellen, welche Folgen das für mich haben würde. Außerdem glaube ich immer noch, dass sie Dieter nicht einfach so stehen lassen. Irgendwann, rede ich mir ein, werden sie wiederkommen und ihn losbinden.

Ich rühre mich nicht. Ich starre nur auf diesen gefesselten, wehrlosen Jungen wie auf ein sonderbares Gemälde, eine Szene aus einem bösen Traum. Dieter lässt jetzt den Kopf hängen, ich kann nicht erkennen, ob er weint. Ich fühle, dass ich es nicht mehr lange aushalte, meine Füße, meine Hände und mein Gesicht sind taub, ich friere erbärmlich, und der Drang, mich zu erleichtern, wird unerträglich. Vorsichtig verlagere ich mein Gewicht auf das andere Bein. Da höre ich ein Geräusch hinter mir. Einen Zweig, der bricht. Dann ein Schleifen, wie ein Körper, der an tief hängenden Ästen entlangstreicht. Ich versuche mich aufzurichten, aber es gelingt mir kaum, meine Glieder sind steif gefroren und gehorchen mir nicht. Ich blicke mich um und erkenne nichts außer den dunklen Silhouetten der Bäume. Doch dann taucht in der Schwärze etwas auf, wird größer, kommt direkt auf mich zu, und auf einmal weiß ich, was es ist. Und dann springe ich auf und renne los, irgendwohin, einfach zwischen den schwarzen Silhouetten hindurch, aber hinter mir höre ich noch ein hohes, erschrockenes Grunzen. Dann höre ich nichts mehr außer meinem Atem und meinem jagenden Herzschlag. Ich fühle, wie die Muskeln meiner Beine in einem Krampf blockieren, aber ich ignoriere den Schmerz und renne weiter, immer weiter. Und mit jedem Meter, den ich renne, wächst die Angst, sie ist wie ein Kolben, der mich zum Laufen bringt. Doch noch mehr als den Keiler fürchte ich, dass Dieter mich gesehen haben könnte. Ich laufe und laufe, ohne zu wissen, wohin.

Irgendwie komme ich schließlich an eine Lichtung, die ich wiedererkenne, und von da an gehe ich langsamer. Ich ringe nach Atem, stütze die Hände in die Hüften, habe stechende Schmerzen in der Seite. Nur mein Herz rennt immer weiter. Ich bleibe stehen und sehe mich noch einmal um. Der Wald liegt hinter mir wie eine uneinnehmbare Festung.

Mutter fragt, wo ich so lange gewesen sei. Das habe ich erwartet. Ich gebe vor, mich verlaufen zu haben, ich sei bei der Gruppe der Räuber gewesen, wie immer, nur diesmal sei ich zu tief ins Unterholz geraten und habe nicht mehr gewusst, wo ich war. Sie glaubt mir, aber ich empfinde das nicht als Glück. Ich lasse es geschehen, dass Mutter, wortreich ihre Sorgen schildernd, mich auszieht, das hat sie seit Jahren nicht mehr gemacht, und mich in die Badewanne schickt, mich einen Teller heiße Brühe löffeln lässt und dann mit einer Wärmflasche ins Bett bringt. Dort liege ich zitternd unter zwei schweren Decken und versuche vergeblich, das Bild des gefesselten Dieter zu vertreiben.

Irgendwann muss ich eingeschlafen sein. Als ich erwache, drängt eine strahlend weiße Wintersonne durch die Vorhänge. Das Licht schmerzt in meinen Augen, ich schwitze Eis, die Laken sind nass. Als Mutter das Thermometer aus meinem Mund zieht, zeigt es fast vierzig Grad Fieber. Bis der Arzt kommt, bringe ich sechs Paar Wadenwickel zum Glühen.

Ich höre, wie er Mutter fragt, ob sie schon erfahren habe, was geschehen sei: Ein Junge aus der Nachbarschaft werde vermisst. Der kleine Dieter Vallentin sei gestern Abend nicht nach Hause gekommen. Mutter fragt, ob ich etwas davon wisse. Ich schüttele nur den Kopf. Sie sitzt auf meiner Bettkante, streicht mir die feuchten Strähnen aus der Stirn und sagt: »Kind, was stellst du nur an.« Ich meide ihren Blick.

Auch Vater kann mein Schweigen nicht brechen, natürlich nicht. Er steht vor meinem Bett, ein unsicherer, schlaksiger Mann, gehemmt, nicht nur, wenn es um die Erziehung seines einzigen Kindes geht. Er schaut auf mich herab und sagt, wenn ich etwas wisse, sei jetzt die Zeit zu sprechen. Ich antworte nicht. Dabei belässt er es und schließt leise die Tür hinter sich.

Das Fieber bleibt bis zum nächsten Tag. Dann finden sie ihn. Der Schäferhund eines Nachbarn hat angeschlagen, die Schnauze tief im Schnee, den Geruch von Dieters Pullover in der Nase. Der leblose Körper hängt steif in den Fesseln, Schnee liegt auf seiner Schiebermütze, seinen Schultern. Die Helfer haben noch versucht, Dieters Mutter und seine Schwester zurückzudrängen, sie sollen ihn nicht so sehen. Aber sie haben sich losgerissen und knien jetzt vor ihm, die Rücken gekrümmt, die Gesichter in den Händen verborgen. Jemand schneidet das Seil durch, zwei andere halten Dieter an den Schultern, damit er nicht vornüberfällt. Dann bringen sie ihn fort.

Schnell ist man sich darüber einig, dass Hermann der Schuldige ist. Nur ihm ist zuzutrauen, ein Kind, das jünger, kleiner und schwächer ist als er, so zu quälen. Vielleicht hat er seinen Tod nicht gewollt. Aber er hat ihn in Kauf genommen. Hermanns Vater hält sich nicht lange mit Fragen auf. Mit dem Schürhaken prügelt er seinen Sohn, bis der sich nicht mehr rührt.

Ich begegne Hermann nur noch ein einziges Mal. Drei Wochen, nachdem sie Dieter gefunden haben, parkt ein offener Lastwagen vor unserem Haus. Vater Nachtwey steht breitbeinig im Hof und treibt seine Söhne an, die Möbel dort hineinzuladen.

Heiner und Harald halten die Köpfe gesenkt und tun so, als bemerkten sie die verächtlichen Blicke der Nachbarn hinter den Gardinen nicht. Ich schleppe einen Sack Kartoffeln, zehn Kilo, den ich mir auf die Schultern gepackt habe und mit beiden Händen festhalte. Als ich die Treppe in den ersten Stock hinaufsteige, kommt mir Hermann entgegen. Er trägt den zerschlissenen Sessel, in dem sein Vater immer sitzt und trinkt. Ich bilde mir ein, den Abdruck seines Körpers auf dem Polster sehen zu können. Das Ding wiegt schwer, das merke ich Hermann an. Doch so kommen wir nicht aneinander vorbei, er mit dem Sessel, ich mit den Kartoffeln, die Treppe ist zu schmal für uns beide. Kurze Zeit stehen wir uns gegenüber und sehen uns nur an. Seine rechte Gesichtshälfte schimmert dunkelgrün und ist geschwollen. Dann steige ich die Stufen wieder hinunter und bedeute ihm, an mir vorbeizugehen. Da hebt er den Sessel an, so hoch er nur kann, und wirft ihn mit aller Kraft die Treppe hinunter, genau dorthin, wo ich stehe. Es gelingt mir noch rechtzeitig auszuweichen, ich drücke mich gegen die Wand und sehe zu, wie der Sessel durch die Haustür fliegt, aufschlägt, sich halb um die eigene Achse dreht und dann im Hof liegen bleibt. Hermann lacht, höhnisch wie immer. Draußen hören wir seinen Vater brüllen. Dann kommt Hermann auf mich zu, lässig schlendert er die Stufen herunter, streckt einen Arm aus und stützt sich damit dicht neben mir an die Wand. Ich kann seinen Atem riechen. Es riecht, als habe er lange nichts gegessen. Hermann grinst, ich sehe, dass ihm drei Schneidezähne fehlen. Und er zischt: »Du bekommst deine Strafe auch noch.« Dann lässt er mich stehen.

* * *

DAS GRAB WAR schmal und schlicht. Es lag unter einer hohen Kiefer, die ihre Äste ausstreckte wie zum Schutz. Auf dem blanken Granit, dem man die Jahre nicht ansah, war »Dieter Vallentin« zu lesen und darunter zwei Daten. »4. August 1939« und »20. Januar 1951«. Der Tag, den Hans Habakuk nie vergessen würde. In der Erde wuchsen Winterheide und Christrosen, ordentlich nebeneinander.

Sie hatten nicht nach dem Weg fragen müssen. Herr Habakuk wusste, wo das Grab war.

»Ich war schon mal hier.« Er trug einen Hut und einen steifen Mantel, in dem er zu verschwinden schien, die Kälte färbte seine Wangen rot. Er stützte sich auf seinen Stock und betrachtete den Stein. Sein Blick war tastend, als wagte er zum ersten Mal, die Inschrift wirklich zu lesen.

»Ich hatte Irenes Grab besucht und war so in Gedanken, dass ich gar nicht bemerkt habe, dass ich in die falsche Richtung gegangen war. Und dann stand ich plötzlich hier. Vor diesem Namen.« Er seufzte. »Ich habe Irene nie etwas gesagt. Ich dachte, wenn ich ihr alles erzähle, dann verlässt sie mich. Wie hätte sie mich noch lieben sollen?«

Juli dachte, dass die Liebe eigene Wege ging, so hatte die Mutter es gesagt, als Martin nicht wiedergekommen war, »die Liebe geht eigene Wege«. Aber nicht nur die Liebe, dachte Juli jetzt, auch die Schuld geht eigene Wege. Und was geschah, wenn die Liebe und die Schuld sich begegneten? Ein Wort kam ihr in den Sinn, ein großes Wort, das vielleicht die Antwort auf diese Frage war.

Vergebung.

Sie hatte es gehört, als die Mutter in dem Sarg gelegen

hatte, ein Tag im Mai war es gewesen und kalt, auch in der Kirche, und Juli hatte nicht begriffen, warum Menschen, die traurig waren, auch noch frieren mussten.

Sie lehnte den kleinen Kranz aus Tannenzweigen, um den sie eine weiße Schleife gewunden hatte, an den Grabstein. Dann stellte sie sich neben Herrn Habakuk, strich über seinen Arm und fühlte, wie zerbrechlich er war unter der steifen Wolle. Er sah sie an, lächelte, und diesmal lächelten auch seine Augen, Juli sah es genau, sie glänzten wie poliertes Silberbesteck. Und Juli dachte, vielleicht fängt es so an mit der Vergebung: Man lächelt.

»Sie waren ein Kind damals«, sagte Juli.

»Ich weiß.« Herr Habakuk holte den Brief aus seiner Manteltasche, es war ein weißer Umschlag, und darauf stand: »Für Dieter Vallentin«. Juli sah, dass es viele Seiten sein mussten. Herr Habakuk hielt ihn in der zitternden Hand. Juli glaubte, sie könne sein Herz schlagen sehen, durch die Wolle hindurch.

»Ich habe die ganze Nacht geschrieben.« Sein Blick ging nach innen, und Juli ahnte, dass er jetzt sich selbst sah, wie er am Küchentisch saß, mit Stift und Papier, wie er schrieb, anfangs zögerlich, nicht wissend, wie er beginnen sollte. Denn wie machte man das – einem Toten schreiben? Das wusste Juli auch nicht. Sie hatte nur gewusst, dass Herr Habakuk mit Dieter Vallentin sprechen musste und dass das nun nicht mehr anders ging.

»Erst war es schwer. Aber dann war es plötzlich leicht. Ich habe einfach das geschrieben, was mir durch den Kopf ging, so wie Sie es gesagt haben.« Herr Habakuk lächelte, das war schon das zweite Mal. »Und dabei habe ich all Ihre Plätzchen aufgegessen.«

»Das ist gut«, sagte Juli.

»Ich konnte einfach nicht aufhören.«

Sie wusste nicht genau, ob er das Schreiben oder das Plätzchenessen meinte, doch das war nicht so wichtig. Wichtig war, dass Dieter Vallentin den Brief bekam, und deshalb bückte sich Herr Habakuk jetzt, es sah aus wie eine Verneigung. Langsam ging das, er ächzte, aber Juli fand, das musste sein, das konnte sie ihm nicht abnehmen. Herr Habakuk legte den Brief auf das Grab und deckte ihn mit Tannenzweigen zu. Als er sich aufrichtete, ächzte er wieder, doch in seinem Gesicht war kein Schmerz, im Gegenteil, er sah aus wie von einer Qual befreit. Herr Habakuk streckte den Rücken durch, er bog die Schultern zurück, und dann stand er aufrecht und war so groß, dass Juli dachte, nun passte er nicht mehr durch seinen Türrahmen. Selbst ohne Hut.

Herr Habakuk schlang einen Arm um Juli und zog sie zu sich heran, ein bisschen nur, dann standen sie dicht nebeneinander und schauten auf das Grab von Dieter Vallentin.

Er hatte nicht mehr gefragt, ob Juli es gewesen war, die Margarethe Vallentin die Blumen geschickt hatte. Vielleicht wusste er es einfach. Und auch Juli hatte nichts dazu gesagt. Es war wie eine stille Übereinkunft, an dieser Frage nicht zu rütteln. Eine gute Art von Schweigen, dachte Juli.

»Danke«, sagte Herr Habakuk.

Dann drehte er sich um und ging voran, mit kleinen, aber entschlossenen Schritten, er hob die Knie und schwang den Stock, fast wie ein Tambourmajor.

Juli lachte, und Herr Habakuk lachte mit.

Und dann sah sie, wie der Stock auf den Boden fiel und der Hut auch und wie Herr Habakuk stürzte. Es ging so schnell, dass Juli nichts tun konnte. Und sein Kopf schlug auf das Eis, das ein Stück des Weges bedeckte.

* * *

JULI SASS IN einem langen Flur, es gab keine Fenster, und die Wände waren blau wie trübe Tinte. Über ihr summte eine Leuchtstoffröhre, als wäre ein Insekt darin, das keinen Weg nach draußen fand. Das Licht, das aus der Lampe kam, war viel zu grell für diese Nacht.

Irgendwo hinter dieser Tür, vor der Juli saß, lag Herr Habakuk. Aus seinem Körper, der so schmal und zerbrechlich war, kamen dünne Schläuche, die zu Maschinen führten. Sie blinkten und piepsten im Takt eines immer gleichen Herzschlags. Um diesen Körper herum standen Menschen in grünen Kitteln, mit Klemmen, Zangen und entschlossenen Mienen, und versuchten zu retten, was zu retten war.

Neben der Tür war ein Schild, auf dem stand: »Bitte klingeln.« Also hatte Juli geklingelt und gewartet, und nach einer Weile war die Tür aufgegangen und eine Frau herausgekommen. Sie hatte einen blonden Zopf, trug eine grüne Hose und eine grüne Jacke, und darauf war mit weißem Garn ihr Name eingestickt: »Clara Petrovic«. Aber sie sagte, sie sei »Schwester Clara«, das genüge. Um ihren Hals hing ein Mundschutz wie eine sonderbare Smokingfliege. Sie war jung, jünger als Juli, und sie fürchtete sich vor Messern, die mit der Klinge nach oben lagen. Doch das durfte niemand wissen, denn Clara Petrovic fand, das passte nicht zu einer Krankenschwester.

Sie sah müde aus, dunkle Schatten umgaben ihre Augen, die so blau waren wie die Wände. Sie hatte Juli gefragt, ob sie verwandt sei mit Herrn Habakuk, und Juli hatte erwidert, sie sei seine Tochter, denn sie hatte im Fernsehen gesehen, dass man das sagen musste, um Auskunft zu bekommen. Und das hier war ja eine Notsituation, da durfte man ein bisschen lügen. Juli hatte sich nur gewundert, wie einfach das ging. Schwester Clara hatte nicht weiter nachgefragt, sie hatte nur gesagt, dass man noch nichts sagen könne, dass man Geduld haben müsse, und dann war sie wieder durch die Tür verschwunden.

Geduld, hatte Juli gedacht, das war so eine Sache, mit Spritzgebäck war es leicht, Geduld zu haben, aber wie man in einer Notsituation und ohne Spritzgebäck Geduld haben sollte, wusste sie nicht. Sie wusste nur, das ging nicht auf Kommando.

Jetzt saß sie hier und schaute auf die Tür. Bevor sie sich öffnete, klackte es, danach ertönte ein Summen, das noch lauter war als das aus der Lampe, und dann ging die Tür auf wie von selbst. Wieder kam dieselbe Frau heraus, Schwester Clara. Sie sah Juli an, Juli sah zurück, und Schwester Clara schüttelte den Kopf, kurz nur, so wie sie es schon vor einer Stunde und vor zwei Stunden und vor drei Stunden getan hatte, und dabei schaukelte ihr blonder Zopf hin und her. Jedes Mal war sie weitergegangen und hatte Juli allein gelassen mit dem Summen und der Ahnung, die in ihrer Kehle steckte.

Doch diesmal blieb Schwester Clara stehen. »Gehen Sie nach Hause.«

Juli rührte sich nicht.

Die Frau seufzte. »Ich kann Ihnen wirklich nicht sagen, wie lange es noch dauert.«

»Das macht nichts«, sagte Juli.

»Sie können mir gerne Ihre Telefonnummer dalassen, dann rufe ich Sie an, sobald es etwas Neues gibt.«

Juli stellte sich vor, wie sie zu Hause in dem Doppelbett lag, in dem schon die Mutter und die Großmutter geschlafen hatten. Ihr Bett war das nun und eigentlich ein Ort, den sie behaglich fand, daunenweich und so geräumig, dass sie beide Arme und beide Beine weit ausstrecken konnte, ohne an eine Kante zu stoßen. Aber wenn sie jetzt daran dachte, wie dunkel und still es dort war, dann war das gar nicht behaglich. Denn sie würde dort liegen und in die Stille horchen, ob das Telefon läutete, denn das stand ja in einem anderen Zimmer, weit weg von dem Bett. Sie würde nicht schlafen können, weil sie fürchtete, das Läuten nicht zu hören. Und wenn es dann wirklich läutete, dann müsste sie durch den Flur, vorbei an dem großen, dunklen Schrank, und sie würde nicht wissen, ob das Neue, was es gab, etwas Gutes war oder nicht.

»Nein, danke, ich bleibe lieber hier.«

Schwester Clara seufzte noch einmal, aber der Klang dieses Seufzens war mild und nachgiebig. »Wie Sie wollen.« Damit ging sie weiter, ihre Schritte quietschten leise auf dem Linoleum, und Juli sah ihr nach, sah ihren schaukelnden Zopf in dem Flur verschwinden, der ihr jetzt endlos erschien wie ein schmaler, tintenblauer Fluss im Dunst. Dann gab es nichts mehr zu sehen.

Schlagartig wurden ihre Lider schwer und die Schultern auch, und ihr Körper sank auf den Nebensitz. Mit einem Mal ging es wie von selbst, sich fallen zu lassen, einen Arm unter den Kopf zu legen und die Augen zu schließen. Sie würde einfach hier sein und warten, so hatte es ihr Körper entschieden, mehr müsste sie nicht tun. So war das mit der Geduld, sie war scheu wie eine Katze, und es half nichts, sie zu locken, sie kam nur von allein.

Juli fühlte, wie der Druck in ihrer Kehle nachließ, wie das Licht hinter den Lidern milder wurde, wie das Summen über ihr verklang. Das Letzte, woran sie dachte, bevor sie einschlief, war das Gesicht von Herrn Habakuk, wie es lächelte, und sein Stock, wie er hin und her schwang. Und das war auf jeden Fall etwas Gutes.

* * *

IM TRAUM SAH Juli sich selbst, wie sie mit der Mutter und der Großmutter im Wohnzimmer an dem großen, rechteckigen Tisch saß. Jede hatte ihren Platz, die Mutter links, Juli rechts, die Großmutter zwischen ihnen, und sie aßen still zu Abend, während der Fernseher lief. Das taten sie oft, und als Juli noch ein Kind gewesen war, hatte sie sich nichts dabei gedacht. Sie hatte auf ihrem Stuhl gesessen, auf dem das dicke, gelbe Telefonbuch lag, damit sie über den Tisch schauen konnte, und sie hatte länger aufbleiben dürfen, wenn es eine Sendung gegeben hatte, die ihr gefiel. Sie mochte es besonders, wenn ein Mann in schnittigem Anzug und glänzenden Schuhen eine breite, steile Treppe herunterkam, deren Stufen aufleuchteten bei jedem seiner Schritte. So locker und gekonnt sah das aus, dass Juli sich fragte, wie viele Tausende Male er das wohl geübt haben musste. Er schaute gar nicht, wohin er trat, er breitete die Arme aus, und dann sang er von Liebe und Glück und dem Zauber der Musik. Und vor lauter Staunen vergaß Juli manchmal ihr Brot mit dem Fleischsalat.

Später, als sie älter wurde und auch ohne Telefonbuch über den Tisch schauen konnte, da dachte Juli, dass der Fernseher vor allem deshalb lief, um das Schweigen zu übertönen, und dass die Lampe, die über ihren drei Köpfen hing, viel zu hell schien. Eine kugelförmige, nach unten offene Lampe aus karamellfarbenem Glas. Juli fand, so eine Helligkeit machte das Schweigen noch lauter.

Dann griff die Mutter nach der Fernbedienung, und der Ton schwoll noch weiter an, obwohl das gar nicht nötig gewesen wäre. Trotzdem konnte Juli das Schaben der Messer auf den Tellern hören, sie konnte das Kauen hören und das Knistern der Seidenstrümpfe, wenn die Mutter unter dem Tisch ein Bein über das andere schlug. Aber Juli wusste selbst nichts zu sagen, und deshalb aß sie schweigend, räumte schweigend den Tisch ab, goss schweigend Tee aus der Kanne nach, deren Porzellan nicht mehr weiß wurde, sosehr Juli es auch schrubbte.

So ging es, bis erst die Großmutter und dann auch die Mutter nicht mehr mit am Tisch essen konnten. Dann saß Juli bei der Mutter im Schlafzimmer, mit einem Teller auf den Knien, auf dem kleine, quadratische Butterbrotstücke lagen. Und während die Mutter alle Quadrate aufaß, was mit der Zeit immer länger dauerte, lief das Radio, ein Sender mit Operettenmusik, und die Hand, die auf der Bettdecke lag, trocken und faltig wie das Blatt einer Physalis, zuckte manchmal im Takt. Aber nie, nicht ein einziges Mal, hatte die Mutter dabei wie eine lustige Witwe ausgesehen.

* * *

JULI ÖFFNETE DIE Augen. Über ihr war ein Licht, so grell, dass es schmerzte. Wo war sie? Zu Hause in ihrem Wohnzimmer? Aber die Lampe, die dort viel zu hell geleuchtet hatte, besaß sie doch längst nicht mehr, sie war eines der wenigen Dinge gewesen, die Juli nicht behalten hatte. Sie setzte sich auf. Irgendetwas summte. Ihr Mantel fiel herunter, jemand hatte sie damit zugedeckt. Juli sah auf die Tür, die geschlossen war, und jetzt wusste sie wieder, wo sie sich befand. Sie spürte in sich hinein, ob auch diese Ahnung wieder aufwachte. Doch an der Stelle, an der sie gesessen hatte, tief unten im Hals, fühlte sie nichts. Juli schluckte, es ging leicht.

Sie stand auf, streckte sich und bemerkte den Kaffeebecher unter ihrem Sitz. Sie sah sich um, aber da war niemand außer ihr, und deshalb entschied Juli, dass das ihr Kaffee war. Er war kalt, bitter und süß, und das war ein Geschmack, der hierherpasste. Während Juli trank, hörte sie es klacken und summen, und dann sah sie, wie die Tür aufging. Heraus kam Schwester Clara, sie lief geradewegs auf Juli zu und blieb vor ihr stehen.

Juli lächelte. »Danke für den Kaffee.«

Schwester Clara nickte. Die Schatten, die ihre Augen umgaben, waren noch dunkler. Sie hob eine Hand, die in Latex steckte, und nahm Juli den leeren Becher ab. Dann seufzte sie, doch diesmal war es ein anderer Seufzer, nicht mild und nachgiebig. Er war bitter, bitterer als Kaffee.

»Es tut mir leid. Ihr Vater ist tot.«

Juli sah Schwester Clara an, die den Blick senkte. In Julis Kopf war nichts außer diesen Worten, und sie suchte nach einem Sinn. Der Vater war tot, seit langer Zeit schon, seit sie denken konnte. Sie wusste nicht mehr, wie es geklungen hatte, wenn er gesprochen, wenn er gesungen oder geschwiegen hatte. Wie es gerochen hatte, wenn ihr Kopf, kaum größer als eine Pampelmuse, auf seiner Schulter gelegen hatte. Wenn sie an ihn dachte, dann dachte sie an das Foto, das im mittleren Zimmer auf der Kommode stand, dort, wo es selten jemand sah. Der Rahmen war zu groß, das Bild hing schief darin, der Vater blickte ernst, und seine kurzen Haare glänzten wie schwarze Schuhcreme.

Juli sagte: »Ich weiß.«

Schwester Clara sah sie verwundert an.

»Ich meine: Ich habe es gespürt.«

Jetzt verstand Schwester Clara, was Juli meinte, denn das sagten die Menschen öfter: dass sie spürten, wenn ein anderer starb. Deshalb streichelte Schwester Clara jetzt Julis Arm mit der Hand, die in Latex steckte, sie streichelte kurz und fest, und dann zog sie die Hand wieder zurück. Und das war merkwürdig, denn erst als das Streicheln vorbei war, verstand Juli wirklich, was geschehen war.

Er war tot. Herr Habakuk war tot.

Da kam der Schmerz, er nistete sich hinter ihren Augen ein, tief drinnen in den Höhlen.

»Hat er noch etwas gesagt?«

»Nein, er ist gar nicht mehr aufgewacht.«

Juli nickte.

»Er hat nicht gelitten, das kann ich Ihnen versichern.«

Juli dachte an das Bett, in dem Herr Habakuk gelegen hatte, aber nicht an das hinter dieser Tür, die klackte und summte, sondern an das in seiner Wohnung. Das Bett mit nur einem Kissen, einer Decke und einem nackten, stumpfen Laken.

Wie wunderlich war die Welt: In der ersten Nacht, in der Herr Habakuk nicht gelitten hatte, war er nicht mehr aufgewacht.

»Möchten Sie ihn sehen?«

Juli zögerte. Als die Mutter gestorben war, war Juli noch einmal bei ihr gewesen. Steif und bleich hatte sie dagelegen, bleicher noch als sonst, und ihr Mund hatte offen gestanden, als habe sie noch etwas sagen wollen. Der Arzt hatte Juli erklärt, dieser Anblick sei für sie als Angehörige wichtig, um den Tod wirklich zu begreifen, und dabei hatte er kaum von seinen Papieren aufgeschaut. Aber Juli hatte nicht begriffen, was der Arzt gemeint hatte.

Und nun dachte sie an Herrn Habakuk, an seinen schwingenden Stock und das Glück auf seinem Gesicht. Da wusste sie, was sie zu tun hatte.

»Ich brauche einen Moment an der Luft.«

Schwester Clara nickte, sie hätte auch Luft gebraucht, Luft und Schlaf. Aber das ging jetzt nicht, sie musste wieder zurück durch diese Tür.

Juli nahm ihren Mantel und sagte, sie sei gleich wieder da, und sie ahnte, noch bevor sie sich umwandte, dass dies schon wieder eine Lüge war. Dann lief sie den Flur entlang, der aussah wie ein tintenblauer Fluss, durch eine Tür und eine Treppe hinunter. Dann war sie draußen und atmete den kalten, klaren Morgen. Die Straße glänzte im matten Licht. Juli holte ihren Almanach und einen Stift aus der Manteltasche und schrieb hinein: »Die Angst vor dem Tod.« Und dann wunderte sie sich, dass ihr diese Furcht, die größte, die der Mensch hatte, erst jetzt begegnet war, nachdem sie so viele Jahre schon Ängste sammelte.

Sie steckte Buch und Stift wieder ein. Und dann ging sie, langsam erst, dann entschlossen. Ihr Körper lief und nahm sie mit, mehr musste sie nicht tun. Sie folgte der Straße, und sie sah sich nicht mehr um. Sie lief einfach weiter, so lange, bis sie erkannte, wo sie war.

Da war ein Haus aus Backstein und ein Laden, über dem »Blumen Mahlo« stand, und da war Frau Jakobi, die eine schwere Kiste trug. Darin waren Blumenerde und Tulpenzwiebeln, kleine Knollen, aus denen bald der Frühling kommen würde.

So ist das, dachte Juli, es geht immer weiter.

Frau Jakobi schnaufte, die Wangen waren rot wie ihr Haar, die Hände kalt und rau, wie von Reif überzogen. Sie nickte Juli zu. »So früh schon auf?« Dann schnaufte sie noch einmal und hievte die Kiste auf die Steinstufen, die ins Haus führten. Dort war das Bindezimmer, ein dunkler Raum, in dem es kalt war, auch wenn die Sonne schien. An den zwei großen Tischen hatten schon die Mutter und die Großmutter gestanden und Sträuße gebunden, Kränze und Gestecke. Im Winter roch es nach Tanne, im Sommer nach Baccara-Rosen und Schwertlilien. Juli mochte diesen Raum, hier hatte sie oft in ihrem Kinderwagen gesessen, eingepackt in Mütze und Schal, und still dabei zugeschaut, wie die Mutter und die Großmutter die Stiele mit der Schere zurechtgeschnitten hatten, alle genau auf eine Länge. Und das hatte ein heimeliges Geräusch gegeben, das Schnappen der Schere und das Brechen der Stiele. Als Juli älter geworden war, hatte sie den Boden fegen dürfen mit dem großen Besen aus Reisstroh. Sie hatten wortlos gearbeitet, aber das war ein gutes Schweigen gewesen, eines, das entstand, wenn die Hände ganz von allein wussten, was sie zu tun hatten.

Bei Frau Jakobi war das anders, bei ihr lief meistens das Radio, denn sie liebte Musik, Schlager und alte Hits, besonders aus den Sechzigern. Und sie sang auch gerne ein bisschen mit.

»Einmal um die ganze Welt«, trällerte Frau Jakobi und wuchtete die nächste Kiste aus dem Lieferwagen. »Und die Taschen voller Geld.«

Wenn Juli Menschen sah, die eine Aufgabe hatten, wurde sie ein bisschen neidisch. Sie selbst hatte ja keine mehr. Eigentlich hatte sie sich vorgestellt, eine Lehre zu machen, Blumenhändlerin hatte sie werden wollen, und das wäre ja auch nur logisch gewesen. Nach der Schule hatte sie schon mit dem Lernen angefangen, Pflanzenkunde, Preiskalkulation, Warenwirtschaft. Doch dann war erst die Großmutter krank geworden, danach die Mutter, und Juli hatte sich um die Pflege und den Haushalt kümmern müssen. Für Blumen war keine Zeit mehr gewesen. Deshalb hatten die Jakobis das Geschäft übernommen und nicht Juli, so wie es eigentlich geplant gewesen war.

Bei der Mutter und der Großmutter war der Laden penibel aufgeräumt gewesen, die Fensterscheiben und die Fliesen hatten geblitzt, als machten sie Reklame für Scheuermilch, kein Pollenstäubchen, kein verwelktes Blättchen trübte das perfekte Bild, und jeder einzelne Stängel hatte sich straff wie eine gespannte Schnur in die Höhe gereckt. Und auch die Bouquets waren Schaubilder von Ordnungsliebe und Akkuratesse gewesen. Wenn sie nicht so gut geduftet hätten, dann hätte man glatt meinen können, die Blumen wären gar nicht echt gewesen.

Bei den Jakobis wirkten die Sträuße, als hätten sie sie auf einer wild blühenden Wiese zufällig zusammengepflückt. Bunte, ungestüme Kunstwerke, aus denen sogar Johannisbeerzweige ragten, Sommerhafer oder Rosmarin, und keines glich dem anderen. Außerdem hatten sie Dielen auf die Fliesen gelegt, Konsolen aus alten Weinkisten gebaut, und auf dem Tresen stand eine antike Registrierkasse, die Juli besonders liebte. Sie war aus Messing, bestimmt einen Zentner schwer, und an der rechten Seite war eine Kurbel angebracht. Jedes Mal, wenn sie den Laden betrat, fühlte sie sich ein bisschen wie in dem Film »My Fair Lady«, in dem Audrey Hepburn das Blumenmädchen spielte.

So einen Laden, dachte Juli, durfte man niemandem mehr wegnehmen, das hätte sie nicht übers Herz gebracht. Doch sie sehnte sich danach, etwas zu tun zu haben. Aus Herrn Habakuk hätte eine Aufgabe werden können, sie hätte sich um ihn kümmern und das Bett machen und ihm neue Plätzchen bringen können. Aber das ging jetzt nicht mehr. Deshalb stand sie einfach da, die Hände in den Manteltaschen, und trat von einem Bein aufs andere. Mehr fiel ihr nicht ein.

Frau Jakobi hob die letzte Kiste auf die Stufen, dann drückte sie den Rücken durch und hielt sich das Kreuz.

»Ach nee, ach nee.« Sie stöhnte. »Wird Zeit, dass Max wieder fit ist.«

So fängt ein Gespräch an, dachte Juli, jetzt hatte sie doch etwas zu tun. Sie konnte etwas fragen, immerhin.

»Geht es ihm denn besser?«

Frau Jakobi grinste. »Er hat kein Fieber mehr. Aber er jammert halt gerne, da ist er nicht anders als all die anderen Kerle. Ist ja auch viel gemütlicher, im Bett rumzuliegen. Würde ich auch lieber machen.«

»Das dauert, so eine Grippe«, sagte Juli. Das war wichtig in Gesprächen, dass man etwas sagte, bei dem auch der andere mitreden konnte.

Frau Jakobi drehte ihren Rumpf nach links, dann nach rechts, man hörte es knacken, und Frau Jakobi sagte: »Aua.«

Hm, dachte Juli, Mitreden ging irgendwie anders. Aber mehr wusste sie jetzt auch nicht zu sagen.

Doch Karel Gott war ja noch da, die goldene Stimme aus Prag, die aus dem Bindezimmer tönte: »Auf dem Mond spazieren geh'n, davon hab ich schon als kleiner Bub geträumt.«

Und da musste Juli an ein Bild denken, mit Fotoecken auf Karton geklebt. Herr Habakuk an seinem elften Geburtstag. Als er auch ein kleiner Bub gewesen war, der Träume gehabt hatte, vielleicht von einem Spaziergang auf dem Mond. Da wurde Juli wieder traurig, und das sah Frau Jakobi.

»Na, na. Irgendwas stimmt nicht, das sehe ich doch.«

Juli blickte zu Boden, auf das Kopfsteinpflaster im Hof, auf den Schnee, der unter ihren Füßen schmolz. Aber hauptsächlich blickte sie dorthin, damit Frau Jakobi nicht sah, dass es in ihren Augen schimmerte.

Frau Jakobi streichelte ihr über den Arm, so wie es auch Schwester Clara getan hatte, nur schneller und kräftiger, sie rubbelte richtig, wie um Juli etwas aufzuwärmen, und unter der offenen, silbern glitzernden Steppweste war nun gut zu sehen, wie ihr Busen wogte.

»Ist es wegen Weihnachten?«, fragte Frau Jakobi und gab sich gleich selbst die Antwort, »ja, das kann ich verstehen, da kriegt man Gedanken, ich krieg auch immer welche, obwohl ich mit dem ganzen Geglaube eigentlich gar nichts zu tun habe. Aber es ist ja das erste Weihnachten ohne Ihre Mu ...« Sie unterbrach sich. »Wissen Sie was? Sie brauchen Ablenkung. Ablenkung hilft. Und ich weiß auch schon, wie.« Sie kniff ein Auge zu. »Wozu hat man einen kranken Kerl daheim?«

Juli stutzte. Was konnte sie schon tun, damit Herr Jakobi wieder gesund wurde? Sie kannte sich doch gar nicht mit Herrn Jakobi aus. Aber dann fiel ihr etwas ein.

»Soll ich ihm Graupensuppe kochen? Mit Bauchfleisch vom Metzger Saltzmann?«

»Nein! Vielen Dank, das ist, äh, echt total nett, aber ich dachte eher an den Laden.« Sie machte eine Geste, die Verkäufer machten, wenn sie etwas präsentierten, das man kaufen sollte. Sie beschrieb einen weiten Bogen mit der ganzen Hand, mit dem ganzen Arm sogar. Und dabei strahlte sie ein Verkäuferlächeln.

Aber Juli verstand nicht, was Frau Jakobi meinte, sie konnte ihr den Laden doch gar nicht verkaufen, denn er gehörte Juli ja bereits. Sie sah Frau Jakobi verwundert an, das hatte sie sich von Schwester Clara abgeschaut. Doch vielleicht war das nicht genug, und deshalb sagte Juli jetzt noch: »Hä?«

Frau Jakobi ließ sich gar nicht beirren, sie strahlte einfach weiter, begeistert von ihrer eigenen Idee.

»Wir zwei könnten den Laden schmeißen.«

»Den Laden?«, wiederholte Juli, als hörte sie das Wort zum ersten Mal.

»Ja, klar! Ich habe die Hölle zu tun, so kurz vor Weihnachten entdecken die Leute, dass sie Verwandtschaft haben, auch die, die auf dem Friedhof liegt. Oh, äh, sorry …« Sie räusperte sich. »Ich muss noch Tausende Gestecke binden, keine Ahnung, wie ich das hinkriegen soll. Sie wären mir echt eine große Hilfe. Und morgen Abend koche ich was für uns, das geht klar, an Weihnachten soll man nicht allein sein, und ich habe sowieso viel zu viel eingekauft, Max isst gerade wie ein Spatz, soll ich das etwa alles wegwerfen? Kommt ja gar nicht infrage!« Dann schlang Frau Jakobi einen Arm um Julis Schultern und drückte sie, und Frau Jakobi konnte beachtlich feste drücken. »Klingt doch super, oder?«

Juli dachte, dass Frau Jakobi vielleicht recht hatte. Vielleicht war es eine gute Idee, im Laden zu sein zwischen Weihnachtssternen und Tannenduft, und wenn das Glockenspiel über der Ladentür ging, dann kam jemand, der etwas kaufen wollte, und Juli wusste, was zu tun war. Das war ein gutes Gefühl.

»Ja«, sagte sie, »klingt super.«

Frau Jakobi gab Juli die Hand, so ging das, wenn man ein Geschäft besiegelte, und Juli spürte ihre Haut, die wie aus Schleifpapier war.

»Ich bin die Marianne.« Frau Jakobi drückte noch mal fest zu. »Wie Marianne Rosenberg. Du weißt schon …« Sie trällerte: »Er gehört zu mir, wie mein Name an der Tür …« Sie lachte. »Aber meine Freundinnen nennen mich einfach nur Marie.«

Juli dachte, dass sie schon lange keine Freundin mehr gehabt hatte. Als sie in der Schule gewesen war, in der sechsten Klasse, da war ein Mädchen gewesen, mager, die Haut fast durchscheinend, die Haare kurz wie ein Junge. Die Lehrerin hatte gesagt, sie solle sich neben Juli setzen, ganz hinten in der letzten Reihe, dort sei noch ein Platz frei. Und das Mädchen hatte sich hingesetzt, hatte ihre wenigen Stifte ordentlich auf die Bank gelegt und kein Wort gesagt. In der Pause hatte sie allein auf dem Hof gestanden, niemand hatte sie beachtet, und das war etwas, das Juli gut kannte. Deshalb war sie zu dem Mädchen hingegangen und hatte gefragt, ob sie ihr Schinkenbrot haben wolle. Da hatte das Mädchen gelächelt, ein Lächeln, das so mager und blass gewesen war wie sie selbst. Und dann hatte sie Julis Pausenbrot genommen und zwischen zwei Bissen gesagt, sie heiße Caroline. Juli hatte gedacht, so könnte es sein, wenn eine Freundschaft anfing. Aber dann, nach wenigen Wochen, war Caroline nicht mehr in die Schule gekommen, nie wieder, und niemand hatte Juli gesagt, warum. Daran musste sie jetzt denken und auch, dass es unwahrscheinlich war, dass Frau Jakobi einfach verschwand, denn da war ja der Laden, und da war ihr Mann Max, da ging man nicht einfach fort und kam nicht mehr zurück. Deshalb drückte sie jetzt Frau Jakobis Hand, so fest sie konnte.

»Ich bin die Juli.«

Und Frau Jakobi, die jetzt Marie hieß, rief so laut, dass sie Karel Gott übertönte: »Na, endlich!«

* * *

MARIE HATTE RECHT gehabt. Es tat Juli gut, im Laden zu sein, da hatte sie etwas zu tun, und sie wusste, wie man das machte, Blumen verkaufen, damit kannte sie sich aus. Wenn das Glockenspiel über der Tür ging, kam Juli hinter der Theke hervor und sagte: »Guten Tag!« Und: »Was haben Sie für einen Wunsch?« Juli hatte sogar extra ihr Lieblingskleid angezogen, das mit den großen Mohnblumen, das passte gut zum Hintergrund, und in die Haare hatte sie eine rote Schleife gebunden.

Aufblühen, so hatte Marie es genannt und an der Schleife gezwirbelt, als wäre sie ein Propeller, »du blühst ja richtig auf«.

Und jedes Mal, wenn Juli etwas verkaufte, konnte sie an der Kassenkurbel drehen, dann klingelte es, und das Geldfach sprang auf.

Heute hatte sie schon oft gekurbelt, es kamen viele Kunden, die noch einen Wunsch hatten, einen Weihnachtsstern, einen Rosenstrauß oder eines der kleinen Tannenbäumchen, die Marie mit winzigen bunten Kugeln geschmückt hatte. Und vor lauter Kurbeln und vor lauter Wünsche-Erfüllen war Juli kaum dazu gekommen, an Herrn Habakuk zu denken.

Nun war es bald Zeit, den Laden zu schließen, an Heiligabend war immer bis zum Nachmittag geöffnet, das hatten schon die Mutter und die Großmutter so gehalten. Juli war gerade auf dem Weg zur Tür, als doch noch einmal das Glockenspiel ging und ein Mann in den Laden trat. Er trug einen schwarzen Mantel, den Kragen hochgeschlagen, und schwarze Lederschuhe, und auch die Haare waren schwarz. Alles zusammen wirkte sehr elegant. Er war ein bisschen außer Atem, keuchte und klopfte sich Schnee von den Schultern und aus den Haaren. Dann sah er zu Juli hinunter, denn er war sehr groß, und Juli trug flache Schuhe, das war wichtig, wenn man den ganzen Tag im Laden stand. Er strahlte sie an und sagte: »Endlich mal weiße Weihnachten!«

Juli sah zu ihm auf und dachte, dass er richtig schön war. So schön wie Gregory Peck in dem Film »Ein Herz und eine Krone«, den Juli fast so sehr mochte wie »Sissi«. Sie fühlte ihr eigenes Herz, das plötzlich in den Ohren pochte, dabei gehörte es dort doch gar nicht hin. Und außerdem war das Unsinn, das Herzklopfen und die Krone auch, sie war nicht Audrey Hepburn, sie war noch nicht mal ein ausgebildetes Blumenmädchen und schon gar keine Prinzessin. Sie war nur Juli Mahlo, die jetzt ein bisschen rot wurde, so wie die Mohnblumen auf ihrem Kleid.

»Guten Tag«, sagte sie, »was haben Sie für einen Wunsch?«

»Oha!« Der Mann lachte laut auf. »Mehr als einen.« Seine Stimme war tief, seine Augen waren tulpenzwiebelbraun, und er grinste. »Sagen Sie bloß, Sie wären mit nur einem Wunsch zufrieden.«

Juli dachte nach. Sie hatte einen Wunsch, seit langer Zeit schon, es war nur ein einziger, und er hatte nichts mit Prinzessinnen zu tun. Sie wünschte sich bloß zu wissen, woher das Schweigen der Mutter gekommen war, dieses Schweigen, das so tief und unbeugsam gewesen war. Wenn dieser Wunsch jemals in Erfüllung gehen sollte, erschien ihr das mehr als genug. Aber das ging nicht, das war unerreichbar, denn die Mutter war ja nicht mehr da. Wer also hätte ihr diesen Wunsch erfüllen sollen?

»Es wäre ein Anfang«, sagte sie.

»Da haben Sie Recht!« Der Mann schaute sich um, und dann rieb er die Hände aneinander, und auch die Hände waren schön, es war kaum auszuhalten, schmale Hände mit langen, schmalen Fingern daran. Und kein Ring. Wie konnte es sein, dachte Juli, dass ein Mann, der so schön war, keinen Ring trug? Gab es denn keine schöne Frau, mit der er verheiratet war? Aber das konnte sie nicht laut sagen. So eine Frage war ja intim, und außerdem ging es sie nichts an.

»Ihr Kleid«, sagte der Mann unvermittelt.

Juli sah an sich hinunter. Bestimmt war ein Fleck darauf, Blumenwasser oder Blütenstaub, denn natürlich trug sie keine Schürze. Aber da war gar kein Fleck.

»Ihr Kleid ist toll.«

»Ach?«

»Ja, wirklich. Es sieht so fröhlich aus.«

»Fröhlich?«

»Ja. Finden Sie nicht?«

»Ich weiß nicht.«

Juli schaute ihn an, der Mann schaute zurück, und Juli dachte, so schaut keiner, der fröhlich ist, so richtig durch und durch. Aber wie konnte jemand, der so schön war, nicht durch und durch fröhlich sein?

»Ach, der Herr Lensky, mal wieder auf den letzten Drücker?« Marie kam aus dem Bindezimmer, sie hielt die Hände in die Höhe.

»Ja, ich weiß auch nicht, wie das kommt.« Mit einer Hand schüttelte er Maries Ellenbogen, denn ihre Hände waren schwarz von Erde.

»Ihr Strauß ist fertig, dreißig Rosen, wie immer. Ich hab Ihnen die tollsten ausgesucht.«

»Sehr gut.« Er ließ ihren Ellenbogen wieder los.

Marie verstand, wie man mit schönen Männern umging, dachte Juli. Marie hatte ja auch Übung darin, bestimmt kamen oft welche in den Laden und kauften dreißig Rosen für ihre schönen Frauen, denn sie wussten, was schönen Frauen gefiel. Aber sie, Juli, hatte nur Übung mit Männern wie Martin, von dem sie auch geglaubt hatte, er wisse, was ihr gefiel. Doch sie hatte sich geirrt. Vielleicht war das Leben einfacher, wenn man schön war, dachte Juli, dann kannte man sich mit allem aus und hatte vor gar nichts Angst.

Aber das stimmte nicht. Herr Lensky hatte Angst, große Angst sogar, er fürchtete sich vor Stille, und er war tüchtig darin, sie zu übertönen. Mit Musik. Mit amerikanischen Fernsehserien. Mit Geselligkeit. Und neben seinem Bett lag eine CD, darauf waren Geräusche, Vogelzwitschern, Meeresrauschen, ein plätschernder Bach, und die Geräusche sollten ihm beim Einschlafen helfen. Herr Lensky hatte sich diese CD gekauft, nachdem er einst in einem einsamen Haus in der Bretagne Urlaub gemacht hatte. Tagsüber hatte es ihm dort gefallen, er hatte Vogelzwitschern gehört, Meeresrauschen und einen plätschernden Bach. Aber nachts hatte er nichts mehr gehört, gar nichts, nicht mal das Zirpen einer Grille. Und es war so finster gewesen, dass er geglaubt hatte, jeden Moment zwei grell leuchtende Augen aus der Schwärze aufblitzen zu sehen. Da war er mitten in der Nacht aufgestanden und mit seinem schwarzen Auto in die nächste Stadt in ein Hotel gefahren, weil er diese Stille und diese Finsternis nicht länger ertrug. Aber all das konnte Juli ja nicht ahnen. Sie hätte nur gewusst, dass man die Angst vor Dunkelheit Achluophobie nannte.

Sie sah dabei zu, wie Herr Lensky den Strauß bewunderte, es waren rote Rosen, Ingrid-Bergman-Rosen, dachte Juli, eine gute Wahl, und Herr Lensky tauchte sein Gesicht hinein.

»Wie das duftet!«

»Da wird sich Ihre Mutter freuen. Wie geht es ihr denn?«, fragte Marie. »Ich habe sie schon lange nicht mehr gesehen.«

Für die Mutter war der Strauß also, und Juli spürte, dass ihr das gefiel.

Doch dann geschah etwas Merkwürdiges. Juli blickte in das Gesicht von Herrn Lensky, das eben noch so verzückt gewesen war vom Duft der Ingrid-Bergman-Rosen, und sie sah, dass ein Schatten darauflag, einen Moment lang nur. Und Juli sah auch, dass Herr Lensky geübt darin war, so zu tun, als sei dieser Schatten gar nicht da. Aber sie ließ sich nichts vormachen. Sie mochte zwar nicht wissen, wie man mit schönen Männern umging. Aber mit Schatten kannte sie sich aus.

»Es geht ihr gut, danke.« Herrn Lenskys Lippen waren nur noch ein Strich.

»Sind Sie sicher?« Die Worte waren aus Juli herausgekommen, sie konnte gar nichts dafür. Und jetzt stand sie da in ihrem fröhlichen Kleid und horchte in die Stille, die nach diesen Worten kam.

Herr Lensky hielt inne und sah sie an mit seinen tulpenzwiebelbraunen Augen, es lag ein Staunen darin und ein Unbehagen, er wand sich in der Stille, und dann sagte er etwas, es klang tief und dumpf. »Nein.«

Und es war, als erschreckte er sich vor seinem eigenen Wort. Es hallte nach in der Stille und auch in ihm. Da wunderte sich Herr Lensky, er wunderte sich über sich selbst. Aber auch Juli wunderte sich, und Marie wunderte sich mit. Es war wie beim Tennis, sie sah zu Juli, dann zu Herrn Lensky und wieder zurück, und mitten hinein in das Schauen und das Wundern hörte man noch eine Stimme, sie kam aus der Wohnung nebenan. Herr Jakobi rief: »Marie, kommst du mal?«

Da konnte Marie nicht anders und ließ Juli und Herrn Lensky allein. Bestimmt wäre sie gern noch geblieben, das spürte Juli, und hätte sich noch ein bisschen weitergewundert.

Aber Herr Lensky hatte es jetzt eilig, er müsse los, sagte er und klopfte auf seinem Mantel herum, dann fand er die Brieftasche, Juli kurbelte an der Kasse und sagte, das mache vierundfünfzig Euro. Er gab ihr viel zu viel, »stimmt so«, er packte seinen Strauß, murmelte »Frohe Weihnachten«, und schon war er aus der Tür.

Juli sah ihm nach, wie er über die Straße lief mit seinen langen Beinen, die weit ausholten und immer schneller wurden, bis er schließlich rannte. Er rannte, obwohl gar kein Auto kam. Und Juli dachte, dass es ein bisschen so aussah, als liefe er vor etwas davon.

* * *

MARIE HATTE WIRKLICH zu viel eingekauft, wer sollte das alles essen, dachte Juli, aber Marie war das egal.

»Ich hasse es, wenn zu wenig da ist«.

Dann stellte sie noch eine dampfende Schüssel auf den Tisch, auf dem eigentlich längst kein Platz mehr war. Es gab Kartoffelklöße und Rosenkohl und Maronen und Bratäpfel und Preiselbeeren, nur die Gänsekeulen hatte Marie vergessen einzukaufen und das leider erst gemerkt, als es zu spät und die Geschäfte längst geschlossen gewesen waren. Deshalb hatte Marie einen Hackbraten improvisiert, und ihrem Mann war das nur recht, er mochte Hackbraten viel lieber als Gänsekeulen, Hauptsache, es gab Soße dazu. Herr Jakobi liebte Soße, am meisten, wenn seine Frau sie machte. Sein Teller war gefüllt bis zum Rand, und Juli dachte, wenn das bedeutete, dass er aß wie ein Spatz, dann mochte sie sich kaum vorstellen, was er sonst verspeiste.

Das üppige Essen hatte einen Grund, denn Herr Jakobi fürchtete sich vor gar nichts, außer vor Hunger. Er war der jüngste von sechs Brüdern, und alle fünf waren immer schneller gewesen als er, beim Rennen, beim Schlagen und auch beim Essen. Deshalb hatte Herr Jakobi als Kind oft hungrig ins Bett gehen müssen oder auch hungrig in die Schule. Seine Mutter hatte es nicht gekümmert, sie hatte ohnehin kaum gewusst, wie sie all die Mäuler satt kriegen sollte. Und sein Vater war keine Hilfe gewesen, er war lieber im Bett geblieben und hatte getrunken, bis er eines Tages gar nicht mehr aufgestanden war.

In der Zwischenzeit war Herr Jakobi schneller geworden, vor allem beim Essen, aber er war nicht dick, gar nicht. Juli fand, er sah ein bisschen aus wie der junge Robert de Niro. Ein ganz kleines bisschen.

»Max kann in sich hineinstopfen, was er will, er nimmt einfach nicht zu. Das ist total unfair, ich schaue ein Stück Torte nur an und hab es schon auf den Hüften.«

Marie füllte Julis Teller, sie ließ sich gar nicht beirren, obwohl Juli protestierte, das sei viel zu viel.

»Heute ist doch Weihnachten«, sagte Herr Jakobi mit vollem Mund und hob sein Glas, der Wein schwankte, dann rief er »Prosit!« und trank es leer in einem Zug.

»Na, dir geht's ja wieder gut.« Marie strahlte ihn an, und Herr Jakobi strahlte zurück.

Er schenkte sich nach und hob sein Glas noch einmal: »Ich bin übrigens der Max.«

Juli sagte: »Ich bin die Juli«, sie stieß mit ihm an und mit Marie auch, und Max sagte: »Das wird aber auch Zeit.«

Dann aßen sie, und es schmeckte ausgezeichnet. Juli sagte, das sei der beste Gänsekeulenersatzhackbraten, den sie je gegessen habe.

Vielleicht schmeckte es aber auch deshalb so besonders gut, weil Juli nicht allein war. Da waren Marie und Max und der Weihnachtsbaum, der fast bis zur Decke ragte, mit silbernen Kugeln, Engelshaar und echten Kerzen. Da war die Musik, die Marie aufgelegt hatte, »Schöne Weihnacht mit Peter Alexander«. Er sang mit seiner glockenklaren Stimme, »Stille Nacht, heilige Nacht«, »Leise rieselt der Schnee« und »Heidschi-Bumbeidschi«, und sie sangen alle drei ein bisschen mit. Und da war ein Schwindel in Julis Kopf, der vom Wein kam und sich so angenehm drehte. Und sogar ein Geschenk gab es, extra nur für sie. Eine schmale Schachtel in glänzendem Papier. Darin war eine Halskette aus roten Perlen, und Marie sagte, das sei dasselbe Rot wie die Mohnblumen auf Julis Kleid. Als Juli vor dem Spiegel stand und sich mit der Kette betrachtete, die wirklich genau so rot war, da dachte sie, dass es an Weihnachten schon lange nicht mehr so schön gewesen war, vielleicht noch nie. Und auch, dass sie selbst schon lange nicht mehr so schön gewesen war. Vielleicht noch nie. Da wusste sie gar nicht recht, wie sie sich bedanken sollte, und deshalb sagte sie einfach: »Danke für alles.«

Aber sie hatte ja auch ein Geschenk, und das holte sie jetzt mit Schwung hinter ihrem Rücken hervor.

Es war ein Umschlag mit einer Karte darin, ein Blumenstrauß war darauf abgebildet, und Juli hatte »Gutschein« darüber geschrieben, in Druckbuchstaben, denn damit konnte man nichts falsch machen. Marie las laut vor:

»Gutschein für kostenlose Dienstleistungen: Hiermit erkläre ich, Juli Maloh, mich bereit, jederzeit im Laden Blumen

Mahlo zu helfen oder beim Blumenausliefern, wenn Hilfe gewünscht oder erforderlich ist. Selbstverständlich erwarte ich dafür keinerlei Aufwandsentschädigung. Frohe Weihnachten, gezeichnet Juli Maloh.«

Juli hatte gestern Abend noch lange an dem Text gefeilt, und jetzt, wo sie hörte, wie Marie ihn vorlas, fast ein bisschen staatsmännisch, wenn das bei Frauen ging, da fand Juli, er war ihr wirklich gut gelungen.

Marie und Max fanden das auch, denn sie lachten und bedankten sich, und Marie nahm Juli in den Arm und drückte sie noch fester als gestern Morgen.

»Aber ein bisschen was zahl ich dir. Keine Widerrede!« Und so, wie Maries Stimme klang, hätte Juli gar nicht gewagt zu widersprechen. Jetzt gab es keinen Zweifel mehr, dass sie Freundinnen waren, und das war ein so feierliches Gefühl wie Weihnachten und Geburtstag zusammen.

Darum ließ Max die beiden jetzt allein, er legte sich ins Bett und schaute »Spiderman«, das ging auch an Heiligabend, und Marie versprach, ihm eine Portion Nachtisch zu bringen, Schokoladeneis mit heißen Kirschen. Aber er solle bloß aufpassen, dass er keine Flecken machte.

Juli dachte, so sollte es im Leben sein, man sollte jemanden haben, dem man Nachtisch ans Bett bringen konnte, denn alleine war nicht gut heiße Kirschen essen. Sie selbst hatte noch nie jemandem Nachtisch ans Bett gebracht. So konnte das nicht weitergehen.

Marie dachte das auch: »So kann das nicht weitergehen.« Sie hatte die Teller und die Schüsseln abgeräumt und sich nicht dabei helfen lassen, dann hatte sie Wein nachgeschenkt und sich zu Juli an den Tisch gesetzt. Dort saß sie jetzt und machte ein energisches Gesicht.

»Was geht so nicht weiter?«, fragte Juli.

»Dass du allein bist. Dass du nicht rausgehst.«

»Aber ich gehe doch raus.«

»Ja, zum Metzger Saltzmann.«

»Der hat das beste Bauchfleisch.«

»In der Tat«, sagte Marie, »mindestens hundertfünfzig Kilo.«

Juli zuckte mit den Schultern. Das Bauchfleisch vom Metzger Saltzmann persönlich ging sie ja nichts an.

Marie seufzte. »Du musst endlich anfangen zu leben. Sonst wirst du alt und grau und einsam, so schnell kannst du gar nicht gucken.«

Da musste Juli an Herrn Habakuk denken, der alt und grau und einsam geworden war, obwohl er viele Jahre lang jemanden gehabt hatte, dem er heiße Kirschen ans Bett bringen konnte. So einfach war es also nicht, dachte sie, auf das Leben ist kein Verlass. Doch wie sollte man anfangen zu leben, wenn man erstens schon mittendrin war und es zweitens nichts gab, worauf man sich verlassen konnte?

»Apropos gucken«, sagte Marie, »was war das heute eigentlich mit Herrn Lensky?«

»Was war was?«

»Wie er dich angeguckt hat. Und du ihn.«

»Ich hab überhaupt gar nicht geguckt.«

»Und ob du geguckt hast. Ist ja auch kein Wunder. Herrn Lensky angucken ist toll. Anfassen bestimmt auch.«

Juli wurde so rot wie ihre neue Kette. »Ich weiß nicht.«

»Das ist es ja!« Marie schenkte Wein nach. »Jetzt mal Klartext: Wann hast du das letzte Mal jemanden angefasst?«

Juli wurde noch röter, obwohl das eigentlich gar nicht mehr ging. Das Anfassen war so eine Sache, dachte sie, das ist wie beim Überraschen, man weiß nie genau, was man bekommt. Nach Martin hatte sie es noch einmal versucht, aber ihr blieb ein Rätsel, wie das wirklich ging. Beim Küssen war es noch leicht, erst musste sie den Kopf schief legen, dann musste sie den Mund öffnen, ein bisschen nur, und danach ergab sich der Rest wie von selbst. Aber sobald sie in einem Bett lag, an das man ihr hätte Nachtisch bringen können, da kannte sie sich nicht mehr aus.

Der Mann nach Martin hatte Richard geheißen, er war klein gewesen, ein bisschen kleiner noch als Juli, und auch ein bisschen älter, aber das hatte sie nicht gestört, im Gegenteil. Mit Martin hatte es ja nicht funktioniert, also funktionierte es vielleicht mit dem Gegenteil vom Martin. Sie hatten sich beim Metzger Saltzmann kennengelernt. Juli hatte hinter ihm in der Warteschlange gestanden, auf den hellbraunen, krausen Flaum an seinem Hinterkopf geschaut und überlegt, ob er wohl Angst davor hatte, in der Öffentlichkeit zu sprechen. Und damit hatte sie gar nicht so falschgelegen, denn Richard fürchtete sich tatsächlich, vor jemand anderem an der Reihe zu sein. Dann fühlte er sich wie damals als Bub auf der Bühne, im »Sommernachtstraum«, als er seinen Text vergessen hatte. Schlimm war das gewesen, wie er geschwitzt und wie er gestottert und wie die ganze Schulaula ihn ausgelacht hatte. Und so ging es von da an immer, wenn er eine exponierte Stellung einnahm: Er vergaß, was er wollte, er verhaspelte sich und verlangte grobe Brühwurst, obwohl er die gar nicht leiden konnte, nur um nicht weiter vor der Theke zu stehen, stammelnd, mit einer grummelnden, drängelnden Menschenmenge hinter sich.

Deshalb hatte er Juli vorgelassen und gehört, wie sie hundertfünfzig Gramm Bauchfleisch bestellt hatte. Und da war es aus Richard herausgeplatzt, laut und vor allen anderen hatte er gesagt, das sei ja erstaunlich, er kenne niemanden, der das möge außer ihm selbst. So waren sie ins Gespräch gekommen, er hatte sie zum Essen eingeladen und ihr versprochen, er werde das beste Bauchfleisch zubereiten, das sie je gegessen habe. Das hatte zwar nicht ganz gestimmt, aber das hatte Juli ihm nicht gesagt. Außerdem war das Anfassen viel wichtiger gewesen. Und es hatte auch recht manierlich angefangen, Richard hatte sie geküsst und sich dabei auf die Zehenspitzen gestellt. Er war gut im Küssen, das hatte Juli genau gespürt. Dann waren sie in sein Bett gegangen, und da war Juli noch optimistisch gewesen. Denn vielleicht, hatte sie gedacht, hatte es bei Martin gar nicht an ihm gelegen oder an ihr, sondern am Bett. Denn das Bett hatte ja Juli gehört, und deshalb war sie nicht recht bei der Sache gewesen vor lauter Horchen, ob die Mutter und die Großmutter zu früh aus der Operette heimkamen. Bei Richard war das anders gewesen. Er hatte ganz allein gewohnt, mit einem Bett, das groß genug gewesen war für zwei, denn es war sein altes Ehebett, das er nach der Scheidung behalten hatte. Darin hatte Juli gelegen und Richard auf ihr, und dann hatte er ihr ins Ohr geflüstert: »Oh« und »oh ja« und auch »du wildes Ding«. Aber Juli war gar nicht so furchtbar wild gewesen. Sie hatte nur dagelegen, Richard bei den Hüften gehalten, die sich auf und ab bewegt hatten, und gedacht, vielleicht war das schon das ganze Geheimnis. Dann war sie mit ihrem Mund ganz dicht an sein Ohr gerückt, dort hatte vorwitzig ein krauses Haar herausgeschaut, und dort hinein hatte Juli auch etwas geflüstert, nämlich: »Selber wild.« Denn wenn sie schon enttäuscht war, wollte sie ihn nicht auch noch enttäuschen.

»So lange, wie du überlegen musst, ist das ja ewig her«, unterbrach Marie ihre Gedanken.

»Hm«, machte Juli. Doch dann fiel ihr etwas ein, das sie zum Gespräch beitragen konnte. »Wie war das denn bei euch?«

»Was? Das Anfassen?« Marie lachte. »Was soll ich sagen? Als ich Max zum ersten Mal gesehen habe, vor elf Jahren war das, auf einer Silvesterparty, ich hatte meinen Hausschlüssel verloren, typisch, und er hat mir beim Suchen geholfen, da wusste ich einfach, dass er der Richtige ist. Das war so klar wie ... wie Graupensuppe.« Sie lachte noch einmal.

»Du hast es einfach gewusst?«

»Ja. Das war so ein Gefühl ...« Marie legte eine Hand auf ihren Bauch, sie war gar nicht mehr rot und auch nicht mehr rau, und die Nägel glänzten malvenfarben. »Als ob du nach Hause kommst.«

»Nach Hause«, wiederholte Juli. Sie dachte an den Tisch in ihrer Küche, in dessen Holz eine Kerbe war, in die der Fleischwolf passte, auf den Millimeter genau. Und da wusste sie, wie es sich anfühlen musste, wenn man den Richtigen fand: wie füreinander geschaffen.

»Aber von allein geht das nicht«, sagte Marie, und jetzt lallte sie schon ein bisschen und stach mit einem malvenfarbenen Fingernagel in die Luft. »Du musst etwas dafür tun. Du musst rausgehen, sonst kannst du nicht nach Hause kommen, das ist ja logisch.«

Das fand Juli auch. Und deshalb beschloss sie, endlich rauszugehen, gleich am nächsten Tag.

* * *

DOCH DANN WUSSTE Juli nicht recht, wohin sie hätte rausgehen sollen. Der Tag war so kalt, der Himmel so grau, und ihr Kopf war so schwer vom Wein und vom Nachdenken. Außerdem war Weihnachten und noch früher Morgen, und auf den Straßen war niemand, der der Richtige hätte sein können. Deshalb ging Juli an den einzigen Ort, der ihr einfiel, und das war der Parkfriedhof. Sie mochte ihn, besonders im Winter, dann war es dort noch stiller und noch verwunschener als sonst. Man konnte den Eichhörnchen Walnüsse mitbringen, und im Schnee gab es Vogelspuren, die wie kleine Wünschelruten aussahen. Und man konnte frische Blumen in die Erde setzen – Astern, Alpenveilchen, Winterjasmin –, dort, wo die Namen der Großmutter, der Mutter und des Vaters auf weißem Marmor standen.

Als sie an die Stelle kam, an der Herr Habakuk gestürzt war, blieb Juli stehen und wurde ein bisschen traurig. Aber dann schaute sie genau hin, denn dort lag etwas, ein Geldstück. Ganz blank und kalt war es. Solche Eincentstücke brachten Glück, das wusste Juli. Sie hob es auf und steckte es in die Manteltasche, und dann ging sie weiter bis zum Grab von Dieter Vallentin. Nur mal nachschauen wollte sie, ohne genau zu wissen, warum. Die Tannenzweige lagen noch darauf, und auch Julis kleiner Kranz mit der Schleife. Aber so genau sie auch nachschaute, der Brief von Herrn Habakuk war nicht mehr da.

Juli wusste nicht, was das zu bedeuten hatte, ob das ein gutes oder ein schlechtes Zeichen war. Und deshalb legte sie zur Sicherheit das Eincentstück zwischen die Tannenzweige, denn das war auf jeden Fall etwas Gutes.

»Suchen Sie etwas?«

Juli wandte sich um, und da stand jemand, eine Frau. Sie trug einen Mantel, der ihr bis zu den Knöcheln ging, er war flauschig und weiß. Hätte Juli es nicht besser gewusst, dann hätte sie gedacht, es stünde ein Engel vor ihr. Aber sie wusste es besser. Das war kein Engel. Das war Margarethe Vallentin.

Sie hielt sich sehr gerade, atmete in die Kälte, und ihr Blick war undurchdringlich. Sie sah aus wie eine lebende Statue, die regungslos in einer Position verharrte. Es fehlte nur der Hut, in den man Geld hätte werfen können. Doch dann rührte sich Margarethe Vallentin, sie bewegte eine Hand, die in einem weißen Handschuh steckte.

»Suchen Sie vielleicht das hier?«

In der Hand war jetzt ein Umschlag, und Juli wusste, welcher es war. »Für Dieter Vallentin.« Leugnen hatte also keinen Zweck.

»Ja.«

Frau Vallentin nickte. Und atmete. Dann bewegte sich die andere Hand, kam auf Juli zu.

Juli dachte gar nicht nach, sie nahm die Hand und ließ sich aufhelfen. Sie spürte, dass Margarethe Vallentin Kraft hatte und dass sie nicht loslassen würde. Und dann stand Juli neben ihr und atmete auch, und der Wind strich über den weißen Nerz.

»Gehen wir ein Stück.«

Also gingen sie, niemand kreuzte ihren Weg, denn es war noch früh am Morgen, und es war kalt. Sie gingen langsam und tastend, wie auf dünnem Eis. Und in gewisser Weise stimmte das ja auch.

»Ich hab ihn gelesen«, sagte Margarethe Vallentin. Es knirschte unter ihren cremefarbenen Stiefeln.

»Ich nicht«, sagte Juli.

Da blieb Frau Vallentin stehen und zog eine Augenbraue hoch, und Juli dachte, dass ihr nun doch noch eine Überraschung gelungen war.

»Woher kennen Sie ihn?«

»Herrn Habakuk? Ich hab ihm einen Weihnachtsstern gebracht.«

Jetzt sah es sogar fast so aus, als würde Margarethe Vallentin lächeln. Dann ging sie weiter, schaute in den Himmel, in dem keine Sonne stand, und sagte: »All die Jahre.«

»Genau siebenundsechzig«, hatte Juli schon ausgerechnet.

»Siebenundsechzig«, wiederholte Margarethe Vallentin. »Fast ein ganzes Leben.« Sie blieb wieder stehen. »Ich habe fast ein ganzes Leben damit zugebracht, ihm nicht zu verzeihen. Er war doch Dieters bester Freund. Er hätte ihm helfen müssen. Wenigstens er.« Ihr Blick wurde weich und wund, und sie sog die Kälte tief in sich hinein. »Ich konnte ihm das nicht vergeben. Ich konnte es einfach nicht.«

»Sie waren Kinder damals.«

»Ja, ich weiß.« Frau Vallentin sah zu Boden. Ihre Stiefel neigten die Spitzen einander zu. Jetzt stand sie da wie die kleine Schwester, die sie einst gewesen war. Die in einem dunklen Wald um ihren Bruder trauerte. »Aber es hört nie auf.«

Juli dachte an den vergangenen Abend und an das, was Marie gesagt hatte. »Es geht nicht ums Aufhören, es geht ums Anfangen.«

Da lächelte Margarethe Vallentin tatsächlich. »Aha.« Sie betupfte ihren Augenwinkel mit einem Taschentuch, es war weiß mit Spitzen daran. Ein Tuch, das das Weinen veredelte. »Vielleicht haben Sie Recht.«

Schweigend gingen sie weiter. Juli spürte, wie die Gedanken in Frau Vallentins Kopf kreisten.

»Darf ich Sie um etwas bitten?«

Juli nickte.

»Ich möchte mit ihm reden, mit Herrn Habakuk. Jetzt. Würden Sie mich begleiten?«

Juli blieb stehen. Da sieht man es mal wieder, dachte sie, auf das Leben ist kein Verlass.

»Ich glaube, es wäre besser, wenn Sie dabei sind. Sie scheinen ...«, Margarethe Vallentin kräuselte anerkennend die Lippen, »... einen guten Einfluss auf ihn zu haben.«

Juli überlegte. Irgendwo in ihrem Kopf mussten die Worte sein, die richtigen Worte, so hieß es doch, wenn man etwas Schwieriges zu sagen hatte. Aber dann dachte sie, es hatte keinen Sinn, nach den richtigen Worten zu suchen. Denn für das, was sie Margarethe Vallentin jetzt sagen musste, gab es kein Richtig und kein Falsch. Es gab nur die Wahrheit.

»Das würde ich gerne tun …«

»Aber?«

»Das geht leider nicht.«

»Und warum nicht?« Margarethe Vallentins Blick verhärtete sich, denn sie war es nicht gewohnt, dass etwas nicht ging.

Juli besann sich auf die Worte, die sie zu sagen hatte, dann schloss sie die Augen, es wurde dunkel, und im Dunklen ging es tatsächlich leichter. Sie hörte ihre eigene Stimme, die sagte: »Herr Habakuk ist tot.«

Sie horchte den Worten nach, dann machte sie die Augen wieder auf. Und sah Margarethe Vallentin, die so weiß war wie ihr Pelzmantel. Die schwankte und nach Julis Arm griff. Und diesmal spürte Juli, dass Frau Vallentin keine Kraft mehr hatte. Deshalb führte Juli sie zu einer Bank, die in der Nähe stand, und dort setzten sie sich hin. Eine Hand lag in Julis Schoß, und Juli hielt sie fest, einfach so. Vor ihnen ragte ein großer, hellgrauer Stein auf, ein Familiengrab mit vielen Namen.

»Es tut mir leid«, sagte sie zu dem Grab, aber tatsächlich sagte sie es zu Margarethe Vallentin, die neben ihr saß und deren Hand sie hielt.

Frau Vallentin schüttelte den Kopf, als müssten sich alle Gedanken, die darin waren, miteinander verbinden, um einen Sinn zu ergeben. Sie schüttelte weiter, und dann, plötzlich, legte sie eine Hand vor die Augen und ließ sie dort liegen, und das Schütteln hörte auf.

Nun hörte Juli ein Glucksen, es kam aus der Tiefe von Margarethe Vallentin, und noch eines. Juli erkannte, dass es kein Weinen war, was da aus ihr kam. Es war Lachen. Margarethe Vallentin lachte, erst zögernd, unschlüssig fast, doch dann warf sie den Kopf zurück und lachte laut und schallend, und es klang, als verhöhnte sie den Himmel und das Leben, auf das kein Verlass war.

»Das ist doch …« Aber Frau Vallentin brachte den Satz nicht zu Ende, denn jetzt schüttelte sie wieder den Kopf, vielleicht, weil alles immer noch keinen Sinn ergab.

Juli saß dabei und schaute in den Schnee, sie fror ein bisschen, aber sie fand, das durfte jetzt keine Rolle spielen.

»Er ist gestürzt«, sagte sie, »hier auf dem Friedhof, nachdem er Ihrem Bruder den Brief gebracht hat. Er kam ins Krankenhaus, und dann ist er nicht mehr aufgewacht.« So war es, dachte Juli, das war die Wahrheit, mehr gab es nicht zu sagen.

Und Margarethe Vallentin spürte das auch. Sie stand auf, bog die Schultern zurück und verschränkte die Arme vor dem weißen Nerz. Dabei schaute sie auf das Grab mit dem großen, hellgrauen Stein und sagte: »Glück gehabt.«

Sie wandte sich Juli zu, die auf der Bank saß und fror, durchdringend jetzt, und die nicht begriff, was Frau Vallentin meinte.

»Sie können das vielleicht nicht verstehen, Sie sind ja noch jung.« Margarethe Vallentin dachte kurz daran, wie es war, wenn man jung war. »Aber so zu gehen, ohne Last auf dem Herzen, das ist ein Geschenk. Und das hat er Ihnen zu verdanken.« Sie deutete auf das Grab. »Man sagt immer, es ginge darum, Leben zu retten. Aber das stimmt nicht. Wenn man so alt ist wie ich, geht es um etwas anderes.«

Sie reichte Juli die Hand, und Juli fühlte, wie durch diese Hand eine Wärme strömte und sich in ihr ausstreckte. Als würde Juli allein auf einem nackten, stumpfen Laken liegen und spüren, dass sich jemand neben sie legte. Jetzt fror sie nicht mehr.

Margarethe Vallentin suchte ihren Blick und hielt ihn fest.

»Sie haben ihm den Tod gerettet.«

Dann ließ sie Julis Hand los, nickte ihr zu und ging mit schneidigen Schritten davon.

* * *

NOCH IN DERSELBEN Stunde fiel Juli ein neuer Plan in die Hände, sie musste gar nichts dafür tun. Nur die Augen offen halten, das war wichtig, dachte sie hinterher, wer die Augen nicht offen hielt, der konnte auch nicht sehen, wo er gebraucht wurde.

Sie war schon fast am Friedhofstor angelangt, als sie die Frau entdeckte. Sie stand allein vor einem Grab, einem Kreuz aus schwarzem Granit, den Körper gekrümmt, und rührte sich nicht. Etwas an ihr zog Juli an, ohne dass sie hätte sagen können, was genau. Also ging Juli näher an die Frau heran, ganz langsam, der Schnee schluckte ihre Schritte. Sie sah, dass das Grab verwildert war, ein schmales Rechteck aus Kies, Efeu und vermoderten Blättern. Die Frau war sehr klein und zart, ihr Mantel war zu groß, und das Haar trug sie unter einem dunkelroten Wolltuch. Nur eine lange, weiße Strähne flatterte vor ihrem Gesicht. Doch die Frau schien das nicht zu stören. Sie stand einfach da und sah auf das Grab und den Namen, der auf dem schwarzen Stein zu lesen war: Theodor Zeising. Geboren am 25. Dezember 1931, gestorben am 19. April 2013.

Juli erkannte, dass heute der Geburtstag von Theodor Zeising war und dass die Frau keine Blumen dabeihatte. Das war erstaunlich. Wenn jemand Geburtstag hatte, brachte man ihm Blumen mit, auch, wenn er tot war. Das gehörte sich so.

Juli horchte. Da war etwas, ein Raunen. Sie neigte den Kopf und dann den ganzen Körper, denn das Raunen kam zwischen den zusammengepressten Lippen der Frau hervor. Juli verstand nicht, was sie sagte, aber sie hörte, wie es klang. Zischend, giftend.

Juli dachte daran, wie sie manchmal, mitten in der Nacht, die Tür geöffnet hatte, hinter der die Mutter gelegen hatte, einen Spalt nur, damit kein Licht ins Zimmer fiel. Dann hatte sie die Mutter gehört, die ins Dunkle raunte, vielleicht im Traum, vielleicht aber auch nicht. Auch damals hatte sie die Worte nicht verstanden. Aber sie hatte gehört, wie sie klangen. Genauso zischend und giftend. Als verfluchte die Mutter jemanden, den nur sie selbst sah.

Jetzt verstummte die Frau und zog den Mantel, der ihr viel zu groß war, wie eine Decke um sich. Dann wandte sie sich ab und ging davon, erstaunlich schnell, obwohl sie so zart und so gebeugt war. Sie ging zum Tor hinaus und die Straße entlang, auf der Autos mit Schneehauben auf den Dächern fuhren, unter den mächtigen Kastanienbäumen hindurch, an der Ecke wieder links und dann immer geradeaus.

Juli folgte ihr. Sie dachte gar nicht darüber nach, sie lief wie von selbst. Wenn die Frau einen Schritt machte, machte Juli auch einen, nur viele Meter weiter hinten, und dabei musste sie die Augen offen halten. Aber da war das rote Kopftuch, und das war ein Glück, denn das konnte man auch von Weitem gut sehen.

Dann bog die Frau wieder ab, diesmal rechts, es ging eine Straße hinunter, die Bismarckstraße, und ganz am Ende stand ein hohes, schäbiges Mietshaus. Dort ging die Frau hinein. Vor dem Haus war eine schneebedeckte Rasenfläche, und um den Rasen herum wuchs eine Hecke. Dahinter wartete Juli. Sie zählte langsam bis fünfzig und dann noch mal, ein bisschen schneller. Nur zur Sicherheit. Dann ging sie auf das Haus zu. Es hatte viele Schilder, auf denen Namen standen, manche waren deutsch, manche nicht. Aber zum Glück wusste Juli, wonach sie suchte, und es dauerte nicht lange, da hatte sie es gefunden, vierte Reihe, ganz in der Mitte: M. Zeising.

Mit einem Finger fuhr Juli über den Namen, es sah aus, als würde sie ihn streicheln. Sie streichelte auch über den Klingelknopf. Aber dann zog sie die Hand wieder zurück, drehte sich um und lief ein Stück, damit sie an dem Haus hinaufschauen konnte, in dem Frau Zeising wohnte. Dieser Name war jetzt in Julis Kopf, und da war auch eine Frage: Was war mit Theodor Zeising, dass Frau M. Zeising ihn verfluchte?

Dann ging Juli wirklich nach Hause, und während sie das tat, ersann sie einen Plan. Und der war gut, das spürte sie.

* * *

DOCH ES KAM etwas dazwischen. Es war der 27. Dezember, der Blumenladen hatte wieder geöffnet, darin stand Juli in ihrem Glockenrock, über der weißen Bluse die neue Halskette, und wartete. Das war Absicht. Marie und Max hatten sie gefragt, ob sie Julis Gutschein gleich einlösen könnten. Denn wenn man mit dem Gutscheineinlösen zu lange trödelte, konnte es leicht passieren, dass man es vergaß und sich erst wieder daran erinnerte, wenn es das Geschäft längst nicht mehr gab. Deshalb waren Marie auch schon ein paar Laufschuhe, ein sechzehnteiliges Kaffeeservice und eine Tantra-Massage entgangen. Aber heute Morgen hatte sie sofort an Julis Gutschein gedacht, auch weil es viel verlockender gewesen war, noch ein bisschen zu zweit im Bett liegen zu bleiben und den Rest vom Schokoladeneis zu frühstücken. Das konnte Juli natürlich verstehen, und auf ein paar Stunden mehr oder weniger kam es bei ihrem Plan nicht an.

Doch das Warten war heute eine zähe Angelegenheit. Nach Weihnachten, das wusste Juli, kauften die Leute alles Mögliche, Brot und Waschpulver und Rollmöpse, und sie tauschten alles Mögliche um, Laufschuhe, Kaffeeservices und Tantra-Massagen, aber selten Blumen. Das hatte Juli, wenn sie es recht überlegte, noch nie erlebt, dass jemand Blumen hatte umtauschen wollen. Aber an diesem 27. Dezember geschah es.

Erst ertönte das Glockenspiel, dann ging die Tür auf, und herein kam eine Frau. Juli schätzte, dass sie etwa so alt war wie Margarethe Vallentin. Doch sie sah völlig anders aus. Sie trug einen Schlapphut, der ein bisschen schief saß, so als wäre er direkt von Julis Garderobe auf ihren Kopf gefallen. Sie ging mit durchgestreckten Beinen wie ein Astronaut, und Juli fragte sich, wie sie es in den Skianzug geschafft hatte, der über dem Bauch spannte. Darüber hing der breite Riemen einer Handtasche, die an ihrer Hüfte baumelte, die Füße steckten in gelben Gummistiefeln. In der Hand hielt sie einen Blumenstrauß. Dreißig Rosen, die einmal prächtig gewesen sein mussten, prall und samtig duftend. Alles zusammen, die Frau, ihre Ausstattung und die welken Blumen, wirkte ein bisschen wunderlich.

Aber sie war ja eine Kundin, deshalb sagte Juli jetzt »Guten Tag« und kam hinter der Theke hervor. »Was haben Sie für einen Wunsch?«

Die Frau schaute Juli aus großen Augen an, die tulpenzwiebelbraun waren, einmal von ganz oben nach ganz unten schaute sie und hatte dabei den Mund geöffnet. Dann wanderte ihr Blick nach links, und die Frau wandte sich dem Schaufenster zu, in dem viele Vasen standen, manche hoch, manche breit, und einige standen auf kleinen, dreibeinigen Hockern, damit man die Blumen darin besser sehen konnte, die Dahlien, die Nelken, die Gerbera.

Die Frau wandte sich wieder Juli zu und streckte eine Hand aus, es war die, in der sie den Rosenstrauß hielt. »Ich möchte die umtauschen.« Sie lächelte jetzt, und Juli sah, dass ihr ein paar Zähne fehlten. Vielleicht auch ein paar mehr.

»Das geht leider nicht.«

Die Frau schaute den Strauß an, dann wieder Juli und wieder den Strauß. »Aber die sind nicht mehr schön.«

»Das stimmt«, sagte Juli. »So ist das mit Blumen. Irgendwann sind sie nicht mehr schön.«

Die Frau streckte die andere Hand aus und zeigte in das Schaufenster. »Aber die, die sind alle schön.«

»Ja, aber die sind auch alle neu.«

»Ach so«, sagte die Frau, und jetzt wusste sie nicht weiter.

Ihre Blicke zuckten ratlos hin und her, in ihren Augen schimmerte es feucht.

»Wissen Sie was?« Juli nahm ihr behutsam die verwelkten Rosen aus der Hand und legte sie auf die Theke. »Sie suchen sich jetzt eine neue Blume aus.«

»Eine neue?« Die Frau strahlte. »So eine?« Sie deutete auf eine hohe Vase aus schneeweißer Keramik.

»Wenn Sie die am liebsten mögen.« Juli nahm eine Blume aus der Vase heraus und zeigte sie der Frau, es war eine große, burgunderrote Ingrid-Bergman-Rose.

Die Frau neigte sich nach vorne, ihr Hut neigte sich mit, und dann steckte sie ihre Nase tief in das Rosenköpfchen hinein. »Das duftet!«

»Das ist ein Geschenk«, sagte Juli.

Die Frau strahlte noch mehr. Dann gab sie Juli die Blume zurück. »Halten Sie mal.«

Juli sah dabei zu, wie die Frau etwas aus ihrer Handtasche holte. Dazu drehte sie sich nach rechts, auf die Seite, wo die Handtasche war, und dabei schnaufte sie, weil der Bauch ein bisschen im Weg war. Dann reichte sie Juli eine golden glänzende Schachtel mit Pralinen. Mit ovalen, runden und eckigen. Und von fast allen runden und von fast allen ovalen war die Hälfte abgebissen. Nur von den eckigen nicht, die waren noch ganz.

»Die ist gut.« Die Frau gab Juli eine halbe ovale. »Die ist mit Marzipan.«

»Ach so.« Juli nahm die Praline und schaute sie an, von allen Seiten, auch von der angebissenen, und dann dachte sie, was soll's, und steckte sie in den Mund.

»Die schmeckt doch gut, oder?«

Juli kaute und nickte.

Jetzt nahm die Frau eine runde Praline, auf der eine Haselnuss war, sie biss die Hälfte ab, auch von der Haselnuss, und schmatzte mit offenem Mund. »Die schmeckt nicht.« Dann hielt sie Juli die andere Hälfte hin.

In dem Moment ging das Glockenspiel über der Tür, und hereingestürzt kam der schöne Herr Lensky. Er war wieder gerannt, das konnte man sehen, seine Wangen waren fast so rot wie Ingrid-Bergman-Rosen, und sein Atem ging schnell, er japste und stützte die schönen Hände auf die Knie. Als er wieder sprechen konnte, sagte er: »Hier bist du.«

Und da begriff Juli, dass die Frau in dem Skianzug und den gelben Gummistiefeln seine Mutter war.

»Entschuldigen Sie«, sagte Herr Lensky, »das ist meine Mutter.« Es klang, als wäre damit alles erklärt.

»Das ist eine nette Frau.« Frau Lensky zeigte auf Juli. »Sie hat mir diese neue Blume geschenkt.«

»Soso«, sagte Herr Lensky. »Das war wirklich nett von der Frau.« Und jetzt lächelte er Juli an, wie sonst nur Gregory Peck lächeln konnte, und Julis Knie wurden so fluffig wie zwei Marshmallows. Und weil das so war und weil jetzt auch ihr Verstand so fluffig wie ein Marshmallow war, fiel Juli nicht viel zu sagen ein.

»Kein Ding.«

Darauf legte Herr Lensky einen Arm um seine Mutter, und Juli dachte, dass er das vielleicht nur tat, damit sie nicht wieder davonlief.

Frau Lensky sah zu ihrem Sohn auf, dazu musste sie den

Schlapphut festhalten, ihr Sohn war ja sehr groß geraten, sie musste sich zurücklehnen, damit sie sein schönes Gesicht sehen konnte. Dann griff sie nach oben und tätschelte mit ihrer Pralinenhand seine Wange.

»So ein guter Junge.«

»Jaja.« Herr Lensky kniff ein Auge zu.

»So ein guter Junge, aber er findet einfach kein Mädchen.« Frau Lensky sah Juli sorgenvoll an. »Verstehen Sie das?«

Bevor Juli sagen konnte, dass sie das nicht verstand, protestierte Herr Lensky: »Das stimmt doch gar nicht.«

»Jaja.« Frau Lensky winkte ab. »Die taugen alle nichts.«

Das war schon immer Frau Lenskys große Angst gewesen, größer noch als die vor schwarzen Kellerspinnen. Und diese Angst hatte sie schon gespürt, als sie längst noch keine Skianzüge und keine Schlapphüte getragen hatte und als sie noch gewusst hatte, wie alt ihr Sohn war: Sie fürchtete, dass er nicht das richtige Mädchen finden könnte. Denn das war das Wichtigste im Leben, dem richtigen Menschen zu begegnen. Und wenn man ihm begegnete, dann musste man ihn festhalten, davon war Frau Lensky überzeugt, und das würde sie auch, im Gegensatz zu so ziemlich allem anderen, niemals vergessen.

Jetzt sagte Frau Lensky: »Das hat er von mir.« Dann nahm sie noch eine Praline, eine halbe runde aus Nougat, und darin war der Abdruck ihrer paar Zähne gut zu erkennen. »Er beißt einmal rein, und dann lässt er die Hälfte liegen.« Frau Lensky kicherte wie eine Hyäne, dabei hielt sie sich den Bauch, und der Skianzug gab sein Bestes.

»Wir gehen jetzt nach Hause.« Herr Lensky packte einen Skianzugärmel und zog daran.

Seine Mutter hörte auf zu kichern. »Ich will nicht nach Hause, ich will Kuchen essen. Streuselkuchen.« Sie verschränkte die Arme, spreizte die Beine und stemmte sie in den Boden. So stand sie da, als wären ihre gelben Gummistiefel in Beton gegossen, wie bei der Mafia. Da konnte ihr Sohn ziehen, so viel er wollte.

Aber er wollte eigentlich gar nicht, das konnte man sehen, doch jetzt hatte er mit dem Ziehen angefangen, und da war es schwer nachzugeben.

Vielleicht, dachte Juli, hatte er schon zu oft nachgegeben.

Also zog Herr Lensky weiter: »Wir gehen jetzt!«

Und Frau Lensky stemmte sich dagegen: »Streuselkuchen!«

Und Juli dachte, wie gut es war, dass sie heute den 27. Dezember hatten, an dem kaum jemand Blumen kaufen wollte, denn sie hätte doch nicht recht gewusst, wie sie diese Szene hätte erklären sollen. Aber sie wusste, dass es nicht ewig so weitergehen konnte, das Ziehen, das Stemmen und das Rufen, und deshalb sagte sie: »So wird das nichts.«

Da gab Herr Lensky nach. Alles an ihm. Aus seinen Armen wich die Kraft, sie hingen an ihm herunter, einer rechts, einer links, als gehörten sie gar nicht dazu. Er stöhnte einmal auf und dann noch einmal, sein Blick wurde dunkel, zartbitter, voller Scham und Zorn und Kummer.

»Ich habe eine Idee«, sagte Juli, »Sie beide gehen jetzt zusammen zum Bäcker Thiel, der ist gleich um die Ecke vom Metzger Saltzmann, und der hat den besten Streuselkuchen. Dann kaufen Sie dort zwei Stück und gehen zusammen nach Hause und essen dort den Kuchen. Wäre das was?«

Frau Lensky nickte.

Herr Lensky atmete auf.

Frau Lensky streckte einen Finger aus und zeigte auf Juli. »Aber sie muss mitkommen.«

Herr Lensky schaute von seiner Mutter zu Juli und wieder zurück. »Aber das geht doch nicht.«

Und Frau Lensky sagte: »Doch, das geht.«

* * *

EIGENTLICH MOCHTE JULI ja lieber Käsesahnetorte, aber Frau Lensky hatte darauf bestanden, dass es Streuselkuchen gab. Also hatten sie drei Stück gekauft, Herr Lensky hatte bezahlt, und dann waren sie zu Frau Lensky nach Hause in den Steinweg gegangen, Herr Lensky links, Juli rechts, und Frau Lensky und die Ingrid-Bergman-Rose in der Mitte. Das Zuhause war ganz weiß, die Fassade, die Türen und auch die Fenster, es hatte vier Etagen, und darauf verteilt waren neun Wohnungen. Frau Lensky hieß Anna, so stand es an der Tür, sie lebte im zweiten Stock, und es dauerte ein bisschen, bis sie hinaufgeschnauft war. Mit einer Hand hielt sie sich am Geländer fest, mit der anderen an der Wand, und dann holte sie Schwung, mit allem, was sie hatte, und das war nicht gerade wenig. So ging es mit einem Bein hinauf, das andere hinterher, immer abwechselnd. Nur im ersten Stock hatte Frau Lensky keinen Schwung geholt, denn dort hatte eine Tür offen gestanden und davor zwei Einkaufstüten, für die Frau Lensky sich sehr interessiert hatte. Breitbeinig war sie davor stehen geblieben, hatte sich gebückt und triumphierend ein halbes Pfund Butter präsentiert.

»Komm weiter«, hatte Herr Lensky seine Mutter gedrängelt und das Päckchen zurück in die Tüte gelegt. Denn die Butter und die Wohnung gehörten Herrn Bulka, wie er Juli erklärte, und mit dem hatte man keine Freude.

»Unser Blockwart, der grüßt nie, hat immer schlechte Laune und kommandiert einen herum. Vor ihm kuscht sogar meine Mutter, und das will etwas heißen.«

Deshalb hatte Herr Lensky seine Mutter nun bei der Hüfte gepackt, um beim Schwungholen ein bisschen nachzuhelfen, und sie in den zweiten Stock bugsiert, bevor Herr Bulka das Blockwarten anfangen konnte.

In der Wohnung hatte Juli Kaffee gekocht, das ging überall gleich, es gab eine Maschine, in die man das Pulver und das Wasser schüttete, es gurgelte und zischte, und der Kaffee war fertig. Dann saßen sie im Wohnzimmer auf dem Sofa, Herr Lensky links, Juli rechts und Frau Lensky in der Mitte, und aßen Streuselkuchen von Porzellantellern mit Zwiebelmuster. Aber ohne Kuchengabeln, einfach aus der Hand. Wenn ein Streusel auf das Porzellan fiel, gab es ein feines, kleines Geräusch. Und in der Mitte des Tisches stand die neue Ingrid-Bergman-Rose.

Frau Lensky trug jetzt ein weites Kleid aus grünem Samt, mit Puffärmeln. Die Wohnung war so winzig, dass das Sofa fast nicht hineingepasst hätte. Aber gemütlich war es, die Fenster waren groß, die Decke war hoch, und hier knarrte das ganze Parkett und nicht nur eine Diele wie in Julis Flur. Außerdem war noch Platz für zwei Wellensittiche, einer grün und einer blau. Und weil Frau Lensky für das englische Königshaus schwärmte, hatte sie Juli die beiden als Charles und

Camilla vorgestellt. »Allerdings sind es zwei Männchen«, hatte Herr Lensky Juli zugeflüstert, und dabei war sein Mund ganz nah an ihr Ohr herangerückt. Juli hatte Herrn Lenskys Atem gespürt, nicht nur im Ohr, sondern überall. Und dann hatten sie beide lachen müssen, ganz leise und ein bisschen verschwörerisch.

Genauso hatte auch Marie gelacht. Zum Glück hatten sie und Max nicht mehr im Bett gelegen, als Juli bei ihnen geklingelt hatte, und auch das Schokoladeneis hatten sie schon aufgegessen. Nur zum Anziehen war noch keine Zeit gewesen, Marie hatte, mit einem Herrenhemd bekleidet, die Tür geöffnet, aber es hatte nicht so ausgesehen, als würde sie frieren, im Gegenteil. Deshalb hatte Juli reinen Gewissens verkünden können, dass sie den Gutschein unterbrechen müsse, da sie eine wichtige Mission zu erfüllen habe, die keinen Aufschub dulde. Und als sie Marie flüsternd erklärt hatte, dass es um Herrn Lensky gehe und dessen Mutter, da hatte Marie genauso gelacht, so leise und verschwörerisch. Dann hatte sie Juli in die Seite geboxt und gesagt, Juli solle zusehen, dass sie die Mutter loswerde, »und das Anfassen nicht vergessen!«. Das hatten Herr Lensky und seine Mutter zum Glück nicht hören können.

Neben dem Sofa, auf dem sie nun saßen, gab es einen kleinen Servierwagen, darauf standen Bilderrahmen, so dicht nebeneinander, dass man sie einzeln hervorholen musste, um die Fotos darin zu betrachten. Und das machten sie jetzt. Da war Herr Lensky als Kind, er trug eine Jeans, die ein bisschen zu lang war, einen gelben Pullover, der ein bisschen zu kurz war, und im Arm hielt er eine Schultüte, auf der

»Oskar« stand. Da wusste Juli endlich, wie er mit Vornamen hieß. Und der Name war so schön wie der ganze Mann.

»So ein guter Junge«, sagte Frau Lensky.

Und da war noch ein anderer Mann, dem Oskar sehr ähnlich sah.

»Mein Vater«, sagte Oskar, und bevor Juli fragen konnte, erklärte er: »Meine Eltern leben getrennt. Schon seit vielen Jahren.«

»Ach so«, sagte Juli.

»Das war besser. Es ging einfach nicht mehr.« Oskars Blick wanderte nach innen. »Manchmal geht es einfach nicht mehr.«

Juli wusste, was er meinte, und deshalb sagte sie: »Ich weiß.«

Oskars Blick kam zurück, er schaute Juli an. Und jetzt lag etwas darin, das Juli noch nie gesehen hatte. Aber sie verstand sofort, was es war. Ein Erkennen.

Nach dem Kuchenessen standen sie nebeneinander in der Küche, die so klein war, dass es zwischen Juli und Oskar nicht viel Platz gab. Das Wasser dampfte, der Schaum knisterte, seine Hände tauchten hinein und reichten Juli einen Kuchenteller, so nass und sauber, dass es quietschte.

Juli nahm ein Tuch und rieb den Teller trocken, sie passte gut auf, damit sie ihn nicht fallen ließ und damit Oskar nicht sah, dass ihre Hände ein bisschen zitterten. So wie im Sommer, als die Erde gebebt hatte. Juli hatte auf dem Schemel in der Speisekammer gestanden, den Deckel der Suppenschüssel in einer Hand, und sie hatte gerade tief eingeatmet, als sie dieses Knarren gehört hatte. Es war nicht aus der Kammer gekommen und auch nicht von der Diele im Flur. Es war von unten gekommen, von tief drinnen im Gebälk der Welt. Das ganze Haus hatte geknarrt und geächzt, Juli hatte gespürt, wie der Boden unter ihr vibriert hatte und wie das Vibrieren an ihr heraufgekrochen kam, erst an den Füßen und an den Knien, dann im Bauch und in der Brust. Die Vorratsgläser hatten geklirrt, die Konserven hatten gescheppert, und Juli hatte nichts tun können außer aufpassen, damit nichts herunterfiel und zerbrach, und außer warten, bis das Beben nachließ.

So ähnlich war es auch jetzt. Aber dieses Beben, das fühlte Juli, kam nicht aus der Erde, es kam aus ihr selbst. Es knarrte und ächzte tief in ihr drin, und es ließ nicht nach.

Oskar reichte ihr den nächsten Teller, seine Hand berührte Julis Hand, kurz nur, aber doch lange genug, dann kroch das Beben noch weiter herauf, in den Arm, in die Kehle, in den Kopf. Und dort klirrte und schepperte es, laut, viel zu laut, als dass ihr eingefallen wäre, was man in einem solchen Moment sagen könnte.

Oskar jedoch, das konnte Juli nicht wissen, hielt das nicht gut aus, das Schweigen. Aber es gab ein Radio in der Küche von Frau Lensky, das stellte er jetzt an, er bog den Arm und drückte mit dem Ellenbogen auf den Knopf, damit das Radio nicht nass wurde.

»Clap along if you feel like a room without a roof …«

Oskar begann, das Lied mitzusummen.

»Because I'm happy …«

Dann schwang er die Hüften im Takt, und Juli konnte nicht anders, sie vergaß das Beben und das Scheppern und das

Aufpassen und sah seinem Hintern beim Schwingen zu. Das war allemal interessanter.

»Clap along if you feel like happiness is the truth …«

Oskar klatschte in die Hände, dass der Schaum spritzte, etwas davon traf Julis Bluse und auch ihr Gesicht, kleine knisternde Tropfen, die auf der Haut kitzelten, und da musste sie lachen, und Oskar lachte mit.

»Because I'm happy …«

Und dann summten sie beide, es ging ganz leicht, sie schwangen die Hüften im Takt, einmal auf die Seite, dann auf die andere und wieder zurück, und auch das ging ganz leicht. Viel leichter als damals, als Juli in der Tanzstunde gewesen war und einen Tanzstundenherrn gehabt hatte, so hatte die Großmutter ihn genannt, Tanzstundenherr, er war schüchtern gewesen, noch schüchterner als Juli selbst, und steif wie ein Besenstiel. Und beim Abschlussball hatte er nicht ein einziges Mal mit ihr getanzt, er hatte am Tisch gesessen und Sekt getrunken, viel Sekt, und irgendwann war er zusammen mit dem Stuhl umgefallen und einfach liegen geblieben. Deshalb hatte Juli das Tanzen in nicht besonders glorreicher Erinnerung.

Aber mit Oskar war es anders. Jetzt reichte er Juli eine Hand, nass war sie, doch das war egal.

Oskar hob ihre beiden Hände hoch, bis über Julis Kopf, ein bisschen Schaum tropfte auf sie herab, und auch das war egal. Juli drehte sich, ihre neue Halskette drehte sich mit und auch ihr Glockenrock, er wölbte sich, bis er wirklich wie eine Glocke aussah.

»Clap along if you feel like that's what you wanna do …«

Juli drehte sich schneller, schnell wie ein Kreisel. Und sie spürte Oskars Hand, die sie hielt, sie spürte die Kraft und das Leben darin. Sie hätte sich ewig so weiterdrehen können, immer weiter, wenn er nur ihre Hand hielte, ganz fest.

Dann war das Lied vorbei, und die Hand ließ sie los. Juli blieb stehen, rang nach Atem und lachte mit glühenden Wangen.

»Das hat Spaß gemacht.«

»Ja«, sagte Oskar.

Jetzt standen sie da und sahen sich an, und von irgendwoher hörte Juli eine Stimme, sie kam aus dem Radio, ernst und nüchtern sprach sie von gewichtigen Dingen. Aber Juli hörte gar nicht zu, sie sah nur Oskar und seine braunen Augen, und die Welt um sie herum drehte sich weiter.

Oskar wies mit dem Kinn zur Tür. »Ich sehe lieber mal nach, was meine Mutter macht.«

»Ja«, sagte Juli.

Er zögerte, doch er gab sich einen Ruck, es war wirklich, als schubste er sich selbst, und dann ging er an ihr vorbei. Ganz kurz strich sein Arm an ihrem entlang. Dann war Juli allein mit sich, der Stimme aus dem Radio und dem Gefühl von seiner Hand, die ihre gehalten hatte. Sie wartete einen Moment, doch Oskar kam nicht zurück. Also ging Juli ins Wohnzimmer und sah lieber mal nach, was er und seine Mutter machten.

Frau Lensky lag auf dem Sofa in ihrem grünen Kleid, Oskar breitete eine Wolldecke aus und deckte seine Mutter damit zu. Die Wolldecke wölbte sich über dem Bauch, und Juli musste an den Topf mit den mehligen Kartoffeln denken, den die Mutter zum Warmhalten in ihr Bett gestellt hatte. Das war der einzige Grund gewesen, aus dem Juli sich gefreut hatte, wenn es mehlige Kartoffeln gegeben hatte. Das warme Bett in ihrer winzigen Kammer.

»So ein guter Junge«, sagte Frau Lensky.

»Ich gehe dann mal«, sagte Juli.

»Gute Nacht!« Frau Lensky wackelte mit einem grünen Strumpf, der unter der Wolldecke hervorschaute.

»Gute Nacht«, antwortete Juli. Dabei war es mitten am Nachmittag.

Oskar wandte sich zu ihr um. »Ich bringe dich noch zur Tür.«

Juli schaute auf ihre Armbanduhr. Jetzt wusste sie, dass sie sich nicht nur daran erinnern würde, wie seine Hand ihre Hand gehalten hatte und wie sie getanzt hatten in der winzigen Küche, die nach Spülmittel roch und nach Wellensittich. Sondern sie würde sich auch daran erinnern, dass es genau sechzehn Uhr, sechs Minuten und dreißig Sekunden am siebenundzwanzigsten Dezember gewesen war, als Oskar Lensky sie das erste Mal geduzt hatte. Das würde sie Marie erzählen und auch, dass das mit dem Anfassen schon ganz gut geklappt hatte.

Oskar nahm Julis Mantel und hielt ihn auf, damit sie hineinschlüpfen konnte, er wartete, bis sie den Schal umgebunden und die Mütze aufgesetzt hatte. Dann war Juli fertig, und schon war die Tür auf.

»Also, bis dann«, sagte sie und wusste gar nicht, wann »dann« überhaupt war. Sie trat einen Schritt ins Treppenhaus, einen kleinen nur, denn so machte man das, wenn man ging und eigentlich nicht gehen wollte. Und weil das so war, drehte sie sich noch einmal um.

Und das war gut, denn sonst hätte Oskar sie vielleicht gar nicht geküsst. Erst neigte er sich vor, dann auch den Kopf, und Juli spürte etwas auf ihrer rechten Wange, in der kleinen Grube, die dort war, gleich neben dem Fleck, der aussah wie hingemalt: seine Lippen, geschmeidig und zart. Sie machte die Augen zu, denn mit geschlossenen Augen konnte man sich später an alles noch besser erinnern, das wusste sie.

Er duftete nach Sandelholz und Bergamotte und ein bisschen auch nach Spülmittel.

Dann flüsterte er ihr etwas ins Ohr, diesmal in das andere als vorhin, und das war nur gerecht. »Danke, dass du da warst.«

Als Juli die Augen wieder öffnete, sah sie gerade noch, wie Oskar die Tür schloss. Sie stand im Treppenhaus und spürte die Stille darin und den Nachhall des Kusses auf ihrer Wange. Ein Moment wie in Zeitlupe. Dann war er vorbei, und Juli begriff, dass sie nun wirklich gehen musste.

Sie drehte sich um und lief hinunter, eine Hand am Geländer, die andere an der Wand, wie Frau Lensky. Und wie Frau Lensky holte Juli jetzt Schwung, ihre Füße lösten sich von der Treppe, sie schaukelte in der Luft, und dann sprang sie, überflog zwei, drei, sogar vier Stufen und landete polternd auf dem Treppenabsatz. Juli lachte. Und erinnerte sich zu spät, dass eine halbe Etage tiefer Herr Bulka wohnte, der Blockwart. Sie lehnte sich über das Geländer. Die Tür war offen, die Tüten standen davor. Von Herrn Bulka nichts zu sehen.

Juli zögerte. Dann ging sie leise hinunter. Schaute in die Tüten. So war das sicher nicht gedacht, ein Paket Butter zwei Stunden lang im Hausflur stehen zu lassen.

An der Tür waren zwei Schilder, »Karl Bulka« stand auf dem einen, »Betteln, Hausieren und Herumlungern verboten« auf dem anderen. Juli wollte nicht betteln, und wie Hausieren ging, das wusste sie gar nicht. Sie schaute durch den Türspalt. Das war kein Herumlungern, dachte sie, das war Spähen. Aber der Spalt war zu schmal, um etwas zu erkennen. Sie legte ein Ohr an das weiße Holz. Nichts rührte sich.

»Hallo?«

Sie schob die Tür ein Stück auf, es knarrte, der Spalt wurde größer. In der Wohnung war es dunkel. Sie lehnte sich nach vorne. Jetzt standen ihre Füße im Treppenhaus, und ihr Kopf war schon in der Wohnung. Es roch nach Tabak, nach Schuhcreme und Dosenravioli. Juli sah eine Garderobe, an der einsam eine braune Strickjacke hing. Darunter zwei Paar Stiefel und ein Paar Pantoffeln, ordentlich aufgereiht. Sie sah einen Teppich, blass und verschlissen, der genauso lang war wie der Flur. Und darauf lag ein Körper, auf der rechten Seite, seltsam verrenkt, in einem schwarzen Ledermantel. Sie sah die schwarzen Socken und ein Loch darin und einen akkurat geschorenen Nacken.

»Herr Bulka?«, flüsterte Juli.

Sie trat näher. Sein Brustkorb hob und senkte sich. Juli ging in die Knie, berührte eine Schulter. Seine Augen waren geschlossen, doch Karl Bulka atmete. Schwer ging das, rasselnd. Juli beugte sich über ihn und horchte.

»Herr Bulka?«

Sie sah, dass er schwitzte. Sie umfasste seine linke Schulter und drehte ihn um. Herr Bulka kippte schwer auf den Rücken, das Gesicht verzerrt und rot geädert. Eine Hand lag auf seiner Brust, die knotigen Finger ins Leder gekrallt. Er stöhnte. Juli öffnete seinen Mantel, den obersten Kragenknopf und auch den Gürtel. Dann stand sie auf, lief in ein Zimmer, dann in ein anderes, fand endlich zwei Kissen, schob beide unter Herrn Bulkas Kopf. So hatte es die Mutter ihr einst erklärt.

Mit einem Taschentuch trocknete sie die Stirn, behutsam strich sie darüber. Da packte Karl Bulka nach ihr. Fest hielt er sie und starrte sie an aus Augen, in denen Angst stand. Härte war er gewohnt. Aber nichts fürchtete Herr Bulka so sehr wie Gnade.

Noch eine Furcht, die in Julis Almanach fehlte. Aber wer wäre auch auf etwas so Absonderliches gekommen?

Herr Bulka öffnete den Mund und formte lautlose Worte. Einen stummen Befehl.

»Ich hole Hilfe«, sagte Juli so laut, als müsste sie seine Stummheit ausgleichen. Sie löste seine Hand von ihrer, das war gar nicht so leicht, Karl Bulka hatte Kraft, immer noch.

Sie ging zurück in das Zimmer, in dem sie die Kissen gefunden hatte, ein Regal stand darin, ein Sofa und ein Schreibtisch, darauf ein Telefon. Und erst jetzt, als sie den Hörer hob, um den Notruf zu wählen, fiel Julis Blick auf das schwarz-weiße Foto in einem silbernen Rahmen. Sie stutzte, legte den Hörer wieder auf. Dann schaltete sie die Lampe an, die auf dem Tisch stand, und schob den Rahmen ins Licht. Juli erkannte den Mann sofort. Das schwarze Haar. Den schwarzen Keil über der Lippe. Die steife Uniform. Den rechten Arm gereckt. Und dann sah Juli die Büste, bronzen und massiv, die denselben Mann zeigte. Sie sah die Fahne an der Wand, den Adler und ein Eisernes Kreuz und die Bücher im Regal, »Mein Kampf« und »Der Traum vom Reich«.

Juli ging zurück in den Flur. Sie sah, wie Herr Bulka versuchte aufzustehen. Er bog die Beine und die Arme auch, aber sie hielten ihn nicht mehr. Er hob den Kopf und keuchte etwas, das Juli nicht verstand. Sie sah ihn nur an, wie er dort lag, ein Käfer auf dem Rücken. Die Füße traten irgendwohin, die Hände bebten auf seiner Brust. Als würde er mit etwas ringen, das niemand sah.

Juli dachte an Margarethe Vallentin. »Das ist ein Geschenk, so zu gehen«, hatte sie gesagt, »ohne Last auf dem Herzen.«

Das Herz, das in Karl Bulka noch schlug, musste hart sein und schwer, dachte Juli, wie eine Büste aus Bronze. Wie sollte es anders sein, wenn ein Mensch der Grausamkeit nachhing? Wenn es um eine gerechte Strafe für ihn ging – wäre es das Sterben? Oder das Leben? Aber Juli verstand, dass es nicht ihre Sache war zu entscheiden, ob dieses Herz weiterschlug oder nicht.

Als der Notarzt kam, war es noch nicht zu spät.

* * *

JULI LAG IN ihrem Bett und horchte nach draußen in die Stille. Nur manchmal war das Rauschen eines Autos zu hören, manchmal auch die leisen Stimmen von Menschen, die vorübergingen. Sonst nichts. Und dann horchte Juli nach drinnen. Dort war es gar nicht still. Dort war so ein Gepolter, dass an

Schlaf nicht zu denken war. Das reinste innere Erdbeben. Und deshalb lag sie jetzt da, auf dem Rücken, ganz gerade ausgestreckt, damit das Beben sich austoben konnte, von den Füßen bis zum Kopf, und schaute mit großen, wachen Augen an die Decke. Manchmal berührte ihre Hand die rechte Wange, in der kleinen Grube, dort, wo Oskars Lippen gewesen waren, geschmeidig und zart. Sein Mund hatte genau hineingepasst. So musste es sein, dachte Juli, wie füreinander geschaffen. Und dieser Gedanke weckte ein Gefühl in ihr, als ob sie zu viel gegessen hätte, es drückte im Magen und auch im Hals, und ihr war ein bisschen schlecht. Aber das war gar nicht schlimm, im Gegenteil, das war sogar richtig gut.

Deshalb hatte sie Grießbrei gekocht, Grießbrei ging immer, ob bei Gram oder Glück, er rutschte so dazwischen. Man konnte ihn mit dem alten Silberlöffel essen, in den so herrlich viel hineinpasste. Und mit Sirup. Es musste zäher, klebriger Himbeersirup sein, der bestimmt alles enthielt, nur keine Himbeeren. Juli hatte ihn rundherum gegossen, so wie sie es immer machte. Und dann hatte sie dabei zugesehen, wie er unter den Brei gekrochen war und ihn mit einem schmatzenden Geräusch ein Stück angehoben hatte. Dann war der Brei auf dem Sirup geschwommen, Juli hatte ihn angestupst, und der Brei war hin und her geschaukelt, eine weiße Insel in einem himbeerfarbenen Meer.

Sie hatte gerade den Löffel das erste Mal hineingetaucht, und sie hatte auch schon den Mund geöffnet, ein bisschen nur, wie beim Küssen. Da hatte es an der Tür geläutet. Sogar zweimal. Und Juli war erschrocken. Sie wusste ja nicht, wer es war. Oder doch? Vielleicht – und das war ein völlig neuer

Gedanke gewesen – war es Marie, ihre Freundin? Oder Max? Oder Frau Lensky in ihrem Skianzug? Oder sogar Oskar? Plötzlich hatte es so viele Möglichkeiten gegeben, und darüber war Juli gleich noch ein bisschen mehr erschrocken. Aber nur kurz. Denn dann hatte sie sich darüber gefreut, dass sie nun ein Leben führte, in dem sie Grießbrei aß, nicht aus Gram, sondern aus Glück, und Besuch bekam, richtigen Besuch, nicht nur vom Briefträger. Obwohl der wirklich sehr freundlich war.

Also hatte sie den Brei mit dem Sirup zurück in den Topf geschüttet, dann war sie zur Tür gegangen, und unterwegs hatte sie gespürt, dass bei allem Glück, das nun in ihrem Leben war, die Angst nicht einfach verschwand. Diese eine Angst, die sie überkam, wenn sie vor dem Schrank stand. Also hatte sie sich klein gemacht, so klein, wie es nur ging, und hatte sich an ihm vorbeigeduckt, wie sie es immer tat.

Und dann hatte sie vor der Wohnungstür gestanden und sich wieder aufgerichtet. Sie hatte den Schatten gesehen, der sich durch die Milchglasscheibe abzeichnete, und sie hatte ihn sofort erkannt.

»Na endlich!«, hatte Marie gerufen, als Juli den Schlüssel zweimal umgedreht und die Tür geöffnet hatte. »Ich sterbe vor Neugier!« Und schon war sie in der Wohnung gewesen mit einer Flasche Wein und einer Ungeduld im Blick. »Ich will alles wissen!« Marie hatte in die Luft geschnuppert und gefragt, wonach es hier dufte, und Juli hatte geantwortet: »Grießbrei.« Da hatte Marie erst ein bisschen irritiert geschaut, aber nichts gesagt, sondern war einfach in die Küche gegangen und hatte sich umgeschaut. »Korkenzieher?«

Und dann war die Flasche auf gewesen, sie hatten am Küchentisch gesessen, Juli und ihre Freundin Marie, und Rotwein getrunken, und vor lauter Glück hatte Juli ganz vergessen, den Grießbrei zu essen. Denn es hatte so viel zu erzählen gegeben, und Marie hatte alles wissen wollen, vom Anfang bis zum Schluss. Der hatte ihr am besten gefallen, denn erst ganz zum Schluss, nach einer Dreiviertelflasche Wein und nach der Geschichte von Herrn Bulka, hatte Juli die Sache mit dem Anfassen erzählt.

»Das sagst du mir erst jetzt!«, hatte Marie ausgerufen und dabei fast ihr Glas umgestoßen, »dass er dich geküsst hat!«

»Na ja«, hatte Juli gemeint, »das war doch nur chronologisch.«

»Das vielleicht. Aber nicht unbedingt logisch.«

»Wieso?«

»Logisch wäre gewesen, dass du mit dem Kuss anfängst. Das ist doch das Wichtigste.«

Darüber hatte Juli kurz nachdenken müssen. »Nein«, hatte sie dann entschieden, »das war das Schönste, aber nicht das Wichtigste. Alles andere war genauso wichtig. Denn ohne alles andere hätte es den Kuss ja gar nicht gegeben.«

»Von mir aus«, hatte Marie geseufzt. »Ist ja auch egal. Er hat dich jedenfalls so richtig geküsst?«

»Dahin.« Juli hatte ihr gezeigt, wohin genau.

»Ach so, auf die Wange«, war Marie ein bisschen enttäuscht gewesen. »Und dann?«

»Dann bin ich gegangen.«

»Und jetzt?«

»Jetzt bin ich verliebt.« Kaum hatte Juli den Satz ausgesprochen, hatte das Wundern angefangen. Denn dieses eine Wort war von ganz allein aus ihr herausgekommen. Verliebt! Das war ein Wort wie ein Topf Milch, unter dem eine Herdflamme züngelte. Ein Wort wie Buttercreme in der Sonne. Und weil Juli noch nie so verliebt gewesen war, so richtig, hatte sie sich gewundert. Aber auch das Wundern hatte sich gut angefühlt. Richtig gut.

»Und wann seht ihr euch wieder?«

Juli hatte mit den Schultern gezuckt. »Ich hab gesagt: Bis dann.«

»Und wann ist dann?«

»Keine Ahnung.«

Da hatte Marie noch einmal geseufzt. So wie man seufzte, wenn sich jemand ein bisschen ungeschickt anstellte. Jemand, den man mochte. Und dem etwas passiert war, auf das man ein ganz kleines bisschen neidisch war.

»Der Herr Lensky«, hatte Marie vor sich hin gesagt und den Kopf geschüttelt und gelächelt und sich dabei Herrn Lensky vorgestellt, sein schönes Gesicht und seine schönen Hände.

»Oskar«, hatte Juli präzisiert und den Namen auf der Zunge gekostet. Und er hatte so süß geschmeckt wie nichts auf der Welt.

»Da musst du jetzt dranbleiben! So einen Oskar hat man selten. Den muss man festhalten. So fest.« Marie hatte die Faust geballt und zugedrückt, so fest sie konnte, bis die Faust vibriert hatte und der ganze Arm und sogar auch der Busen.

»Und wie macht man das?« Denn Juli hatte noch nie jemanden festgehalten, Martin nicht, Richard nicht und schon gar nicht den Tanzstundenherrn. Mit Festhalten kannte sie sich nicht aus.

»Geduld«, hatte Marie geantwortet, »mit Geduld und Zutrauen.« Sie war aufgestanden, hatte Juli in den Arm genommen, ihr auf den Rücken geklopft und gesagt: »Du machst das schon, mein Mädchen.« Und dann hatte sie Juli allein gelassen mit der leeren Weinflasche und einem Problem. Das war jetzt in Julis Kopf und ließ sie nicht schlafen: Marie kannte sich mit schönen Männern aus, also musste sie wissen, wie das ging, das Festhalten. Geduld zu haben war das eine. Vertrauen zu haben war das andere. Und Juli hatte keine Ahnung, wie das gehen sollte.

* * *

AM NÄCHSTEN TAG beschloss Juli, dass es Zeit war für ihren Plan. Wenn Marie recht hatte, und sie hatte bestimmt recht, denn sie kannte sich mit schönen Männern aus, dann würde Juli es schaffen, Oskar festzuhalten, mit Geduld und mit Zutrauen. Aber das musste warten. Heute hatte sie eine andere Aufgabe, und die duldete keinen weiteren Aufschub. Sie hatte alles genau durchdacht. Sie hatte den Grießbrei mit Sirup gefrühstückt, dann hatte sie bei Marie einen Strauß gekauft, keinen Weihnachtsstern, Weihnachtssterne ergaben nach Weihnachten keinen Sinn. Deshalb hatte sie Amaryllis ausgesucht, zwei weiße und drei rote, denn sie kannte niemanden, der Amaryllis nicht mochte.

Marie hatte gar nicht wissen wollen, für wen die Blumen waren, sie hatte nur »Soso« gesagt und nichts weiter und dazu wieder ein bisschen verschwörerisch gegrinst, und das war Juli ganz recht gewesen.

Mit diesem Strauß stand sie jetzt am Ende der Bismarckstraße. Juli fuhr über den Namen M. Zeising. Aber diesmal streichelte sie nicht nur, sondern drückte auch drauf. Und dann wartete sie. Erst tat sich nichts, aber das kannte Juli schon, auch bei Herrn Habakuk hatte sich erst nichts getan und dann doch allerhand. Und tatsächlich hörte sie jetzt ein Rauschen, ein Husten und dann eine heisere, hohe Stimme, die aus dem löchrigen Kasten kam.

»Hallo?«

»Guten Tag«, sagte Juli in den Kasten, »ich habe etwas besonders Schönes für Sie dabei.« Bisher hatte das ja gut funktioniert.

Die Stimme schwieg einen Moment, dann fragte sie: »Warum?«

Das war eine gute Frage, das musste Juli zugeben. Doch so recht wusste sie nicht, was sie darauf antworten sollte. Am besten gar nicht darauf achten, dachte sie, denn damit kannte sie sich aus.

»Es ist rot und weiß.«

Die Stimme schwieg. Dann fragte sie: »Sind Sie von der Feuerwehr?«

»Nein.«

»Von der Heilsarmee?«

»Nein.«

Die Stimme schwieg. »Vom Arbeiter-Samariter-Bund?«

Juli seufzte. »Die sind rot und gelb.«

Die Stimme schwieg.

Juli dachte, dass sie vielleicht doch nicht so gut im Pläneschmieden war und auch nicht im Gar-nicht-darauf-Achten, denn jetzt tat sich überhaupt nichts mehr. Aus dem Kästchen kam kein Rauschen und kein Husten, und so langsam wurden Julis Füße kalt und auch die Hände, die den Strauß hielten, fünf Amaryllis in rotem Seidenpapier.

Doch dann, unversehens, ertönte ein Summen, Juli lehnte sich gegen die Tür, und da ging sie auf.

Nur wusste sie jetzt nicht, wohin, so viele Wohnungen, Gänge und Treppen gab es hier. Aber auch einen Aufzug, sogar zwei Aufzüge, und aus einem davon trat gerade ein Mann. Zuerst kam sein Bauch, dann kam der Rest, er trug eine Tasche mit vielen braunen leeren Flaschen und ein Gesicht, das aussah, als habe es sich selbst lange nicht mehr im Spiegel angeschaut. Aber immerhin war er jemand, den man fragen konnte. Also fragte Juli, ob er wisse, wo Frau M. Zeising wohnte. Der Mann blieb stehen und schaute Juli an, so wie er sich selbst lange nicht mehr angeschaut hatte, reichlich und gründlich. Er taumelte ein bisschen und kratzte sich mit der freien Hand zwischen den Beinen. Dann hob er die andere Hand, die Flaschen klirrten und schepperten. Er streckte einen Finger aus und zeigte nach oben. »Achter Stock.« Er rülpste. Und nahm den Finger wieder runter.

»Danke«, sagte Juli und stieg in den Fahrstuhl, aus dem der Mann gekommen war, es quietschte und knarrte, und es roch nach Schweiß und nach Bier. Juli schaffte es tatsächlich, die Luft anzuhalten, bis sie im achten Stock angekommen war.

Aber bis sie die Tür gefunden hatte, an der »Martha Zeising« stand, M. wie Martha also, bis dahin dauerte es noch eine Weile, und da musste Juli weiteratmen, es half alles nichts. Es war ein enger Flur, in dem es dunkel war und kalt, und die Wände waren einmal gelb gewesen, vor ewiger Zeit. Juli dachte, so würde es wohl sein, wenn man in einer riesigen Tube Senf gefangen wäre. Vor den Türen, an denen sie vorbeikam, lagen Plastiktüten und Schuhe ohne Schnürsenkel und Pappkartons, und aus den Wohnungen drangen Musik und Streit und das Geschrei kleiner Kinder. Nur vor der Tür von Martha Zeising lag nichts außer einer Fußmatte, auf der »Willkommen« stand, und aus ihrer Wohnung kam kein Laut. Juli klingelte.

Schon bald hörte sie schlurfende Schritte, dann ein Klacken und noch eins, die Tür öffnete sich einen Spalt, gerade so weit, wie es die Kette erlaubte, und in dem Spalt erschien ein Gesicht.

So machte Martha Zeising es immer, denn sie fürchtete sich vor ihrem Nachbarn, der nichts anderes tat als Bier trinken und der wie der gewaltige Schatten einer Erinnerung war, die sie verfluchte, immer wieder, und die sich doch nicht vertreiben ließ.

»Guten Tag«, sagte Juli, »ich habe etwas besonders Schönes für Sie dabei.« Und dann holte sie den Strauß mit Schwung hinter ihrem Rücken hervor, denn so machte man das, wenn man jemanden überraschte. Sie hielt den Strauß hoch, damit Frau Zeising ihn durch den Türspalt besser sehen konnte.

Das Gesicht kniff die Augen zusammen. »Moment.« Dann verschwand es.

Juli hörte, wie die schlurfenden Schritte sich erst entfernten, sich wieder näherten, und dann erschien das Gesicht erneut im Türrahmen. Diesmal trug es eine Brille.

»Ohne Brille sehe ich doch so schlecht«, erklärte Frau Zeising. »Was ist das?«

»Wenn Sie die Tür aufmachen, zeige ich es Ihnen.«

Das war eine gute Antwort. Denn jetzt machte Frau Zeising tatsächlich die Tür auf, und Juli konnte sehen, dass ihr Haar lang, glatt und weiß war.

Wenn sie ihr beim Metzger Saltzmann begegnen würde, dachte Juli, dann würde Frau Zeising ein Achtel gemischten Aufschnitt bestellen. Das hatte Juli schon öfter erlebt, dass kleine und zarte alte Frauen ein Achtel gemischten Aufschnitt bestellten und dabei sehnsüchtig auf die getrüffelte Kalbsleberpastete schauten, die sie sich nicht leisten konnten. Und Juli hatte gedacht, dass Metzger nicht nur Kindern eine Scheibe Wurst schenken sollten, sondern auch kleinen und zarten alten Frauen.

Frau Zeising trug einen beigen Rock, einen beigen Pullover und beige Pantoffeln aus Lammfell.

Ein bisschen Farbe tut der Sache gut, dachte Juli, und deshalb wickelte sie jetzt den Strauß aus dem Seidenpapier.

»Blumen«, erriet Frau Zeising.

»Amaryllis«, sagte Juli. »Rote und weiße.«

»Ach.« Frau Zeising staunte. »Und warum?«

Das war wieder eine gute Frage, aber diesmal war Juli vorbereitet. Denn natürlich hatte sie beim Pläneschmieden gewusst, dass Frau Zeising sich – und auch Juli – fragen würde, warum sie mit Blumen vor ihrer Tür stand.

»Sie haben in einem Preisausschreiben gewonnen«, erklärte Juli und warf sich dabei in Positur, fast hätte sie noch salutiert. »Dritter Platz. Ein Bukett im Wert von fünfundzwanzig Euro. Herzlichen Glückwunsch.« Ihr Herz schlug schneller. Beim Pläneschmieden hatte sie sich genau überlegt, was sie sagen würde und wie sie es sagen würde. Denn das hier war ja keine Notsituation, also hätte sie eigentlich nicht lügen dürfen. Aber es ging um eine gute Sache, das stand außer Frage, und deshalb hatte Juli beschlossen, dass ein bisschen lügen erlaubt war. Sie drückte Frau Zeising den Strauß in die Hand. Und damit war der erste Schritt gemacht.

»Ach. Wirklich?« Frau Zeising reckte das Kinn und betrachtete den Strauß aus nächster Nähe, jede einzelne Blüte würdigte sie, die roten und die weißen. »Ein Preisausschreiben ... Merkwürdig. Das hab ich dann wohl vergessen.«

Glück gehabt, dachte Juli. Auch zu dem besten Plan gehörte etwas dazu, das man gar nicht planen konnte.

»Hübsch sind die«, sagte Frau Zeising. Doch ihr Blick blieb, wie er war. Ernst und scheu.

»Ja«, sagte Juli, »Amaryllis.«

»Rot und weiß.«

»Wie die Feuerwehr.« Juli lächelte, und da lächelte Frau Zeising auch. Und da wusste Juli, dass sie den zweiten Schritt machen konnte: »Dürfte ich bei Ihnen vielleicht mal für kleine Blumenbotinnen?«

»Für was?«

»Für ... Ich meine ... Ihre Toilette.«

»Was ist damit?«

»Dürfte ich die vielleicht mal benutzen?«

»Warum?«

Juli stutzte. Das war in ihrem Plan nicht vorgekommen, dass sie das erklären musste. »Es dauert auch nicht lange«, antwortete sie.

»Ach so«, sagte Frau Zeising. »Ja. Ja, natürlich.«

Damit war der dritte Schritt gemacht: Juli war in der Wohnung.

Und auch das dauerte nicht lange, nur einen Meter, denn Frau Zeisings Wohnung war klein, noch kleiner als die von Frau Lensky, obwohl das kaum möglich war. Es gab nur ein einziges Zimmer mit einem Bettsofa, mit einem Tisch, einem Schrank und einem Fernseher, außerdem einem Staubsauger, einem Eimer und einem Besen, einer alten Nähmaschine, einem Wäscheständer, einem Regal mit Büchern und Geschirr, einem Kühlschrank und zwei Kochplatten und einem Wasserkocher. Und mittendrin standen Juli und Frau Zeising, und Juli dachte, mehr passte nun wirklich nicht hinein. Immerhin, das Fenster war groß, es ging fast bis zum Boden, und von dort konnte man die Stadt sehen, den Himmel und den Rauch, der aus den Schornsteinen kam. Das war der Vorteil von solchen Häusern: Wenn man erst mal drin war, sah man sie nicht mehr.

»Haben Sie eine Vase?«

Frau Zeising nickte, aber sie rührte sich nicht, sie stand einfach da mit dem Blumenstrauß und schaute ihn an.

Deshalb öffnete Juli jetzt den Schrank, ein bisschen dumpf roch es darin, nach vergangener Zeit und auch nach Zedernholz und Kölnisch Wasser. Ganz unten, zwischen den Kleidern, Röcken und Blusen und dem Kopftuch, fand sie einen

Karton, gefüllt mit Rechnungen, und an den Telefonkosten sah sie, dass Frau Zeising offenbar schon lange mit niemandem mehr telefoniert hatte. Dann fand sie eine bauchige Vase aus trübem, verstaubtem Kristall. Offenbar hatte Frau Zeising auch schon lange keine Blumen mehr gewonnen.

»Wo ist das Bad?«

Frau Zeising zeigte auf eine Falttür, und dahinter lag das Bad, das so beige war wie Frau Zeising. Juli setzte einmal einen Fuß vor den anderen, und schon stand sie darin. Dort gab es kein Fenster, aber eine Dusche und ein Waschbecken und eine Toilette. Wenn man wollte, konnte man auf dem Toilettendeckel sitzen, sich in der Dusche die Füße waschen und über dem Waschbecken die Zähne putzen. Gleichzeitig. Aber wer wollte das schon.

Juli füllte die Vase mit Wasser, dann setzte sie einmal einen Fuß hinter den anderen, so war es am einfachsten, und schon stand sie wieder in dem Zimmer, in dem Frau Zeising wartete. Sie nahm ihr die Blumen ab und stellte den Strauß auf den Tisch neben das Sofa. Und man konnte sagen, was man wollte, Blumen machten etwas her. Auch hier.

»Hübsch sind die«, sagte Frau Zeising noch einmal.

»Ja.«

Frau Zeising schaute Juli an. »Wollten Sie nicht auf Toilette?«

»Ach so.« Das hätte Juli fast vergessen.

Sie zog die Faltentür hinter sich zu und setzte sich auf den Deckel. Sie zählte bis dreißig, dann drückte sie die Spülung, das Wasser rauschte, die Lüftung surrte, und dann wusch sie sich die Hände. So war es richtig, so hatte sie es geplant. Und bei alldem fiel ihr auf, dass es in Frau Zeisings winzigem Bad sehr sauber war. So sauber, dass die Keramik gequietscht hätte, wenn man daran gerubbelt hätte, und das machte Juli jetzt, sie rubbelte mit einem Finger über die Waschbeckenkurve, es quietschte, und das erinnerte Juli daran, wie Oskar Geschirr gespült hatte. Und das war ein Gefühl wie rote Amaryllis in einer Welt aus Beige.

Als sie zurückkam, hatte Frau Zeising den Wasserkocher eingeschaltet, es brodelte und dampfte, und Frau Zeisings Brille beschlug, als sie das heiße Wasser in eine Tasse schüttete.

»Hätten Sie auch einen Tee für mich?« Und bevor Frau Zeising »Warum?« fragen konnte, sagte Juli: »Ich bin ganz durchgefroren. Es ist ja furchtbar kalt heute.«

Frau Zeisings Brille bot wieder klare Sicht. »Das ist Kaffee. Bröselkaffee.«

»Ach so.«

»Tee hab ich nicht.«

»Das macht nichts«, sagte Juli, obwohl das gar nicht stimmte, sie mochte keinen Bröselkaffee, aber wer einen Plan geschmiedet hatte, durfte nicht wählerisch sein.

Frau Zeising zögerte. Dann zeigte sie mit der freien Hand ins Regal.

Juli folgte ihrem Finger und sah, dass Frau Zeising auf eine zweite Tasse deutete.

Damit war der vierte Schritt gemacht: Juli blieb in der Wohnung.

Und wenn man blieb, dann setzte man sich, und das taten sie jetzt auch, sie setzten sich nebeneinander auf Frau Zeisings Bettsofa, denn sonst gab es nichts, auf dem man hätte sitzen können. Sie saßen dort, gerade weit genug voneinander entfernt, dass ihre Körper sich nicht berührten. Frau Zeising schlürfte ein bisschen, und die Sahne in dem Kaffee zerrann zu weißen Flocken.

»Wissen Sie, wie das ist, wenn man sich verliebt?« So fängt man eigentlich kein Gespräch an, dachte Juli, in Gesprächen war es wichtig, dass man etwas sagte, bei dem auch der andere mitreden konnte. Vielleicht konnte Frau Zeising mitreden beim Verliebtsein, aber das wusste Juli nicht, und deshalb war es eine Gesprächseröffnung, die in keinem Plan der Welt vorkam, eigentlich. Sie schielte zu Frau Zeising hinüber.

Die schaute in ihre Tasse, als suchte sie darin die Antwort. Aber darin waren nur Bröselkaffee und weiße Flocken, und darum schwieg Frau Zeising. Vielleicht war das ein gutes Zeichen, wer wusste das schon.

Und weil Juli so angefangen hatte, wie sie nun mal angefangen hatte, musste sie jetzt auch so weitermachen.

»Das ist, als ob man zu viel gegessen hat. Dann drückt es im Magen, und es wird einem ein bisschen schlecht. Aber das ist gar nicht übel, im Gegenteil, das ist sogar richtig gut.«

Frau Zeising blies in ihren Kaffee, obwohl der schon kalt war.

»Ich weiß das seit fünf Tagen, drei Stunden und«, sie schaute auf ihre Armbanduhr, »fünfzehn Minuten. Er heißt Oskar. Er ist groß und schön. Und wenn seine Hand mich hält, dann kann mir nichts passieren, glaube ich.«

Und jetzt glänzte es in Frau Zeisings Augen, es glänzte wie ein Spiegel, und Juli konnte alles darin sehen, den Tisch, den Schrank und den Fernseher, den Staubsauger, den Eimer und den Besen, den Kühlschrank und den Wasserkocher, die alte Nähmaschine, den Wäscheständer, das Regal mit Büchern und Geschirr. Und dann sah sie noch etwas. Ein kleines, schwarz-weißes Rechteck.

Sie drehte den Kopf zum Fenster, und da hing es, das Rechteck, fast von der Gardine verdeckt. Es war ein Rahmen, und darin war ein Gesicht, das Juli bekannt vorkam. Das Haar war genauso lang und glatt. Aber blond. Und der Blick war genauso ernst und scheu. Aber auch noch anders. Flehend.

»Das sind Sie«, sagte Juli.

Frau Zeising nickte, doch sie schaute gar nicht hin. Sie schaute auf ihre Hände, die die Tasse hielten wie ein kleines Tier in ihrem Schoß. Und dann kam es wieder, das Raunen, das Juli schon auf dem Friedhof gehört hatte. Doch diesmal verstand sie die Worte, sie klangen wie eine Formel, die Frau Zeising vor sich hin sagte, leise, sehr leise, und schon Tausende Male gesagt.

»So ein Eisen ist glühend heiß.«

Juli wusste nicht, was Frau Zeising damit meinte. Sie wusste nur, dass sie jetzt weitermachen musste. Und deshalb achtete sie gar nicht auf das Raunen, sondern zeigte auf das Foto und fragte: »Wann war das?«

Frau Zeising blickte auf. »Am 18. Januar 1960.«

»Das wissen Sie noch so genau?«

»Ja.« Frau Zeising sah Juli an, ernst und scheu und schimmernd. »Das vergesse ich nicht.«

Und da wusste Juli, was sie nun fragen musste: »Warum?«

* * *

DIESER TAG. WIE *könnte ich mich nicht daran erinnern? Es ist der 17. Januar 1960. Es ist eiskalt, der Wind lärmt an den Fensterläden, der Schnee liegt knöchelhoch. Theo ist beim Frühschoppen im Grünen Kranz, wie jeden Sonntag. Ich hoffe, dass sein alter Schulfreund Ernst nicht dabei ist. Wenn Ernst dabei ist, trinkt Theo immer besonders viel.*

Als wir geheiratet haben, drei Jahre ist das her, war er freundlich, zärtlich, machte mir den Hof. Das hat mir gefallen, auch wenn ich nicht richtig in ihn verliebt war. Aber mir haben nicht viele Männer den Hof gemacht, ich war klein und schüchtern und nicht besonders attraktiv. Und dann Theo! So ein Großer, Kräftiger, mit starken Armen, mit vollem, weizenblondem Haar, grünen Augen und einem Schmiss im Gesicht. Ein richtiger Mann, der ein Leben hat und einen Beruf. Kunstschmied war er. Tore, Gitter, Geländer, konnte er alles, keine Arbeit war ihm zu schwer. Einmal hat er eine Rose für mich geschmiedet. Sie sei wie seine Liebe, hat er gesagt, eisern und unerschütterlich. Damals hat mir das noch keine Angst gemacht. Damals hat er auch noch nicht getrunken.

Es ist Sonntag, halb zwei, ich sitze in der Küche, nahe am Ofen, und stricke. Ich habe gekocht, Kraut und Kartoffeln mit Speck. Das lässt sich gut warm halten. Theo isst nie etwas beim Frühschoppen. Das Geld kann man für Besseres ausgeben, sagt er. Für Bier.

Es gab eine Zeit, da dachte ich, es könnte sich wieder ändern, wieder so werden wie am Anfang, als er freundlich und zärtlich zu mir war. Auch wenn er auf mir lag. Fast schüchtern war er da, konnte mir kaum in die Augen sehen. Aber er hat mich gut behandelt, wirklich. Und ich habe mir Mühe gegeben. Aber es hat nie geklappt mit einem Kind. Es sollte wohl nicht sein. Das hat sicher auch sein Gutes.

Ich dachte, wenn wir ein Kind bekämen, dann würde es mir vielleicht gelingen, mich in ihn zu verlieben, so richtig. Und wir könnten noch mal von vorne beginnen. Vielleicht hat Theo das auch gedacht. Aber so geht das nicht. So ist das Leben nicht.

Ich habe eine Armbanduhr, eine vergoldete, mit einem Rädchen zum Aufziehen. Meine Mutter hat sie mir zu meinem achtzehnten Geburtstag geschenkt. Doch plötzlich, von einem Tag auf den anderen, geht sie nicht mehr, sie ist einfach stehen geblieben. Also bringe ich sie gleich am nächsten Morgen zum Uhrmacher, zu Uhren Faber in der Innenstadt. Als ich den Uhrmacher, Emil Faber, hinter der Ladentheke sehe, weiß ich es sofort. Es ist wie Magie. Wie er mich anschaut, mit diesem Blick. So einen Blick habe ich bei einem Mann noch nie gesehen. So voller Würde. Und wie lang seine schwarzen Wimpern sind. Wie er mit mir spricht, leise und sanft mit seiner tiefen Stimme, die viel tiefer ist, als man denkt, weil er klein und dünn ist. Und wie er über die Uhr streicht, als wäre sie das Kostbarste, das er je in Händen hielt. Feine Hände hat er, Uhrmacherhände.

»Die wird wieder gut, bestimmt.«

Da habe ich das Gefühl, dass er die ganze Welt meint, dass die ganze Welt wieder gut wird. Die ganze Welt und ich mittendrin.

So etwas habe ich noch nie erlebt. Ich dachte immer, das gibt es nur im Film oder in Büchern. Liebe auf den ersten Blick. Das passiert anderen, aber doch nicht mir. Ich bin schon froh, nicht alleine zu sein. Ich bin fünfundzwanzig, da sollten Frauen nicht alleine sein. Und Theo sorgt für mich, trotz allem. Er hält mich knapp, aber es reicht. Meistens reicht es.

Und doch denke ich immer öfter, ich wäre vielleicht besser dran alleine. Denn mit Theo bin ich zwar nicht alleine, aber ich bin einsam. Mit Mutter kann ich darüber nicht sprechen. Sie sagt, ich hätte keinen Grund zu klagen. Noch lange hat sie darauf gewartet, dass Vater aus dem Krieg heimkehrt. Immer, wenn welche zurückkamen aus russischer Gefangenschaft, hat sie aufs Neue gehofft. Immer wieder, noch bis vor ein paar Jahren. Aber er kam nie zurück.

Das ist echte Einsamkeit, sagt Mutter. Und da lernt man, sich zu begnügen.

Doch auf einmal ist da jemand, der einen ansieht, so richtig bis ins Innerste. Bis in die Seele. Das kann man nicht vergessen. Nie mehr.

In drei Tagen, sagt Emil Faber, am Samstag, kann ich die Uhr wieder abholen. Drei Tage. Drei Nächte. Wie warte ich darauf, bis ich wieder zu ihm gehen kann, es kommt mir ewig vor. Obwohl ich ihn doch gar nicht kenne. Ist das nicht verwunderlich? Vielleicht. Doch es fühlt sich nicht so an, nur schön.

Wie mein Herz wummert, als ich in den Laden trete! Emil Faber ist auch nervös, das sehe ich, und das spüre ich. Seine Hände zittern, als er mir die Uhr zeigt. Sie geht wieder. Sie ist wieder gut, wie er gesagt hat. Er will nicht mal viel Geld dafür. Und dann hat er den Mut mich zu fragen: »Darf ich Sie zu einem Eis einladen? Am Mittwochnachmittag? Da habe ich frei. Es wäre mir eine Ehre.«

Er will ein Eis mit mir essen. Ein Eis, mitten im Winter! Ich schlage die Augen nieder und sage schnell Ja, bevor ich Angst kriegen kann.

Und kaum ist es gesagt, fällt mir ein, dass ich jetzt eine Ausrede brauche. Ich kann Theo ja nicht erklären, dass ich mit dem Uhrmacher ein Eis essen gehe. Aber jetzt ist es gesagt, jetzt gibt es kein Zurück mehr. Also erzähle ich Theo beim Abendessen so beiläufig, wie es mir gelingt, dass ich Charlotte getroffen hätte, eine alte Schulfreundin, und mit ihr für Mittwochnachmittag verabredet sei. Theo hört mir gar nicht richtig zu. Er hört mir schon lange nicht mehr richtig zu. Aber diesmal bin ich froh darum, dann muss ich nicht so viel lügen. Ich bin nicht gut im Lügen. Schon gar nicht, wenn Theo misstrauisch wird. Dann fange ich an zu stottern und mache alles nur noch schlimmer. Diesmal passiert das nicht. Theo löffelt nur seinen Eintopf, und während ich spreche, fällt etwas von seinem Löffel auf die Hose. Er flucht und wischt daran herum. Dann steht er auf, zieht die Hose aus, wirft sie mir zum Waschen hin und geht in die Stube, setzt sich in Strümpfen an den Kamin.

Es wird Mittwoch. Der Tag ist sogar recht mild, und der Schnee fängt an zu schmelzen. Wie gemacht zum Eisessen! Ich trage mein bestes Kleid, das blaue aus Schurwolle, und die frisch geputzten Stiefel. Zum Glück ist Theo nicht da, er ist bei einem Freund, um ihm beim Umzug zu helfen. Als er ging, hat er nur gesagt, dass er zum Abendessen pünktlich zurück sein würde. Halb sieben, wie immer. Also habe ich fast drei Stunden Zeit. Drei Stunden!

Als ich auf den Laden zugehe, sehe ich ihn schon davorstehen und auf mich warten. Er trägt einen dunklen Mantel und einen grauen Hut, es sieht sehr edel aus, und er strahlt mich an.

»Sie sind wirklich gekommen.« Er verbeugt sich sogar ein bisschen. Und dann bietet er mir den Arm, und wir gehen

nebeneinander her, als hätten wir es schon immer getan. Wir gehen im selben Takt. Er hinkt ein bisschen, aber das stört mich nicht. Ich fühle mich geborgen. Ich denke, das ist der Mann, neben dem ich für den Rest meines Lebens gehen möchte.

»Martha heißen Sie also. Das habe ich auf Ihrem Abholschein gelesen. Martha. Was für ein schöner Name. Er passt zu Ihnen.«

Wir reden nicht viel, bis wir bei dem Café am Marktplatz ankommen. Ich glaube, wir sind einfach nur glücklich, dass wir zusammen sein können, da braucht es gar nicht viele Worte.

Wir setzen uns an einen Tisch in der Ecke, nicht am Fenster. Wir sprechen es nicht aus, aber wir beide wissen, dass es besser ist, wenn man uns von draußen nicht sehen kann. Das Café ist bezaubernd eingerichtet, mit weißen Tischdecken und gelben Röschen in kleinen hohen Vasen, es duftet nach Röstkaffee und nach frischem Hefeteig.

Und dann essen wir das Eis. Vanille, Schokolade und Erdbeer aus silbernen Schalen. Mit Sahne sogar! Ich habe noch nie so ein gutes Eis gegessen.

»Ihnen beim Eisessen zuzuschauen macht noch mehr Freude, als selbst eines zu essen.«

Ich kratze mit dem Löffel auch das letzte bisschen aus der Schale heraus. Emil bestellt uns noch zwei Kaffee, einen Eierlikör für mich und einen Cognac für ihn. Dann erzählt er mir, dass er gerne liest, genau wie ich, Stefan Zweig und Hermann Hesse, genau wie ich. Mit Theo kann ich nicht darüber reden, Theo findet Lesen albern. Wenn er liest, dann nur in der Zeitung die Geschichten über Mord und Betrug. Emil ist anders. Ganz anders. Er will auch alles über mich wissen. Das interes-

siert ihn wirklich. Wie ich lebe, was ich denke, wer ich bin. Ich weiß erst nicht, was ich sagen soll. Ich kenne das ja gar nicht. Aber das Erste, das ich ihm sagen muss, ist doch, dass ich verheiratet bin.

»Ja. Das habe ich mir natürlich schon gedacht.«

Dabei legt er seine Hand auf meine und berührt meinen Ehering. Er ist nicht viel wert, ein ganz simpler, ganz schmaler Ring aus Silber, den Theo von seinem Ersparten gekauft hat. Bevor Emil seine Hand wieder wegziehen kann, halte ich sie fest. Natürlich weiß ich, dass uns alle in dem Café sehen können. Aber in diesem Moment ist mir das egal. Ist das Mut? Oder Leichtsinn? Ich weiß es nicht. Emil soll doch nur wissen, dass ich lieber nicht verheiratet wäre. Und so, wie er mich mit seinen blauen Augen anschaut, bin ich sicher: Er weiß es.

»Wenn wir einen Menschen glücklicher und heiterer machen können, so sollten wir es in jedem Fall tun, mag er uns darum bitten oder nicht.« Emil lächelt. »Das ist nicht von mir. Das ist von Hermann Hesse.«

Er erzählt mir von sich. Er ist siebenundzwanzig und hat gerade den Laden von seinem Vater übernommen. Er lebt in einer großen Wohnung über dem Geschäft, wo es vier Zimmer gibt und viel zu viel Platz für einen allein. Dass er als Kind beim Baden in einen Teich gesprungen ist, der nicht tief genug war, und mit der Hüfte auf einen Stein traf. Seither hinkt er. Daran, sagt er, hat er sich längst gewöhnt. Und mittlerweile auch an die Blicke. Sogar an die, die schnell wieder wegschauen.

»Das hat auch seine Vorteile.«

Emil fotografiert nämlich gern. Er hat Fotografien dabei, die er gemacht hat. Schwarz-weiße, von Menschen auf der Straße, die in sein Ladenfenster schauen. Er nimmt sie heimlich auf, ohne Blitzlicht.

»Nur so kann man die Sehnsucht auf ihren Gesichtern sehen, wenn sie all die Dinge betrachten. Die goldenen Uhren, die Ringe mit Brillanten, die Colliers.«

Und dann sagt er mir, dass er mich sieht, jeden Tag, wenn ich zum Markt gehe und an seinem Geschäft vorbeikomme. Er beobachtet mich. Er hat auch mich schon oft fotografiert. Ich habe nichts davon gemerkt. Er zeigt mir die Bilder. Ernst und scheu sehe ich darauf aus.

»Ich erkenne eine Sehnsucht, tief in Ihnen, Martha. Ich könnte Ihnen jeden Wunsch erfüllen, Geld habe ich genug. Ich könnte Sie glücklich machen, wenn das ginge. Aber das geht wohl nicht.«

In diesem Augenblick denke ich wirklich, dass es doch gehen könnte. Dass ich Theo verlassen und dieses Leben noch einmal von vorne beginnen könnte. Dass ich nur an diesem einen Rädchen drehen müsste, wie an einer Uhr, und alles würde gut werden, alles.

Ich merke gar nicht, wie spät es schon ist, so schnell vergehen die Stunden. Noch nie habe ich mich so gefühlt. So leicht, so befreit.

Als wir aus dem Café treten, ist es längst dunkel. Zum Abschied küsst Emil meine Hand, wie ein richtiger Kavalier. Wir versprechen uns, dass wir uns wiedersehen. In einer Woche, am nächsten Mittwoch, wieder zur selben Zeit.

»Bis Mittwoch, Martha.«

»Ja, bis Mittwoch.«

Als ich nach Hause komme, steht Theo in der Tür. Es ist fünf Minuten nach halb sieben, und er will wissen, wo ich so lange war. Ich sage, dass ich Charlotte getroffen habe und dass wir die Zeit vergessen haben, weil es so viel Neues zu erzählen gab. Ich hoffe, dass Theo mich nicht danach fragt. Aber er sieht mich nur an und grunzt. »Weiber, immer am Schwätzen.« Und dass ich mich gefälligst mit dem Essen beeilen soll. Zum Glück kommt unser Nachbar die Treppe herunter und lädt Theo auf ein Bier ein. Da sagt er natürlich nicht Nein.

Das ist vier Tage her. In drei Tagen werde ich Emil wiedersehen. Ich kann an nichts anderes denken. Es ist Sonntag, halb zwei, und ich höre den Schlüssel im Schloss. Schwere Stiefel poltern herein. Theo kommt vom Frühschoppen. Er keucht. So keucht er nur, wenn er viel getrunken hat, mehr als sonst. Er wirft den Schlüssel krachend auf die Anrichte im Flur. Ich spüre, dass etwas nicht stimmt. Mein Herz jagt. Ich tue so, als ob ich ganz mit Stricken beschäftigt bin. Er kommt in die Küche, noch im Mantel, die Schuhe voller Schnee. Er steht dort im Türrahmen, wankt und sieht auf mich herunter. Ich schaue nicht auf. Ich höre nur das Klappern der Stricknadeln und sein Keuchen. Sein furchtbares Keuchen.

»Ich habe es doch gewusst. Du warst nicht mit Charlotte aus.«

Er zieht die Nase hoch. »Da sagt doch der Ernst zu mir, was macht deine Frau eigentlich mit einem Kerl im Café?« Er lacht höhnisch. »Von wegen Kerl! Der Uhrmacher war es. Der hinkende Uhrmacher mit der Brille.« Er kneift ein Auge zu, verzerrt den Mund zu einer hässlichen Fratze. »Der muss ja fast blind sein.« Er kommt auf mich zu, er hinkt.

Er macht Emil nach, denke ich, und mir schießen Tränen in die Augen.

»Wie stehe ich denn jetzt da? Wie ein Trottel, oder? Meinst du nicht auch?«

Ich fühle seine Hand im Nacken, kalt und eisern und unerschütterlich.

»Ist es das, was du willst, mich zum Trottel machen?«

Die Hand zieht an meinen Haaren, zerrt mich hoch. Er dreht mich zu sich hin, und ich kann nicht anders, ich muss in sein Gesicht schauen, das ganz rot ist von der Kälte und von der Bosheit. Er riecht nach Bier und Rauch.

»Hör jetzt gut zu, meine Liebe. Ich sage dir das nur einmal, ein einziges Mal …« Er kommt noch näher, sein Mund streift meine Wange. Ich kann mich nicht rühren, bin ganz starr vor Angst. Und dann raunt er mir ins Ohr. »Einen Theodor Zeising betrügt man nicht. Wage das nicht. So ein Eisen …«, er haucht mir seinen stinkenden Atem ins Gesicht, »… ist glühend heiß.« Dann lässt er mich los, stößt mich zurück auf den Stuhl. Und ich weiß, er würde es tun. Theo würde mir Dinge antun, schlimme Dinge, und Emil auch. Er ist stärker als ich, stärker als wir. Nur meine Angst vor ihm ist noch stärker. Dagegen hilft nichts. Nicht mal das herrlichste Gefühl der Welt.

Am nächsten Tag, am 18. Januar 1960, macht Emil dieses Foto von mir.

Ich stehe vor seinem Fenster und schaue hinein. Er versteckt sich nicht, so wie sonst. Er steht da, zwischen den goldenen Uhren, den Brillantringen und Colliers, in einer glitzernden, verlockenden Welt, und schaut mich an. Ich sehe, wie er seine Kamera vor die Augen hebt. Ich blinzele nicht, ich warte, bis er die Kamera wieder senkt. Und dann gehe ich einfach fort.

Ich sehe ihn nur noch ein einziges Mal wieder, zwei Tage später, am Mittwochnachmittag. Er kommt aus einer kleinen Seitenstraße, hat dort auf mich gewartet, trotz der Kälte. Ich will mit ihm reden, aber ich traue mich nicht, ich will ihn nicht in Gefahr bringen. Aber ich muss auch nicht reden, Emil versteht es, er versteht alles. Vielleicht hat Theo ihm auch gedroht, ich weiß es nicht.

»Man braucht vor niemand Angst zu haben. Wenn man jemanden fürchtet, dann kommt es daher, dass man diesem Jemand Macht über sich eingeräumt hat.« Diese Sätze habe ich gestern Abend gelesen, sie stammen aus »Demian«, Hermann Hesses Roman. Ich weiß, dass sie wahr sind. Ich räume Theo Macht über mich ein. Aber ich bin keine starke Frau, und ich bin nicht mutig. Ich kann nichts dagegen tun.

Ich bin schon fast an Emil vorbei, da nimmt er mich bei der Hand. Er legt etwas hinein und flüstert, dass er mir nur noch etwas schenken will. Dann dreht er sich um und eilt davon.

Es ist das Foto. Das Foto, das mich zeigt, wie ich in Emils Fenster schaue, ernst und scheu. Aber ich sehe noch etwas in meinem Blick. Ein Flehen.

Dieses Foto ist das Schönste, was ich habe.

Danach gehe ich nicht mehr an dem Laden vorbei. Ich wage es nicht.

Wochen später bekomme ich zufällig ein Gespräch mit. Ich stehe in der Küche am Fenster und schaue in den Hof, in dem zwei Nachbarinnen sich unterhalten. Ich höre, wie sie von »Uhren Faber« sprechen und sich wundern, dass er zugemacht hat, von heute auf morgen. Ich will das nicht glauben.

Also gehe ich doch noch einmal hin. Schon von Weitem sehe ich, dass der Laden wirklich leer ist. An der Tür hängt ein Schild: »Zu verkaufen«. Auch der Name auf der Klingel ist verschwunden. Emil Faber ist fort, ich weiß nicht, wohin. Und ich wage auch nicht, nach ihm zu suchen. Aus Angst vor Theo natürlich. Aber vielleicht noch mehr aus Angst vor dem Schmerz. Solange ich Emil nicht sehe, gelingt es mir, diesen Schmerz zu betäuben, bis ich ihn nicht mehr spüre. Bis ich gar nichts mehr spüre. Dann kann ich weitermachen. Jeden Tag. Ich gehe zum Markt, ich kaufe ein, ich koche, ich sitze beim Ofen und stricke. Theo lässt mich in Frieden. Vielleicht genügt es ihm, dass ich da bin, dass ich neben ihm liege, neben ihm esse, neben ihm vor dem Radio sitze. Er trinkt noch immer, aber seltener, und sein Fluchen wird leiser. Das Geld, das er nach Hause bringt, genügt jetzt sogar für einen Braten am Sonntag. Manchmal schaut er mich fragend an. Aber er fragt nicht. Und ich schaue nicht zurück. Ich schaue nur zu, wie ich älter werde, jeden Tag einen Tag. So richte ich mich ein, in diesem Leben. Und es geht weiter, immer weiter.

* * *

WIEDER KONNTE ES Juli nicht schnell genug gehen. Sie polterte die Treppe hinauf, immer zwei Stufen auf einmal. Dann stand sie vor ihrer Tür, fand den Schlüssel, und schon war die Tür auf. Und genauso schnell strampelte Juli sich aus dem Mantel, ließ ihn auf den Boden fallen, Mütze, Schal, Handschuhe, alles einfach auf den Boden. Aber da war der Schrank. Der riesige, finstere Schrank in ihrem Flur. Wenn ein Mensch ein Schrank sein könnte, dachte Juli, dann wäre Theodor Zeising so einer gewesen, genau so einer.

Sie hörte das Raunen in ihrem Kopf, das zischende, giftende, und die immer gleichen Worte.

So ein Eisen ist glühend heiß.

Schließlich schaffte sie es, einen Fuß vor den anderen zu setzen, vorbei an dem Schrank und hinein ins Wohnzimmer, wo das Telefonbuch lag. Sie wusste, was sie zu tun hatte, sie musste unter F nachschlagen, F wie Faber. Und das tat Juli jetzt, sie fand einen Faber und noch einen, einen Ewald und einen Wilhelm, aber keinen Emil.

Juli schaute auf. Vielleicht war Emil Faber schon tot. Denn wenn er damals, als er Martha Zeising begegnet war, siebenundzwanzig Jahre alt gewesen war, musste er jetzt vierundachtzig sein. Das war das kleine Einmaleins des Lebens. Und vierundachtzig war ein Alter, in dem es durchaus vorkommen konnte, dass man nicht mehr im Telefonbuch stand. Oder aber, überlegte Juli weiter, Emil Faber lebte noch, er war sogar gesund, keine Bandscheibe, kein Rheuma, nichts, er hatte nur seinen Namen geändert, denn er war verheiratet und hieß jetzt wie seine Frau. Es gab Männer, die taten so etwas, auch solche, die nicht Sauerbier hießen und lieber Sonnenberg heißen wollten. Aber einen Emil Faber zu finden, der gar nicht mehr Faber hieß und womöglich in einer anderen Stadt wohnte, das wäre eine Mission, die über das normale Missionenmaß hinausging. Doch so weit war es noch nicht. Vorher konnte Juli noch etwas tun, sie konnte nachdenken. Das gelang ihr am besten am Küchentisch, dort konnte sie einen Becher Milch trinken, in die Kerzen der Weihnachtspyramide schauen – wer sagte, dass das nur in der Adventszeit ging –, und das war beruhigend und beflügelnd zugleich.

Es dauerte gar nicht lange, da fiel Juli die Strickliesel ein, die sie einst beim Spielen in dem aufklappbaren Nähkästchen gefunden hatte. Vielleicht, weil sie auch ein hölzernes Püppchen gewesen war, so wie das Jesuskind, das vor Juli im Kreis fuhr. Die Strickliesel hatte aus einem dünnen Faden einen dicken Faden winden können, der lang und immer länger geworden war wie ein wollenes Kabel. Und da wusste Juli plötzlich, was sie zu tun hatte. Sie stand auf, nahm den Schlüssel, lief in den Flur, vorbei an dem Schrank, schnell und geduckt, und zog die Tür hinter sich zu. Nur ein Stockwerk tiefer, schon war sie da. Sie läutete.

Nach einer kleinen Weile erschien ein Schatten hinter der Milchglasscheibe, der gemütlich auf die Tür zuspaziert kam. Es war Max. In sein kariertes Hemd hatte er eine Papierserviette gestopft, und darauf waren Flecken, genau solche wie in seinem Mundwinkel.

»Hallo Juli«, grüßte Max und schluckte, »magst du Spaghetti?«

»Nein, also ja, aber jetzt gerade nicht, danke.« Juli versuchte, an ihm vorbei in die Wohnung zu schauen, aber das ging nicht, denn Max war hoch und breit. Ein Schrank von der freundlichen Sorte.

»Ist Marie da?«

»Klar.« Er ließ Juli herein, und zusammen gingen sie in die Küche, in der es nach Tomaten, Zwiebeln und Basilikum duftete und in der Marie saß mit genauso einer Serviette und mit genauso roten Flecken.

»Hallo Juli, magst du Spaghetti?«

»Ja«, kam Max ihr zuvor, »aber jetzt gerade nicht.«

»Ach so«, sagte Marie. Dann nahm sie eine Gabel voll Spaghetti, viel mehr, als sie auf einmal kauen konnte. Ein paar lange Nudeln ragten noch aus ihrem Mund wie ein falscher Bart.

Juli stand vor dem Tisch, schaute vom einen zum anderen und fing einfach an. »Ihr habt doch Internet.«

Marie nickte, und ihr Nudelbart schaukelte.

»Ich hab nämlich keins.«

»Oh, ist dein WLAN kaputt?«, fragte Max voller Mitgefühl.

»Nein, ich hab gar keins.«

Max hielt inne. Er betrachtete Juli, er sah einmal an ihr hinauf und wieder hinunter, und man konnte sehen, wie es hinter seiner Stirn arbeitete. »Du hast überhaupt gar kein Internet?«

»Muss man denn?«

»Na ja …« Max war so verblüfft, dass er kein Argument parat hatte, warum man unbedingt Internet haben musste, obwohl es durchaus ein, zwei gegeben hätte. Er schaute zu Marie.

Aber die guckte gar nicht hin. Sie hatte fertig gekaut, sich den Mund abgewischt und das Besteck auf ihren leeren Teller gelegt, und darum hatte sie jetzt eine Hand frei, um das zu tun, was sie immer tat, wenn es um Max und das Internet ging: Sie winkte ab, und das sah ein bisschen so aus, als würde sie die Luft ohrfeigen.

»Das kann sich Max natürlich nicht vorstellen. Der hält es ja keinen Tag ohne Internet aus. Nicht mal im Urlaub.«

Max kannte das schon, Marie sagte es ja nicht zum ersten Mal, aber er kannte wiederum niemanden, der kein Internet hatte, jedenfalls niemanden, der unter achtzig war, und das war Juli definitiv.

»Dann hast du auch gar keine Mailadresse?«

Juli schüttelte den Kopf, und dabei dachte sie an den freundlichen Briefträger, der ihr die Post brachte, wenn auch sehr selten.

Max konnte es nicht fassen. »Das ist ja … ungewöhnlich.«

Marie stand auf und räumte Max' Teller ab, obwohl noch ein paar Nudeln darauf waren, aber statt zu essen, staunte Max lieber noch ein bisschen weiter.

Marie zupfte die Serviette aus seinem Hemd und hielt sie ihm hin.

»Jetzt mach mal den Mund zu, und dann putz ihn dir ab, du siehst ja aus wie ein Clown.« Und das ging schon deshalb nicht, weil Marie sich ja vor nichts auf der Welt so sehr fürchtete.

Max tat, wie ihm geheißen. Wenn man bedachte, wie Julis Leben aussah – und das tat Max nun, er dachte an die Mutter und die Großmutter, an die alten Möbel und vor allem an das Wählscheibentelefon –, dann war es gar nicht mehr so ungewöhnlich, dass in so einem Leben kein Internet vorkam.

»Komm mit.« Marie legte Juli einen Arm um die Schulter, schob sie aus der Küche und in ein anderes Zimmer hinein, das kaum größer war als ihre Speisekammer. Darin standen ein kleiner, niedriger Schrank, ein Schreibtisch und darauf ein Computer.

»Setz dich.« Marie zeigte auf den einzigen Stuhl und schaltete den Rechner an. Dann ging sie neben Juli in die Knie. Es knackte ein bisschen. »Wonach suchen wir?«

Juli dachte, dass ihr das gefiel, dieses Wir. Es war schon ein schönes Gefühl, etwas zu tun zu haben, aber bestimmt war es noch schöner, dabei nicht ganz allein zu sein.

»Emil Faber.«

»Aha.« Marie rief die Suchmaschine auf. »Und wer ist das?«

»Er hatte einen Uhren- und Schmuckladen hier in der Stadt, das ist schon lange her, genau siebenundfünfzig Jahre. Im Telefonbuch steht er nicht. Aber es ist wichtig, dass wir ihn finden.«

Und jetzt hatte Juli es selbst gesagt, dieses Wir, und das gefiel ihr noch besser.

Mit dieser Auskunft gab sich Marie zufrieden. Sie tippte Emil Faber ein, dann drückte sie auf eine Taste. Es erschien eine kurze Liste.

»Fünf«, sagte Marie.

»Es gibt fünf Emil Fabers?« Juli lehnte sich vor.

»Im Telefonbuch von ganz Deutschland. Im Norden, im Süden und in der Mitte.«

Juli nickte. Das waren immerhin fünf Gründe zur Hoffnung. Mehr, als sie gedacht hatte. Jetzt stellte sich aber ein neues Problem: Wenn es fünf Emil Fabers gab, wie sollte sie herausfinden, welcher der Richtige war?

»Ist ein Uhren- und Schmuckhändler dabei?«

»Keine Ahnung.«

»Ein Goldschmied vielleicht?«

»Nein.«

»Kann man denn sehen, wie alt diese Emil Fabers sind?«

»Auch nicht.« Marie stand auf, bog die Schultern zurück und hielt sich das Kreuz. »Ach nee, ach nee. Und was machen wir jetzt?«

Das war eine gute Frage. Und weil sie keine Antwort darauf hatten, gingen sie zurück in die Küche und aßen Nachtisch, Marie und Max und Juli auch, obwohl sie gar keinen Hauptgang gehabt hatte. Aber es gab Vanillepudding, der so gelb war wie ein Telefonbuch und sogar ohne Milchhaut, da konnte Juli nicht widerstehen. Und so ein süßer Pudding, der war wie Schmiermittel für das Gewinde, der brachte den Verstand auf Touren, und deshalb war es kein Wunder, dass Juli beim vierten Löffel auf die Idee kam, wie sie weitermachten. Marie und sie.

* * *

JULI HATTE AN alles gedacht. Zuallererst an die beste Uhrzeit. Wenn sie den richtigen Emil Faber finden wollte, der vierundachtzig Jahre alt war, dann war es sehr wahrscheinlich, dass er um vierzehn Uhr zu Hause war. Denn die meisten Menschen, die so alt waren, aßen zeitig zu Mittag, zwischen zwölf und halb eins. So war es bei der Mutter und auch bei der Großmutter gewesen, spätestens um halb eins hatte Juli das Essen auf den Tisch bringen müssen, sonst hatten sie schlechte Laune bekommen. Danach hatten sie die Pantoffeln ausgezogen und waren, möglichst weit voneinander entfernt, in das große Doppelbett gegangen, in dem nachts nur die Großmutter gelegen hatte; die Mutter hatte auf dem Sofa im Wohnzimmer geschlafen, Juli in ihrem schmalen Bett in der kleinen Kammer. Rücken an Rücken hatten sie gelegen, die Mutter auf der linken Seite, die Großmutter auf der rechten. Meistens hatten sie behauptet, gar nicht richtig zu schlafen, sondern nur ein bisschen auszuruhen, aber Juli hatte oft genug ihr Schnarchen gehört.

Und wenn man das alles zusammenrechnete, das Essen und das Schlafen, kam man auf vierzehn Uhr.

Dann hatte Juli über den besten Vorwand nachgedacht. Denn sie brauchte einen Vorwand, keinesfalls wollte sie Emil Faber berichten, worum es wirklich ging, schon gar nicht am Telefon. Sie wusste ja nicht, unter welchen Umständen er heute lebte, wenn er überhaupt noch lebte. Fast die ganze Nacht hatte sie wach gelegen und über einen Vorwand gegrübelt, und vor lauter Grübelei hätte sie fast, aber nur fast, vergessen, zwischendurch auch mal ein bisschen an Oskar zu denken und an die Frage, wann sie ihn wiedersehen würde. Aber das waren zu viele Fragen auf einmal gewesen, alles hübsch der Reihe nach, hatte Juli gedacht und daran, was Marie gesagt hatte. Dass sie Geduld haben musste. Und dann war er ihr eingefallen, der Vorwand. Es war ein patenter, rechtschaffener, verzeihlicher Vorwand. Also eigentlich eine Lüge. Streng genommen befand sich Juli zwar nicht in einer Notlage, aber doch zumindest in einer Situation, die eine gewisse Finesse erforderte. Und da durfte sie sich ein bisschen Schwindeln zugestehen. Oder auch ein bisschen mehr.

Zum Schluss hatte Juli noch an den Ablauf gedacht. Welcher Emil Faber war zuerst an der Reihe? Derjenige, der am nächsten wohnte? Oder am weitesten entfernt? Nach einigem Hin und Her hatte sie beschlossen, dass sie mit der größten Entfernung beginnen wollte. Denn das würde auch das größte Problem bedeuten, und wenn sie sich dem stellen musste, dann wollte sie das lieber so schnell wie möglich wissen. Das war wie beim Zahnarzt. Wenn Juli eine kleine Plombe und eine Wurzelbehandlung brauchte, nahm sie zuerst die Wurzelbehandlung. Zum Glück war das aber noch nicht sehr oft vorgekommen, einmal nur.

Noch am Abend hatte sie Marie die ganze Geschichte erzählt von Martha Zeising, von Theodor Zeising, von Emil Faber und von dem, was vor genau siebenundfünfzig Jahren geschehen war. Und Marie war so berührt gewesen und zugleich so traurig, dass sie sich ans Herz hatte fassen müssen, mit beiden Händen, und ihr Busen hatte vor lauter Rührung und vor lauter Traurigkeit gebebt. Und sie hatte sofort verstanden, dass man da etwas tun musste, zumindest musste man es versuchen.

Also hatten sie sich für genau Viertel vor zwei bei Juli verabredet, und Marie wäre auch fast auf die Minute pünktlich gewesen, wenn sie nicht vergessen hätte, die Liste mit den fünf Emil Fabers mitzunehmen. Das war Maries erste Aufgabe gewesen. Ihre zweite war es, den Atlas aus dem Bücherregal zu holen, er war groß und schwer wie der gusseiserne Bräter, in dem Julis Mutter ganze Gänse zubereitet hatte. Dabei fiel Marie ein Karteikasten auf, der neben dem Atlas im Regal stand. Sie hob den Deckel.

»Was ist denn das?«

Juli war gerade damit beschäftigt, mit bunten Stecknadeln

die Orte auf der Deutschlandkarte zu markieren, an denen es einen Emil Faber gab – ganz oben im Norden, ganz unten im Süden, einen etwas weiter rechts, einen etwas weiter links und noch einen ziemlich in der Mitte –, deshalb schaute sie nur kurz auf und antwortete: »Meine Staub-Auslese.«

Marie sah sie verständnislos an. »Deine was?«

»Staub-Auslese.«

»Wieso Staub?«

Juli stand auf und nahm Marie den Kasten aus der Hand. Darin lagen, ordentlich aufgereiht und nach Datum sortiert, viele kleine Plastiktüten, die Juli mit Marmeladenetiketten beklebt und beschriftet hatte. Sie zog eines der Tütchen heraus. Es enthielt eine etwa daumengroße, bunt verfilzte Flocke. »Schallplattenspieler, 4. September 1992«, stand auf dem Etikett.

»Immer, wenn ich eine besonders kunstvolle Fluse finde, dann hebe ich sie auf«, erklärte Juli. »Man muss nur genau hinschauen, siehst du?« Sie hielt das Tütchen ins Licht. »Hier ist ein Fussel vom Teppichboden drin, der orangene, und einer von dem Nicki-Pullover, den ich damals so gerne getragen habe.« Sie zeigte Marie zwei weitere Tütchen, auf dem einen stand »Waschmaschine, 11. Mai 2005«, auf dem anderen »Schlittschuhe, ganz hinten im Schuhschrank, 25. Januar 1998«.

»Hier ist sogar ein Blusenknopf dabei, und wie lange Haare ich damals hatte!« Juli strahlte. »Keine Flocke ist wie die andere. Wie Schneeflocken. Nur die kann man leider nicht sammeln.«

Marie sah sie an, so wie man jemanden anschaute, den man zwar sehr mochte, aber doch nicht ganz verstand. Das dauerte einen Moment. Dann lachte Marie. »Also, wenn du mal Nachschub brauchst, bei uns unterm Sofa gibt's genug.«

Juli lachte mit. »Ich werd's mir merken. Aber jetzt müssen wir anfangen.«

Sie setzten sich an den Wohnzimmertisch, Juli auf die eine Seite, Marie auf die andere. Ganz aufrecht saßen sie da, die Rücken gerade, die Mienen wieder ernst. Marie hatte ihr Mobiltelefon mitgebracht. Julis Wählscheibentelefon konnten sie nicht benutzen, da ließ sich die Nummer nicht unterdrücken, so hatte Marie es erklärt, und man hätte den Anruf zurückverfolgen können.

Juli fand, das klang sehr professionell, wie bei der Sonderkommission.

Neben dem Telefon lag die Liste, die Marie aus dem Internet ausgedruckt hatte, außerdem ein Rotstift zum Abhaken, zum Durchstreichen und zum Notizenmachen, damit alles seine Ordnung hatte.

Juli schaute auf den Wecker, der sonst im Schlafzimmer stand, aber heute wurde er bei dieser wichtigen Mission gebraucht. Früher hätte Juli die Zeitansage angerufen, die Nummer mit den vielen Nullen, um ganz sicherzugehen, dass es vierzehn Uhr war. Als die Mutter nur noch im Bett gelegen und kaum mehr gesprochen hatte, seltener noch als ohnehin, da hatte Juli oft die Zeitansage angerufen. Auf eine Weise hatte sie das beruhigt, das immer gleiche, verlässliche Verkünden der Zeit, die verging. Ton für Ton.

Doch jetzt brauchte sie keine Beruhigung, obwohl sie aufgeregt war, sogar sehr. Aber es war eine gute Aufregung, eine, die entstand, wenn man das Richtige tat. Und das spürte Juli, da gab es keinen Zweifel.

Der Wecker zeigte vierzehn Uhr und eine Sekunde.

Juli atmete. Jetzt gab es kein Zurück mehr.

Marie stellte den Lautsprecher an, damit sie mithören konnte. Dann wählte Juli die erste Nummer. Wartete. Hörte nichts außer dem Schlagen ihres Herzens, Ton für Ton. Dann hörte sie es klingeln, einmal, zweimal, dreimal.

»Faber?«

Vor Schreck hätte Juli fast wieder aufgelegt. Jemanden anzurufen war das eine. Mit ihm zu sprechen war dann doch etwas völlig anderes. Sie nahm sich zusammen. Die Stimme war die eines Mannes, sie krächzte ein bisschen. Vielleicht war er alt, vielleicht sogar vierundachtzig? Oder er war erkältet.

Marie machte Juli ein Zeichen. Sie musste anfangen. Also fing Juli an.

»Guten Tag«, sagte sie, und es klang genau so, wie sie es den ganzen Morgen über geübt hatte. Förmlich, sachlich und bedeutungsvoll. »Ich rufe im Auftrag des Bundesamtes für Bevölkerungszahlenermittlung an. Auf Anordnung der Bundesregierung führen wir eine quantitative Stichprobe durch.«

»Ach du liebes bisschen«, sagte Herr Faber, denn er hatte zu Zahlen nicht das beste Verhältnis. Vor manchen fürchtete er sich sogar, besonders vor der Zahl vierundzwanzig, seit er einst in Flugzeugreihe vierundzwanzig gesessen hatte und im Himmel über Helsinki fast abgestürzt war.

Er sprach mit deutlich norddeutschem Akzent.

Aber das war sicher nicht weiter verwunderlich, dachte Juli, wenn man seit mindestens siebenundfünfzig Jahren an einem Ort lebte, an dem alle so sprachen, kam man ja gar nicht umhin, das war eine Frage der Völkerverständigung.

»Wie Sie wissen, ist der demografische Wandel eine Herausforderung, der sich unsere ganze Gesellschaft stellen muss. Auch Sie, Herr Faber.«

Herr Faber schwieg.

»Deshalb ist es von großer Bedeutung, dass wir über die, äh, Struktur unserer Bürgerschaft bestmöglich informiert sind, um adäquat auf diesen Wandel reagieren zu können.«

Herr Faber räusperte sich beeindruckt.

»Dazu stelle ich Ihnen nun einige wenige Fragen. Erstens: Wie alt sind Sie?«

Sie hörte, wie Herr Faber atmete. Und wieder nicht. Wie er noch einmal atmete. Und wieder nicht.

Vielleicht hat er vergessen, wie alt er ist, überlegte Juli. Oder er ist nach seinem Mittagsschlaf noch nicht so recht auf der Höhe. Sie schaute zu Marie. Die signalisierte, dass sie Geduld haben mussten.

»Dreiundachtzig.«

»Dreiundachtzig?«, wiederholte Juli. Wie war das möglich? Konnte es sein, dass Frau Zeising sich falsch erinnerte? Oder dass Emil Faber erst ganz am Jahresende Geburtstag hatte?

»Sie sind nicht vierundachtzig?«

»Nein.«

»Wirklich nicht?«

»Nein. Warum sollte ich?«

»Nun«, improvisierte Juli, »dann ist das in unseren Akten wohl nicht korrekt vermerkt. Da sehen Sie, wie sinnvoll so eine Stichprobe ist.«

Marie setzte ein Sternchen hinter den ersten Emil Faber auf ihrer Liste. Das bedeutete, er kam in die engere Auswahl.

»Nun die zweite Frage: Was sind Sie von Beruf?«

»Rentner.«

»Ja. Nein, ich meinte: Früher.«

»Geschäftsmann.«

»Oha«, entfuhr es Juli.

»Ja«, sagte Herr Faber mit hörbarem Stolz, »Import Export.«

Juli wusste nicht, was das bedeutete. Auf Maries fragenden Blick zuckte sie mit den Schultern. Marie beschloss, ein Fragezeichen hinter das Sternchen zu setzen, das ließ alle Optionen offen. Und dann stellte Juli die dritte Frage, und das war die alles Entscheidende.

»Haben Sie ein Hüftleiden?«

»Ein was?«

»Ein Hüftleiden«, wiederholte Juli etwas lauter.

Herr Faber lachte. »Gute Frau, ich bin dreiundachtzig, da kann einem praktisch alles wehtun.«

Juli wusste nicht, ob sie sich darüber freuen sollte. War das nun der Hinweis, den sie brauchten? Dieser Emil Faber war im richtigen Alter, er war Geschäftsmann gewesen und litt unter einer schmerzenden Hüfte. Das genügte doch eigentlich, um Gewissheit zu haben, oder?

»Aber«, unterbrach Herr Faber ihre Gedanken, »ich gehe seit Jahren zur Seniorenwassergymnastik, hier im Hallenbad. Das kann ich nur empfehlen. Wenn wir Klassentreffen haben, neulich erst wieder, im Sommer war das, aber da kommen ja auch längst nicht mehr alle, wissen Sie, jedes

Jahr einer weniger oder auch zwei, leider, jedenfalls bin ich schon lange der Einzige, der nicht humpelt.« Er lachte dröhnend.

»Ich gratuliere«, sagte Juli. Und während sie das tat, strich sie den ersten Namen auf ihrer Liste durch.

»Aber warum wollen Sie das überhaupt wissen?«

»Das bleibt unter uns«, erklärte Juli, »es dient rein statistischen Zwecken.« Das klang plausibel, so hatten das auch immer die Leute am Telefon gesagt, die Juli ein neues Waschpulver hatten aufschwatzen wollen, oder eine Reise in die Karibik, und die dafür unbedingt hatten wissen wollen, wie alt Juli war, ob sie verheiratet war, welches Waschpulver sie bisher gekauft hatte, ob sie sich regelmäßig impfen ließ und ob sie wirklich sicher sei, dass sie nicht doch eine Auslandsreisekrankenversicherung benötigte.

»Wir, äh, ich danke Ihnen sehr für Ihre Zeit, Herr Faber. Sie haben dem Staat einen wertvollen Dienst erwiesen.«

»Ach du liebes bisschen.« Herr Faber legte auf.

Marie fasste die Situation zusammen: »Noch vier.«

Noch vier Gründe zur Hoffnung. Immerhin.

Der Nächste war Emil Faber ganz im Süden. Juli wählte seine Nummer. Wartete. Hörte es klingeln, einmal, zweimal, dreimal, viermal, fünfmal, sechsmal.

»Da geht keiner ran.«

Das konnte nun alles Mögliche bedeuten. Dass dieser Emil Faber jünger als vierundachtzig war, deshalb keinen Mittagsschlaf hielt und längst aus dem Haus war. Oder dass er Mittagsschlaf hielt, und zwar so tief, dass ihn auch das Telefon nicht weckte. Oder dass er im Urlaub war, womöglich in der

Karibik. Das konnte dauern. So lange wollten Juli und Marie aber nicht warten. Also setzten sie ein Fragezeichen hinter den zweiten Emil Faber. Und Juli rief den dritten an.

Es klingelte viermal, dann meldete er sich. Und kaum hatte er seinen Namen genannt, da ahnte Juli, dass er der richtige Emil Faber sein konnte. Das lag daran, dass sie sich Emil Faber sehr genau vorgestellt hatte heute Nacht, als sie wach gelegen und Pläne geschmiedet hatte. Sie hatte einen schmächtigen Mann mit Brille und sorgfältig geschnittenem, glänzendem Haar vor sich gesehen, der sie mit treuen Augen anblickte. Dessen feine Hände ein funkelndes, kostbares Geschmeide hielten. Der ein bisschen hinkte und den dieses Hinken widerstandsfähig gemacht hatte gegen die Launen des Lebens. Der daran gewachsen war, dass er als zu klein, zu zart, zu duldsam erachtet wurde. So ein Mensch hatte keine polternde Stimme, hatte Juli gedacht, so ein Mensch klang stark, aber edel und vornehm. Und genauso klang dieser Emil Faber.

»Guten Tag«, sagte Juli. Und fast wäre ihr der Satz herausgerutscht, den sie sonst immer sagte, dass sie nämlich »etwas besonders Schönes« für ihn dabeihabe. Aber so weit war es noch nicht, noch lange nicht, da war nur diese Stimme, die einen Namen gesagt hatte, und da war diese Ahnung in Julis Kopf. Aber all das war noch nicht genug, und deshalb sagte sie jetzt: »Ich rufe im Auftrag des Bundesamtes für Bevölkerungszahlenermittlung an. Auf Anordnung der Bundesregierung führen wir eine quantitative Stichprobe durch.«

Herr Faber kicherte. »Als ich noch jung war, hieß das Volkszählung. Der Wievielte bin ich denn, den Sie anrufen?

Vielleicht der Achthunderttausendsiebenhundertdreiundzwanzigste?« Er kicherte noch mal. Denn Herrn Faber machten Zahlen keine Angst und Behörden auch nicht. Er hatte überhaupt nur ein einziges Mal in seinem Leben richtig Angst gehabt. Vor einem Hünen, dem alles zuzutrauen war. Aber das lag Jahre zurück, sehr viele Jahre.

»Nein, Sie sind der Dritte«, antwortete Juli.

»Der Dritte?« Herr Faber lachte laut auf. »Da bin ich aber froh, dass der Staat wenigstens bis drei zählen kann.«

»Äh, ja. Wie Sie wissen, ist der demografische Wandel eine Herausforderung, der sich unsere ganze Gesellschaft stellen muss.«

Herr Faber lachte noch lauter. »Sie sind mir ja eine.«

»Eine was?«

»Hören Sie.« Herr Faber wurde ernst. »Ich habe keine Ahnung, wer Sie sind, aber vom Bundesamt für Bevölkerungszahlenermittlung sind Sie bestimmt nicht.«

»Nicht?«

»Nein.«

»Ach so.«

Herr Faber seufzte. »Machen wir es kurz, in meinem Alter ist Zeit nämlich kostbar. Ich bin vierundachtzig Jahre alt, ich habe ein langes und reiches Leben gehabt und hoffentlich noch ein bisschen vor mir. Als Juwelier habe ich, wie Sie vielleicht ermessen können, weder Interesse noch Bedarf an irgendeinem Tand, den Sie am Telefon verscherbeln wollen. Ich nehme auch an keinerlei Umfragen, Gewinnspielen oder Meinungsforschungen teil, und ich wünsche keinen neuen Telefontarif, kein Probeabonnement oder sonst einen angeblich kostenlosen Klimbim. Sehen Sie es mir nach. Und damit betrachte ich unser kleines, erheiterndes Gespräch als beendet. Guten Tag.« Dann legte er auf.

Juli brauchte einen Moment, um zu begreifen. Dann strahlte sie, sie strahlte von einem Ohr bis zum anderen. »Das ist er!«

»Wirklich?« Marie konnte es kaum fassen.

»Emil Faber, vierundachtzig Jahre alt, Juwelier, und seine Stimme ist tief, viel tiefer, als man denkt. Das muss er sein!«

»Und er wohnt hier?« Marie deutete auf das Stecknadelköpfchen, das aus der Mitte der Deutschlandkarte emporragte. Und das war gar nicht weit von dem Stecknadelköpfchen entfernt, mit dem Juli ihren eigenen Ort markiert hatte.

»Genau da.«

Da warf Marie die Arme in die Höhe und den Kopf in den Nacken und stieß einen lauten Juchzer aus. Und Juli dachte, so machte man das, wenn man glücklich war, und darum warf auch sie die Arme in die Höhe und den Kopf in den Nacken. Dann öffnete sie den Mund, ganz weit, und tatsächlich kam ein Schrei heraus, erst zaghaft, doch dann lauter und noch lauter, so laut, dass sogar Max ihn hören konnte, der eine Etage unter ihnen einen Strauß weiße und blaue Anemonen in Seidenpapier wickelte.

Juli hatte gar nicht gewusst, dass man so laut schreien konnte vor lauter Glück.

* * *

UND WEIL ZUM Glück unbedingt Graupensuppe gehörte, machte sich Juli eine Stunde später auf den Weg zum Metzger Saltzmann. Dazu musste sie am Schaufenster des Blumenladens vorbei. Sie blieb stehen, so wie immer, und sah hinein, ob es heute etwas Besonderes darin zu sehen gab. Und das gab es tatsächlich: Oskar stand dort in seinem schwarzen Mantel, den Kragen hochgeschlagen. Er wandte ihr den Rücken zu und strich mit einer Hand über die Köpfe der Ingrid-Bergman-Rosen, die aus ihrer weißen Vase emporragten, dicht an dicht. Juli wusste, wie sich das anfühlte. Kühl und zart und ein bisschen steif. Wie ein duftendes Bett aus frisch gestärktem Damast.

Sie spürte einen Stich, genau an der Stelle, an der ihr Herz saß. Der Schmerz verging, das Herz schlug weiter, ungeheuer schnell. Und das war ja kein Wunder, wenn man so unvermutet etwas derart Schönes in einem Schaufenster entdeckte. Juli öffnete die Tür und ließ das Glockenspiel klingeln.

»Hallo.«

Oskar drehte sich zu ihr um. »Oh, hallo.« In seinem Lächeln lag Freude und ein bisschen Unsicherheit. »Ich war gerade, äh, in der Nähe, und da wollte ich mich nur noch mal bedanken, dass du vorgestern mitgekommen bist.«

»Das hab ich gerne gemacht«, sagte Juli, und das stimmte ja auch. Sie kam näher. Jetzt stand sie direkt vor ihm und schaute zu ihm hoch.

Er wich ihrem Blick aus, knetete seine Hände. »Ach«, fiel ihm ein, »unser Blockwart ist übrigens im Krankenhaus. Herzinfarkt.«

»So was«, sagte Juli.

»Ja. Er kommt wohl durch. Ich hab es meiner Mutter erzählt, aber ich glaube, sie hat es nicht richtig verstanden. Sie ist eben … na ja, sie ist ein bisschen verwirrt.«

Juli nickte. »So ist das manchmal.«

Er schaute sie an. Und da war es wieder, dieses Etwas in seinem Blick. Das Erkennen.

Juli dachte, wenn sie sich selbst in die Augen schauen könnte, würde sie bestimmt dasselbe darin sehen.

»Ihr habt euch ja schon gefunden!« Marie kam durch die Tür, die in ihre Wohnung führte. »Ich war gerade bei dir oben, um dir zu sagen, dass du Besuch hast.« Das Wort »Besuch« klang ein bisschen schelmisch.

»Ja«, sagte Oskar, »ich dachte nämlich, ich habe gerade Pause, und vielleicht hättest du Lust, mit mir …«

Juli stutzte. Wollte er sich mit ihr verabreden? So klang es doch, wenn man mit jemandem ausgehen wollte. Oder nicht? Sie sah hinaus. Grau war es dort und feucht vom Schnee, der sich mit dem Staub der Straße mischte. Wenn jetzt Sommer wäre, dann wäre es leichter. Man könnte einfach auf einen Motorroller steigen, sie hinten, er vorne, und sie würden wie Audrey Hepburn und Gregory Peck durch die Stadt fahren. Es musste gar nicht Rom sein. Sie könnte ihre Arme um Oskar legen, um seinen Bauch, die Kraft spüren, die darin saß, und das Auf und Ab seines Atems. Dann würde sie ihren Kopf an sein Schulterblatt legen, die Augen schließen, und er würde Schlangenlinien fahren, damit sie sich noch fester an ihm hielt. Aber es war nicht Sommer.

»Ich würde mir gerne ein bisschen die Beine vertreten.«

Juli musste lachen. »Das klingt irgendwie schmerzhaft.«

Oskar lachte mit. »Zu zweit tut es nicht ganz so weh.«

Ja, dachte Juli, wie wohl vieles andere auch.

»Kommst du mit?«

Da musste sie nicht lange überlegen. Wo und wie Oskar sich die Beine vertreten wollte, war nicht wichtig. Wichtig war nur, dass er Juli dabeihaben wollte.

Sie verabschiedeten sich von Marie, die zum Zeichen der Zustimmung ihre frisch lackierten Daumen hob, und liefen los, Juli links, Oskar rechts, die Straße hinunter und immer geradeaus. Obwohl er so groß war, machte er genau die richtigen Schritte, schlendernd, federnd, nicht zu lang und nicht zu kurz. Es fühlte sich an, als wäre Juli schon immer neben ihm hergegangen, im gleichen Rhythmus, leicht und fließend.

»Wovon machst du denn Pause?«, wollte Juli wissen.

»Vom Fahren. Ich habe ein kleines Taxiunternehmen, vier Wagen und eine Limousine. Manchmal fahre ich auch noch selbst, so wie heute. Früher bin ich jeden Tag gefahren und auch nachts. Das muss ich nicht mehr, zum Glück. Ich fahre nur noch, wenn ich Lust dazu habe.«

»Und heute hattest du Lust dazu?«

»Ja.« Er lächelte. »Ein Stammkunde mit Flugangst. Heute hat er Termine an verschiedenen Orten hier in der Gegend. Aber sonst sind es meistens weitere Strecken. Das werden dann am Tag schon mal mehrere Hundert Kilometer. Oder auch tausend.«

»Tausend?« Juli riss die Augen auf. So weit war sie noch nie von zu Hause fort gewesen.

»An Neujahr fahre ich ihn nach Wien, bleibe ein paar Tage

dort, chauffiere ihn herum, und an Dreikönig fahre ich ihn wieder zurück.«

»Und er bezahlt das alles?«

Oskar nickte. »Die Bank.«

»Die Bank?«

»Er ist Manager.«

»Ach so.« Juli hatte noch nie einen Manager getroffen. Sie hätte gar nicht gewusst, was sie tausend Kilometer lang mit so jemandem hätte reden sollen. »Ist er freundlich?«

»Ja. Und er respektiert mich. Das tun die meisten in so gehobenen Positionen. Aber sie wollen ja auch etwas von mir. Sie wollen, dass ich sie fahre. In gewisser Weise vertrauen sie sich mir an. Und wenn man so viel Zeit auf engem Raum miteinander verbringt, kommt man schon mal ins Reden.«

»Was ist das für eine Limousine? So eine lange?«

Oskar lachte. »Nein, nein. Keine Stretchlimousine, schon gar keine weiße. Und ich bin auch kein Märchenprinz. Ich habe bloß gute Leasingverträge.«

»Das ist doch ein Anfang.«

»Wenn du meinst … Und du? Was ist dein Erfolgsgeheimnis?«

Juli dachte nach. Sollte sie ihm von ihrer Aufgabe erzählen? Von Martha Zeising und Emil Faber? Nein. Dafür war es noch zu früh, es genügte, wenn Marie davon wusste. Marie war ihre Freundin. Was Oskar war, wusste sie nicht. Noch nicht.

»Aufbrechen und etwas wagen.«

Oskar blieb stehen. »Was?«

»Ja. Darum geht's. Nur wer aufbricht und etwas wagt, der kann auch aufblühen. Manche wagen sich nie heraus oder nur, wenn sie keiner sieht. Agaven zum Beispiel blühen oft nur nachts oder sogar nur ein einziges Mal. So sollte das nicht sein.«

Oskar schaute sie an, lange und ein bisschen rätselnd. Dann in den Park, in dem sie standen. Juli hatte gar nicht bemerkt, wohin sie gegangen waren, sie hatte nur auf ihre Schritte geachtet, eine synchrone Bewegung, als würden sie tanzen. Auf seine Schultern, die sich beim Gehen vor- und zurückschoben, auf seinen Kopf, der sich leicht zur Seite neigte, wenn er ihr zuhörte, und auf seine Lippen, die fast unmerklich zuckten, bevor er zu sprechen begann. Und das alles war so schön wie der ganze Mann.

In dem Park war eine Fläche, auf der sonst eine Wiese wuchs, aber jetzt gab es dort ein paar Holzbuden, an denen man heißen Punsch kaufen konnte, Waffeln und Bratwurst. Und eine Eisbahn, rechteckig, vielleicht dreißig mal vierzig Meter. Juli mochte das Eis und das Geräusch, das es gab, wenn man darauf Schlittschuh fuhr, dieses trockene Schleifen, als glitte ein Hobel über blankes Holz. In kalten Wintern war sie oft im Bergwerkswald Schlittschuh gelaufen, ganz allein, auf der spiegelnden Fläche eines der Teiche. Es war ein herrliches Gefühl gewesen, über das Eis zu fliegen, das sie trug, dieses trockene Schleifen zu hören und manchmal einen Vogel, der aus kahlen Ästen aufflog. Nur auf den See war sie nie gegangen, selbst wenn es geheißen hatte, das sei nicht gefährlich. Auf dieses Eis hatte sie sich nicht verlassen. So war das mit dem Vertrauen. Es hing von der Tiefe des Abgrunds ab.

»Wir könnten etwas wagen.« Oskar deutete mit einer Hand zur Eisbahn. »Da kann man Schlittschuhe ausleihen.«

Juli dachte daran, wie sie mit Oskar in der winzigen Küche seiner Mutter getanzt hatte. Wie er ihre Hand gehalten und wie sie sich gedreht hatte, immer schneller. Und sie dachte, dass das eine gute Idee war, wieder mit Schlittschuhlaufen anzufangen. Noch besser war es, das mit Oskar zusammen zu tun.

»Größe neununddreißig«, sagte Juli.

Sie saßen nebeneinander auf einer Bank, ohne Schuhe, und Juli betrachtete Oskars Füße, die in schwarzen Strümpfen steckten. Es waren lange Füße, Größe dreiundvierzig, und etwas an diesem Anblick rührte Juli. Vielleicht, weil sie trotz der Strümpfe etwas Verletzliches hatten, diese zwei Füße, die ihn durch die Welt trugen. Ihn und eine Last, von der Juli nur ahnte, dass es sie gab. Juli selbst war froh, dass sie gute Strümpfe anhatte, welche ohne Loch und ohne Fussel, die einfach nur geringelt waren. Sie wackelte mit den Zehen, und Oskars Zehen wackelten ein bisschen mit.

Kaum hatte Juli einen Fuß auf das Eis gesetzt, war es wieder da, das Gefühl, fliegen zu können. Sie holte Schwung und ließ sich gleiten, Meter um Meter, und da war auch das Geräusch, das trockene Schleifen, mit jedem Schritt. Sie konnte es deutlich hören, trotz der Musik, die aus den Lautsprechern dröhnte.

»I wanna be daylight in your eyes.«

Juli streckte die Arme aus, wandte sich um, und dann fuhr sie rückwärts. Ein paar Haarsträhnen, die unter ihrer Mütze hervorschauten, wirbelten ihr ins Gesicht. Sie sah Oskar, der hinter ihr herlief, zögerlich und ein bisschen steif. Juli dachte, wenn man so schön war, dann konnte man gar nicht anders, als elegant auszusehen, das ging fast automatisch. Wieder drehte sie sich um und fuhr auf ihn zu.

Er wedelte mit den Armen und lachte. »Ich hab das ewig nicht mehr gemacht.«

Dann fassten sie sich an. Juli wusste gar nicht, wie das kam, auf einmal waren ihre Hände in seinen. Sie fuhren gemeinsam, er vorwärts, sie rückwärts, und sie sagte, er dürfe nicht hinuntersehen.

»Lass den Kopf oben!«

Und so ging es tatsächlich, Oskar schaute sie an, sie schaute zurück, und dieser Blick war ein Band, das sie beide hielt.

»Du machst das gut!«

»Nicht so gut wie du!« Dann hob er einen Arm, Juli wandte sich um, sie fuhren vorwärts und nebeneinander, der Arm umfasste sie, kühn und sacht zugleich. Dieses Gefühl ließ Juli leicht werden, alles wurde leicht, das Gleiten, das Einanderhalten und auch das Schweigen. Sie fuhren dahin und sprachen nicht. Wärme breitete sich in Juli aus, ihr Herz schlug gleichmäßig vor sich hin. Wie sorglos sie auf einmal war! Es kümmerte sie nicht, warum Oskar ausgerechnet mit ihr, mit Juli Maloh, Schlittschuh lief, wenn er das doch mit jeder anderen hätte tun können. Mit einer, die schöner war als sie, die Internet hatte und kein Wählscheibentelefon, die Sushi aß statt Graupensuppe und die auch schon mal in Wien gewesen war, tausend Kilometer weit weg. Juli fragte sich nicht, was das zu bedeuten hatte. Ob es überhaupt etwas zu bedeuten hatte. Sie tat etwas, das sie schon lange nicht mehr getan hatte: Sie versank im Moment, so wie damals, als sie ein Kind gewesen war, allein auf dem gefrorenen Teich im Bergwerkswald, begleitet vom Ruf einer Krähe. Sie tat nichts weiter, als einen Fuß vor den anderen zu setzen, mit ein bisschen Schwung und ohne Angst vor dem Abgrund. So musste Marie das mit dem Vertrauen gemeint haben. Und jetzt wusste Juli, wie es ging.

Sie schaute Oskar an, er hielt den Kopf oben, wie sie gesagt hatte. Sein Blick ging irgendwohin, vielleicht in die Ferne, vielleicht in die Tiefe. Er bemerkte, dass sie ihn ansah. Neigte sich zu ihr, an ihr linkes Ohr. »Jetzt geht es gut.«

Juli wusste nicht, ob er das Laufen meinte oder das Leben oder sich selbst. Oder alles zusammen. Sie nickte. Dann liefen sie weiter, um die Kurve und geradeaus und immer so fort.

»I wanna be sunlight, only warmer.«

Manchmal hoben sie die Arme, dass es wie ein Torbogen aussah, und die Kinder fuhren darunter durch.

Juli dachte, so musste sich Martha Zeising gefühlt haben, als sie damals, vor siebenundfünfzig Jahren, neben Emil Faber gesessen und mitten im Winter Eis gegessen hatte. Als sie nichts weiter gewollt hatte, als ihm nahe zu sein, dem Mann, der ein bisschen hinkte, der klein und schmächtig war und ihr trotzdem das Gefühl gab, beschützt zu sein. Genauso fühlte sich Juli jetzt, mit ihrem Arm um seiner Taille und seiner Hand auf ihrem Schulterblatt. Alles schien genau dort zu sein, wo es hingehörte.

»Hast du Hunger?«, fragte Oskar nach einer Weile.

Sie nickte.

Er löste sich von ihr. Kälte strömte dorthin, wo eben noch sein warmer Körper gewesen war und auch das warme

Schweigen. Juli fröstelte. Sie sah, wie Oskars hohe, schwarze Gestalt vorauslief, bis zu der Stelle, an der es vom Eis ging. Wie er den Kopf zwischen die Schultern zog und kurz erschauderte. Dann drehte er sich zu ihr um und grinste.

»Aber erst einen Punsch!«

Aus den Stiefeln, die sie in einem Schließfach verwahrt hatten, kroch der Frost. Aus den Bechern, die sie in klammen Händen hielten, stieg der Duft nach Zimt und Sternanis. Juli fühlte die Hitze auf ihren Wangen, die vom heißen Wein kam, aber nicht nur.

»Gehört dir der Laden eigentlich?«, wollte Oskar plötzlich wissen. »Das hat Frau Jakobi mal erzählt.«

»Ja.«

»Aber du arbeitest auch noch dort?«

»Manchmal.«

»Das ist gut, nur manchmal zu arbeiten. So wie ich.«

»Ja.«

»Hast du das gelernt?«

»Das Blumenverkaufen?«

Er nickte.

»Nein. Aber ich kann das«, sagte Juli. »Und ich mag das auch. Im Laden riecht es so gut, besonders im Winter, nach Tanne und Harz. Und wenn das Glockenspiel über der Tür geht, kommt jemand herein, der einen Wunsch hat, den man erfüllen kann.«

»Einen.«

»Besser als keinen.«

Oskar schaute nachdenklich in seine Tasse. Da war er wieder, der Schatten. »Das erinnert mich an ein Gedicht von

Wilhelm Busch, das wir in der Schule auswendig gelernt haben. Komisch, dass ich das noch kann.« Er murmelte: »Ach Freundchen, rede nicht so wild, bezähme deine Zunge. Ein jeder Wunsch, wenn er erfüllt, kriegt augenblicklich Junge.«

»Hättest Du lieber Mädchen gehabt?« Juli stutzte. So schlagfertig kannte sie sich gar nicht.

Oskar lachte, und Juli fand, so ein Lachen schmeckte wie die Orangenschale in ihrem Punsch. Ein bisschen bitter.

Er wurde wieder ernst. »Ich bin gern unterwegs. Das macht mich irgendwie frei. Wenn ich fahre, bin ich dazwischen, im Irgendwo zwischen zwei Punkten auf der Welt. Dann geht es nur ums Fahren, um nichts sonst. Alles andere liegt hinter mir. Das gefällt mir. Ich kann stundenlang fahren, ohne müde zu werden. Deshalb mache ich auch fast nur noch die langen Strecken.«

Juli stellte sich seine Hände vor, die sich um ein Lenkrad schlossen, so kühn und gleichzeitig sacht. Mit diesen Händen hatte er auch sie, Juli, beim Schlittschuhlaufen berührt. Das musste man können, dachte sie, jemanden so zu halten. Vielleicht ging das nur, wenn man selbst Halt suchte.

»Süß oder salzig?« Oskar wies zu den Ständen hin.

»Salzig.«

Und dann aßen sie Bratwürste, lang wie Zauberstäbe, rauchig und knusprig und zweimal geknickt, damit sie in das Brötchen passten.

»Die sind doch gut, oder?«

Juli nickte.

»Das hab ich auch mal gemacht, Würstchen verkauft.« Oskar wischte Krümel von seinem Mantel. »Ich war schon alles Mögliche. Nachtwächter. Tankwart. Kellner. Hat mir alles nicht gefallen. Das war mir alles zu …« Er suchte das richtige Wort. »… zu eng.«

Juli kaute und hörte zu.

»Dabei konnte ich mir viel vorstellen. Koch zum Beispiel. Gleich nach der Schule hab ich eine Lehre angefangen. Und nach sechs Wochen abgebrochen. Du glaubst nicht, was für ein Ton in der Küche herrscht. Da wirst du nur herumkommandiert. Das kann ich nicht ertragen. Dann wollte ich Schreiner werden. Möbel bauen, fand ich toll. Die Ausbildung hab ich nur zwei Wochen durchgehalten.« Er grinste. »Nicht sehr geradlinig. Taxifahren war das Einzige, bei dem ich geblieben bin.«

»Weil du unterwegs warst.«

»Genau. Weil ich unterwegs war.« Er sah auf den Boden. »Und weil mir niemand gesagt hat, was ich tun soll.«

»Auch keine Frau?« Die Frage war aus Juli herausgekommen, einfach so. »Entschuldigung, das geht mich ja gar nichts an.«

Oskar sah kurz zu ihr hin und dann wieder weg. »Ich bin nicht so gut im Festlegen.«

»Aber im Etwas-Wagen«, sagte Juli. »Und im Anfass … im Anfangen auch.«

Oskar schnaubte. »Ja, im Anfangen bin ich ganz groß. Fast so groß wie im Aufhören.« Er schaute sie an, seine Augen blitzten. »Und du? Bist du gut im Festlegen?«

Juli rechnete nach. »Drei Monate und elf Tage.«

»Aha?«

»So lange hat es mit dem Martin gedauert.«

Oskar schmunzelte. »Mit dem Martin.«

»Ja. Und dann noch mal drei Wochen und einen Tag.«

»Mit dem Martin.«

»Mit dem Richard.«

»Ach so.«

»Und dann noch der Tanzstundenherr. Aber der zählt nicht.«

Oskar schmunzelte noch mehr. »Warum nicht?«

»Der wollte nicht tanzen.«

»Verstehe.« Oskar verbarg das Lachen hinter einer schönen Hand. »Das klingt aber auch nicht gerade nach Festlegen.«

»Nein«, sagte Juli, »nicht so richtig.«

»Und wer hat Schluss gemacht?«

Juli überlegte. Sie hätte gar nicht sagen können, wie Schlussmachen ging. Sie dachte an Martin, der neben ihr gelegen hatte mit einem Ohr, das so rot gewesen war wie das Haar von Marie, und den sie fortgeschickt hatte aus ihrem Bett. Sie dachte an Richard, der sie »wildes Ding« genannt hatte und den sie fortgeschickt hatte, obwohl sie in seinem Bett gewesen waren. Und dann dachte sie an den Tanzstundenherrn. Da war es zum Fortschicken erst gar nicht gekommen. Wenn sie jetzt an alles zusammen dachte, dann ergab das nur eine mögliche Antwort: »Ich.«

Oskar schaute, als hätte er sich das schon gedacht. »Dann geht es dir ja wie mir.« Er sah auf die Uhr. »Ich muss leider los.«

Juli rückte ihre Mütze zurecht, und schweigend gingen sie los, wieder war es ein angenehmes Schweigen, eines, das

Juli so vertraut vorkam, als hätte sie schon drei Monate und elf Tage lang mit Oskar geschwiegen. Oder wenigstens drei Wochen und einen Tag. Sie gingen, bis sie vor dem Blumenladen standen, das dauerte leider nicht lange. Das Schaufenster lag im Dunkeln.

»Ja, dann«, sagte Juli.

»Ja, dann.« Oskar zögerte. »Das können wir ja mal wieder machen.«

»Wenn du mal wieder eine Pause machst.«

»Ja«, lachte er. »Eine Pause.«

Juli hob eine Hand. »Gute Fahrt.« Sie wandte sich um und ging einen Schritt und noch einen, einen kleinen nur, denn sie wollte gar nicht gehen, aber sie wusste nichts mehr zu sagen, und deshalb ging sie lieber, bevor das angenehme Schweigen ein unangenehmes wurde.

»Warte mal.«

Sie fühlte eine Hand auf ihrer Schulter, die sie festhielt. Juli drehte sich um und schaute Oskar an. In seinen Augen stand eine Frage, und Juli konnte sehen, dass sein Mund noch nicht wusste, ob er sie stellen sollte oder nicht. Doch dann entschied er sich.

»Was machst du übermorgen?«

Juli dachte nach. »Übermorgen ist Silvester.«

»Eben.«

Und da stieg Stolz in Juli auf, denn endlich konnte sie etwas sagen, das sie noch nie gesagt hatte: »Da habe ich eine Verabredung. Max und Marie haben mich eingeladen, meine Freunde. Wir machen uns schick, und es gibt Raclette.«

Oskar wich ein Stück zurück. »Ach so. Ja, dann.« Er lächelte, mit dem Schatten auf seinem Gesicht, von dem er glaubte, dass niemand ihn bemerkte. »Dann sehen wir uns im neuen Jahr.«

Aber Juli hatte ihn wahrgenommen, den Schatten, und ihr Herz tat einen Schlag, den sie überall spürte, in der Brust, in den Knien und hinter der Stirn. Sie musste an Marie denken und daran, was sie gesagt hatte: »So kann das nicht weitergehen.« Mit »das« hatte sie Julis Leben gemeint. Plötzlich wusste Juli, was sie zu tun hatte, es ging ganz leicht, so leicht wie Schlittschuhlaufen. Schon war sie wieder auf Oskar zugegangen, und schon war die Frage in ihrem Kopf, die einzig richtige: »Kannst du schnibbeln?«

Oskar zog eine Augenbraue hoch. »Schnibbeln?«

»Marie hat gesagt, für Raclette muss man schnibbeln, Käse und Kartoffeln, Gemüse und Salat. Und ich habe gesagt, dass ich das mache, aber eigentlich kann ich es nicht leiden.« Sie holte tief Luft, denn jetzt kam der entscheidende Teil: »Schnibbeln ist wie Beinevertreten. Zu zweit macht es mehr Spaß.«

Der Schatten verschwand von Oskars Gesicht und wich einem Lächeln. »Bestimmt.«

Und dann schauten sie sich an und bemerkten gar nicht, wie sich über ihren Köpfen ein Fenster schloss, leise, so leise wie nur möglich. Dahinter stand Marie und flüsterte: »Gut gemacht, mein Mädchen.« Und damit meinte sie ein bisschen auch sich selbst.

* * *

ER WÜRDE NICHT kommen. Immer wieder hatte Juli auf die Uhr geblickt und war von Stunde zu Stunde sicherer gewesen, dass es um sieben nicht läuten würde und auch nicht um Viertel nach. Sondern dass irgendwann, vielleicht um halb acht, das Wählscheibentelefon läuten und Oskars Stimme aus der Muschel klingen und sagen würde, es täte ihm leid, aber ihm sei etwas dazwischengekommen, ein Fahrgast, der dringend tausend Kilometer weit wegwollte, nach Rom oder Wien oder an irgendeinen anderen Ort, an dem Juli noch nie gewesen war. Und sie würde dieser Stimme anhören, dass es Oskar gar nicht so leidtat, wie er sagte, sondern dass er sich darauf freute, fahren zu können, fort von ihr. Oder das Telefon würde gar nicht klingeln, weil Oskar alles vergessen hatte, nicht nur, dass heute Silvester war und dass sie eine Verabredung hatten, sondern auch sie, Juli. Vielleicht, weil er eine andere getroffen hatte, eine, die schöner war als sie. Und das wäre ja kein Wunder, es gab so viele, die Juli schöner fand als sich selbst, da war die Auswahl groß.

Viel zu früh war sie fertig gewesen, und dann hatte sie gewartet, aber fürs Warten brauchte man Geduld, und die hatte Juli nicht, jetzt erst recht nicht. Sie war von Raum zu Raum gegangen, als ob es irgendwo irgendetwas gegeben hätte, das sie hätte ablenken können. In der winzigen Kammer, die einst ihr Kinderzimmer gewesen war, standen noch das schmale Bett, in dem sie mit Martin gelegen hatte, ein zerschlissener Sessel, in dem nie jemand saß, ein Nachttischchen mit einer Lampe ohne Glühbirne. Und das kleine Regal mit den schwedischen Kinderbüchern. Juli hatte eines herausgezogen. Dabei war eine besonders kunstvolle Staubflocke herausgefallen, eine bauschige, wollige, so groß wie eine Pflaume. Juli hatte Flanellflusen ihrer Bettwäsche erkannt und das winzige Bruchstück einer Walnussschale. Aber nicht mal diese Ablenkung hatte lange vorgehalten.

Seit bestimmt einer Stunde stand sie nun am Fenster hinter der Gardine und sah hinaus ins Dunkle. Da war aber nur die Straße, die von schmelzendem Schnee glänzte, und die Menschen, zu zweit, zu dritt, die sich lachend an den Händen hielten. Und da war noch etwas. Etwas, das in Julis Kehle saß und aufs Atmen drückte und aufs Herz. Die Hoffnung, dass Oskar kommen würde. Die Sorge, dass er nicht kommen würde. Irgendwas dazwischen.

Um neunzehn Uhr, fünf Minuten und zehn Sekunden war sie überzeugt, dass sie recht hatte. Er würde nicht kommen. Sie trug ein schwarzes Kleid mit großen roten Blüten, die fast wie Ingrid-Bergman-Rosen aussahen. Schon vor einer Weile hatte sie es im Schaufenster einer Boutique gesehen, in der es keine Preisschilder gab, und hatte sich nicht entscheiden können, ob sie es kaufen sollte oder nicht. Denn es hatte ja gar keinen Grund gegeben für so ein Kleid, das trug man nicht, wenn man bloß zum Metzger Saltzmann ging, da musste schon ein Anlass her, ein richtiger. Jetzt gab es so einen Anlass, und was für einen. Juli war sicher, dass es nicht nur ihr gefiel, sondern auch Oskar. Dazu passte die rote Perlenkette, das Geschenk von Marie. Als Juli sich im Spiegel betrachtet hatte – vor drei Stunden war das gewesen, da hatte die Hoffnung noch schwerer gewogen als die Sorge –, hatte sie sich erwachsen und frei gefühlt. Sie hatte sich vor dem Spiegel gedreht, von der einen auf die andere

Seite und wieder zurück, die Hände in der Taille, das Kinn nach vorne gestreckt. Und auf einmal hatte sie ein Leuchten an sich gesehen, einen blinzelnden Moment lang, so als würde es vom Grund eines gefrorenen Teiches heraufscheinen. Sie hatte versucht, es zurückzuholen. Aber sie hatte nicht gewusst, wie das ging. Mit Schatten kannte sie sich aus. Aber nicht mit Licht.

Jetzt, als sie erneut vor dem Spiegel stand, um neunzehn Uhr, sechs Minuten und zwanzig Sekunden, und sich selbst betrachtete, schien es ihr unmöglich, dass dieses Leuchten jemals in ihren Augen gewesen war. Auch das Kleid schien ihr unmöglich und die Kette um ihren Hals. Viel zu bunt war das alles, viel zu forsch für den Blick, der ihr entgegensah, ernst und scheu und von Tränen schimmernd. So hatte auch Martha Zeising geschaut, als Emil Faber sie fotografiert hatte, dachte Juli. So schaute niemand, der frei und erwachsen sein Leben lebte.

Sie schluckte die Tränen hinunter. Dann hob sie die Arme hinter den Kopf, um das Kleid auszuziehen, das war gar nicht so einfach. Sie bog den linken Arm auf den Rücken und zog am Reißverschluss, Stück für Stück, bis zum Schulterblatt und noch tiefer, doch dann klemmte etwas und ging nicht mehr vor und nicht zurück. Juli fluchte. Und zerrte. Und schnaufte. Und dann läutete es.

Juli erschrak. Sie erschrak immer, wenn es läutete. Aber diesmal war es anders. Diesmal wusste Juli, wer es war. Und deshalb kam gleich nach dem Erschrecken die Freude. Und die Erleichterung. Und das Herzklopfen. Und dann doch wieder das Erschrecken. Denn sie stand da in ihrem Rosenblütenkleid, das ihr halb von den Schultern hing wie zwei baumwollene Flügel und ihren Rücken freigab und den Büstenhalter, den sie auch extra gekauft hatte aus Gründen, über die sie nicht hatte nachdenken wollen, sie hatte sich nur gut vorbereitet auf alles, was auch immer alles hieß. Und da war es ihr sogar egal gewesen, dass die Verkäuferin mit einem wissenden Lächeln gesagt hatte, Juli habe eine gute Wahl getroffen, »dezent und doch unwiderstehlich«. Aber dass Oskar um neunzehn Uhr, acht Minuten und fünfzehn Sekunden wissen würde, dass dieser Büstenhalter genau zu ihrer Augenfarbe passte, hatte sie natürlich nicht geplant.

Es läutete noch einmal. Wenn es zweimal läutete, dann war es wichtig, und deshalb hatte Juli jetzt keine Wahl. Sie drückte den Türöffner. Sie zerrte an dem Reißverschluss. Sie öffnete die Wohnungstür und blieb darin stehen. Sie zerrte noch einmal, ohne Erfolg. Sie ließ einen Arm sinken, mit dem anderen hielt sie das Kleid auf dem Rücken zusammen, so gut es ging. Sie hörte die Schritte, sechzehn Stufen. Sie hörte seinen Atem. Sie sah eine Hand auf dem Geländer. Und dann sein Lächeln.

»Tut mir leid, ich bin ein bisschen zu spät.«

Das Herzklopfen machte die Zunge schwer, und die Erleichterung glänzte in den Augen. Gar nicht darauf achten, dachte Juli, und deshalb sagte sie: »Das macht doch nichts.« Es klang tatsächlich so, als machte es nichts, als sagte es jemand, der frei und erwachsen war.

Dann standen sie voreinander, Juli und Oskar, jeder mit einer Hand auf dem Rücken. Und jetzt holte er seine hervor, mit Schwung. Fast wie Zauberei sah das aus.

»Oh!« Juli ließ ihr Kleid los. Denn sie brauchte beide Hände, um diesen Strauß zu fassen. Nicht, weil er so groß gewesen wäre. Sondern weil er so zart und klein war wie ein aus dem Nest gefallener Vogel. So etwas zu halten, das ging nicht mit einer Hand.

»Ist vielleicht nicht so originell, einer Blumenladenbesitzerin Blumen mitzubringen, aber ich dachte …«

»Sie sind wunderbar.« Schneeglöckchen, zwanzig Stück, darum ein blaues Band. »Wo hast du die denn gefunden, Ende Dezember?«

»Das war gar nicht so einfach.«

Juli tauchte die Nase in die weißen Köpfchen. »Das duftet!«

»Wie Frühling.«

»Ja«, sagte Juli, »wie Frühling«.

Sie schaute ihn an und die Blumen und wieder ihn, lachte und sagte: »Komm doch rein«.

Sie drehte sich zur Seite, Oskar trat in den Flur. Und dann fiel ihr der Büstenhalter wieder ein.

»Ich, äh, muss nur noch kurz …« Sie legte die Blumen vorsichtig auf das Schuhschränkchen und nestelte an ihrem Kleid.

Er schmunzelte. »Wie darf ich das verstehen? Hast du mich etwa erwartet? Oder etwa gar nicht erwartet?«

Juli wurde rosenblütenrot.

»Moment.« Mit einer Hand hielt er den Stoff, mit der anderen schob er den Reißverschluss hinauf, es ging ganz einfach. Juli fühlte, wie seine Hand ihren Nacken berührte, die kalt war und dennoch Hitze von den Schultern in Julis

Bauch schickte und in die Knie bis hinunter zu den Füßen. Und deshalb schwankte sie jetzt. Vielleicht lag es aber auch an den ungewohnt hohen Schuhen, die sie trug, und nicht an der Hitze. Wie ein Hochhaus im Wind schwankte sie. Niemand, der darin war, und niemand, der davor stand, bemerkte das Schwanken. Und doch war es da.

»Danke.«

Sie drehte sich um und schaute zu, wie Oskar seinen Mantel aufknöpfte. Darunter trug er eine schwarze Hose, die auf seinen Hüften saß, und einen schwarzen Pullover. Und als sie so beisammen standen, sie in Rot, er in Schwarz, sah das sehr elegant aus.

»Den Mantel kannst du mir geben.«

Schwer und feucht lag er dann über Julis Arm, duftete nach Sandelholz und Bergamotte und ein bisschen nach Benzin. Sie hängte ihn an die Garderobe, und dann sah sie den Schrank. Fast hätte sie ihn vergessen, aber nur fast. Mit den Pumps erschien er ihr nicht mehr ganz so hoch, aber immer noch hoch genug, dass Juli sofort das Gefühl überkam, winzig zu sein und machtlos gegen den dunklen Schlund, der darin klaffte. Aber jetzt war Oskar da, in ihrer Wohnung, und das war so ungeheuerlich, so ungeheuerlich beglückend, dass Juli den Schneeglöckchenstrauß nehmen konnte, wieder mit beiden Händen, und drei, vier Schritte gehen konnte, steif wie ein Stock. Dann sagte sie mit fester Stimme: »Gehen wir in die Küche.« Und Oskar trat auf die Diele, die so schön knarrte.

In der Küche stellte Juli die Schneeglöckchen in eine Vase, und dann holte sie eine Flasche Prosecco aus dem Kühlschrank, die sie noch am Morgen besorgt hatte, so machte man das, wenn man Besuch bekam. Der Korken traf die Deckenlampe, und dann schäumte es in den Gläsern, die sie entstaubt hatte, geschliffene Schalen aus Kristall.

»Auf den Abend«, sagte Oskar und stieß mit ihr an.

»Ja.« Juli trank, schnell und gierig, sie nahm große Schlucke vor lauter Freude, dass er da war, dass er wirklich gekommen war.

»Hast du auch so einen Durst?« Er lachte in sein leeres Glas.

Juli nickte und leckte sich die Lippen.

Oskar sah sich um. Betrachtete den alten Küchenschrank mit den vielen Schubladen. Die Schütten aus Glas für Zucker, Mehl und Salz. Den Gasherd. Den Tisch und die Weihnachtspyramide, die unbewegt darauf stand.

»So was hatten wir früher auch.« Er zeigte auf die Krippe. »Das hat mir immer gefallen, wie sich das gedreht hat, ganz ohne einen Laut. Das war irgendwie beruhigend. Aber dann hat meine Mutter mal zu lange Kerzen genommen, und die Flügel sind verbrannt.« Er verstummte.

»Sollen wir es anmachen?«

Oskar nickte. Und dann schaute er zu, wie Josef, Maria, das Jesuskind und der Ochse im Kreis fuhren.

»Der Esel fehlt ja.«

»Der ist weg«, sagte Juli.

»Vielleicht wollte er mal was erleben. So war das doch, oder? Aufbrechen und etwas wagen. Soll das nicht auch für Esel gelten?« Im Schein der vier Kerzen lächelte er vor sich hin. Vielleicht, weil er sich vorstellte, was so ein Esel alles erleben konnte, wenn er erst mal in Freiheit war.

»Doch, das gilt für jeden.«

»Erstaunlich, dass du so was noch hast.« Er sah zu ihr auf. »Überhaupt hast du noch viel von früher, oder?« Falls er sich darüber wunderte, ließ er sich nichts anmerken.

Juli schaute sich in ihrer Küche um, als sähe sie sie selbst zum ersten Mal. »Das hat sich so ergeben.«

Oskar nickte. »Fangen wir an?«

»Womit?«

»Mit dem Schnibbeln.«

»Ach so, ja.«

Und Oskar wusste, wie man schnibbelte, Gemüse und Salat und Kartoffeln, das ging so schnell, so schnell konnte Juli gar nicht gucken. Aber sie guckte gerne zu.

»Ich koche viel«, sagte Oskar. »Und auch gerne. Schon als Kind. Meine Mutter war nie besonders gut darin. Und mein Vater sowieso nicht.«

Juli traute sich zu fragen: »Wo ist dein Vater jetzt?«

»In einer anderen Stadt mit einer anderen Frau. Schon seit vielen Jahren. Wir sehen uns nicht oft, aber wir verstehen uns mittlerweile ganz gut. Ich habe lange gebraucht, um zu begreifen, warum er fortgegangen ist und mich mit meiner Mutter alleingelassen hat. Ich war ja noch klein, und welches Kind kapiert das schon, wenn der Vater weggeht, obwohl er sagt, dass er die Mutter noch liebt? Das hat mir den Boden unter den Füßen weggezogen.« Oskar hustete verlegen. »Eigentlich war ich auch gar nicht geplant. Meine Mutter war ja schon sechsunddreißig, als sie mit mir schwanger wurde. Ich glaube, ich war wohl eher ein Unfall.« Er sah Juli an. »Wahrscheinlich fällt es mir deshalb so schwer, mich festzulegen. Ich bin nicht so gut im Vertrauen.«

»Das kenne ich«, sagte Juli.

Und dann schauten sie, zaghaft und doch wagemutig. So, wie man schaute, wenn man einen Fuß auf frisches Eis setzte, um zu prüfen, ob es trug.

Oskar räusperte sich und betrachtete das Messer in seiner Hand, als wüsste er nicht, wie es dort hineingekommen war.

»Heute kann ich meinen Vater verstehen. Zumindest besser als damals. Mit meiner Mutter war es nicht einfach. Sie war natürlich nicht immer so wie jetzt, so … du weißt schon, verwirrt. Obwohl sie auch klare Momente hat. Sie werden nur seltener, und man weiß nie, wann und warum sie kommen. Früher war sie eine attraktive Frau. Sehr schlank, das kann man sich heute gar nicht mehr vorstellen.« Er grinste. »Und sie hatte etwas Kühles, Dunkles. Das habe ich schon als Kind gespürt. Es war, als wäre sie nie richtig da. Stell dir vor, jemand nimmt dich in den Arm, aber du frierst die ganze Zeit. So war sie, und so ist sie heute noch, daran ändert auch das Verwirrtsein nichts. Ich glaube, das war es, was meinen Vater damals besonders an ihr fasziniert hat. Und warum er sich in sie verliebt hat. Bestimmt hat er gedacht, dass er eines Tages hinter ihr Geheimnis kommt, wenn er nur genug Geduld hat.« Oskar lachte wieder sein Lachen, das nach Orangenschale schmeckte. »Hat leider nicht geklappt.« Er gab eine Handvoll geputzte Champignons in eine Schüssel. »Und was ist mit deinem Vater?«

»Er ist gestorben.«

»Oh, das tut mir leid.«

»Schon vor vielen Jahren. Ich war noch ganz klein, und er war sehr krank. So haben sie es mir erzählt.«

»Sie?«

»Meine Mutter und meine Großmutter.«

»Hast du noch Erinnerungen an ihn?«

Juli dachte nach. »Du meinst, wonach er gerochen hat? Wie es sich angefühlt hat, wenn er mich auf den Schultern getragen hat? Ob seine Bartstoppeln gekitzelt haben? Was er am liebsten gegessen hat? Welche Farbe seine Augen hatten? Ob sie grau wie meine waren oder doch eher blau, je nachdem, wie hell das Licht hineinfiel? Wie groß seine Füße waren und ob er Haare auf dem kleinen Zeh hatte?«

Oskar lächelte. »Zum Beispiel.«

Juli schaute wieder weg. »Nein.«

»Nein?«

Sie stand auf. »Ich bin gleich wieder da.« Sie ging in das mittlere Zimmer und holte den Rahmen, der zu groß war und in dem schief das Bild ihres Vaters hing. Der Vater, der so ernst aussah, als hätte er vergessen, wie man lachte. Und dessen kurze schwarze Locken glänzten.

Sie gab Oskar das Bild. Sie wusste nicht recht, warum. Sie hatte doch noch nie mit jemandem über ihren Vater gesprochen.

»Wie heißt er?«

»Paul.«

Oskar hielt das Foto ans Licht. »Er sieht irgendwie traurig aus.«

Juli nickte. »Das ist alles, woran ich mich erinnern kann.« Sie setzte sich wieder neben ihn. Und spürte Oskars Hand, die ganz sanft über ihre Schultern strich, einmal hin, einmal zurück.

»So ist das manchmal.«

Juli wusste, was er meinte, und deshalb sagte sie: »Ich weiß.«

Da war es wieder. Das Gefühl, als würde die Welt weich wie ein Kissen für einen Moment.

Oskar bückte sich unter den Tisch, er zog einen Schuh aus und auch den Strumpf, dann streckte er das Bein unter dem Tisch hervor, damit Juli seinen nackten Fuß sehen konnte, der so schön war wie seine Hand, und wackelte mit den Zehen, mit allen zusammen. Auch mit dem kleinen.

»Da sind Haare drauf«, stellte Juli fest. Oskar lachte. Und Juli lachte mit.

* * *

ALS ES AUF Mitternacht zuging, hatte Juli einen Schwips. Vielleicht sogar noch einen. Sie saß neben Oskar, gegenüber von Marie und Max, zwei Paare an einem Tisch, so sah es aus, und das allein war Grund genug, dass Juli sich reichlich nachschenken ließ. Von dem Käse, dem Salat, den Kartoffeln und dem Brot war nichts mehr übrig, nicht mal ein Krümel, die vier stöhnten vor Wonne, und wenn sie nicht stöhnten, hatten sie Schluckauf.

»Jemand Nachtisch?« Marie versuchte aufzustehen. Schon vor Stunden hatte sie den Gürtel ihres Kleides geöffnet, ein knielanges, golden glitzerndes Nichts.

»Bloß nicht!« Oskar schlug die Hände vors Gesicht.

»Ist doch nur Eis«, argumentierte Marie, »das rutscht so dazwischen, wie Juli immer sagt.« Sie blieb aber sitzen und hielt sich lieber den Bauch. Das Siezen und das Auf-Bäuche-Achten hatten sie längst hinter sich.

Juli schaute Oskar von der Seite an. Seine Lider waren schwer, das konnte man sehen, darunter glänzten seine Augen, und sein Blick war so durchlässig, als gäbe er einen schmalen Weg frei bis tief in sein Inneres. Manchmal hatte sein Knie ihr Knie berührt, manchmal die Hand ihre Hand. Laut hatte er über Max' Witze gelacht und noch lauter mitgesungen, als Marie ihre Lieblingsplatte aufgelegt hatte, das große Schlagerfestival, »Santa Maria« und »Manchmal möchte ich schon mit dir«.

»Meine Jugend«, hatte Oskar gesagt, als hätte er sie schon lange hinter sich. Dabei konnte Juli sich an diesem Abend besonders gut vorstellen, wie er früher gewesen sein musste, Oskar in einer Jeans, die zu lang, und einem Pullover, der zu kurz war. Ein Junge, so strahlend schön, dass er keine Mühe hatte, den Menschen zu gefallen, der aber wusste, dass seine Schönheit das Einzige war, an das er sich halten konnte, als Kind einer Mutter, die sich entzog, und eines Vaters, der daran verzweifelte und die Familie schließlich verließ. Da verstand Juli, warum Oskar gern unterwegs war und an einen Ort fuhr, der nicht sein Ziel war, sondern das eines anderen. Dass er sich frei fühlte im Irgendwo. Er saß am Steuer. Er bestimmte das Tempo. Er war der Einzige, auf den er sich verließ. Aufbrechen, das konnte er. Aber konnte er auch nach Hause kommen?

»Leute, es ist gleich zwölf!« Marie schaffte es tatsächlich aufzustehen. Dann wedelte sie mit beiden Händen, die Nägel hatte sie golden lackiert, und sagte, es ginge nun aufs Dach, und da gab es nichts zu widersprechen. Marie nahm eine Flasche und vier Gläser und lief halbwegs aufrecht voraus.

Als sie auf dem Dachboden waren, musste Juli an den alten Koffer denken, in dem die Mutter ihre Tanzstundenkleider aufbewahrt hatte, sogar zwei Petticoats waren darin gewesen aus weißem Perlonstoff. Ein bisschen nach Schweiß hatte es darin gerochen und nach Mottenpulver. Hier oben roch es noch nach etwas anderem, nach morschem Holz und nach Weichspüler.

Sie umrundeten die Wäscheleinen, die zwischen den Dachbalken gespannt waren, dann öffnete Marie eine Luke. Kalte, klare Luft strömte herein. Sie drückte Max die Flasche in die Hand, und dann stieg sie die schmale Holzleiter empor. Juli, Oskar und Max schauten zu, wie erst ihr golden glänzender Hintern und dann die Beine, die in hohen Fellstiefeln steckten, in der Luke verschwanden.

»Hinterher«, befahl Max.

Also stiegen sie alle hinauf, erst Oskar, dann Juli und Max. Zehn Stufen, dann waren sie auf dem Dach, rund um den Schornstein, wo es eine schmale, von einem Gitter umgebene Fläche gab, auf der man stehen konnte. Ihr Atem mischte sich unter einem bewölkten Himmel mit der kalten Luft, und das Licht, das aus den Fenstern der Nachbarn drang, wirkte trüb in dem Nebel, der zwischen den Häusern hing.

»Man sieht ja gar nichts.« Max drehte sich um die eigene Achse.

Von der Straße krachten Böllerschüsse zu ihnen herauf, die ersten Raketen fauchten und gingen funkelnd unter.

»Die sind alle zu früh«, rief Marie. »Noch zwei Minuten.«

Die Flasche zischte, der Korken flog irgendwohin. Das Glas, das sich schäumend füllte, lag kalt in Julis Hand.

»Frierst du?« Oskar stand dicht bei ihr, und sie konnte seine Wärme spüren. Er trug eine Steppjacke von Max, die blau und weiß gestreift war und die wirkte wie die überdimensionale Jacke eines Kindes. Sie hatte eine Kapuze, und aus irgendeinem Grund rührte Juli diese Kapuze an, vielleicht, weil Oskar tatsächlich wie ein Kind daraus hervorschaute, mit Augen, die wieder groß geworden waren und wach und die glänzten wie frisch gebohnerte Dielen. Oskar, der neben ihr auf dem Dach ihres Hauses stand, wo sie ewig nicht gewesen war, weil es keinen Grund gegeben hatte, die Welt von oben zu betrachten.

Juli schüttelte den Kopf. Sie zitterte, aber das war kein Frieren. Das war ein Zittern, von dem sie nicht wusste, woher es kam. Doch es musste in ihr gelauert haben, das spürte Juli, schon eine lange Zeit. Sie zog den Kunstpelzmantel mit Leopardenmuster, den Marie ihr gegeben hatte, fester um sich.

Wenn sie sich etwas hätte wünschen dürfen, so wie sie es immer sagte, wenn sie Blumen verkaufte, »was haben Sie für einen Wunsch?«, dann hätte sie sich gewünscht, dass dieses Jahr nicht zu Ende ging. Denn besser konnte ein neues Jahr doch gar nicht werden, oder? In diesem Jahr hatte sie eine Aufgabe gefunden, sie brachte das Leben anderer Menschen in Ordnung, und das war wichtig, das war nicht irgendwas. Und sie hatte eine Freundin gefunden, Marie, und einen Freund dazu, Max. Und dann noch Oskar, und das war das Unglaublichste überhaupt. Alles zusammen war mehr, so viel mehr, als sie sich überhaupt hätte wünschen können. Deshalb zitterte Juli, weil sie sich fürchtete vor dem Moment, in dem dieses Jahr vorbei war.

»Noch zehn Sekunden!«

Was würde geschehen? Würde wieder alles von vorne beginnen? Würde das, woran sie sich jetzt hielt, wieder so schnell aus ihrem Leben verschwinden, wie es hereingekommen war?

»Fünf, vier, drei ...«

Sie schaute Oskar an. Heute war er hier, aber er würde auch wieder gehen, das wusste sie, weit weg, tausend Kilometer und mehr. Sein Blick spiegelte die sich öffnende Blüte, die eine Rakete an den Himmel malte. Eine silbern glitzernde Chrysantheme, die dort stehen blieb, einen Atemzug lang, und dann wieder verging.

So läuft das Leben, dachte Juli.

»Zwei, eins ...«

Oskar lächelte. Schlug die Kapuze zurück. Und kam näher. Sein Lächeln war an ihrem Ohr, am linken.

»Frohes neues Jahr.«

Sein Mund streifte ihr Ohrläppchen. Juli schloss die Augen. Sie roch Sandelholz und Bergamotte, Schwarzpulver und Kaminrauch. Auf ihrer Zunge kitzelte Perlwein.

»Ja«, sagte Juli. Es war mehr ein Flüstern.

Oskars Wange lag an ihrer Wange. Sie spürte Bartstoppeln. Und das Vibrieren von Pulsschlägen, sacht und doch viel stärker als das Krachen und Zischen und Prasseln, das über ihnen war. Und dann spürte sie kühles, knisterndes Gewebe. Wie von selbst hatte sie eine Hand ausgestreckt, die linke, und auf seinen Rücken gelegt. Diese Stelle war wie für ihre Hand gemacht. Sie spürte sein Schulterblatt, wie es sich bewegte unter den Daunen. Und jetzt bewegte sich auch die

Wange, und die Bartstoppeln bewegten sich mit, eine kribbelnde Spur auf ihrer Haut. Sie rührte sich nicht. Sie fühlte eine kalte Hand, die ihr Kinn hob, ein Stück nur, und nach Maries Pfirsichseife duftete. Dann fühlte sie einen Mund, denselben, der schon so geschmeidig und zart in der kleinen Grube auf ihrer Wange gewesen war. Juli war, als schrumpfte die Welt, bis es nur noch dieses Gefühl gab, das von ihren Lippen strömte, überallhin, in den Hals, in die Brust, in den Bauch. Dann krachte etwas in ihr, es polterte und schepperte, Silvester in ihrem Kopf, und auf einmal wusste Juli, wie es ging. Sie öffnete die Lippen und ließ alles fließen, das ganze Zittern und das ganze Sehnen, das in ihr war. Sie spürte, wie es in ihr anwuchs, je mehr aus ihr strömte, als wäre ihr Inneres ein Becken, in das Wasser herein- und zugleich hinauslief. Das war seltsam. Aber zum Wundern war jetzt nicht die Zeit, und darum ließ Juli es weiter fließen, bis sie erkannte, dass es sein Zittern und sein Sehnen war, das in sie hereinfloss. So, wie es geschah, wenn es sich fügte.

* * *

SIE LAGEN IN Julis Bett, Oskar ausgestreckt wie ein Tier im hohen Gras. Er schlief. Sein Kopf, der auf ihrem Bauch lag, und seine Schultern hoben und senkten sich im Rhythmus ihres Atems, der langsam ging und tief und irgendwie satt.

Juli hatte nicht gewusst, dass man so atmen kann.

Alles war leicht gewesen. Das Verabschieden von Max und Marie, die Juli an sich gedrückt und »Gute Nacht, ihr zwei«

gesagt hatte. Ihr zwei. Dann das Hinuntergehen. Das Aufschließen. Sogar das Vorbeigehen an dem großen, finsteren Schrank war fast leicht gewesen. Das Oskar-Anschauen. Und dann das Wissen, er würde wirklich bleiben in dieser Nacht.

Juli hatte ihn sogar bei der Hand genommen und ins Schlafzimmer geführt, fast so, als wäre nichts dabei. Denn das war Julis Wohnung und Julis Leben, und jetzt gab es Oskar darin, Oskar, der sie auf dem Dach geküsst hatte, und wenn man das getan hatte, dann konnte man sich den Umweg über das mittlere Zimmer nun wirklich sparen.

Sie hatten kein Licht gemacht, das bisschen Mond war ihnen genug gewesen. Ab und an war noch das Rauschen eines Wagens zu hören gewesen, das Rufen eines Nachbarn, das Krachen einer Rakete, deren Leuchten sich im Himmel verlor. Juli hatte kaum etwas davon mitbekommen. Denn da war der Blick gewesen, derselbe wie der auf dem Eis, ein Blick wie ein Band, das sie hielt. Den Kopf oben lassen, das ging auch jetzt. Seine Augen waren fast schwarz gewesen, Juli hatte hineingesehen in dieses Schwarz, und sie hatte keine Angst gehabt. Sie hatte die Arme gehoben, hinter den Rücken, und hatte ihr Kleid geöffnet, Stück für Stück, bis es ihr von den Schultern gefallen war. Sie hatte zugesehen, wie er erst den Pullover und dann das T-Shirt ausgezogen hatte, von hinten nach vorne über den Kopf. Und dann hatte er beides fallen lassen, einfach auf den Boden. Sie hatte seine Schultern gesehen, seinen Bauch und seinen Nabel, die kleine Mulde, von einem schmalen schwarzen Kranz umschlossen. Dann hatte sie ihr Kleid sinken lassen, über die Hüften, über die Knie, bis zu den Knöcheln, ein Knäuel aus roten Blüten. Sie war aus dem Knäuel getreten und hatte die Pumps darin stehen lassen. Oskar hatte den Gürtel geöffnet und die Knöpfe, vier Stück. Dann hatte er die Socken ausgezogen, den linken, den rechten, und erst danach war er aus den Hosenbeinen gestiegen. Juli hatte gesehen, dass er schwarze Boxershorts trug.

Er war auf sie zugegangen, es war nicht weit. Sie hatte Oskar umfasst, die Leiste, den Rücken, bis zu der sanften Wölbung über den Lenden, und dort war die Hand liegen geblieben.

Er hatte sich zu ihr geneigt, still und sanft. Nur in den Armen, die sich um sie schlossen, hatte Juli die Kraft gespürt, die in ihm war. Er hatte sie hochgehoben, die ganze Juli, und sie die zwei, drei Schritte bis zu der Kante aus einladend knarrendem Holz getragen. Dort hatte er sie vorsichtig fallen lassen, sie beide, Juli rückwärts, Oskar vorwärts. Und dann war er über ihr gewesen und hatte sie angeschaut. Und das Kissen unter Juli war kühl und nachgiebig gewesen. Sie hatte auch geschaut. Auf seine Nase und das Kinn. Auf die Ohrläppchen. Auf die schönen Schlüsselbeine.

Innig müsste es sein, so hatte sie immer gedacht, innig und behutsam. Und weil es so war, hatte sie den Kopf gehoben, ein Stück nur, und mit den Lippen den feinen Flaum berührt, der seine Ohrläppchen bedeckte. Dann hatte sie sich zurückgelehnt und wieder geschaut. In die Augen. Auf den Mund. Der langsam näher gekommen war. Und dann hatte Juli gespürt, wie das Fallen weiterging, rückwärts, wie in Zeitlupe. Zugleich hatte sie das Band gespürt, das sie hielt. Sogar, wenn sie die Augen schloss. Und deshalb war auch das Fallen leicht gewesen und alles andere, das man tat, wenn man anfasste. Wenn man berührte. So richtig. So wie Oskar sie berührte, innig, behutsam und mit dieser Kraft, die wie ein Hunger war. Und unvermutet war ein Wort in Julis Kopf, ein Wort, so schön wie der ganze Mann. Aber auch ein bisschen fremd.

Begehren.

Jetzt ließ sie sein Haar durch die Finger gleiten. Dicht war es und auf der Stirn ein bisschen feucht. Oskar seufzte im Schlaf. Und dann regte er sich. Streckte ein Bein quer über das ganze Bett, so lang war es. Drehte sich auf die Seite, auf den Bauch. Stützte das Kinn in die Hände und schaute Juli an.

»Hallo«, sagte sie.

Oskar lächelte. »Hallo. Bin ich etwa eingeschlafen?«

»Ja.«

»Merkwürdig.« Er sah kurz woanders hin, irgendwo.

»Warum ist das merkwürdig?«

»Weil … Es ist so still.«

»Ist das nicht gerade gut zum Schlafen?«

»Wahrscheinlich schon.« Er zog das Bein zu sich heran. »Aber ich halte das eigentlich nicht gut aus, wenn es so ruhig ist.« Er sah Juli an, als wunderte er sich darüber, was er da sprach. »Und auch nicht, wenn … wenn jemand bei mir ist.«

Juli legte eine Hand auf seine Wange, und Oskar bewegte den Kopf, wie um sich selbst mit ihrer Hand zu streicheln. »Ich stelle mir dann vor, dass ich beim Schlafen beobachtet werde. Oder dass ich im Schlaf rede und Dinge sage, die ich gar nicht sagen will.« Er lachte sein Orangenschalenlachen. »Albern, oder?«

»Nein. Angst zu haben ist nicht albern.« Es sei denn, man fürchtet sich vor einem Schrank, dachte Juli, oder vor einem Wolf auf einer Schallplatte. Aber das sagte sie nicht.

»Nein?«

»Nein.«

Er drehte sich auf den Rücken, nahm ihre Hand in seine, legte beide auf seine Brust. »Keine Ahnung, warum das so ist. Oder vielleicht doch.« Er brach ab, schaute an die Decke.

Juli wartete.

Oskar sprach leise weiter. »Wenn ich geschrien habe, hat mich meine Mutter im Kinderwagen in die Vorratskammer geschoben, das Licht ausgemacht und die Tür zu. Und dann hat sie mich schreien lassen, manchmal stundenlang, so hat sie es mir erzählt. Ich glaube, sie dachte wirklich, dass man das so macht, dass das so richtig ist. Jungs soll man schreien lassen. Oder sie war einfach überfordert und wusste nicht, was sie sonst tun soll. Ich kann mich natürlich nicht mehr richtig daran erinnern, ich war ja noch so klein. Aber ich weiß noch, dass es furchtbar finster und still war.« Oskar schluckte, drehte sich wieder zu Juli hin.

Sie sah das Schillern in seinem Blick. »Eben hast du ganz ruhig geschlafen«, flüsterte sie, »einfach so.«

Er nickte, fast ein bisschen ungläubig. »Einfach so.« Er schaute auf den Wecker. »Ich muss jetzt leider gehen.«

»Fahren.«

»Ja. Fahren.« Er küsste sie. »Schlaf ein bisschen weiter. Es ist noch früh.«

Er stand auf. Und zog alles wieder an, die Boxershorts, die Jeans, die Socken, das T-Shirt und den Pullover. Juli schaute zu, wie immer weniger von ihm zu sehen war, von seinem Bauch, seinen Beinen, seiner Brust. Sie sah zu ihm auf. Jetzt wusste sie, wie er war unter all dem, was ihn verhüllte. Sie kannte die Narbe auf dem rechten Knie, die wie die Umrisse von Italien aussah. Den herzförmigen Leberfleck in seinem Nacken. Und das Muttermal in der linken Armbeuge, das sie an eine winzige Brombeere denken ließ.

Juli zog die Decke fester um sich. Kalt war ihr auf einmal, da half auch kein Flanell. Oskar setzte sich auf die Kante, die knarrte wie die Diele im Flur. Er neigte sich zu Juli hinunter. Seine Schläfe schmeckte salzig.

»Bist du gut im Warten?«

Juli zögerte. »Kommt drauf an.« Auf das Worauf. Und auf das Wie-lange. So war das mit dem Warten. Und dann dachte Juli an die Geduld, die es brauchte, um einen Oskar festzuhalten. Aber wenn er ihr von einer Angst erzählte, war das bestimmt ein gutes Zeichen. Das tat man nicht ohne Zutrauen.

Er strich über ihre Wange, und dann küsste er sie noch einmal, erst ihre Stirn, ihre Nase, die beiden Grübchen. Und dann ihren Mund, so, als wollte er nie mehr damit aufhören.

»Fünf Tage. Dann bin ich zurück.«

Dieses »Zurück« klang, als würde er nach Hause kommen.

Juli nickte.

Sie horchte, wie die Tür leise ins Schloss fiel. Zählte sechzehn Schritte. Wartete. Horchte, wie ein Wagen startete und wie die Reifen knirschten auf dem Splitt. Horchte, wie der Wagen sich entfernte, mit Oskar, dessen Hände das Lenkrad umschlossen.

Die Stille, die zurückblieb, war so klar, dass Juli glaubte, sie könnte jedes Geräusch deutlich hören, und sei es kilometerweit fort. Sie hörte die Blätter rascheln auf dem Parkfriedhof, als eine Kohlmeise auf Dieter Vallentins Grab landete.

Sie hörte die Daunen knistern, als sich die schlafende Margarethe Vallentin in der Friedrichstraße auf die Seite drehte. Sie hörte den Wassertropfen in der Bismarckstraße, als er in Martha Zeisings beigem Badezimmer ins Waschbecken fiel. Und sie hörte das Knacken der Schokolade, als Anna Lensky im Steinweg die Hälfte von einer Praline abbiss.

Und auf einmal bemerkte Juli, dass sie noch gar nicht wusste, wo Oskar wohnte.

Sie stand auf, schlüpfte in ihr Nachthemd, obwohl sie nicht mehr schlafen wollte, und ging in die Küche. Dort füllte sie Wasser in einen Topf, stellte ihn auf den Herd und zündete die Flamme an. Wie immer. Füllte Bohnen in die Mühle und mahlte sie. Gab das Pulver in den Filter aus weißem Porzellan, der genau auf die kleine Kanne passte. Als das Wasser kochte, goss sie es langsam über das Pulver und hörte zu, wie es auf den Kannenboden traf. Dann stellte sie den Kaffee auf den Tisch neben den Schneeglöckchenstrauß.

Nichts regte sich. Die Welt war so entrückt, wie sie nur am ersten Morgen des Jahres war. Der Nebel hatte sich kaum gelichtet, noch immer hing er schwer und zäh zwischen den Mauern. Juli sah hinaus, in den Hinterhof, durch den geduckt der Nachbarskater strich. Ein rotbrauner Tupfen im Grau. Der Becher dampfte in Julis Hand. Sie sah sich selbst im Spiegel der Scheibe, wie sie dort stand, das Haar zerwühlt, die Wangen gerötet. Das kam von der Nacht und auch vom Kaffee. Obwohl sie kaum geschlafen hatte, fühlte sich Juli so wach wie vielleicht noch nie. Und dann sah sie es wieder, das Leuchten in ihrem Blick. So sah man aus, wenn man frei und erwachsen sein Leben lebte.

Und deshalb brauchte Juli jetzt keinen Trost, überhaupt keinen, aber sie brauchte etwas anderes. Etwas, das ihr vertraut war. Sie ging in die Speisekammer, stieg auf den Schemel und hob den Deckel an, vorsichtig, andächtig sogar, und senkte die Nase in das Porzellan. Tief atmete Juli ein: Mandeln, Vanille, gebräunte Butter. Sie dachte an die Mutter und die Großmutter und daran, was sie wohl gesagt hätten über Oskar. Dass er zu schön war für sie. Dass sie zu schade war für ihn. Und sie hätten ihn »Verehrer« genannt, denn so ein Verehrer, der blieb nicht lange. Der schenkte einem Blumen und eine Nacht und verschwand dann wieder, um sich eine andere zu suchen.

Sie fühlte etwas in sich aufsteigen, zuerst eine Wut und dann auch noch Trotz. Sie schob sich ein Plätzchen in den Mund und noch eines. Dann nahm sie die Schüssel mit an den Küchentisch und aß weiter, Stück um Stück und auch die Krümel, die in ihr Nachthemd fielen. Denn jetzt war sie eine Frau, die wusste, wie man anfasste. Die einen Oskar hatte, der mehr war als ein Verehrer und der nach Hause kommen würde, zu ihr. Zu einer Frau, die Plätzchen frühstückte, einfach, weil es ihr gefiel.

Und da es nur verständlich war, dass so eine Frau auch Besuch bekam, läutete es jetzt.

Diesmal erschrak Juli nicht. Wer immer das war – der Briefträger konnte es nicht sein, der kam nie am 1. Januar –, mit Besuch kannte Juli sich jetzt aus.

Es war Marie. Sie trug eine schwarze Leggins und einen Pullover mit viel zu langen Ärmeln, und sie kam direkt zur Sache.

»Wie war's?« Sie stürmte an Juli vorbei in die Küche. »Dem Himmel sei Dank, du hast Kaffee gemacht! Ich hab vielleicht einen Schädel.« Sie nahm sich einen Becher, füllte ihn bis zum Rand und zog sich einen Stuhl heran. »Ich hab Oskar die Treppe runtergehen hören, der musste ja früh wieder los, wohin noch mal?«

»Wien«, sagte Juli. Sie setzte frisches Wasser auf.

»Genau. Tolle Stadt. Ach, die sind ja entzückend.« Marie zeigte auf den Schneeglöckchenstrauß. »Hat er die mitgebracht? Wo hat er die denn jetzt aufgetrieben?«

»Keine Ahnung.« Juli gab Bohnen in die Mühle und schaltete sie ein.

»Nicht so laut!« Marie hielt sich dramatisch den Kopf.

Das Geräusch erstarb. Juli schüttete das Pulver in den Filter und goss langsam heißes Wasser darüber. Dann füllte sie auch ihren Becher noch mal auf und setzte sich neben Marie. »Wieso bist du schon wach?«

»Ich konnte nicht mehr schlafen, ich kann am 1. Januar nie lange schlafen. Max kann das, der pennt noch wie ein Koalabär. Aber jetzt lass dir doch nicht jede Kleinigkeit aus der Nase ziehen! Ich will alles wissen!«

Juli schaute in ihren Kaffee und lächelte. Verschwörerisch sah das aus, stolz und auch ein bisschen verschämt.

»Oh weh«, seufzte Marie, »so schlimm?«

Juli nickte.

Und damit war alles gesagt.

* * *

ALS MARIE GEGANGEN war, hatte Juli ein Schaumbad genommen. Juli liebte Schaumbäder, sie dufteten nach Maiglöckchen, nach Jasmin oder Flieder – wo gab es das schon im Winter –, und der Wannenrand stand voller Flakons und Gefäße mit bunten Badeperlen. Wenn sie dann im Wasser lag und nur bis zum Kinn aus dem weißen Schaum herausschaute, dann bewegte sie sich nicht. Sie achtete nur auf das leise Knistern zerplatzender Schaumbläschen und das Prickeln auf ihrer Haut. Heute hatte Juli sich für »Sonnenseite« entschieden, so stand es auf der Flasche, es duftete nach Sonnenblumen und frisch gemähtem Gras, und als Juli darin lag, hatte es sich so angefühlt, als könnte das Prickeln auch unter die Haut krabbeln und sich in ihr ausbreiten. Aber vielleicht war das gar nicht vom Schaumbad gekommen.

Gerade war sie aus der Wanne gestiegen und hatte sich in ein Handtuch gewickelt, da läutete das Telefon. Es war der erste Tag eines neuen Jahres, da hatte noch nie jemand für Juli angerufen. Aber sie wunderte sich nicht. Noch nicht. Sie lief, barfuß wie sie war, ins Wohnzimmer und nahm den Hörer ab.

»Hallo«, sagte eine Stimme.

Und schon fing das Wundern an. Denn diese Stimme, das war seine, und Juli konnte kaum glauben, dass es dieselbe war, die sie noch vor vier Stunden, elf Minuten und zwanzig Sekunden gehört hatte und die nun an einem anderen Ort war, kilometerweit fort.

»Du stehst im Telefonbuch«, sagte Oskar.

»Ja.« Juli wusste, dass sie im Telefonbuch stand, sie hatte selbst schon nachgeschaut, sogar schon öfter, und auf eine

Weise hatte sie es beruhigend gefunden, ihren eigenen Namen zu lesen. Es war noch gar nicht so lange her, da hatte sie das gebraucht, diesen Beweis, dass es sie wirklich gab.

»Wo bist du?« Im Hintergrund hörte Juli das Rauschen von Wagen, die irgendwohin fuhren, möglichst schnell.

»Auf einer Raststätte. Ich wollte dir nur rasch etwas sagen.«

Juli nickte. Doch das konnte Oskar ja nicht sehen, deshalb sagte sie noch: »Ja?«

»Ich wollte dir nur sagen, dass ich zwar gefahren bin. Aber eigentlich bin ich geblieben.«

»Das trifft sich gut«, sagte Juli. »Ich bin geblieben, aber eigentlich bin ich mitgefahren.«

Oskar lächelte. Doch das konnte Juli ja nicht sehen, deshalb sagte er noch: »Und damit muss man auch nicht gleich wieder aufhören.«

»Nein. Anfangen und weitermachen.«

Er lachte. »Weitermachen klingt großartig.«

»Ja«, sagte Juli, »finde ich auch.«

»Gut«, sagte Oskar, »jetzt geht es gut.«

Wieder wusste Juli nicht, was genau er damit meinte. Das Leben? Oder sich selbst? Oder das, was sie angefangen hatten in der vergangenen Nacht? Wohin auch immer das führen würde.

»Ich muss aufhören, also …«, er lachte noch einmal, »auflegen.«

»Ja«, sagte Juli, »fahr vorsichtig.« Und sie dachte, wie ungeheuer schön es war, das zu jemandem sagen zu können.

* * *

ZWEI TAGE SPÄTER fuhr Juli selbst. Aber sie fuhr nicht allein. Frau Zeising saß neben ihr, Frau Zeising mit ihrem wollenen Tuch, ihr schmales Gesicht schaute daraus hervor und hinaus zum Seitenfenster. Es ging nur langsam voran, aber das machte nichts. Hauptsache, sie waren unterwegs, so wie Oskar, und sie hatten es warm. Das Licht der Sonne war wie Zitroneneis, kühl und bleich und auch ein bisschen gelb. Im Lieferwagen des Blumenladens duftete es nach feuchter Erde und nach Tannenharz. Wenn eine Kurve kam, neigten sich ihre Körper zur Seite, wenn ein Schlagloch kam, hüpften sie auf und ab, und dann quietschte es, denn die Federung hätte dringend mal geölt werden müssen.

Frau Zeising schaute auf die Felder und die Bäume, die die Straße säumten, kahl und erstarrt in frostigem Weiß. Und manchmal schaute sie nach vorne, auf den Strom der Flocken, der an der Windschutzscheibe auseinanderstob. Er war wie ein Sog, in dem man sich verlieren konnte. Und wohin sie auch schaute, ihre kleinen, zarten Hände lagen reglos in ihrem Schoß, wie zwei Dinge, die nicht zur ihr gehörten.

Es hatte eine Weile gedauert, bis Juli sie überredet hatte mitzukommen. »Wir machen einen Ausflug«, hatte sie gesagt, und Frau Zeising hatte erst gar nicht recht verstanden, was das bedeutete, denn sie konnte sich nicht erinnern, wann sie zuletzt so etwas gemacht hatte, einen Ausflug. Nur noch selten verließ sie die Wohnung, aus Furcht vor ihrem Nachbarn, der trank, und auch, weil sie nicht wusste, wohin sie hätte gehen sollen außer zum Einkaufen und auf den Friedhof und manchmal zum Arzt, obwohl das gar nicht nötig war. Aber dort konnte sie im Wartezimmer sitzen zwischen Menschen, denen es schlecht ging, und sie konnte in Zeitschriften lesen von Menschen, denen es gut ging. Manchmal nieste jemand, und dann sagte Frau Zeising »Gesundheit«. Das war der Teil der Welt, in dem sie sich bewegte, und ihn zu verlassen erschien ihr unmöglich.

Aber Juli hatte darauf bestanden, dass sie mitkam, der Tag sei so herrlich und der Weg gar nicht weit, und es sei ohnehin nötig, dass sie einmal herauskam. Da Frau Zeising nicht gewohnt war zu widersprechen, fügte sie sich, im Sich-Fügen war sie geübt, und das, hatte Juli gedacht, bedeutete in diesem Fall ausnahmsweise einmal etwas Gutes.

Juli hatte den Schrank geöffnet und den Mantel herausgeholt, der Frau Zeising viel zu groß war. Und während sie ihr hineingeholfen hatte, erst den rechten Arm, dann den linken, hatte Frau Zeising sich die Lippen nachgezogen, denn ungeschminkt ging sie nicht hinaus. Blind hatte sie das gekonnt, ohne Spiegel, und nicht ein Strich war danebengeraten. Dann waren sie zum Aufzug gegangen und hatten gewartet, bis er kam, und Frau Zeising hatte sich so lange hinter Juli versteckt. Das ging, so klein war Frau Zeising. Denn vielleicht würde gerade ihr Nachbar aus dem Aufzug kommen, und da war es ihr lieber, wenn sie das nicht mit ansehen musste. Doch in dem Aufzug war gar niemand gewesen. Dann waren sie hinuntergefahren und hatten zur Decke geschaut und auf den Boden, denn so machte man das, wenn man zu zweit im Aufzug stand und nicht recht wusste, worüber man reden sollte. Aber Reden war nicht wichtig. Wichtig war, dass Frau Zeising jetzt neben Juli saß und mit ihr durch den Schnee fuhr, langsam und unabänderlich, und dass sie gar nicht fragte, warum und wohin. Das gehörte wahrscheinlich zum Sich-Fügen dazu.

Eine Stunde später erreichten sie einen Ort, in dem Frau Zeising noch nie gewesen war. Hübsch sah es hier aus, mit Fachwerkhäusern und einem Fluss, der sich dazwischen hindurchschlängelte, und alles, die Dächer, die Straßen, die Mützen der Menschen und auch das Flussufer, war schneebedeckt. Juli lenkte den Wagen auf einen großen Parkplatz, der in der Nähe des Marktes lag, und schaltete den Motor aus. Es war beinahe genau fünfzehn Uhr. Wie sie es geplant hatte.

»Wir sind da.«

Frau Zeising schaute Juli an. »Und nun?«

»Steigen wir aus.« Juli half Frau Zeising hinaus, so wie sie ihr auch hineingeholfen hatte. Denn so eine kleine alte Frau in einen so großen alten Blumenlieferwagen zu bekommen, das war gar nicht so einfach.

Nun stand Frau Zeising da in ihrem Mantel und ihrem roten Tuch und blinzelte in den Schnee. Und tatsächlich lief so etwas wie ein Lächeln über ihr Gesicht, ganz kurz nur und ganz fein, aber Juli hatte es deutlich gesehen.

»Hier ist es nett«, sagte Frau Zeising.

Juli bog ihren rechten Arm und hielt ihn ihr hin. »Kommen Sie.« Und dann spürte sie, wie Frau Zeising ihre zarte Hand ausstreckte und vorsichtig und zögernd Julis Arm berührte, und da wusste Juli, dass Frau Zeising noch etwas anderes schon lange nicht mehr getan hatte: Jemandem vertrauen. Aber das tat sie jetzt, und das war für Juli ein erhebendes Gefühl.

Sie gingen los, Juli links, Frau Zeising rechts, im selben Takt, über eine Straße und noch eine, bis zum Marktplatz, der fast rund war und von Läden gesäumt, aus denen dumpfe Wärme strömte. In der Mitte war ein Brunnen, in dem kein Wasser sprudelte, und davor gab es Stände, in denen Menschen Brot und Wein und Salamikringel verkauften und zwischendurch in ihre klammen Hände pusteten. Ganz am anderen Ende des Platzes war ein Café, und darauf ging Juli nun zu, langsam, aber entschlossen, und dabei hielt sie Frau Zeisings Hand ganz fest. Als Juli die Tür öffnete, duftete es nach Röstkaffee und nach frischem Hefeteig.

In der Tür atmete Frau Zeising tief ein und gleich noch einmal. Sie löste das Tuch, schüttelte den Schnee heraus, und dann schüttelte sie ihr Haar, das lange, glatte, das so weiß war wie die Schaumkronen auf den Milchkaffees. Dann öffnete sie den Mantel, darunter trug sie einen blau karierten Rock und einen grün gestreiften Pullover, das sah ein bisschen kurios aus, aber es war immerhin besser als beige.

Juli ging voraus, an einen Tisch in der Nähe der Theke, ein »Reserviert«-Schild stand darauf und eine kleine hohe Vase mit einer Blume darin, einem gelben Edelröschen.

»Kommen Sie!«

Frau Zeising kam auf den Tisch zu, Juli nahm ihr den Mantel ab und auch das Tuch, und dann setzte sich Frau Zeising umständlich, damit der Rock nicht knitterte. Sie schaute auf das Röschen und berührte es vorsichtig.

Eine junge Frau trat an ihren Tisch, sie trug eine weiße Bluse und eine schwarze Schürze und fragte, ob alles zu Julis Zufriedenheit sei.

Juli nickte.

Die junge Frau nickte auch und lächelte Frau Zeising an. »Was darf ich Ihnen bringen?«

Frau Zeising sah zu ihr auf und dann zu Juli hin und wieder zurück.

»Bestellen Sie, was Sie möchten«, sagte Juli.

»Egal was?«

»Egal was.«

Frau Zeising überlegte. »Ich möchte bitte ein Eis.«

»Ein Eis mitten im Winter?«, wunderte sich die junge Frau.

»Ja.« Frau Zeising nickte entschlossen. »Ja, das möchte ich.«

»Dann bekommen Sie das natürlich. Und welche Sorten möchten Sie?«

Da musste Frau Zeising gar nicht lange überlegen. »Vanille, Schokolade und Erdbeer. Und mit Sahne. Ja genau, mit Sahne.«

»Natürlich.«

Juli hatte sich gut überlegt, was sie bestellen würde, kein Eis und auch keinen Kuchen. Denn ihr Plan sah die Möglichkeit vor, dass sie schnelle Entscheidungen treffen musste, und das fiel ihr nicht so leicht, wenn sie ein Stück Käsesahnetorte vor sich hatte oder einen Becher »Heiße Liebe«, die zu schmelzen drohte. Deshalb nahm Juli nur einen Kaffee mit viel Milch.

Und dann saßen sie da, Juli und Frau Zeising, und schauten sich um und auf die Menschen, die hereinkamen und hinausgingen, wie man das so machte, wenn man zu zweit im Café saß und nicht recht wusste, was man reden sollte. Aber Reden war immer noch nicht wichtig. Wichtig war, dass der Milchkaffee kam und auch das Eis, drei Kugeln in einer silbernen Schale, und dass Juli Frau Zeising dabei zuschauen konnte, wie sie es aß. Und es war genau so, wie Emil Faber es damals vor siebenundfünfzig Jahren gesagt hatte: Es machte fast noch mehr Freude, Frau Zeising beim Eisessen zuzuschauen, als selbst eines zu essen. Denn wie Frau Zeising Eis aß, das war fast eine Kunst. Sie nahm den silbernen Löffel, der vorne eine Kante hatte, und tauchte die Kante hinein, erst in die gelbe, dann in die braune und zum Schluss in die rote Kugel, sodass von jeder Sorte etwas auf dem Löffel war. Dann tauchte sie den vollen Löffel in die Sahne, die wie ein Häubchen auf dem Eis saß. Dann schaute sie den Löffel an, von links und von rechts, lächelte und schob ihn sich in den leicht geöffneten Mund. Und dann machte sie die Augen zu. Und kostete das Eis, das gelbe, das braune und das rote, und auch die Sahne, alles zusammen. Denn mit geschlossenen Augen schmeckte es noch ein bisschen besser, noch süßer, noch schmelzender. Auch das letzte bisschen kratzte Frau Zeising mit der Löffelkante aus der silbernen Schale heraus. Und vor lauter Zuschauen wurde Julis Milchkaffee ganz kalt.

»Hmmmm«, machte Frau Zeising. Und weil sie die Augen noch immer geschlossen hielt, sah sie nicht, wie der Zeiger der Wanduhr, die über der Theke hing, auf Punkt 15.30 Uhr sprang und dass in derselben Sekunde ein Mann in das Café kam. Er trug einen dunklen Mantel und einen grauen Hut, eine edle Kombination. Mit einer Hand, die sehr alt, aber noch immer graziös war, eine Uhrmacherhand, stützte er sich auf einen Stock. Er hinkte, doch nicht vor Schmerz, das konnte man sehen. Er hinkte, weil es eben so war, er hielt sich gerade dabei und aufrecht, und das sah sehr würdevoll aus. Er schaute sich nicht um, er ging direkt auf die Theke zu. Dort angekommen, nahm er den Hut ab, darunter glänzte weißes Haar, das sich hinter den Ohren kringelte, und dann nahm er auch die Brille ab, die ganz beschlagen war von der Luft, die nach Röstkaffee duftete und nach frischem Hefeteig.

»Guten Tag, Herr Faber«, grüßte die Frau, die hinter der Theke stand. »Ein schöner Tag heute.«

»Ja«, sagte Herr Faber mit seiner überraschend tiefen Stimme, »ein schöner Tag.«

Frau Zeising öffnete die Augen.

Herr Faber senkte den Blick auf die Kuchen und Torten, die mit Schokolade gefüllt waren, mit Nüssen, Himbeeren oder heller Buttercreme, und in seinem Mundwinkel konnte man eine Zungenspitze sehen, ganz kurz nur. Eine Uhrmacherhand ruhte auf dem Stock, die andere auf dem Rücken.

»Was darf es denn heute sein? Einmal gedeckter Apfel, wie immer?«

»Hmmmm«, machte Herr Faber, »ich weiß noch nicht recht …«

Frau Zeising öffnete den Mund. Weit, so weit, als müsste der ganze Eisbecher auf einmal hineinpassen. Und dann hielt sie die Hand davor, damit niemand hörte, dass sie schrie. Und es hörte auch niemand, denn der Schrei war tonlos, er ging nach innen, in Frau Zeising hinein, dorthin, wo die Sehnsucht saß und all das, was sie versuchte zu vergessen und was sich doch nicht vergessen ließ. Frau Zeising fühlte, wie der Schrei in ihr bebte, mit welcher Macht und mit welcher Kraft, und dass etwas in ihr brach, endlich. Über der Hand, die ihren

Mund hielt, glänzten ihre Augen, groß und ungeschützt. Sie sahen Emil Faber, der sich ein Stück hinunterbeugte, den Kopf nach links und wieder nach rechts drehte und schließlich mit einem ausgestreckten Finger an die Kuchentheken-scheibe stupste: »Was ist denn das?«

»Eierlikörsahne.«

»Aha.« Herr Faber wandte sich ab.

Frau Zeisings Blick zerfiel. Juli sah das Flehen darin und auch das Sehnen, das so tief saß, all die Jahre schon, genau siebenundfünfzig. Aber nun stieg es empor, am Herzen vorbei bis in die Kehle, und drängte hinaus.

»Also gut«, Herr Faber lachte, »ich kann nicht anders. Einmal gedeckter Apfel und einmal Fürst-Pückler-Torte. Wie immer.«

Die Frau hinter der Theke lachte mit.

Frau Zeisings Hand löste sich von ihrem Mund und sank, Stück für Stück, auf den Tisch. Jetzt saß Frau Zeising da, bebend, und ließ das Sehnen heraus.

»Emil.«

Es war nur ein Wort, ein Name, doch es lag alles darin, das ganze Sehnen und das ganze Flehen.

Herr Faber drehte sich um.

Er sah Juli und eine Tasse Milchkaffee und eine Vase mit einem gelben Edelröschen darin. Und eine Frau, die so klein war, dass ihre Stiefel kaum den Boden berührten. Die alt geworden war, fast so alt wie er selbst, und die ihn mit diesem Blick ansah, ernst und scheu und schimmernd. Diesen Blick hatte er nicht vergessen. Siebenundfünfzig Jahre lang. Wie hätte er das auch anstellen sollen?

Er kam auf sie zu, in der einen Hand den Hut, in der anderen den Stock. Den brauchte er jetzt, das konnte man sehen.

Frau Zeising sah Juli an. Und Juli sah zurück. Nickte, lächelte. Dann stand Frau Zeising auf und ging Emil Faber entgegen, es war ja nicht weit. Und dann standen sie voreinander, beide fast gleich groß oder gleich klein, darauf kam es nicht an, und schauten. Auf die Haare, die weißen, und die Falten und die Liebe, die immer noch da war.

»Martha.«

Seine Stimme war brüchig, und er schluckte hart, so wie man schluckte, wenn einem das Herz bis zum Halse schlug. Und dann sagte er es noch einmal.

»Martha.«

Juli nahm ihren Mantel, ihren Schal und ihre Mütze, und dann ging sie vorbei an Frau Zeising und Herrn Faber, die noch immer so dastanden und einander anschauten.

»In einer Stunde bin ich zurück«, flüsterte Juli.

Frau Zeising schaute unaufhörlich Herrn Faber an. Nicht mal für einen Wimpernschlag wollte sie den Blick von ihm lösen. Aber Juli wusste, sie hatte sie gehört.

Juli ging zur Theke und bezahlte das Eis und den Kaffee, und dann ging sie hinaus in den Schnee, der leicht und still vom Himmel fiel. Auf die Dächer der Marktstände, auf den Brunnen und auf Juli. Sie ging ein Stück. Dann blieb sie stehen. Legte den Kopf in den Nacken und öffnete den Mund, so weit sie konnte, und spürte, wie die Flocken auf ihrer Zunge zergingen. Sie sah den Stock von Herrn Habakuk, wie er tanzte. Den Mundwinkel von Frau Vallentin, wie er zuckte. Die Hand von Frau Zeising, wie sie nach Emil Faber griff. Und dann sah sie ein paar zarte, geschmeidige Lippen, die auf sie, auf Juli, zukamen. Zögernd, doch unaufhaltsam. Und da warf Juli die Arme in die Höhe und juchzte laut, so laut, wie sie schon einmal gejuchzt hatte, und sogar noch ein bisschen lauter. Menschen drehten sich nach ihr um, aber das kümmerte sie nicht. Juli jubelte. Denn so machte man das, wenn man glücklich war.

* * *

SIE HATTE BESCHLOSSEN, Frau Zeising nichts zu fragen, auch wenn es schwerfiel. Sie saßen nebeneinander, Juli am Steuer, Frau Zeising in ihrem Mantel und ihrem Tuch, die Hände im Schoß, und schauten auf die Lichterpaare, die sich den Weg entlangschlängelten.

Als Juli nach einer Stunde zurück ins Café gekommen war, hatte Frau Zeising allein an dem Tisch gesessen und hatte das gelbe Röschen gestreichelt, ganz in sich versunken. Ihr Blick hatte sich verändert, ernst war er noch immer, aber das Scheue war daraus gewichen und auch das Flehen.

»Er hat mich nicht vergessen«, hatte Frau Zeising geflüstert, als Juli ihr in den Mantel geholfen hatte.

»Nein, das hat er nicht.«

Nun saß Frau Zeising neben ihr und fragte: »Das war kein Zufall, oder?«

Juli schüttelte den Kopf. Mehr musste sie gar nicht tun. Sie musste gar nicht erzählen, wie sie Emil Faber gefunden hatte. Wie sie das erste Mal in den Ort gefahren war, in dem er wohnte. Wie sie vor seinem Haus gestanden und dort nicht recht gewusst hatte, was sie tun sollte. Es war ein Einfamilienhaus, weiß mit einem ziegelbraunen Dach und einem großen Garten, und am Briefkasten hing ein Schild mit dem Namen »Faber«. Es war kalt gewesen, Juli hatte schon eine Weile dort gestanden, unschlüssig, und sich in einem Hauseingang versteckt. Dann, um genau 15.15 Uhr, war überraschend die Tür aufgegangen, ein Mann war aus dem Haus gekommen, in einem dunklen Mantel und einem grauen Hut, und er sah genauso aus, wie Juli ihn sich vorgestellt hatte. Auf einen Stock gestützt, aber sehr elegant war er die Straße entlanggegangen, und Juli war ihm gefolgt, darin hatte sie Übung, und Emil Faber hatte keinen Grund, sich nach ihr umzudrehen, er wusste ja gar nicht, dass es sie gab. Erst war er eine Weile geradeaus gegangen, dann nach rechts, dann nach links, Juli immer hinterher, und dann waren sie auf den Marktplatz gelangt, Herr Faber hatte das Café betreten, und Juli war ihm auch dorthin gefolgt. Herrlich hatte es drinnen geduftet.

»Guten Tag, Herr Faber«, hatte ihn die Frau hinter der Theke begrüßt. »Pünktlich wie immer.«

»Ja«, hatte Herr Faber gelacht, »so ist das mit den Uhrmachern. Sie können die Uhr nach ihnen stellen.«

»Wie geht es Ihrer Frau?«

Herr Faber hatte eine Hand gehoben und damit in die Luft geschraubt zum Zeichen, dass es keine leichte Antwort auf diese Frage gab. »Heute ist immerhin einer von den guten Tagen.«

»Das freut mich. Was darf es denn sein? Einmal gedeckter Apfel und einmal Fürst-Pückler-Torte, wie immer?«

»Ja, ich weiß noch nicht recht …«

Herr Faber hatte vor der Theke gestanden, den Hut in der einen, den Stock in der anderen Hand, dann hatte er sich ein Stück hinuntergebeugt, den Kopf nach links und wieder nach rechts gedreht und mit einem ausgestreckten Finger an die Kuchenthekenscheibe gestupst.

»Was ist denn das?«

»Stachelbeerbaiser.«

»Und das?«

»Zitronentraum.«

»Aha.« Herr Faber hatte sich abgewandt. »Nein, Sie haben recht. Ich kann nicht anders. Fürst-Pückler-Torte bitte. Und ein Stück gedeckter Apfel. Wie immer.«

Und dann hatten sie beide gelacht, Herr Faber und die Frau, und sie hatte die beiden Kuchenstücke sorgfältig für ihn eingepackt. Sehr elegant hatte er dann das Päckchen balanciert, er machte das öfter, das konnte man sehen, und Juli hatte ihm die Tür aufgehalten.

»Danke. Sehr freundlich.«

Wenn er gekonnt hätte, dann hätte Herr Faber vielleicht seinen Hut gelüftet. Aber das war nicht möglich gewesen mit dem Stock in der einen und dem Kuchenpäckchen in der anderen Hand. So hatte er Juli nur höflich zugenickt und ihr in die Augen geschaut, und Juli hatte sehen können, dass seine Augen genau so waren, wie Frau Zeising gesagt hatte, treu und ehrlich und von leuchtendem Kornblumenblau. Dann hatte sie ein Stück Käsesahne gekauft, das hatte einfach zu verlockend ausgesehen, so zart und so duftig. Zum Glück hatte es auf der Rückfahrt einen Stau gegeben, da hatte Juli es in Ruhe aufessen können.

So war es auch am darauffolgenden Tag gewesen. Pünktlich um 15.15 Uhr hatte Herr Faber das Haus verlassen, Juli hinterher, eine Viertelstunde später hatte er das Café betreten und war mit einem Stück gedecktem Apfelkuchen und einem Stück Fürst-Pückler-Torte wieder herausgekommen.

Juli hatte also gewusst, dass Emil Faber verheiratet war oder dass es zumindest eine Frau in seinem Leben gab. Und dieses Wissen hatte die Lage natürlich geändert. Sie wollte ja nichts durcheinanderbringen, im Gegenteil, sie wollte etwas in Ordnung bringen. Aber war das eine möglich, ohne das andere zu tun?

Frau Zeising saß neben Juli, wenn ein Schlagloch kam, hüpfte ihr kleiner, schmaler Körper auf und ab, und wenn eine Kurve kam, neigte Frau Zeising sich zur Seite. Dann schaute ihr Gesicht aus dem roten Tuch hervor, es schaute Juli an, und da war ein Leuchten in ihren Augen, so hell und so frei. Und weil das so war, musste sie es gleich noch einmal sagen: »Er hat mich nicht vergessen. All die Jahre lang.«

Juli nickte.

Frau Zeising wandte den Kopf, und jetzt schaute sie auf ihren Schoß und die Hände, die darin lagen. Die Hände, die Emil Faber berührt hatten, erst den Mantel, dann den Kragen und die weißen Locken. Und dann das Gesicht. Die Falten darin, die das Leben hineingegraben hatte. Sanft hatte ihre Hand auf seiner Wange gelegen und deren Linien nachgeformt wie Sand in einer Muschel.

»Seine Frau ist sehr krank«, sagte Frau Zeising. »Sie heißt Rose, ist das nicht hübsch? Vor fünfzig Jahren haben sie geheiratet, und zwei Kinder haben sie auch. Er pflegt sie zu

Hause. Bestimmt macht er das gut. Er weiß nicht, wie lange sie noch zu leben hat. Vielleicht ein Jahr. Vielleicht auch weniger. Jeden Tag, auch wenn es schneit, geht er ins Café und bringt ihr ein Stück Apfelkuchen, obwohl sie den oft gar nicht essen kann. Ja, so ist er.« Frau Zeising lächelte, es war ein eigentümliches Lächeln, irgendwie froh und auch wehmütig. »Jetzt kann das alles endlich ruhen.« Sie lehnte sich zurück. »Wir wollen uns wiedersehen. Einmal im Monat an einem Mittwoch, so wie damals. Und dann essen wir ein Eis zusammen.« Sie schloss die Augen. Ihr Atem ging leise und friedlich, ihre Brust hob und senkte sich unter dem zu weiten Mantel. Und Juli verstand, dass sie etwas in Ordnung gebracht hatte und nichts durcheinander.

Sie fuhr und dachte an glückliche Enden und an unglückliche. An »Ein Herz und eine Krone«, von dem sie jedes Mal von den zwölf Malen, den sie den Film gesehen hatte, nicht genau gewusst hatte, ob er gut oder schlecht ausging. Gregory Peck liebte Audrey Hepburn, und Audrey Hepburn liebte Gregory Peck, aber sie konnten nicht zusammen sein, weil das Leben eben manchmal so war. Dass man wollte, aber nicht konnte. Jedes Mal hatte Juli sich gefragt, was nun schwerer wog, die Liebe oder die Trauer. Jetzt schaute sie auf Frau Zeising und wusste, dass es sich manchmal die Waage hielt, das Lieben und das Trauern, und hin und wieder schlug die Waage doch zugunsten der Liebe aus. Dann fügte es sich. Das war ein schöner Gedanke, fand Juli, und sie fuhr weiter durch den Schnee und das Dunkel, das sich über die Welt gelegt hatte.

Als sie in der Bismarckstraße ankamen, stellte Juli den Motor ab. Und erst jetzt, als das Lärmen verging, als es still wurde um sie beide herum, da spürte Juli, dass etwas anders war. Sie betrachtete Frau Zeising, die noch immer die Augen geschlossen hatte und sich nicht regte. Kein bisschen. Juli wartete. Dann rückte sie näher heran und hielt ein Ohr an Frau Zeisings Mund. Nichts. Juli horchte noch einmal. Nichts. Kein Atmen kam aus Frau Zeising heraus.

Juli zog sich zurück. Eine Ahnung stieg in ihr auf. Und dann hörte Juli doch etwas, es war die Stimme von Margarethe Vallentin, die sagte: »Sie haben ihr den Tod gerettet.«

War es das? Das gute, vielleicht sogar das beste Ende? Versöhnt mit dem Lieben, dem Trauern, dem Leben?

Juli legte sanft eine Hand auf Frau Zeisings Wange, wie Frau Zeising es bei Emil Faber getan hatte. Sie saß da und hielt die Wange, und es sah aus, als schmiegte sich der ganze reglose Körper von Frau Zeising in diese Berührung hinein, wohlig und weich. Juli hörte ein leises Seufzen. Dann noch eines. Und dann schlug Frau Zeising die Augen auf.

Hoppla, dachte Juli. »Sie leben ja noch.«

Frau Zeising grinste in Julis Hand. »Das klingt fast, als wären Sie enttäuscht.«

Sie sollte öfter grinsen, dachte Juli, das steht ihr. »Nein. Nein, bin ich nicht.«

Frau Zeising setzte sich auf, rieb sich die Augen und schaute an dem grauen Haus empor. »Da sind wir ja wieder.«

Juli stieg aus, ging um den Wagen herum und öffnete die Beifahrertür. Dann nahm sie Frau Zeising bei der Hand, half ihr die Stufe hinunter und hielt sie fest, damit sie auf dem verschneiten Weg nicht ausglitt. An der Tür blieb Frau Zeising stehen und drehte sich um.

»Jetzt schaffe ich es allein.«

Juli nickte. Sie sah Frau Zeisings Blick, ernst und schimmernd und gar nicht scheu.

Da ging die Tür auf, und ihr Nachbar kam, der Hüne. Er trug eine Jacke, die ganz fleckig war und über seinem Bauch spannte, sodass jeder seinen Nabel sehen konnte, jeder außer ihm selbst. In einer Hand hielt er eine Tasche, in der Flaschen klirrten. Er schaute auf Frau Zeising herab, der große Mann auf die kleine Frau, er stierte und schlingerte. Frau Zeising stand vor ihm und schaute zu ihm auf. Aber etwas war sonderbar. Denn plötzlich sah es so aus, als wäre es umgekehrt. Als schaute sie auf ihn herab und er zu ihr auf. Das ging. Eine Weile standen sie so. Bis der Hüne sich schließlich bewegte, er ging rückwärts, was gar nicht so einfach war mit dem Bauch und den Flaschen und dem Schlingern, und hielt Frau Zeising die Tür auf.

»Danke«, sagte sie, laut und bestimmt. Dann ging sie mit erhobenem Kinn an ihm vorbei.

Und Juli sah zu, wie sie im Inneren des Hauses verschwand.

* * *

ALS SIE DEN Wagen geparkt hatte und vor ihrer Wohnung stand, da dachte Juli, so muss man das machen mit der Angst. Ihr ins Gesicht sehen, auch wenn es ein fieses, ein finsteres Gesicht ist.

Also steckte Juli den Schlüssel ins Schloss und drehte ihn um. Sie holte tief Luft und ging hinein in den Flur, in dem der Schrank war. Sie schaute hinauf, aber er schaute nicht zurück.

Er stand einfach da, so wie immer, hoch, dunkel und bedrohlich, und rührte sich nicht, natürlich nicht. Juli fühlte, wie aus dem Schauen ein Starren wurde, unwillkürlich, und wie die Angst in ihren Körper kroch, das vertraute, verdammte Zittern. Sie konnte nichts dagegen tun. Alles, was ihr einfiel, war sich zu ducken, so wie immer, und an dem Schrank vorbeizulaufen, so schnell sie nur konnte. Dann war Juli in der Küche, stützte sich auf den Tisch und spürte, wie das Zittern verebbte.

So ist das mit der Angst, dachte Juli. Doch nicht so einfach.

Und weil das so war, konnte sie auch genauso gut kehrtmachen und noch einmal schnell und geduckt an dem Schrank vorbeilaufen. Fast wäre sie sogar noch einmal umgedreht, aber dann hätte sie ein viertes Mal an dem Schrank vorbeigemusst, denn sie wollte ja durch die Tür, und ob der Mut dafür gereicht hätte, wusste sie nicht. Deshalb beließ sie es dabei, schloss ab, ging die Treppe hinunter, durch den Hof, um das Haus herum, auf die Straße, bis vor den Laden.

Sie betrachtete die Blumen, die im Schaufenster standen, Tulpen, Nelken, Gerbera. Eine Vase mit weißen Calla fiel ihr besonders auf. Wie edel sie aussahen, wie anmutig. Die meisten Menschen kauften sie nur für Trauerkränze oder als Sargschmuck und schauten diese Blumen an, als wären sie zum Fürchten. Aber wenn man sie mit roten Ranunkeln, violettem Flieder oder rosafarbenen Duftwicken zusammenband, käme niemand auf die Idee, bei ihrem Anblick nicht fröhlich zu sein.

Juli öffnete die Tür, hörte das Glockenspiel, und dann trat sie ein in diese kleine Welt aus Blüten, die so zart und doch so widerständig waren, so beharrlich und doch vergänglich.

Juli berührte das dotterfarbene Krönchen einer Narzisse, tauchte die Nase tief hinein.

Marie kam aus dem Bindezimmer, sie trug ihre Steppweste und ihre Palmenfrisur und war schon im Begriff, den späten Kunden in den Feierabend hinauszuwedeln. Aber dann sah sie, dass sie gar keine richtige Kundschaft hatte.

»Hey! Da bist du ja wieder! Wie war's mit unserem Emil Faber? Ich will alles wissen!«

»Das trifft sich bestens«, sagte Juli. »Ich habe nämlich einen Wunsch.«

Marie breitete die Arme aus. »Was immer es sei.«

»Ich möchte nicht allein sein.« Das war etwas, das Juli noch nie gesagt hatte, aber jetzt hatte sie eine Freundin, zu der sie das sagen konnte. Und das war ein neues, ein bewegendes Gefühl.

»Oje.« Marie kam auf sie zu. »Das klingt aber arg. Hat es etwa nicht geklappt?«

»Doch, doch«, Juli lächelte, »und ob es geklappt hat.«

Und deshalb saßen sie wenig später an Maries Küchentisch und aßen den Nachtisch, der von Silvester noch übrig war, Juli erzählte von Emil Faber und Martha Zeising und auch davon, wie Frau Zeising den Nachbarshünen bezwungen hatte mit nur einem Blick. Und wenn das möglich gewesen wäre, dann wäre nicht bloß das Bratapfeleis dahingeschmolzen, sondern auch noch die ganze Marie.

»Ist das wundervoll«, seufzte sie. »Wie im Kino.« Sie betupfte ihre Augenwinkel mit einer Serviette. »Und es geht auch noch gut aus.«

»Ja«, sagte Juli, »ich glaube schon.«

»Aber sicher. Martha und Emil sehen sich doch wieder.«

Juli nickte. So ein Wiedersehen war ein Anfang. Und darum ging es ja. Doch nicht nur. Sie dachte an Oskar und daran, was er über das Weitermachen gesagt hatte. Aber ob dieses Wagnis auch klappte?

Während Juli das dachte, hatte Marie sie von der Seite angeschaut und den Kopf schiefgelegt, so wie man das machte, wenn man glaubte, Gedanken lesen zu können. Das konnte Marie tatsächlich, sonst hätte sie nicht gefragt: »Und was ist mit Juli und Oskar?«

Juli fixierte ihre Dessertschale.

»Sehen die sich auch wieder?«

Juli nickte. »Ich glaube schon.«

»Du glaubst?«

»Oskar ist ja noch unterwegs.«

»Ich weiß. Aber er kommt doch zurück?«

»Ja. In zwei Tagen.«

»Und dann?«

Juli schaute Marie an. »Machen Juli und er weiter.«

Marie nickte. »Verstehe.« Aber sie sah nicht überzeugt aus.

»Glaubst du nicht?«

»Doch, doch.« Marie rührte in ihrer Bratapfelsuppe. »Es ist nur …«

»Was?«

Marie wand sich. »Oskar ist nicht gerade beständig in dem, was er tut.«

»Woher weißt du das?«

»Ich kenne Frau Lensky, seine Mutter, schon eine Weile. Sie hat ihre Blumen immer bei uns gekauft, seit Jahren. Er auch, aber er hat nie viel von sich erzählt. Frau Lensky schon. Seine Beziehungen haben nie lange gehalten, die längste ging wohl über zwei Jahre. Keine Bange, ich weiß, wie Mütter sind, keine Frau ist gut genug für ihren Sohn, das übliche Geglucke. Da war meine Mutter nicht anders, als es um meinen Bruder ging. Ich will dir als deine Freundin nur sagen, dass es schwer sein könnte mit Oskar.«

Juli dachte nach. »Aber es war alles leicht. Das Nebeneinandergehen, das Tanzen, das Schlittschuhlaufen, sogar das Schweigen. Und auch das …« Sie lächelte. »Das Anfassen. Du hast gesagt, mit Geduld und Zutrauen geht das.«

»Stimmt.«

»Und wenn schon ich neuerdings Zutrauen habe, dann musst du auch welches haben.« Man muss eben vorsichtig sein, dachte Juli. Das Glück ist wie eine Mohnblume. Es blüht nur, wenn es in Ruhe wachsen kann.

»Du hast recht.« Marie umfasste Julis Schultern und gab ihr einen Kuss auf die Stirn.

* * *

AM NÄCHSTEN MORGEN wachte Juli früh auf. Sie hatte Marie versprochen, den Laden zu übernehmen, da wollte sie pünktlich sein. Die Nacht war kalt gewesen, und der Himmel schickte Flocken herab, trocken und fein wie Kokosraspeln. Juli zog ihr wärmstes Kleid an, das aus veilchenblauer Wolle, und dazu die Fellstiefel. Sie freute sich aufs Blumenverkaufen, das hatte sie ja schon seit Tagen nicht mehr gemacht. Sie freute sich auf den Duft von Gladiolen, Königslilien und

Japanrosen, auf die Wünsche der Kunden und das Kurbeln an der Kasse, und sie hoffte, dass sie das oft würde tun müssen, und sie würde gar nicht dazu kommen, an Oskar zu denken. Geduld, dachte Juli, sie musste Geduld haben, doch das war leichter gedacht als getan.

Aber sie hatte Glück. Es war, als wäre die ganze Stadt an diesem Morgen mit dem Wunsch nach Blumen aufgewacht. Vielleicht, weil die Welt so weiß war, dass sie dringend etwas Farbe gebrauchen konnte. Juli musste Sträuße binden und Schleierkraut und Tannenzweige hineinwinden und Stiele auf eine Länge schneiden und alles in Seidenpapier wickeln, und jedes Mal, wenn sie so ein duftendes, blühendes Kunststück über die Theke reichte, war es wie ein kleiner Triumph über den Frost, das Dunkel und den Winter. Und Juli dachte, was für eine schöne Tätigkeit doch das Blumenverkaufen war, auch damit brachte man das Leben anderer Menschen in Ordnung, ein bisschen zumindest.

So ging es, bis Marie und Max vom Einkaufen zurückkamen. Max keuchte mit schweren Taschen die Stufen zum Bindezimmer hinauf, und dabei fiel die Zeitung herunter, die er unter einen Arm geklemmt hatte. Juli hob sie auf.

Die Anzeige war nur klein, aber sie entdeckte sie sofort.

Wir nehmen Abschied von Hans Habakuk,
geboren am 4. März 1939,
gestorben am 23. Dezember 2017.
In stiller Trauer: Die Angehörigen mit Familien.
Die Urnenbeisetzung findet am 11. Januar
um 12.30 Uhr auf dem Parkfriedhof statt.

Juli sah ihn wieder vor sich, den Moment, in dem Herr Habakuk gestürzt war, genau auf dem Friedhof, auf dem er nun begraben wurde. Sie sah sein Lachen, den Hut und den tanzenden Stock. Sie war die Letzte gewesen, die ihn so froh gesehen hatte. Und womöglich auch die Erste. Aber er hat Familie, dachte Juli, Kinder und vielleicht Enkel, auch wenn in seiner Wohnung nichts darauf hingedeutet hatte. Es würde also kein einsames Begräbnis werden, das war ein tröstlicher Gedanke. Und doch fragte sie sich, ob sie hingehen sollte, nach all dem, was sie mit Herrn Habakuk erlebt hatte, in einer kurzen, aber bedeutenden Zeit.

»Alles okay?« Max schaute Juli an, und wenn er eine Hand frei gehabt hätte, dann hätte er wohl auch ihre Stirn befühlt.

»Alles in Ordnung«, sagte Juli. Und so meinte sie es auch.

Sie lief hinaus in den Hof. Es hatte aufgehört zu schneien, nun drang dichter Dunst zwischen die Mauern, grau und schwer. Juli streckte die Arme hinauf zum Himmel, der so tief hing, dass man ihn beinahe hätte greifen können. Sie sog die Kälte in sich hinein und drehte sich einmal mit hocherhobenen Armen im Kreis. Dabei geriet eine Gestalt in ihr Blickfeld.

Diesmal trug sie keinen Skianzug, sondern einen Mantel aus hellbraun gesprenkeltem Kunstpelz, und darin sah Frau Lensky ein bisschen wie eine Eule aus. Auf ihrem Kopf saß eine weiße Strickmütze mit Bommel. Wie versteinert stand sie da und starrte auf die Teppichstange. Sie blinzelte nicht mal.

»Guten Tag«, sagte Juli.

Frau Lensky schnaufte. Das war alles.

Juli trat näher, langsam und vorsichtig. »Hallo?«

Frau Lensky schnaufte noch einmal. Und dann blinzelte sie doch. So wie man blinzelte, wenn man glaubte, etwas aus weiter Ferne gehört zu haben.

Juli fasste Frau Lensky an der Schulter, ganz sanft tat sie das, als streichelte sie ein scheues Tier. Sie fuhr über den Mantel, einmal hin, einmal zurück, und fühlte den dichten Pelz. Da musste sie an Oskar denken, wie er auf ihrem Bauch gelegen hatte und wie ihre Finger durch sein Haar geglitten waren.

Frau Lensky wandte den Kopf. Nur den Kopf. Der Rumpf und die Beine blieben dort, wo sie waren. Und damit sah sie noch mehr wie eine Eule aus.

»Wo bin ich?«, fragte Frau Lensky.

»Beim Blumenladen.«

»Ach so?« Frau Lensky drehte den Kopf wieder zurück zur Teppichstange. »Ich wollte zu der Frau, die die schönen Rosen verschenkt.«

»Ja«, sagte Juli, »das bin ich.«

Der Kopf kam zurück. »Du bist das?«

Juli lächelte. Aber nur kurz, denn jetzt bemerkte sie, dass Frau Lensky die Augen zusammenkniff und die Lippen auch, sie kniff das ganze Gesicht zusammen, und nicht nur das, auch die Knie. »Ich, äh …«

Juli verstand. Sie umfasste Frau Lensky und drehte sie um, bis ihre vier Schuhspitzen genau auf die Haustür zeigten. Dann gingen sie darauf zu und die Treppe hinauf, bis zu Julis Wohnung. Sie schloss die Tür auf und führte Oskars Mutter in den Flur. Dort blieb Frau Lensky stehen und schaute auf zu dem großen, finsteren Schrank, genau so, wie Juli es immer tat. Ihre Augen wurden weit und auch ihr Mund, die Bommel streichelte ihren Nacken, und Juli konnte sehen, welche Zähne Frau Lensky fehlten.

Sie deutete auf den Schrank. »Der gefällt mir nicht.«

»Ja«, sagte Juli, »mir auch nicht. Aber ich weiß nicht genau, warum.«

Frau Lensky nickte. »So ist das manchmal.«

Juli dachte, dass Frau Lensky vielleicht gar nicht so verwirrt war. Sie duckte sich, und dann schob sie Oskars Mutter an dem Schrank vorbei zu der Tür, die ins Badezimmer führte.

»Hier.«

Frau Lensky nickte noch einmal. Sie zupfte an einem Pelzmantelärmel, am anderen auch, und Juli half ihr heraus. Darunter trug Frau Lensky eine karierte Hose, der oberste Knopf ging nicht mehr zu, und einen Pullover, der genauso weiß wie die Mütze war. Juli sah, dass sie ihre Schokoladenfinger daran abgewischt hatte.

»Danke«, sagte Frau Lensky.

Juli zog die Tür hinter sich zu und hörte, wie Frau Lensky erleichtert seufzte. In einer Manteltasche fand Juli einen Schlüsselbund, das war schon mal gut. In der anderen steckte ein Gefrierbeutel, den Frau Lensky mit Pralinen gefüllt hatte, und wieder war von einigen der runden und von allen ovalen die Hälfte abgebissen. Nur von den eckigen nicht.

Juli legte den Mantel über einen Stuhl und horchte. Das Wasser rauschte, dann öffnete sich die Tür, und Frau Lensky kam heraus. Sie trug noch immer die Mütze, der Pullover steckte halb in der Hose.

»Ich koche uns einen Tee«, sagte Juli. »Mögen Sie Holunderblüten?«

Frau Lensky nickte. Dann setzte sie sich und schaute. Auf den alten Küchenschrank mit den vielen Schubladen. Auf die Schütten aus Glas mit Mehl, Zucker und Salz. Auf den Gasherd. Auf die Waage mit den kegelförmigen Gewichten.

»Das sieht ja aus wie bei uns.« Ihre Stimme klang, als spräche sie in einen leeren Becher.

Juli wusste nicht, wen Frau Lensky meinte. Aber etwas sagte ihr, dass es dieses »uns« längst nicht mehr gab.

Frau Lenskys Blick wanderte irgendwohin, nach draußen, auf den Hof, über die große Straße, über die Dächer der Nachbarhäuser, bis weit aus der Stadt hinaus an einen Ort, an dem sie lange nicht gewesen war. So lange, dass sie nicht wusste, wie es dort heute aussah. Aber sie wusste noch sehr genau, wie es dort einmal ausgesehen hatte.

»Wir hatten eine Zinkwanne in der Küche«, sagte Frau Lensky, »darin hab ich als Kind immer gebadet. Das Wasser war ganz warm.«

Sie schaute auf den Strauß aus Schneeglöckchen, die die schmalen Kelche hängen ließen. Doch Juli wollte sich noch nicht von ihnen trennen.

»Du musst sie in einem schweren Buch trocknen«, sagte Frau Lensky. »Dann bleiben sie schön.« Jetzt klang ihre Stimme nah und fest und gar nicht wie die einer Frau, die nicht begriff, wo sie war. Oder wer.

Juli dachte an das, was Oskar gesagt hatte, dass es Momente gab, in denen seine Mutter wach war und klar. Vielleicht erlebte sie jetzt einen davon. Vielleicht auch, weil Julis

Küche sie an eine Zeit erinnerte, die sie deutlich vor sich sah. Wie durch ein Objektiv, das sich langsam scharf stellte.

Juli füllte Tee in zwei Tassen, stellte die Kanne auf den Untersatz aus Porzellan, in dem eine Kerze brannte. »Die Schneeglöckchen sind von Oskar. Er hat sie mir geschenkt.«

Frau Lensky lächelte. »Dann mag er dich.«

»Ich glaube schon.«

Sie hauchten in ihre Tassen.

»Wenn es Schneeglöckchen gibt, ist der Winter bald vorbei«, sagte Juli.

Frau Lensky schaute in ihren Tee, in den Mundwinkeln zuckte es, genau wie bei ihrem Sohn, kurz bevor er etwas sagte. »Ist das so?« Sie trank einen Schluck. »Ich mag Winter nicht. Ich mag nur so was.« Sie zeigte auf die Weihnachtspyramide. »Das hatten wir auch mal.«

»Ich weiß«, sagte Juli. »Sie ist verbrannt, weil die Kerzen zu lang waren.«

Frau Lensky hob den Kopf. Plötzlich sah sie ernst aus, verschämt und irgendwie auf der Hut. »Weil ich schuld war.« Sie nahm die Mütze ab, legte sie neben sich auf den Tisch. Entdeckte die Kerbe und fuhr mit dem Daumen darüber.

»Das war ein Versehen«, sagte Juli, »das kann passieren.«

»Das darf aber nicht passieren!« Frau Lensky schlug mit der Faust auf den Tisch. »Niemals! Niemals hätte das passieren dürfen!«

Juli erschrak. Barsch hatte es geklungen, aber es war auch ein Wehklagen darin, eine Verzweiflung, und Juli dachte, dass das allein mit einer verbrannten Weihnachtspyramide nicht zu erklären war. Und deshalb fragte sie jetzt: »Was?«

Frau Lenskys Hals verschwand zwischen den Schultern, sie schob das Kinn nach vorne, und auch ohne Mantel wirkte sie nun wie eine Eule. Nervös blickte sie sich in der Küche um.

Juli rückte auf ihrem Stuhl nach vorne. »Was hätte nicht passieren dürfen?«

Wenn er gekonnt hätte, dann wäre nicht nur Frau Lenskys Hals zwischen den Schultern verschwunden, sondern der ganze Kopf. Aber das ging nicht, und deshalb drehte Frau Lensky ihn zur Seite, so weit sie konnte, fast hörte Juli es knacken. Dann starrte sie an die Wand, an der es nichts zu sehen gab außer einem Fisch aus Ton, den Juli als Kind getöpfert hatte. Ein brauner Fisch mit weiß glasierten Schuppen.

So geht das nicht, dachte Juli, ich habe sie erschreckt. Und mit Erschrecken kann man niemanden festhalten, Oskar nicht und auch keine Frau Lensky. Doch bevor sie wusste, was sie nun tun sollte, kam Frau Lensky ihr zuvor. Indem sie hickste. Einmal und noch einmal. Sie drehte den Kopf zurück. Schaute Juli an. Und hickste wieder. Sie kniff die Augen zusammen und die Lippen auch, das ganze Gesicht. Und hickste noch einmal.

»Mir ist schlecht.«

»Haben Sie Pralinen gegessen?«

Frau Lensky nickte.

»Vielleicht ein bisschen zu viele?«

Frau Lensky nickte.

Juli überlegte. Wenn der Mutter übel gewesen war, von Gänsebraten oder Plätzchen oder beidem zusammen, dann hatte sie einen Magenbitter verlangt. Aber Juli trank nie Magenbitter, und deshalb hatte sie auch keinen mehr im Haus. Aber sie hatte Zwieback, der half, wenn es einem schlecht ging. Denn er war so trocken, dass er alles in sich aufnehmen konnte, wovon einem übel war, die Butter, den Zucker und auch den Kummer. Deshalb stand Juli jetzt auf und holte Zwieback aus dem Schrank, die Packung mit dem drallen, rotwangigen Kind. Es waren kleine Scheiben, die ganz in den Mund passten, so mochte Juli Zwieback am liebsten. Sie legte ein paar davon auf einen Teller und stellte ihn vor Frau Lensky hin.

Frau Lensky starrte auf den Teller, dann auf Juli und wieder zurück. Das Hicksen erstarb. Dann hob sie beide Hände und bedeckte die Augen.

»Tu das weg.« Frau Lensky flüsterte. Sie flehte. »Bitte. Tu das weg.«

»Das ist nur Zwieback.«

»Tu das weg.«

Juli öffnete den Schrank und stellte den Teller hinein. »Jetzt ist er weg.«

Frau Lensky schüttelte den Kopf.

»Schauen Sie hin. Er ist wirklich ganz weg.«

Aber Frau Lensky schaute nicht hin, sie hörte auch nicht zu und hörte nicht auf zu schütteln. Jetzt nicht nur den Kopf, sondern den ganzen Körper, die Schultern schüttelten sich, die Arme und der Rumpf, als schlüge sie um sich. Frau Lensky hielt eine Hand vor den Mund, eine Kralle, die drinnen halten sollte, was nach draußen drängte. Aber das Wehklagen kam zwischen den Fingern hindurch. Erst war es nur ein Schnaufen, dann ein Keuchen, und dann kamen ein Laut, ein Schluchzen und drei Worte.

»Ich kann nicht …«

Juli nahm die Hand, die sich um den Mund krallte, und zog daran, sanft, aber bestimmt. Sie spürte, wie Frau Lenskys Kraft nachließ, eine Kraft, die viele Jahre gehalten haben musste.

»Fangen Sie an«, sagte Juli, »es geht ganz leicht.« Und dann umfasste sie Frau Lensky, hielt sie und wiegte sie wie ein Kind, lange, so lange, bis alles heraus war, das Keuchen, das Schluchzen und das Wehklagen. Das Schütteln kam in immer kleineren Wellen und verebbte schließlich ganz. Frau Lensky holte Luft. Und dann fing sie an, klar und wach und kein bisschen verwirrt. Denn so war es, wenn man begann, nicht mehr zu schweigen.

* * *

ICH ERINNERE MICH *noch an einzelne Bilder. Zuerst aus dieser Nacht Ende Januar 1945. Ich stehe vor unserem Haus. Es ist düster, vielleicht zwei oder drei Uhr. Und es ist grausam kalt, bestimmt minus zwanzig Grad oder noch niedriger. Ich trage Hosen, Kleider, Pullover und Mützen übereinander und auch zwei Mäntel. Einer ist sogar aus Pelz. Trotzdem dringt der Wind mühelos hindurch, er beißt auf der Haut. Mutter hat mir Vaters dicke Socken über die Stiefel gezogen. Gegen die Kälte und gegen die Glätte, die Wege sind gefroren, es liegt Schnee, bestimmt einen halben Meter hoch. Auf den Straßen aber ist er niedergetreten von den Schritten all der Menschen, die schon vor uns geflüchtet sind.*

Von Vater haben wir lange nichts mehr gehört. Er ist an der Front, vielleicht noch in Frankreich, vielleicht längst irgendwo anders.

Auf dem Rücken trage ich einen kleinen Rucksack, den Mutter aus einem alten Stoff genäht hat. Damit fällt das Laufen leichter als mit einem Koffer, hat sie gesagt, falls wir den Wagen irgendwo zurücklassen müssen. Sie hat Unterwäsche zum Wechseln darin verpackt, eine Zahnbürste, meine Geburtsurkunde, solche Sachen. Nichts zum Spielen außer meiner Lieblingspuppe mit den langen Zöpfen. Nur das Nötigste, hat Mutter gesagt. Auch sie trägt so einen Rucksack mit etwas Wäsche, Papieren und Fotos. Sie hat sich ein wollenes Tuch um den Kopf gebunden, das nur einen schmalen Ausschnitt ihres Gesichts frei lässt. Ihr Blick ist ernst, irgendwie abwesend. Und im Mondlicht wirkt sie so blass. Ich habe sie noch nie so gesehen.

Vor ein paar Tagen haben wir meinen sechsten Geburtstag gefeiert. Mutter hat sogar einen Kuchen gebacken, den Streuselkuchen, den ich so liebe, in dem Holzkohleofen im Keller, den wir sonst nur zum Heizen benutzt haben. Die Hefe war nicht richtig aufgegangen, der Teig war etwas zu hart geworden und schmeckte wässrig. Aber das machte nichts, Hauptsache, es gab Kuchen wie zu jedem Geburtstag. Sogar mit einer Kerze in der Mitte. Beim Auspusten habe ich die Augen zugemacht und mir ganz fest etwas gewünscht. Aber das darf ich nicht verraten, sonst geht es ja nicht in Erfüllung. Da haben wir noch gedacht, wir könnten trotz allem hierbleiben. Wir konnten einfach nicht glauben, dass wir fortmüssen aus Königsberg, aus unserer Stadt. Obwohl doch längst kaum noch etwas von ihr übrig ist.

Auch die Nachbarn sind jetzt auf der Straße, sie eilen zwischen den ausgebrannten, geisterhaft wirkenden Ruinen hin und her. Ein paar Männer, zu alt oder zu krank für den Krieg, sind auch darunter. Doch die meisten sind Frauen, junge wie meine Mutter, aber auch Großmütter und Kinder, manche noch Babys. Ich höre Stimmen, die sagen, dass die Russen kommen. So sagen sie es, »die Russen kommen«, und dieser eine Satz genügt, dass ihnen die Angst in den Augen steht. Mutter hat mir erklärt, dass es Gründe gibt, sich vor den Russen zu fürchten. Welche genau, hat sie mir nicht sagen wollen. Aber natürlich habe ich mitbekommen, wie die Frauen miteinander tuscheln und sich von furchtbaren Dingen erzählen.

Die Menschen beladen Kutschen, Schlitten und Pferdefuhrwerke mit Koffern, mit Taschen, Federbetten und Säcken, in denen Mehl ist und Zucker und Hafer für die Pferde. Die Tiere atmen schwer, es dampft aus ihren Nüstern. Mitten in dem Gewühl entdecke ich Gustav. Er ist ein Jahr älter als ich, und er ist mein bester Freund. Wir wohnen im selben Haus, einem Doppelhaus nicht weit vom Oberteich. Auch unsere Mütter sind befreundet, sie helfen sich gegenseitig mit Lebensmitteln, Kerzen und Medizin. Aber in letzter Zeit vor allem mit gutem Zureden. Manchmal flüstern sie dabei so leise, dass ich kaum etwas verstehe. Nur einmal habe ich gehört, dass Gustavs Mutter gesagt hat, sie habe diesen Krieg nie gewollt, und sie verfluche den Tag, an dem die Deutschen ihn angefangen haben. Mutter hat nur den Finger an die Lippen gelegt und den Kopf geschüttelt. Ihre Augen waren weit aufgerissen dabei. So als fürchtete sie, jemand könne mithören. Aber da war niemand sonst in unserem Keller, nur wir und Gustavs Familie.

Seit ewigen Wochen sind wir kaum noch nach oben in die Wohnung gegangen und schon gar nicht nach draußen. Mir fehlt das so, die Luft und der Himmel. Früher haben Gustav und ich immer zusammen draußen gespielt, am liebsten am Teich. Er hat mir gezeigt, wie man Steine übers Wasser springen lässt. Ich habe sogar vier Sprünge geschafft. Und wenn es ihm mal wieder gelungen war, der freundlichen Apothekerin zwei Bonbons abzuschwatzen, dann hat er mir immer eines geschenkt. Eigentlich sind es Hustenbonbons, so rote, aber die schmecken gut. Richtige Bonbons gibt es in Königsberg schon lange nicht mehr.

Ich mag Gustav. Sogar sehr. Wenn ich groß bin, will ich ihn heiraten. Er ist der tollste Junge in unserer Straße. Er hat die tollsten blauen Augen, so blau wie das Wasser des Pregel, der durch unsere Stadt fließt. Und Gustav hat vor gar nichts Angst. Nicht mal vor den großen, haarigen Spinnen, die es in unserem Keller gibt. Einmal hat er sogar eine mit bloßen Händen gefangen. Aber er hat sie mir nicht gezeigt. Er weiß, wie sehr ich mich vor denen fürchte. Er hat sie einfach gepackt und fortgebracht. Töten würde er sie nie.

An meinem Geburtstag war er auch da und hat mit uns Streuselkuchen gegessen. Als Mutter mal wegschaute, hat er mir schnell und heimlich sein Geschenk gegeben: einen Beutel mit Steinen, die wir noch im Frühling am Oberteich gefunden haben, ganz flach und glatt sind die, genau richtig zum Springenlassen. Und ein selbst geschnitztes Herz aus Baumrinde. Als Mutter wieder wegschaute, hab ich ihn auf die Wange geküsst. Da ist er ganz rot geworden. So einen schönen Geburtstag hatte ich noch nie. Aber an die anderen kann ich mich auch kaum mehr erinnern.

Gustavs Mutter ruft nun zu uns herüber, dass wir alle zusammenbleiben müssen, egal was passiert. Und dass wir aufpassen sollen, damit wir uns nicht verlieren. Sie trägt Gustavs kleine Schwester Johanna auf dem Arm. Sie ist ganz dick verpackt in mehrere Wolldecken. Sie schreit und weint und kann sich gar nicht beruhigen. Sie ist noch so klein, sie versteht ja viel weniger, was gerade passiert. Gustav nimmt sie der Mutter ab, drückt sie fest an sich und verspricht, gut auf sie achtzugeben.

Dann steigen wir auf. In unserem Fuhrwagen, der einem Nachbarn gehört, gibt es etwas Stroh, auf das wir uns setzen können, Mutter und ich, Gustav mit der kleinen Johanna. Der Wagen mit Gustavs Mutter, seiner Großmutter und seiner Tante ist direkt hinter unserem. Ich hoffe, dass keine Spinne im Stroh ist. Ich schaue noch einmal zurück auf unser Haus, das wie durch ein Wunder verschont geblieben ist, als im August die Bomben fielen. Die Bilder aus diesen Nächten sind verschwunden. Wenn ich an sie denke, sehe ich nur kohlenkellertiefe Schwärze.

Ich schaue auf Mutter. Sie blickt sich nicht mehr um, sie achtet nur auf die Pferde. Vielleicht will sie nicht, dass ich sehe, wie sie weint. Ich habe sie noch nie weinen sehen, nicht mal, als Vater in den Krieg musste. Sie ist immer sehr beherrscht, presst ihre Lippen aufeinander, bis sie ganz dünn und faltig werden. Aber vielleicht weint sie auch gar nicht. Sie glaubt nämlich fest daran, dass wir wiederkommen. »Wir kehren zurück«, das hat sie mir versprochen, und es klang sehr entschlossen. Mutter hat einen starken Willen, also wird es schon stimmen. Sie hat all unsere Wertsachen in Koffern im Keller verstaut.

Jetzt sagt sie nur, dass ich nicht einschlafen darf. »Sonst erfrierst du.«

Es geht langsam voran. Vor uns sind noch viele andere, wir reihen uns ein in den Treck. Man hört das Klappern der Hufe, das anders klingt als sonst. Manche haben die Pferde mit Stollen beschlagen.

Ich weiß nicht mehr, wie lange wir so fahren. Ich weiß nur, wo wir hinwollen. Ans Frische Haff. Es sei zugefroren, heißt es, und das Eis trage. Aber es gibt nur noch wenige Wege dorthin, die nicht gefährlich sind. Gustavs Mutter meint, das sei die einzige Möglichkeit. Verwandte von ihr sind Bauern, sie haben einen großen Hof in Schleswig-Holstein, dort können wir alle wohnen, hat sie gesagt. So lange, bis der Krieg vorbei ist.

Die weiteren Bilder dieser Nacht und des nächsten Tages bleiben verschwommen. Ich weiß nur, dass mir kalt ist. Wenn so eine Kälte erst mal in einen hineingekrochen ist, kriecht sie nie wieder heraus.

Irgendwo auf einem Feld liegt ein Kinderwagen. Ich höre, dass jemand sagt, darin liege ein erfrorenes Baby. Wir fahren durch ein Dorf. Alles brennt, die Häuser, die Dächer, die Fenster und Türen. Kein Mensch ist zu sehen. Aus der Ferne hören wir das Rattern von Maschinengewehren und manchmal auch Explosionen. Ein Fuhrwerk kommt uns entgegen. Wir hören eine Frau rufen: »Wir kehren um, hier erfriert man doch nur. Und Russen sind auch Menschen!« Aber wir kehren nicht um, wir fahren weiter.

Irgendwann halten wir an, mitten in einem Wald. Wir müssen ganz still sein, weil es heißt, »der Russe« sei in der Nähe.

Jemand hat an einer Stelle am Waldboden den Schnee fortgeschaufelt, jetzt ruhen dort unsere Pferde aus, dicht beieinander. Sie schnauben, aber sonst sind sie ganz ruhig, als hätten sie verstanden, wie wichtig es ist, kein Geräusch zu machen. In einem Tuch an einem unserer Pferde schläft Johanna. Dort am Pferdebauch ist es wenigstens ein bisschen warm. Wir anderen drängen uns im Stroh eng aneinander, wie die Suppenlöffel im Besteckkasten, damit wir nicht so frieren. Aber wir frieren trotzdem. Gustav liegt hinter mir, er hat einen Arm um mich geschlungen und hält meine Hand ganz fest. Seine ist eiskalt. Er flüstert mir ins Ohr, dass ich keine Angst haben muss, weil er auf mich aufpassen wird. Immer. Und dass er mich heiraten wird, sobald wir in Sicherheit sind.

Ich denke an unser Zuhause. Besonders an die Küche, sie ist mein liebster Ort. Ich denke an den Schrank mit den vielen Schubfächern, in denen es immer etwas zu entdecken gibt. An die Schütten aus Glas für Zucker, Mehl und Salz. An die Zinkwanne, in der ich gebadet habe in warmem Wasser. An den Duft von Kernseife. An mein Puppenhaus. Und an Streuselkuchen. So wird es wieder sein, denke ich, wenn Gustav und ich verheiratet sind. Wir werden ein Heim haben, eine gemütliche Küche und eine Zinkwanne, in der man baden kann. Ein Puppenhaus, mit dem unser Kind spielt. Und wenn es Geburtstag hat, werde ich Streuselkuchen backen.

Ich will nicht, dass Gustav sieht, wie ich weine. Deshalb liege ich ganz still. Die Tränen sind heiß auf meiner Wange, obwohl es so kalt ist.

Irgendwie überstehen wir diese Nacht. Und dann, ich weiß nicht, wann genau, sind wir da. Am Haff.

Es ist hell, als wir auf das Eis fahren, wahrscheinlich früh am Mittag. Der Wind tost. Überall sind Fuhrwerke, Kutschen, Schlitten und Leiterwagen. Und Menschen, Tausende, Zehntausende, eine ewig lange Reihe, ohne Anfang, ohne Ende. Die Gesichter sind grau vor Erschöpfung. Auf dem Eis ist eine Spur abgesteckt mit Stöcken, die sehe ich noch genau vor mir, diese schwarzen Stöcke, die aus dem Eis ragen wie schmale, schwarze Kreuze. Und einen Feldwebel in Uniform. »Da lang«, ruft er und weist in Richtung der Stöcke, »immer da lang«. Aber es gibt ohnehin nur eine Richtung. Ein paar Kilometer sind es bis zur Frischen Nehrung, der Landzunge an der Ostsee. Von dort, hat Mutter gesagt, ziehen wir weiter nach Danzig, zum Hafen. Wo Danzig ist, weiß ich. Das hat Gustav mir in seinem Schulbuch gezeigt.

Es geht jetzt noch langsamer, Schritt für Schritt. Und dann bleibt auf einmal alles stehen. Ein Stau aus Wagen, Menschen und Pferden, und wir können nichts tun, wir warten mitten auf dem Eis. Dann geht es wieder ein Stück voran. Auf dem Eis steht Wasser, fast knöchelhoch. Jemand sagt, dass wir ausscheren müssen, die Last verteilen. Ich sehe ein Fuhrwerk vor uns, das im Eis einbricht. Und ich höre die Schreie der Pferde. Diese Schreie kann ich nicht vergessen. Die Menschen schreien gar nicht, glaube ich. Sie nehmen es wortlos hin. Sie haben schon zu viel gesehen.

Mutter geht neben dem Wagen her, Gustav und ich liegen im Stroh. Er hält Johanna im Arm, wiegt sie, bis sie endlich einschläft. Ich streichle ihr kleines, kaltes Gesicht. Die Dämmerung kommt. Ich friere, kann mich kaum rühren, spüre meine Füße, meine Beine, meinen ganzen Körper nicht. Aber ich habe

Hunger, das spüre ich. Unsere Vorräte sind aufgebraucht. Da steckt Gustav mir etwas zu. Kleine Stücke Zwieback. Er raunt mir zu, dass ich schnell essen soll und leise, damit es niemand merkt. Er selbst isst auch etwas. Ich stecke mir ein Stück in den Mund und kaue, so leise ich kann. Es geht schwer, denn ich habe auch Durst, und der Zwieback ist so trocken. Aber dann spüre ich, wie er langsam weich wird im Mund und wie süß er ist. Wir kauen und schauen uns an, verschworen, eindringlich. Seine blauen Augen sind ganz nah. »Iss weiter«, flüstert er. Mein Magen zieht sich zusammen. Ich spüre, was wir tun, ist nicht richtig, obwohl ich nicht genau weiß, warum. Und ich habe doch solchen Hunger.

Irgendwann lässt der Druck im Bauch etwas nach.

Auf einmal hören wir ein Grollen. Es kommt von weit her, aber es kommt schnell näher, und es wird lauter. »Tiefflieger!«, brüllt jemand. Wie Hornissenschwärme stoßen sie vom Himmel herab, sie schießen auf die Wagen, auf das Eis. Ich weiß nicht, wo Mutter ist, ich rufe nach ihr, aber es ist viel zu laut. Und dann spüre ich eine Hand, die mich ins Stroh drückt, es ist Gustavs Hand, ich ducke mich, Gustav duckt sich auch, und ich halte mir die Ohren zu. Aber ich höre es trotzdem, das Schießen und Donnern, das Krachen, das Klagen. Nur meine eigenen Schreie höre ich nicht.

Als es vorbei ist und das Grollen nachlässt, richten wir uns vorsichtig auf. Gustav hält Johanna noch immer im Arm. Er beugt sich zu ihr hinab, flüstert ihren Namen.

Johanna rührt sich nicht. Wie meine Puppe mit den langen Zöpfen liegt sie in ihren Decken, der Mund steht offen, die Lippen sind blau, die Windel ist steif gefroren.

Gustav rüttelt an ihr. Sagt ihren Namen, lauter jetzt. Dann schaut er zu mir, starrt mich an. Ungläubig.

»Sie ist tot«, flüstert er.

Ich schüttele den Kopf. Das kann nicht sein.

»Sie ist tot«, wiederholt er. »Und ich bin schuld.«

Ich will ihm sagen, dass das nicht stimmt. Dass er doch nur auf Johanna aufpassen wollte, als wir vor den Tieffliegern in Deckung gegangen sind. Und dass er sie nur deshalb so fest an sich gedrückt hat. Wenn sie keine Luft mehr bekommen hat und erstickt ist, dann konnte er nichts dafür. Er hat das doch nicht gewollt.

Aber dann flüstert er: »Der Zwieback war für sie.«

Erst begreife ich gar nicht, was er da sagt. Doch dann verstehe ich. Johanna ist tot, weil sie keine Kraft mehr hatte durchzuhalten. Wenn wir nicht ihren Zwieback gegessen hätten, würde sie vielleicht noch leben.

Ich schlucke hart. Und dann kommt das Drücken im Bauch. Anders diesmal, drängender. Ich will aufstehen, aber es geht nicht, meine Beine sind wie zwei Stücke Holz. Ich krieche nach vorne, schaue durch die Plane. Ich sehe Mutter, die unter unserem Wagen in Deckung gegangen war und nun darunter hervorkriecht. Ihr Mantel ist ganz nass. Und ich sehe die beiden Pferde. Auch ihnen ist nichts passiert. Sonst sehe ich nichts, die Welt ist unscharf, wie hinter Transparentpapier. Und ich höre auch nichts, alles in mir ist dumpf und taub. Ich würge, lehne mich über das Geländer und übergebe mich. Es klatscht auf das Eis.

Mutter steht auf, fragt, was mit mir ist. Sie hebt meinen Kopf, hält ihn in beiden Händen. Die Wolle ihrer Handschuhe reibt auf meinem Gesicht. Sie streicht über meine Stirn.

»Anna! Anna!!«

Sie packt meine Schultern und schüttelt mich, so wie Gustav seine kleine Schwester geschüttelt hat. Aber es kommt kein Wort aus mir. Ich kann nicht sprechen. Es ist zu schlimm, um sprechen zu können.

* * *

JULI HATTE SIE im Arm gehalten, die ganze Zeit. Hatte gespürt, wie das Schütteln zurückgekehrt war, und gewartet, bis es wieder versiegte. Hatte Frau Lenskys Hand genommen und die Stärke gespürt, die in ihr war, und das war wie eine Brücke ins Jetzt gewesen, eine Verbindung, die Frau Lensky trug, wenn sie drohte, in die tiefste Schwärze zurückzufallen. Immer wieder war sie zwischendurch verstummt. Und hatte doch aufs Sprechen vertraut, nach all der Zeit, in der sie sich aufs Schweigen verlassen hatte. Zweiundsiebzig Jahre lang. Aber plötzlich war da diese Frau, die ihr Blumen geschenkt hatte. Die sie aber trotzdem nicht bedrängte. Die ihren Sohn mochte und er sie. Da hatte Frau Lensky Zutrauen gefasst. Und unvermutet hatte sich der Nebel, in dem sie immer häufiger verschwand, gelichtet, und sie hatte alles deutlich vor sich gesehen, die Vergangenheit und auch die Gegenwart. Das geschah manchmal. Das waren gute Momente, aber auch schmerzhafte – so viel Leid, und heute: nicht viel außer der Erinnerung an so viel Leid. Da war sie froh, wenn der Nebel sich wieder sanft um sie schloss.

Frau Lensky atmete jetzt tief in sich hinein, in die Brust und in den Bauch, der sich nun leicht anfühlte. Fast meinte sie, den obersten Hosenknopf schließen zu können. Aber erst wollte sie atmen, befreit und durchdringend, damit die Luft überallhin kam, bis in die Fußzehen. Sie atmete, fast wie jemand, den man vor dem Ertrinken gerettet hatte. Es rauschte in den Ohren und pochte in den Schläfen, und Frau Lensky konnte gar nicht genug von dieser Luft bekommen, immer mehr sog sie in sich hinein, bis sie meinte, dass sie ganz davon erfüllt war. Und als es so weit war, erschien zögernd ein Lächeln auf ihrem zerfurchten Gesicht.

»Sie waren Kinder, damals«, sagte Juli. »Sie haben keine Schuld.«

Frau Lensky ließ die Lider sinken, und als sie sie wieder hob, konnte Juli ein fröhliches Blitzen in Frau Lenskys tulpenzwiebelbraunen Augen sehen.

»Ich weiß.« So, wie sie das jetzt sagte, schien sie es wirklich zu wissen.

»Was ist aus Gustav geworden?«, fragte Juli.

Frau Lensky zuckte mit den Schultern.

»Wissen Sie, wie er mit Nachnamen hieß?«

Frau Lensky legte die Stirn in Falten, was kaum noch möglich war, so viele waren ohnehin schon darin. Sie schob die Zungenspitze zwischen den Lippen hervor, und dann kam ein Wort heraus, eines, das sie viel Kraft kostete, das konnte man sehen. »Schuhmann.«

»Davon gibt es viele«, seufzte Juli.

»Aber nicht mit h, wie Schuh und Mann. Das ist seltener.«

Frau Lensky schaute Juli mit großen Augen an. »Ich bin ihm später noch mal begegnet. Ich sehe ihn ganz genau vor mir.«

»Wo war das? Und wie lange ist das her?«

Frau Lensky schwieg.

»War es hier in der Stadt? Vor ein paar Tagen? Ein paar Monaten? Oder ein paar Jahren?«

Frau Lensky dachte nach. Das dauerte. Dann sagte sie: »Er hatte graue Haare. Hier.« Sie deutete mit einer Hand auf ihre Schläfe. »Ja, da war es schon ein bisschen grau.«

Das, ahnte Juli, konnte nun alles Mögliche bedeuten. Es gab Menschen, die bekamen mit dreißig graue Haare. Andere erst mit siebzig. Noch andere nie.

»Wissen Sie, was er gemacht hat? Ich meine, beruflich.«

Frau Lensky schüttelte den Kopf. »Ich weiß nur, dass er Steine auf dem Wasser springen lassen konnte.« Ihr Blick wurde trübe. Sie gähnte mit weit offenem Mund. Und als sie damit fertig war, fragte sie: »Kann ich jetzt ins Bett?«

* * *

ALS SIE VOR ihrem Zuhause angekommen waren, hatte Frau Lensky die Arme geöffnet, ganz weit, und Juli war darin verschwunden, in den Armen und in dem braun gesprenkelten Fell. Von Weitem hätte man meinen können, man sähe eine Eule, die ihr Junges beschützte. Eine Weile hatten sie so vor dem Haus gestanden, schweigend, und der Wind hatte an der Bommel auf Frau Lenskys Kopf gerüttelt. Dann hatte Frau Lensky sich von Juli gelöst und ihre Wange getätschelt, so wie sie Oskars Wange getätschelt hatte.

»Gutes Mädchen.« Mehr hatte sie nicht sagen müssen.

Aber Juli hatte noch einen Wunsch gehabt. »Erzählen Sie es Oskar. Er wartet schon lange darauf.«

Frau Lensky hatte gelächelt. Und genickt. Dann hatte sie

eine Praline aus ihrer Manteltasche geholt, es war eine eckige gewesen, hatte sie von allen Seiten angeschaut und hineingebissen.

»Mokka.« Und dann war sie zufrieden kauend in der Haustür verschwunden, ohne sich noch einmal umzudrehen.

Juli hatte an Herrn Bulka denken müssen, den Blockwart, der ein Stockwerk unter Frau Lensky wohnte in der Düsternis einer Vergangenheit.

Frau Lensky würde weiterleben. Mit einer Erinnerung, die viel von ihrer Macht verloren hatte, jetzt, wo sie sich ihr endlich gestellt hatte. Vielleicht würde Frau Lensky sich am nächsten Tag gar nicht erinnern können. Aber sie hatte Mut und Stärke gehabt und würde beides hoffentlich bewahren. Nie hätte Juli gedacht, dass es so eine große Aufgabe war, sich zu erinnern.

Sie war ein bisschen stolz auf sich. Und deshalb war sie auf dem Rückweg schnell gelaufen, eine Straße hinauf, die andere hinunter, sie hatte ihren Atem gesehen und gespürt, dass sie lebendig war. Das war ein herrliches, ein beflügelndes Gefühl. Mit so einem Gefühl konnte man alles schaffen. Wirklich alles. Womöglich auch einen Gustav Schuhmann finden.

* * *

»DAS WIRD ABER schwierig.« Marie saß neben Juli in dem winzigen Zimmer, in dem der Computer stand. »Gustav Schuhmann, wahrscheinlich mit H, und du weißt nur, dass er aus Königsberg kam vor … wie vielen Jahren?«

»Zweiundsiebzig.«

Marie gab sich Mühe, optimistisch zu wirken, es gelang ihr jedoch nicht besonders gut. »Hm.« Sie sah auf den Bildschirm. »Wenn ich Gustav Schuhmann mit H eingebe, bekomme ich fast hunderttausend Treffer.«

»Oha«, sagte Juli. »Und ohne H?«

»Mehr als drei Millionen.«

»So viele können wir nicht anrufen.«

»Leider.«

Juli seufzte. »Und jetzt?«

Marie tippte noch etwas ein. »Es gibt einen Suchdienst beim Roten Kreuz. Dort kann man eine Nachforschungsanfrage stellen.«

Juli straffte den Rücken. »Das klingt doch gut, oder?« Sie spürte, wie ihr Herz schneller schlug. Frau Lensky hatte endlich gewagt sich zu erinnern, und das war ein großer, sogar ein sehr großer Schritt. Aber der Weg war noch nicht zu Ende. Es gab jemanden, der dieses Vermächtnis mit ihr teilte, der vielleicht ebenso wie sie darunter litt. Juli konnte nicht ein Leben ohne das andere in Ordnung bringen. Vielleicht, dachte sie, hing auch die Ordnung in Oskars Leben davon ab, wer wusste das schon. Und wenn man das alles bedachte, dann war es bestimmt gestattet, dass sie sich bei der Suche nach Gustav Schuhmann helfen ließ.

»Das können aber nur Angehörige«, sagte Marie. Sie zeigte auf den Bildschirm. »Hier steht: Der Suchdienst erteilt im Auftrag der Bundesregierung schicksalsklärende Auskünfte an Angehörige über …«

»Schicksalsklärend?«, unterbrach Juli Maries Vortrag. »Was ist das denn für ein Wort?«

»Das ist deutsch«, sagte Marie. Sie las weiter vor: »… an Angehörige über Kriegs- und Zivilgefangene sowie Wehrmachtsvermisste und Zivilverschleppte, über Kinder, die von ihren Familien getrennt worden sind, und über Insassen der ehemaligen sowjetischen Speziallager.«

»Das weiß ich ja alles überhaupt nicht«, sagte Juli.

»Und du bist auch gar keine Angehörige.«

»Und Frau Lensky auch nicht. Sie war ja nur Gustavs Nachbarin. Aber sie waren ineinander verliebt. Und sie hätten bestimmt geheiratet, wenn der Krieg nicht gewesen wäre. Das muss doch auch irgendwie gelten.«

»Moment!«, rief Marie. »Hier steht noch: Bei allen anderen Suchanfragen erfolgt eine Prüfung im Einzelfall, ob überhaupt eine Auskunft erteilt werden darf und ob diese gegebenenfalls gebührenpflichtig ist.«

»Geld ist mir egal.«

»Das ist schon mal gut«, sagte Marie. »Wenn du es versuchen willst, müssen wir so ein Formular ausfüllen. Gesucht wird: Vorname, Familienname.« Sie stockte. »Da fängt das Problem schon an … Außerdem: Geburtsdatum, Geburtsort.«

»Das geht«, sagte Juli, »Geburtsort ist Königsberg …«

»Das heutige Kaliningrad«, fügte Marie hinzu.

»… und wann Gustav Geburtstag hat, das weiß Frau Lensky vielleicht noch.«

»Beruf, Familienstand, Vorname des Vaters, Vorname der Mutter. Heimatanschrift am 1.9.1939.«

Juli notierte sich alles auf einem Blatt Papier. »Auch das weiß Frau Lensky vielleicht.«

»Datum – sofern nicht bekannt: Jahr – der letzten Nachricht.«

»Sie hat Gustav ja noch gesehen«, sagte Juli, »sie weiß zwar nicht mehr, wo genau und wie lange das her ist, aber er war schon ein bisschen grau an den Schläfen.«

Marie schüttelte bedauernd den Kopf. »Max war noch keine dreißig, als er die ersten grauen Haare bekommen hat. Das hilft uns leider nicht wirklich weiter.«

»Aber es steht ihm gut«, sagte Juli.

Marie lächelte. »Find ich auch.« Sie wandte sich wieder dem Computer zu. »Dann wollen sie noch den Grund der Suche wissen.«

Juli überlegte. Sie dachte an Hans Habakuk und Dieter Vallentin, an Martha Zeising und Emil Faber. Wonach hatte sie bei ihnen gesucht und warum?

»Wenn ich es genau überlege«, sagte sie schließlich, »ist Schicksalsklärung doch gar kein so schlechter Grund.« Denn das klang, als wäre es tatsächlich möglich, einen dichten Nebel beiseiteschieben zu können wie einen schweren Vorhang.

»Das stimmt. Aber vielleicht müssen wir noch etwas dazusagen, wenn wir schon nichts Genaueres über Gustav Schuhmann wissen. Irgendetwas, das der Sache mehr Gewicht gibt«, schlug Marie vor. »Wichtige Personalie. Familienzusammenführung. Erinnerungskulturbeitrag. So was wollen die bei der Bundesregierung bestimmt hören.«

Juli dachte an Martha Zeising, wie sie neben ihr im Lieferwagen gesessen hatte, leise und friedlich. »Jetzt kann das alles endlich ruhen«, hatte sie gesagt. Juli dachte an das Gesicht von Hans Habakuk, das erlöst worden war von einem Schmerz, der sich jahrzehntelang hineingegraben hatte. Sie dachte sogar an Karl Bulka, der sich an eine dunkle Vergangenheit klammerte. Und dann dachte Juli an das Wort, das große, an das sie schon einmal gedacht hatte. Um dieses Wort ging es, auch jetzt, bei Anna Lensky und Gustav Schuhmann, mit oder ohne H. Und deshalb wusste Juli nun, was der Grund ihrer Suche war.

»Vergebung.«

* * *

AM NÄCHSTEN NACHMITTAG saß Juli am Küchentisch. Neben ihr lag das schwerste Buch, das sie hatte finden können, der Atlas, der ihnen geholfen hatte, Emil Faber zu finden. Und genau in der Mitte, zwischen Madagaskar und Mosambik, lag nun Oskars Schneeglöckchenstrauß, so wie Frau Lensky gesagt hatte, damit die feinen schmalen Kelche schön blieben. Juli strich über den Buchdeckel. Sie wollte Gustav Schuhmann finden, und ein Atlas allein würde ihr dabei keine Hilfe sein. Sie würde Frau Lensky brauchen und einen wachen Moment, in dem sie sich noch einmal erinnerte, und zwar an möglichst vieles. An eine Adresse, ein Geburtsdatum, an das Jahr, in dem sie ihn zuletzt gesehen hatte. Aber Juli wusste nicht, wie sie das anstellen sollte, denn die wachen Momente, so viel war klar, die kamen und gingen, wie sie wollten, das konnte man nicht erzwingen, Juli nicht und Frau Lensky auch nicht.

Julis Gedanken drehten sich im Kreis, so wie die Weihnachtspyramide, und gerade wollte sie aufstehen und sich einen Pudding kochen, da läutete es. Nicht einmal, nicht zweimal. Es läutete Sturm.

Kaum hatte Juli die Tür geöffnet, da sah sie ihn schon mit wehendem Mantel die Treppe heraufkommen. Er nahm immer zwei Stufen auf einmal, und das ging schneller, viel schneller. Fast sah es so aus, als würde er fliegen. Schon stand er vor ihr, groß und schön, mit rosigen Wangen und einem Glanz in den Augen. Er sprach nicht, er zog sie nur an sich und hielt sie fest.

Juli atmete seinen Duft, Sandelholz und Bergamotte, sie spürte das Herz schlagen unter dem schwarzen Stoff, und auch das Herz nahm zwei Stufen auf einmal, so hörte es sich an. Sie fühlte den Bauch, der sich dehnte und wieder straffte, und das Schlüsselbein unter seiner Haut. Sie schmiegte sich hinein, in das alles, mit dem sie sich auskannte und auch wieder nicht. Und sie dachte, wie wunderlich die Sehnsucht doch war. In dem Moment, wo sie hätte vergehen müssen, weil er endlich wieder bei ihr war, da wuchs sie noch einmal. Wie eine Welle, die sich in Juli auftürmte.

Oskar küsste ihr Haar, ihr Ohr, ihre Halsbeuge. Er schob eine Hand unter ihr Kinn und hob es an, ein Stück nur, und küsste ihren Mund. Und da spürte Juli, wie die Welle sich tosend und schäumend über ihr brach und sie mit einer Wonne umspülte, von der sie nicht geahnt hatte, dass es so etwas gab. Und sie fasste an, fest und innig.

»Du bist mitgefahren, die ganze Zeit«, flüsterte Oskar.

»Du bist hiergeblieben, die ganze Zeit«, flüsterte Juli.

Sie schaute ihn an. Schaute genau hin. Etwas war anders. Der Schatten war fort. Nicht, weil es Oskar gelungen wäre, ihn zu verbergen. Juli sah es in seinem Blick. Es war ein Leuchten darin, ruhig und friedlich.

»Ist etwas passiert?«

»Das kann man wohl sagen!« Er lachte, und auch das Lachen war anders, kein bisschen bitter.

»Willst du es mir erzählen?«

»Ja!« Er küsste sie noch mal. »Aber erst habe ich eine Überraschung für dich.« Er löste sich von ihr, legte einen Arm auf den Rücken, den anderen streckte er vor und verneigte sich. »Gnädige Frau, darf ich Sie höflichst ersuchen, sich anzukleiden? Wir gehen aus.«

Juli staunte. Und dann schaute sie an sich hinunter.

Sie war schon lange nicht mehr aus gewesen. Richard hatte sie einmal in ein Restaurant geführt, in dem alles auf Französisch gewesen war, die Speisen, die Weine und auch die Kellner. Juli hatte kein Wort verstanden, Richard hatte für sie bestellt, ohne sie zu fragen, das hatte Juli sehr unhöflich gefunden. Und dann hatten sie etwas gegessen, von dem sie gar nicht gewusst hatte, was es war, es hatte auch nach nichts geschmeckt, das sie gekannt hätte, Huîtres, Crevettes, Escargots, und es war ihr ein Rätsel gewesen, warum Richard jedes Mal, wenn er einen Bissen genommen hatte, so verzückt und so bedeutungsvoll ausgesehen hatte, als würde er gerade etwas kolossal Spektakuläres in sich hineinkauen.

Deshalb war Juli nicht sicher, ob das nun eine gute Überraschung war, die Oskar für sie hatte. Doch Oskar war nicht Richard, so viel stand fest, und außerdem hatte sie Zutrauen. Aber nichts zum Anziehen.

Sie trug ein Wickelkleid, dunkelblau mit weißen Margeriten, nur eine Margerite, ausgerechnet da, wo sie jeder sah, war nicht mehr weiß. Himbeermarmelade, die ging nicht mehr raus. Juli schaute auf den Fleck, dann zu Oskar und wieder zurück.

»Sie sehen fabelhaft aus. Ein Mantel genügt.«

Juli lachte und holte ihren Mantel, Oskar half ihr hinein. Dann gingen sie die Treppe hinunter und zur Tür hinaus, auf die Straße, und dort stand eine lange, schwarze Limousine. Oskar öffnete die Beifahrertür.

»Darf ich bitten?«

Juli stieg ein. Drinnen duftete es nach Leder, nach Pfefferminzbonbons und Politur und noch nach etwas anderem. Sie schnupperte.

»Meeresbrise«, sagte Oskar. »Damit wird die Luft automatisch parfümiert.«

Er drehte den Zündschlüssel, der Motor schnurrte, der Wagen rollte, und leise Musik kam irgendwoher.

»You are a sky full of stars.«

Oskars Hände umfassten das Lenkrad, kühn und sacht, so wie Juli es sich vorgestellt hatte. Dann fuhren sie durch die Stadt und aus ihr hinaus, wieder sprachen sie nicht, sie fuhren einfach durch das Dunkel, und es war ein behagliches Schweigen. Jemand sang: »I'm gonna give you my heart.«

Juli spürte den Stoff von Oskars Jeans unter ihrer Hand, er legte seine Hand in ihre, hielt sie fest, und mit der anderen lenkte er, das ging. Juli schaute in sein Gesicht, das wieder und wieder im Schein der Laternen aufleuchtete. Manchmal wandte Oskar sich nach links, um in den Seitenspiegel zu sehen, manchmal drehte er an einem Knopf. Und da verstand Juli, warum er gern unterwegs war. Es fühlte sich an wie ein Gleiten auf Kufen, fast lautlos und so leicht, man musste nur die Augen offen halten und die Straße im Blick. Sie führte irgendwohin, es war nicht wichtig. Wichtig war nur, dass Juli neben ihm saß und ihn ansah.

»You get lighter the more it gets dark.«

Und dann waren sie da. Oskar hielt auf einem großen Parkplatz. Er stieg aus, ging um den Wagen herum und öffnete für Juli die Beifahrertür.

»Gasthof Engel« stand auf dem Schild, das Haus war aus Fachwerk, in den Fenstern hingen karierte Gardinen, zwei Tannen mit bunten Kugeln schmückten den Eingang. Oskar nahm Juli bei der Hand, ihre Schritte krachten leise auf dem Kies. Drinnen strömte ihnen Wärme entgegen, Licht und fröhliches Gewirr.

Oskar sprach mit einer Kellnerin, sie trug eine Schürze, so kariert wie die Gardinen, und einen rüschenbesetzten Ausschnitt, den sogar Marie gewagt gefunden hätte. Die Kellnerin deutete auf einen kleinen Tisch, an den genau sie beide passten, Juli links, Oskar rechts.

Die Kellnerin brachte die Karte, das war eine kleine Schiefertafel, auf der mit Kreide die Speisen standen. »Wir haben außerdem Schlutzkrapfen, Blunzengröstl und gefüllte Paradeiser im Angebot.«

»Aha«, sagte Juli.

Oskar lachte. »Ich versteh kein Wort.«

»Vielleicht erst mal einen Aperitif?«, fragte die Kellnerin.

»Trinkst du einen Sekt mit mir zur Feier des Tages?«

Juli wusste zwar nicht, was genau sie feierten, aber sie nickte trotzdem.

»Wir haben einen schönen Schlumberger.«

»Aha.« Oskar unterdrückte ein Kichern. »Dann bitte zweimal.« Er wandte sich wieder Juli zu. »Ich dachte, wenn du schon nach Wien mitgefahren bist, dann musst du ja auch unbedingt österreichisch essen.«

»Das ist eine gute Idee.« Juli deutete auf die Schiefertafelkarte. »Wiener Schnitzel, Tafelspitz, Schweinsbraten, das verstehe ich.«

»Magst du denn etwas davon?«

Juli las weiter. »Geselchtes.«

»Was ist das?«

»Das wollte ich schon immer mal essen, seit ich als Kind ›Das doppelte Lottchen‹ gelesen habe. Kennst du das?«

Oskar schüttelte den Kopf.

»Das sind Zwillinge, die nicht wissen, dass sie Zwillinge sind. Später dann schon. Die eine wohnt bei der Mutter in München, die andere beim Vater in Wien. Und der Vater, der Herr Kapellmeister Palfy, der isst Geselchtes im Hotel Imperial.« Juli wurde ernst. »Ich hab mir immer vorgestellt, ich hätte auch so einen Vater. So einen Kapellmeister, der hinreißende Musik komponiert und in einem schicken Hotelrestaurant Geselchtes isst. Obwohl ich gar nicht wusste, was das ist.«

Oskar nahm ihr Gesicht in beide Hände, dann küsste er ihre Mundwinkel, erst den linken, dann den rechten, und schon konnte Juli wieder lächeln.

»Dann nimmst du das natürlich«, beschloss Oskar.

»Und du?«

»Schnitzel. Ich war fünf Tage in Wien und habe nicht ein Wiener Schnitzel gegessen, kannst du dir das vorstellen?«

Die Kellnerin brachte zwei Gläser, hoch und schmal und hauchdünn, in denen der Schlumberger schwankte.

»Einmal das Geselchte, bitte«, sagte Juli.

»Und ein Wiener Schnitzel.«

»Sehr wohl.«

Oskar hob sein Glas, Juli ihres, sie hörte die winzigen Bläschen klimpern, und dann stießen sie an. »Auf dich.«

»Warum nur auf mich?«

»Weil …« Oskar setzte sich gerade und bog die Schultern zurück, es sah aus, als wolle er eine Rede halten, und ein bisschen war das auch so. »Weil ich gar nicht weiß, wie ich mich sonst bei dir bedanken soll.«

Juli wartete. Und schaute in seine Augen, auf seinen Mund, der sich öffnete und wieder schloss, er rang mit etwas, mit Worten und auch mit einem Gefühl, das ihm im Hals steckte. Und das war kein Wunder, wenn man wie Oskar daran gewöhnt war, alles für sich zu behalten. Aber jetzt wollte alles hinaus, es drängelte und schubste in ihm, das konnte sie sehen.

Oskar holte Luft, und dann kam das Gefühl vor dem Wort, es färbte die Lider und bleichte die Wangen und ließ die Lippen zucken.

Da nahm Juli sein Gesicht in beide Hände und küsste die Mundwinkel, erst den linken, dann den rechten, und schon konnte Oskar wieder lächeln.

Er nahm ihre Hand, ganz fest. »Als ich noch unterwegs war, hat meine Mutter angerufen. Das macht sie sonst nie. Sie hat gesagt, dass sie mir etwas erzählen muss. Es klang wichtig, deshalb bin ich heute Mittag, als ich aus Wien zurück war, sofort zu ihr gefahren. Ich dachte natürlich, es ist was Schlimmes. Und das ist es ja auch. Aber auch wieder nicht. Ich weiß jetzt, was sie all die Jahre gequält hat. Als ich zu ihr kam, lag ein Umschlag für mich auf dem Tisch im Wohnzimmer. Sie hat alles aufgeschrieben, was sie vom Krieg und von der Flucht noch wusste. Wohl auch, weil sie befürchtete, sie könnte es wieder vergessen. Aber die Erinnerung war ganz klar. Und auch ihre Schrift.« Oskar schmunzelte, auch ein bisschen wehmütig. »Sonst krakelt sie immer so.« Er streichelte Julis Hand. »Sie hat auch geschrieben, dass du gesagt hast, dass sie mir alles erzählen soll. Die Frau, die ihr die Rose geschenkt hat.« Er schaute Juli an, selig und dankbar. »Wie hast du das gemacht? Wie hast du sie zum Sprechen gebracht?«

»Mit Zwieback«, sagte Juli.

Oskar hob eine Augenbraue.

»Es war Zufall.«

Oskar hob die andere Augenbraue.

»Wirklich.«

»Das glaube ich nicht. Wer so lange schweigt, lässt sich von einem Zufall oder einem Zwieback nicht erweichen. Das hat etwas mit dir zu tun. Sie hat dir vertraut.« Er hob die Schultern. »Offenbar mehr als mir.«

»Ich weiß, wie das ist. Meine Mutter hat immer geschwiegen. Ich habe sie nie erweichen können. Sie war hart.«

»Und warum?«

»Das weiß ich nicht. Es gab etwas, worüber sie nicht sprechen wollte. Oder konnte. Das habe ich gespürt, bis zum Schluss. Du hast es bei deiner Mutter ja auch gespürt.«

»Immer.«

»Und es war noch nicht zu spät.«

»Nein.« Er küsste sie. »Was für ein Glück. Ohne dich wäre es vielleicht zu spät gewesen.«

Juli ging nicht darauf ein. »Sie war wach in dem Moment. Wach und ganz bei sich. Mit diesen Bildern in ihrem Kopf. Die hat sie ihr Leben lang vor sich gesehen, glaube ich. Die waren nie weg.«

»Was für eine Last.«

»Sie wird schwerer, mit der Zeit. Darum wird auch das Sprechen immer schwieriger.«

»Und alles andere auch. Die Ehe ist daran zerbrochen. Mein Vater hat sie deshalb verlassen. Und ihr Sohn …« Er zögerte. Dann lachte er, und diesmal klang es wieder ein bisschen bitter. »Der schlägt sich so durch.«

»Er schlägt sich aber ganz gut.«

Oskar grinste. »Findest du?«

Juli hob ihr Glas noch einmal. »Auf dich.«

»Nein. Auf uns!«

Juli trank einen großen Schluck.

Und dann brachte die Kellnerin zwei Teller. Auf einem das Schnitzel, das wie eine knusprige braune Wolke aussah, die über den Teller ragte. Und auf dem anderen das Geselchte, ein großes Stück Rauchfleisch, das nach Wacholder, Lorbeer und Majoran duftete.

Juli genoss jeden Bissen. Und dabei dachte sie, was für ein Glück es war, dass sie sich geirrt hatte. Das, woran sie sich hielt, würde nicht wieder aus ihrem Leben verschwinden. Marie, ihre Freundin, und Max, ihr Freund. Sie würden bleiben. Und auch Oskar. Vielleicht würde er wieder fahren, tausend Kilometer weit fort, aber er würde zurückkommen, so wie er auch jetzt zurückgekommen war. Und für sie, Juli, gab es noch etwas zu tun. Sie würde Gustav Schuhmann finden, irgendwie, irgendwo, und sie würde damit alles in Ordnung bringen, vielleicht sogar drei Leben auf einmal. Aber das sollte eine Überraschung sein, und deshalb beschloss Juli, Oskar noch nichts davon zu erzählen. Sie spürte, wie es in ihr hüpfte, das Glück, und zum Glück ließ es genug Platz für das Geselchte und auch für den Erdäpfelsalat.

* * *

ES WAR NOCH nicht spät gewesen, als Oskar sie wieder nach Hause gefahren hatte in seiner langen, schwarzen Limousine, und wieder hatten sie geschwiegen. Vielleicht, weil sie wussten, dass noch die ganze Nacht vor ihnen lag, und weil das wie ein Versprechen war, über das man gar nichts sagen musste. Eine stille Übereinkunft.

Oskar hatte vor Julis Haus geparkt und ihr galant die Hand zum Aussteigen gereicht, und dann war er an ihrer Seite durch den Hof gegangen und die Treppe hinauf, bis zu ihrer Wohnung. Juli hatte die Tür geöffnet, sich zu ihm umgedreht und ihn angeschaut, den großen, schönen Mann.

Sie hatte nicht gefragt, ob er noch mit reinkommen wollte. Und auch er hatte nicht gefragt. Er hatte nur einen Schritt vorwärts getan, und Juli einen Schritt rückwärts. So war es gegangen, wie von alleine, vorwärts, rückwärts und immer so weiter, in die Wohnung hinein, in das Zimmer, in dem das Bett stand. Hier war es dunkel gewesen. Trotzdem hatte Juli alles sehen können, sogar mit geschlossenen Augen. Sie hatte sehen können, wie er war unter den Kleidern, die er trug und die er eilig auf den Boden warf. Vertraut und doch auch immer noch fremd.

Ein Knopf war von seinem Hemd gesprungen und irgendwohin gerollt. Sie hatten kichern müssen. Kurz nur, denn zum Kichern war es nicht der Moment gewesen.

Juli hatte die Arme gehoben und den Stoff gespürt, der über ihr Gesicht gestrichen war, über die Haare, und leise geknistert hatte. Dann hatte sie vor ihm gestanden, unbedeckt und doch nicht unbeschützt. So hatte sie sich noch nie gefühlt.

Oskar hatte sie auf das Bett gehoben und sich dazugelegt, ganz dicht neben sie. Etwas hatte geknarrt, etwas hatte geklirrt. Juli hatte aufgehorcht. Doch dann hatte Oskar sich bewegt, sanft, so ungeheuer sanft, und da war es Juli unmöglich gewesen, noch etwas zu hören außerhalb der Welt, in der sie nun versunken war.

Als sie wieder auftauchte, lag ihr Kopf auf seiner Brust, sie hörte ihn atmen, tief und nah. Er fuhr durch ihr Haar, küsste es und fragte leise: »Was war das eigentlich für ein Geräusch?«

Juli lauschte.

»Ich meine, vorhin. Da war so ein Klirren.« Oskar drehte sich auf die Seite, schaute über den Bettrand. »Da ist irgendwas runtergefallen.« Er beugte sich unters Bett. »Da liegt was.« Er streckte sich. »Ich komm nicht dran, es liegt genau in der Mitte.«

Jetzt schaute auch Juli unter das Bett, von der anderen Seite. Erst sah sie Oskars Kopf, dann einen Hemdknopf, Staubflocken, allerdings keine besonders kunstvollen, und schließlich etwas Dunkles, flach und glanzlos. »Warte.« Sie stand auf und kam mit einem Besen zurück.

»Schieb rüber«, sagte Oskar.

Und Juli schob.

Wieder klirrte es, Staub wirbelte auf, Oskar nahm den Knopf und auch das flache, glanzlose Ding. Er pustete darauf.

»Ein Schlüssel. Mit Klebeband dran.«

»Der hat unter dem Bett geklebt?«

»Offenbar.«

Der Schlüssel war etwa acht Zentimeter lang, aus Eisen, das ganz stumpf und schwarz geworden war, und er hatte einen Griff, der wie ineinander verschlungene Blätterranken aussah.

Juli dachte nach. In diesem Bett hatte schon die Großmutter gelegen und auch die Mutter. Eine von beiden musste den Schlüssel dort unten versteckt haben. Aber wann? Und wozu? Und wozu passte er?

Und plötzlich wusste sie es.

»Der Schrank!«

»Was für ein Schrank?«

»Der Schrank im Flur.« Kaum hatte Juli es gesagt, kam die Angst. Sie schluckte. »Ich kann das nicht.«

»Was?«

»Ich kann den nicht aufmachen.«

»Warum?«

»Ich …« Wie sollte sie erklären, dass sie sich vor einem Schrank fürchtete? Das war nicht normal, jedenfalls nicht, wenn man erwachsen und frei war und sein Leben lebte. Oder? Aber Juli fiel nichts ein, das sie hätte sagen können, und deshalb sagte sie einfach: »Ich hab Angst.«

Oskar sah nicht so aus, als würde ihn das wundern. »Ist es der Schrank deiner Mutter?«

»Der war schon immer da.« Juli hörte ihre Stimme zittern. »Seit ich denken kann.«

»Und du weißt nicht, was drin ist?«

Sie schüttelte den Kopf.

Oskar nahm den Schlüssel und stand auf.

»Du willst doch nicht etwa nachsehen?«

Oskar antwortete nicht. Er schlüpfte in seine Jeans, und dann ging er auf die Schlafzimmertür zu, durch sie hindurch und auf den Schrank zu. Er lief breitbeinig, wie zu einem Duell. Im Flur sah er an dem Schrank hoch, als überlegte er, wie er hinaufkommen sollte, aber das war gar nicht nötig. An zwei der drei Türen gab es ein Schloss. Oskar probierte den Schlüssel. Er passte. Oskar drehte ihn um, es quietschte. Er zog die Tür ein Stück auf. Es knarzte.

Juli wusste nicht, wohin mit sich und der Angst. Sie fühlte sich wie das Kind, das einst »Peter und der Wolf« gehört hatte. Als die ersten Töne der drei Hörner zu hören gewesen waren, die den Wolf angekündigt hatten, da hatte Juli sich versteckt, im Bett oder hinter dem Sofa, hatte die Augen zugekniffen, so fest sie nur konnte, und die Ohren zugehalten. Und gewartet, mit rasendem Herzen.

So tat sie es auch jetzt, hielt sich Augen und Ohren zu, sie konnte nicht anders, und deshalb sah sie nicht, wie Oskar sich vorbeugte, in den dunklen Schrank, erst den Kopf, dann die Schultern. Es schien, als sei der Schrank so groß, dass tatsächlich der ganze Oskar darin hätte verschwinden können.

»Schau mal!«

Juli öffnete die Augen.

»Keine Angst!«

Das sagte sich so leicht. Juli kroch aus dem Bett, langsam, fröstelnd. Sie zog sich an. Wenn sie sich schon dem Schrank und ihrer Angst stellen musste, dann wenigstens im Schutz ihrer Kleider. Ihr war, als liefe sie auf einem Seil. Das Herz hämmerte gegen die Rippen, der Atem wand sich durch ihren Hals, der Blick verschwamm. Aber sie zwang sich, die Augen offen zu halten.

Juli duckte sich. Streckte sich vor.

Eine Schranktür stand offen, weit ragte sie in den Flur. Oskar war nicht zu sehen. Juli wich zurück. Er war wirklich fort. Also hatte sie Recht gehabt.

»Hier ist nichts Böses!« Oskars Stimme klang nah und unverzagt.

Juli schaute zu Boden. Sah Oskars Füße, dann die Beine. Sie ging um die offene Tür herum. Da stand er und zeigte in den Schrank hinein. Auf Hemden, Hosen, Jacken, Mäntel und Krawatten. Sie hingen auf Bügeln an einer Stange, ordentlich aufgereiht und sortiert. Darüber, auf einem Brett, lagen Hüte, Wäschestücke, gefaltete Handtücher, Schals, Schlafanzüge.

Juli schnupperte. Es roch nach Eichenholz, nach getragener Wolle und, ganz schwach, nach Lavendel. Aber vor allem nach Vergangenheit.

Oskar nahm einen Mantel heraus und hielt ihn vor sich hin. »Das ist ein Herrenmantel, eindeutig.«

Juli machte noch einen letzten Schritt auf ihn zu. Streckte einen Arm aus und berührte den Stoff. Fischgrät, grau gemustert, steif und brüchig, ein Knopf fast lose. Juli strich an einem Ärmel entlang. Der Stoff kratzte. Sie hielt inne. Und dann entstand vor ihren Augen ein Bild.

Sie sieht einen Spielplatz zwischen Häusern. Die Schaukel, der Sandkasten, die Wippe, alles ist von Schnee bedeckt. Auf der Wiese stehen kahle, schwarze Bäume, an denen im Sommer saure Kirschen wachsen. Sie sieht zwei grobe Stiefel, und wenn sie sich umdreht, kann sie die einsame Spur verfolgen, die diese Stiefel in das Weiß graben. Sie sieht zwei Hände, die ihre Knie umschlingen. Vaters Hände. Ihr eigener kleiner Körper thront auf seinen Schultern, er wippt im Rhythmus der Schritte. Manchmal berühren ihre Hände den grau gemusterten Stoff, auf dem sie sitzt. Er kratzt, so wie der Teddybär aus Filz, den die Großmutter selbst genäht und ihr geschenkt hat.

Der Vater läuft über die Wiese, bis zu einem Baum, der in der Mitte steht. Dort fasst er sie unter den Armen und hebt sie, weit über sich, fast bis in den Himmel. Über ihnen ragt blass der Sonnenball. Der Vater lächelt, aber sie sieht, dass es kein fröhliches Lächeln ist.

Unvermittelt holt er Schwung und wirft sie hoch, höher noch als bis zur Krone des Kirschbaums. Sie sieht seine Hände, die ihr entgleiten, sie spürt den Wind, überall. Dann ist es, als stünde sie in der Luft. Ein kurzer Moment, in dem sich nichts regt, in dem alles still ist, so still und leblos, als wäre die Welt aus Gelee. Und dann fällt sie. Sie sieht die Hände, die nach ihr greifen. Vaters offenen Mund. Sie glaubt, dass er schreit. Und deshalb schreit sie auch, mitten im Fallen. Aber sie selbst hört ihren Schrei nicht, für sie bleibt alles stumm, der Vater, der Himmel und auch sie selbst. Sie schreit noch, als sie längst den kratzenden Stoff auf ihrer Wange spürt und das dumpfe Beben seiner Stimme an ihrem Ohr. Er sagt etwas, aber sie kann ihn nicht verstehen.

Juli schaute zu Oskar. Ihre Stimme klang heiser, so als hätte sie ewig nicht gesprochen. »Das sind die Sachen von meinem Vater.«

Oskar nickte.

»Seine ganzen Sachen.«

Juli wandte sich um, jetzt stand sie direkt vor dem offenen Schrank. Sie breitete die Arme aus, so weit sie konnte, und umfasste die Kleider, mit den Händen, den Armen, mit allem, was sie hatte. Ihre Knie gaben nach, und sie fiel, hinein in einen dunklen Schlund, so wie sie es immer geahnt hatte. Sie sank in die Kleider, die der Vater einst getragen hatte, und spürte, wie rau und fremd sie waren.

* * *

OSKAR HIELT SIE fest. Sie saßen auf dem Boden vor dem Schrank, Juli in seinem Schoß, bedeckt mit dem Mantel aus grauem Fischgrät, und sie ließ alles fließen – die Angst, die Sehnsucht und auch die Wut. Juli spürte, wie diese Wut in ihr aufstieg, von ganz unten, wo sie all die Jahre vergraben gewesen war unter der Angst und unter der Sehnsucht. Die Wut auf die Mutter und die Großmutter. Warum hatten sie die Dinge, die der Vater getragen hatte, vor ihr verborgen? Warum hatten sie die Erinnerung an ihn weggesperrt?

In diesem Schrank war die Zeit stehen geblieben. Alles war noch da. Juli stellte sich den Vater vor, den ernsten Blick, die schwarzen Locken, wie er auf den Schrank zuging und etwas daraus hervorholte, ein Hemd vielleicht, und es anzog, darüber ein Jackett. Wie er sich betrachtete in dem Spiegel, der an der Innenseite der Tür hing, wie er den Kragen zurechtrückte. So, als würde er, der Schriftsetzer, zur Arbeit in die Druckerei gehen, wie er es jeden Tag getan hatte, und am Abend zurückkehren. So, als wäre nichts geschehen.

Juli setzte sich auf und wischte die Tränen fort. Sie schaute Oskar an. Da war diese Frage in ihrem Kopf, es war nur ein Wort, und das sagte sie jetzt: »Warum?«

Oskar wusste, was sie meinte. »Ich weiß es nicht.«

Juli sah an dem Schrank hinauf. Die Angst war fort. Sie sah nur ein Möbel aus Eichenholz, hoch wie ein Riese und innen dunkel, doch eigentlich nichts, wovor sie sich hätte fürchten müssen. Aber da war noch etwas anderes. Eine Ahnung. Juli spürte, dass in diesem Schrank noch etwas sein musste. Der Grund für das Schweigen der Mutter. Und der musste schwerer wiegen als alle Kleider, die der Vater getragen hatte. So schwer, dass sie ihn weggesperrt hatte, vor ihrer Tochter und auch vor sich selbst.

Juli stand auf. Und schaute. So, wie Frau Zeising geschaut hatte, als sie dem Nachbarn begegnet war. Sie hatte gesehen, wie der Hüne schrumpfte. Und jetzt sah Juli auch den

Schrank schrumpfen. Sie lauschte in sich hinein. Und dann hörte sie es, das Ächzen, das Knacken, und dann sah sie es auch, das Splittern und das Bersten von Holz.

Sie ging in die Küche. Dort, in einer Truhe neben dem Ofen, hatte die Mutter sie aufbewahrt, das wusste Juli. Sie hatten sie nur selten gebraucht und in den letzten Jahren gar nicht mehr. Aber früher, als Juli noch ein Kind gewesen war, da waren sie jedes Jahr zu Weihnachten in den Bergwerkswald gegangen zu der Stelle, an der man Tannen selbst schlagen durfte. Niemals sonst hatte sie die Mutter so gesehen. Wie sie die Axt geschultert und dann ausgeholt hatte mit einer überraschenden Kraft. Juli hatte gesehen, wie sie einen Keil in den Stamm geschlagen hatte, mit einer Freude im Blick. Sie hatte das Holz ächzen gehört, und die Luft war erfüllt gewesen von dem Duft nach Harz, nach Schnee und auch ein bisschen nach Schweiß. Dann hatte sie das Knarren gehört, das Splittern, und hatte zugesehen, wie der Stamm nachgegeben hatte, wie er gekippt war, langsam erst, aber unaufhaltsam, und wie dann die Tanne, krachend und Flocken aufwirbelnd, in den Schnee gefallen war.

Juli öffnete die Truhe. Schob die Wolldecke beiseite, die obenauf lag, einen Beutel Holzkohle, einen Handbesen, ein altes Bügeleisen. Dann traf sie auf kalten, rostigen Stahl. Sie nahm die Axt heraus, schwer lag sie in der Hand. Sie ging zurück in den Flur. Oskar schaute ihr entgegen, er sah die Axt und dann die Wut und den Willen in Julis Augen, und er tat nichts weiter als einen Schritt beiseite.

Juli nahm die Axt in beide Hände, streckte die Arme, holte zur rechten Seite aus, mit aller Wucht, die in ihr war. Der erste Schlag traf eine Schranktür, in der nun ein schmaler Spalt klaffte. Der zweite traf den Rahmen, der splitterte. Wieder holte Juli aus, schlug zu, noch einmal und noch einmal. Sie hörte ihren Atem, ihr Keuchen, sie spürte das Beben in den Armen und auch im Herzen. Bruchstücke flogen ihr entgegen, sie trat beiseite, nur um dann umso entschlossener weiterzumachen. Und schließlich hörte sie einen Schrei und noch einen, und ihr ging auf, dass sie es war, die schrie bei jedem Schlag. Obwohl sie erschöpft war, schlug sie noch fester zu, sie schrie lauter, und irgendwann schaute sie gar nicht mehr hin. Jetzt ging die Axt sogar auf die Kleider nieder, auf die Hüte und die Hemden, sie schlug so lange zu, bis die Arme taub waren und das Schreien abflaute und die Wut verflog. Ihr Herz klopfte hämmernd und dröhnend die Kehle hinauf. Juli ließ die Axt sinken, stützte die Hände auf die Knie. Spürte den Schweiß auf der Stirn und im Nacken und eine Hand auf ihrem Rücken. Juli richtete sich auf, alles tat weh, die Arme, die Schultern und auch der Kopf. Sie schaute auf den Schrank, auf das, was von ihm übrig war, nur noch ein versehrter Rumpf. Davor lagen Kleider, manche in Fetzen, dazwischen hölzerne Trümmer. Die Hand auf ihrem Rücken bewegte sich. Juli wandte sich um, sah zwei Augen, tulpenzwiebelbraun, und ließ sich fallen. Oskar fing sie auf und ließ sie atmen, einfach nur das. Als sie wieder sprechen konnte, sagte Juli: »Das musste sein.«

»Ja.«

Sie sah auf. Er küsste sie, strich eine feuchte Strähne aus ihrer Stirn. »Heute ist wohl der Tag der Offenbarungen.« Er lächelte, irgendwie froh.

Juli kicherte. »Wie war das? Die Axt im Haus …?«

Oskar lachte. »… erspart hoffentlich nicht den Mann. Du bist wirklich eine gute Partie.«

»Ja?«

»Ja.«

Sie hielten einander. Dann lösten sie sich langsam und behutsam und schauten zu Boden, auf die Kleider und die Trümmer. Eine Schranktür hing noch halb in den Angeln, knarzte leise und schwang vor und zurück, als Oskar sie antippte. Er zog daran, es brauchte nicht viel, dann hielt er sie in der Hand. Hinter der Tür waren keine Kleider, sondern vier große Fächer, leer bis auf eines. Darin war ein Kasten, flach und eckig, kaum größer als eine Pralinenschachtel. Es war eine Zigarrenkiste aus dünnem, hellem Holz. Juli strich über den Deckel.

»Bevor ich die aufmache, brauche ich was zu trinken.«

Oskar fand, das war eine gute Idee.

Juli hätte jetzt gerne einen Magenbitter gehabt, obwohl ihr nicht schlecht war, nur leider hatte sie ja keinen im Haus. Aber es gab noch eine Flasche Rotwein, die hatte die Mutter einst zum Geburtstag geschenkt bekommen und gesagt, diese Flasche würde sie aufheben für einen besonderen Anlass. Den hatte es dann nicht mehr gegeben, doch jetzt war so einer.

Oskar betrachtete das Etikett, er pfiff durch die Zähne, und dann sagte er ein Wort, das Juli an ihren Besuch in dem französischen Restaurant erinnerte: »Château«, dann noch irgendetwas und eine Zahl, »neunzehnhundertachtundneunzig«. Das war so lange her, da hatte Juli noch nicht mal den Martin gekannt.

»Ist der denn noch gut?«

»Das werden wir gleich sehen.« Oskar trieb vorsichtig den Korkenzieher hinein, dann zog er langsam, bis der Korken mit einem leisen Ploppen heraus war.

»Riecht gut.« Oskar schenkte ihnen ein, dunkel wie der Saft schwarzer Johannisbeeren floss der Château Irgendwas in die kristallenen Gläser.

»Auf die Offenbarungen!«

Vor Aufregung war Julis Zunge wie taub, deshalb schmeckte sie gar nichts von Erde, Eichenholz und Lavendel, sondern sie trank das ganze Glas auf einmal aus, als wäre es Wasser.

Die schmale Kiste lag zwischen ihnen auf dem Küchentisch. Juli schluckte. Sie dachte an ihren Wunsch. Sie wollte den Grund für das beständige Schweigen der Mutter wissen, seit vielen Jahren schon. Vielleicht war der Grund in dieser Kiste. Vielleicht aber auch nicht. Mit dem Wünschen war es so eine Sache. Denn plötzlich wusste Juli nicht mehr, ob sie den Grund wirklich wissen wollte. Ob sie nicht alles im Gedächtnis behalten sollte, wie es gewesen war, seltsam vielleicht und bedrückend. Aber es war ja ihr Leben, und jetzt hatte es sich doch zum Guten gewendet. Genügte das nicht? Sie dachte an den Vers, den Oskar zitiert hatte, als sie Schlittschuh gelaufen waren. »Ein jeder Wunsch, wenn er erfüllt, kriegt augenblicklich Junge.« War das so? Zog die Erfüllung eines Wunsches gleich den nächsten nach sich? Konnte es so etwas wie Glück, wie inneren Frieden, also gar nicht geben? Vielleicht sollte sie diese Kiste einfach verbrennen, mit allem anderen, was von der Vergangenheit noch übrig war, mit den Kleidern und den Trümmern?

Sie schaute Oskar an. Er wusste nun, was seine Mutter gequält hatte. War es leichter, das zu wissen? Juli schaute genau hin. Oskars Gesicht war weich, offen und hell. Juli fand ihn noch schöner, wenn das überhaupt möglich war. Und weil das so war, hob sie den Deckel.

Obenauf lag ein Foto, es zeigte Juli, vielleicht ein Jahr alt, mit dem Vater und der Mutter. Es war Weihnachten, sie standen vor einem geschmückten Baum mit echten Kerzen daran, die Mutter hielt Juli im Arm, der Vater strich ihr über den Kopf.

»Wie eine richtige Familie.« Juli gab Oskar das Bild.

Er nickte.

Unter dem Foto lagen gefaltete Dokumente. Juli nahm eines heraus und öffnete es. »Heiratsurkunde« stand darauf. Juli las: »Der Schriftsetzer Gustav Paul Schumann, geboren am 5. November 1937 in Königsberg (Pr), Beurkundung nicht nachgewiesen, und die kaufmännische Angestellte Elise Mahlo, geboren am 23. Januar 1947, haben am 20. September 1977 die Ehe geschlossen.«

Juli fühlte eine heiße Welle in sich aufsteigen. Schumann. Gustav Schumann aus Königsberg. Aber ohne H. Wie viele Gustav Schumanns mochte es damals in Königsberg gegeben haben? Vielleicht mehr als einen, dachte Juli. Und ihr Vater wurde Paul genannt, niemals hatte sie jemanden Gustav sagen hören.

Oskar sah die Angst in ihrem Blick. »Was ist?«

Juli schwieg. Sie nahm den zweiten Bogen heraus, faltete ihn auseinander. »Gustav Paul Mahlo, geb. Schumann, ist am 16. Dezember 1981 um 17.10 Uhr verstorben. Der Verstorbene war geboren am 5. November 1937 in Königsberg (Pr). Der Verstorbene war verheiratet mit Elise Mahlo.«

Juli stutzte.

»Warum sagst du nichts?«

Sie spürte Oskars Hand auf ihrem Arm und schaute auf. Wortlos gab sie ihm die Papiere.

»Er hat den Namen seiner Frau angenommen«, sagte Oskar. »War das nicht eher unüblich, auch noch Ende der Siebzigerjahre?«

Das wusste Juli nicht. Und sie wusste auch nicht, warum der Vater das getan hatte.

»Königsberg.« Oskar zeigte auf den Eintrag. »Er stammte aus Königsberg. Wie meine Mutter.«

Juli nahm die Flasche und schenkte sich nach, so lange, bis der Wein fast über den Rand lief. Und dann trank sie. Aber der Verdacht, der in ihrer Kehle saß, ließ sich nicht hinunterschlucken.

»Was für ein Zufall.« Oskar schüttelte den Kopf. »Meine Mutter ist 1939 geboren. Womöglich kannten die beiden sich sogar.«

Juli sah ihn an. Warum wirkte Oskar so ahnungslos? Warum machte ihn der Name Gustav Schumann nicht misstrauisch? Hatte er ihn etwa noch nie gehört?

»Was hat dir deine Mutter erzählt? Von damals, meine ich.«

»Sie hat von der Flucht geschrieben, von einem Nachbarsjungen und seiner kleinen Schwester, die gestorben ist. Und dass sie glaubt, sie und der Junge seien daran schuld gewesen.«

»Weil sie von dem Zwieback gegessen hat, der für die Schwester bestimmt war.«

»Ja. Mehr nicht.«

»Kam auch ein Gustav in dem Brief vor? Oder eine Johanna?«

»Nein.« Oskar hob die Schultern. »Vielleicht sind ihr die Namen nicht mehr eingefallen.«

Oder sie hat sich gar nicht an die richtigen Namen erinnert, dachte Juli. Vielleicht hat es gar keinen Gustav Schuhmann gegeben. Vielleicht hat Frau Lensky sich diesen Namen nur eingebildet? Oder er hatte zu jemand ganz anderem gehört?

Oskar neigte den Kopf. »Warum fragst du? Denkst du auch, sie könnten sich gekannt haben?«

»Ich weiß nicht.«

In der Schachtel lag noch ein schmaler Stapel Papiere. Juli hatte gleich gesehen, dass es ein Brief war, eine zittrige, trübe Schrift aus blauer, schon leicht verblasster Tinte. Als sie die Seiten entfaltete, knackten sie leise. Sie sah das Datum, das in der oberen rechten Ecke stand. »7. Dezember 1981.« Neun Tage bevor der Vater gestorben war. Sie las die Anrede. »Meine Elise.« Und da wusste Juli, dass sie nun den Grund für das undurchdringliche Schweigen der Mutter erfahren würde.

Sie straffte den Rücken, wie man es tat, wenn man sich wappnete.

Meine Elise,
wenn Du diesen Brief liest, werde ich nicht mehr sein. Ich weiß, dass es zu Ende geht, ich sehe es nicht nur in Deinen Augen und in den Blicken der Ärzte, ich spüre auch,

wie meine Kräfte schwinden, jeden Tag und jede Nacht ein bisschen mehr. Bald wird nichts mehr übrig sein. Ich weiß, dass ich aus diesem Bett nicht mehr aufstehen werde. Aber ich weiß auch, dass es besser so ist, für alle. Auch für unser Kind, für Juli, vor allem für sie. Ich bin ihr kein guter Vater und würde nie einer sein.
Wie oft hast Du mich gefragt, was mit mir ist. Warum ich so traurig und so verschlossen bin. Ich habe gesehen, wie verzweifelt Du warst, manchmal auch wütend. Ich habe Dich verstanden, aber ich konnte nicht darüber sprechen. Ich hatte zu viel Angst und zu viel Scham. Seit es Juli gibt, sind die Angst und die Scham noch größer geworden. Denn immer, wenn ich sie anschaue, sehe ich Johanna, meine kleine Schwester.
Mutter hat mir gesagt, ich kann nichts dafür, dass sie gestorben ist. Aber das ist nicht wahr. Sie weiß nicht, was geschehen ist. Es gibt nur einen einzigen Menschen auf der Welt, der weiß, was wirklich passiert ist. Und jetzt sollst Du es auch wissen. Wenigstens das kann ich noch für Dich tun, solange ich die Kraft habe, einen Stift zu halten.
Johanna war elf Monate alt, als wir Ende Januar 1945 aus Königsberg fliehen mussten. Es war grausam kalt, minus zwanzig Grad oder noch kälter, und es stürmte. Ich sollte auf Johanna aufpassen. Ich war ja der einzige Mann im Haus, so hat es Mutter immer zu mir gesagt. Dabei war ich doch noch ein Kind. Aber das zählte nicht. Vater war im Krieg, und wir hatten seit Monaten nichts von ihm gehört.

Es gab zwei Pferdefuhrwerke, auf dem einen waren Großmutter, Mutter und Tante Elisabeth, auf dem anderen waren unsere Nachbarn: Anna und ihre Mutter. Anna war gerade sechs geworden, wir hatten vor wenigen Tagen noch ihren Geburtstag zusammen gefeiert. Ich war verliebt in sie. So, wie man eben verliebt ist mit gerade mal sieben Jahren. Ich habe ihr Bonbons geschenkt und flache Kieselsteine, die man übers Wasser springen lassen kann. Ich wollte auch Anna beschützen. Ihr Vater war ebenfalls an der Front, niemand wusste, wo genau. Ich wollte groß und stark für sie sein. Deshalb bin ich mit ihr auf dem Pferdewagen gefahren, mit Johanna im Arm …

Juli schaute auf. Sie sah in Oskars Augen. Die Augen seiner Mutter Anna Lensky. Anna aus der Geschichte ihres Vaters. Oskar war ihr Kind. Und Juli war das Kind von Gustav Schumann.

Ihr war, als drehte sich die Welt, schnell, immer schneller. Die Konturen verschwammen, lösten sich auf, der Boden unter ihr gab nach. Sie schwankte, spürte Oskars Hand, seinen festen Griff. Aber das Schwanken ging weiter und das Drehen auch.

Oskar nahm den Brief, Juli wehrte sich nicht. Sie hörte seine Stimme, vertraut und doch fremd, erst aus weiter Ferne, dann näher kommend, immer näher. Die Welt hielt an. Juli war schwindlig. Sie regte sich nicht. Oskar würde weiterlesen, und sie würde zuhören, bis zum Schluss. So würden sie es zu Ende bringen.

Ich weiß nicht mehr, wie lange wir fuhren. Ich weiß nur noch, dass wir über das gefrorene Haff wollten und dann weiter mit einem Schiff, so hatte es Mutter gesagt. Es war furchtbar kalt, und wir hatten nicht genug Vorräte. Ich wollte Johanna die Milch geben, die Mutter in eine Flasche gefüllt hatte, aus der sie trinken konnte. Doch das ging nicht, die Milch war gefroren. Ich habe versucht, sie zu schmelzen, sie irgendwie aufzuwärmen, unter meinem Mantel, sogar unter meinem Pullover, aber vergeblich.
Ich höre immer noch, wie Johanna schreit. Wie laut sie schreit. Und ich sehe noch, wie blau ihre Lippen sind. Immer, wenn ich blaue Blumen in unserem Laden sehe, Veilchen, Hyazinthen oder Rittersporn, dann muss ich an diese Lippen denken.
Anna und ich hatten auch Hunger. Aber es gab nichts mehr außer ein paar Zwiebackscheiben. Ich habe Anna eine gegeben und selbst auch eine gegessen. Als ich gesehen habe, wie Anna mich anlächelt, wie froh sie ist, etwas zu essen zu haben, habe ich ihr noch eine gegeben. Nie werde ich ihren Blick vergessen. Diesen Hunger, diese Gier. Wir konnten nicht mehr aufhören. Wir haben alles aufgegessen. Alles. Von Johannas Zwieback. Ich hätte das niemals tun dürfen. Ich hätte ein richtiger Mann sein müssen.
Dann war Johanna tot. Vielleicht würde sie noch leben, so wie Anna und ich noch leben, wenn sie hätte essen können. Wenn sie der Kälte etwas hätte entgegensetzen können, auch wenn sie so klein und zart war.

Mutter hat sie genommen, meine tote Schwester, und sie am Wegrand hingelegt, als wäre sie nur ein Bündel Kleider. Wir konnten sie nicht begraben, es gab nur Eis und Schnee. Wir haben sie einfach dort liegen gelassen und sind weitergefahren. Wir mussten ja weiter. Dieses Bild hat sich tief in mich eingebrannt. Und auch die Augen meiner Mutter. Dieser leere, entseelte Ausdruck darin. Sie hat nicht mal geweint, glaube ich. Sie war wie betäubt. Ich habe ihr nie gesagt, was wir getan haben. Ich konnte es nicht. Und Anna hat es auch niemandem erzählt, das weiß ich, das sehe ich. Ich bin ihr vor einigen Wochen zufällig auf der Straße begegnet. Wir konnten uns kaum anschauen. Es hat sich nichts geändert. Was für eine wunderliche Laune des Schicksals, dass wir wieder in derselben Stadt wohnen. Nach der Scheidung ist sie mit ihrem Sohn hierher zurückgezogen. Er ist ein bisschen älter als Juli …

Oskar hielt inne. Er sah Juli nicht an, er nahm nur die Flasche und goss sich ein, so viel, wie in das ganze Glas hineinging. Dann trank er es in einem Zug, fuhr sich über den Mund.

Ich weiß nicht, wie Annas und meine Familie es in all den Monaten der Flucht geschafft haben zusammenzubleiben. Ich habe keine Vorstellung mehr davon. Ich fühle nur Taubheit, wenn ich an die Zeit denke. Diese Taubheit hat mich nie verlassen. Und auch nicht die Schuld, die ich auf mich geladen habe. Sie ist zu schwer für mich, ich ertrage das nicht mehr. Ich muss jetzt endlich der Mann

sein, der ich nie war, und mich dem stellen, was mich erwartet.
Die Kälte und der Schnee dieser Tage kommen mir vor wie Fügung. Ich kann Dir nicht sagen, was mich an diesem finsteren Morgen in den Bergwerkswald auf den Teich getrieben hat. Ich habe nur einen Fuß vor den anderen gesetzt, so wie ich es schon ein Leben lang tue, immer einen Fuß vor den anderen. Es war noch dunkel, ich habe das Knirschen meiner Schritte gehört, und ich habe gespürt, wie das Eis dünner wurde. Aber ich bin weitergegangen, und auf einmal stand ich in der Mitte des Teiches, so wie damals auf dem Haff. Alles war still, niemand war zu sehen. Ich weiß nicht, wie lange ich dort gestanden habe. Ich habe nichts gespürt, nicht die Kälte, nicht den Schnee. Ich habe nur an Johanna gedacht, an das kleine Bündel. Aber irgendwann muss ich mich bewegt haben. Ich habe gesehen, wie das Eis unter mir brach. Und ich habe mich nicht gewehrt. Ich war bereit. Wenn der Spaziergänger mit seinem Hund nicht gewesen wäre – noch so eine wunderliche Laune des Schicksals –, dann wäre ich schon dort, wo Johanna längst ist. Aber ich gehe jetzt dorthin, es gibt kein Zurück mehr. Es dauert nicht mehr lange, das spüre ich. Der Atem schmerzt, ich höre ihn rasseln, ich spüre, wie der Krebs in mir wuchert. Und im Spiegel Deiner Augen sehe ich, wie bleich und schwach ich längst bin.
Wie hättest Du mich lieben sollen, wenn Du gewusst hättest, was ich getan habe? Das hättest Du nicht gekonnt. Niemand hätte das gekonnt. Ich konnte es ja auch nicht.

Vergib mir, meine Elise, ich liebe Dich, und ich liebe Juli, unser Kind. Gib gut auf sie acht und auch auf Dich.
Dein Paul

* * *

JULI VERSTAND. DER Vater hatte nicht mehr Schumann heißen wollen und auch nicht mehr Gustav. Vom Moment der Hochzeit an war er Paul Mahlo gewesen. So hatte er versucht, ein neues Leben zu beginnen, mit einem neuen Namen, der den ersten ausradierte. Aber so hatte das nicht gelingen können, dachte Juli. Der erste Name schien immer wieder durch. Wie durch ein dünnes Blatt Papier. Das alte Leben hatte ihn immer wieder eingeholt, so eisern er auch darüber geschwiegen hatte.

Die Mutter hatte das Schweigen fortgeschrieben, all die Jahre. Den Grund dafür kannte Juli noch immer nicht. Vielleicht, weil sie ihrem Mann nicht verzeihen konnte. Vielleicht, weil sie ihn für schuldig hielt. Vielleicht, weil sie dachte, er habe sie im Stich gelassen. Vielleicht waren auch all diese Gründe wahr.

Er war immer auf der Flucht gewesen, ein Leben lang. Die Bilder hatten ihn verfolgt und nie wieder losgelassen. Juli sah den Vater vor sich, wie er dort gestanden hatte, auf einem gefrorenen Teich im Bergwerkswald. Vielleicht auf einem, auf dem sie selbst einst Schlittschuh gelaufen war und das Gleiten der Kufen auf dem Eis gehört hatte, das trockene Schleifen, bei jedem Schritt. Sie stellte sich vor, wie er reglos in den Himmel gesehen und einer Krähe nachgeschaut hatte, die in den Wolken verschwunden war. So, wie sie selbst es auch schon getan hatte. Wie er dann, plötzlich, das Knacken gehört und das Wasser gespürt hatte, das auf das Eis gedrungen war. Genau wie damals, als er noch ein Kind gewesen war.

Juli stellte sich vor, wie er die Augen schloss. Einfach zuließ, was geschah. Und dabei, womöglich zum ersten Mal, eine Macht spürte, die er über sein Leben hatte. Und sei es nur die Macht, es zu beenden.

Juli wandte sich um. Oskars Hand mit dem Brief darin zitterte. Er starrte verwirrt auf das Papier. Aber natürlich begriff er jedes Wort. Sein Blick war düster, Juli sah den Schatten, der sich weitete, als zöge eine Wolke über sein Gesicht und bliebe dort stehen. Sie wusste, dass es derselbe Schatten war, den auch sie spürte, kalt und grau und durchdringend.

Und da verstand Juli noch etwas: Diese Bilder, die Gustav Schumann und Anna Lensky nie hatten loswerden können, sie waren auch in sie eingebrannt, in Juli und Oskar, obwohl sie selbst sie nie gesehen hatten. Der Schatten ist ein stilles Erbe, dachte Juli. Ein Erbe, das wir tragen, seit wir geboren sind. Ein stummer Begleiter, der uns überragt, wohin wir auch gehen. Und sie dachte, wenn diese zwei Schatten aufeinandertrafen, dann würde die Welt noch düsterer werden. Das war nur logisch. Aber so sollte das nicht sein. Das war nicht gut. Nichts war gut.

Sie schaute Oskar an, wie er sich vor ihr verschloss. Er sah sie nicht an, er wusste nicht, wohin mit den Händen, wohin mit dem Schreck und der Verwirrung. Nervös fuhr er durch die Haare, nestelte an seinem Hemd, knöpfte es schief. Und da erkannte Juli, dass er aufbrechen würde, aber nicht, um zurückzukommen. Diesmal würde er weiter fahren, so weit wie vielleicht noch nie. Etwas wagen, dachte sie, und der Gedanke schmeckte bitter, viel bitterer noch als Orangenschale. Doch sie würde ihn nicht hindern. Sie konnte ihn nicht halten. Sie hatte sich geirrt. Auf dieses Leben war kein Verlass. Zwei, die schwankten, konnten einander kein fester Boden sein.

Ihre Blicke trafen sich, dunkel, weh und wissend.

»Du musst jetzt gehen.« Julis Stimme war kaum mehr als ein Flüstern. Sie wusste selbst nicht, wie sie diese vier Worte meinte. Ob sie Oskar fortschickte oder ob sie nur aussprach, was er dachte.

Oskar wehrte sich nicht. Er war wie die Mutter, die sich entzog. Er war wie der Vater, der resignierte.

Er stand auf, Juli hörte, wie er ging, das Knarren der Diele und das leise Knistern seiner Kleider, die er sich überstreifte. Sie spürte seine Hand, die ihren Rücken entlangfuhr, nicht sanft, sondern schon flüchtig. Sie wandte den Kopf, und dann, irgendwie, hielten sie einander, einmal noch. Da war das Herz, das schlug unter dem schwarzen Stoff, da war der Duft nach Sandelholz und Bergamotte. Doch das Schwanken hörte nicht auf. Da war der Kreisel, der sich wieder zu drehen begann, schnell und immer schneller, sie klammerte sich an den großen schönen Mann, doch der Sog riss sie mit, sie fand keinen Halt.

Sie löste sich von ihm, langsam, aber bestimmt. Und schon drängte sich das Schweigen zwischen die Körper, schob sie auseinander, die Köpfe gesenkt, die Hände auf den Rücken. Oskar zögerte, doch dann wandte er sich um. Juli sah ihm nicht nach. Sie hörte, wie die Tür ins Schloss fiel. Zählte sechzehn Stufen. Wartete. Hörte den Wagen starten.

»You are a sky full of stars.«

Die Musik wurde schwächer, bis sie schließlich ganz erstarb.

Er war fort.

* * *

WIE BETÄUBT HATTE Juli mit dem Aufräumen begonnen, doch bald schon hatte sie keine Kraft mehr gehabt und die Kleider und die Trümmer bloß vor die Tür des mittleren Zimmers geschoben, das sowieso keiner brauchte. Die zwei Gläser hatte sie in die Spüle gestellt und die leere Rotweinflasche einfach in den Abfallkorb geworfen. Auf dem Küchentisch hatte der Flaschenboden eine rote Spur hinterlassen. Eine Narbe im Holz, die langsam verblassen würde.

Dann war Juli in die Speisekammer gegangen und hatte den Deckel der Suppenschüssel angehoben, voller Sehnsucht nach dem Duft, der sie immer getröstet hatte. Sie hatte die Nase tief in das Porzellan gesenkt. Mandeln, Vanille, gebräunte Butter. Der Duft war wie immer gewesen. Aber Juli hatte nichts gespürt. Keinen Trost, kein Zutrauen. Diesmal war der Kummer zu groß. So groß, dass sie nicht mal weinen konnte. Er lag wie ein Stein auf ihrer Brust und machte alles schwer, das Denken, das Fühlen und auch das Atmen.

Deshalb hatte Juli sich auf das Sofa im Wohnzimmer gelegt. In das Bett, in dem sie noch vor wenigen Stunden mit Oskar gewesen war, hatte sie nicht gehen wollen. Sie war unter eine Wolldecke geschlüpft, noch immer in ihrem Kleid. Sie hatte die Augen geschlossen und nichts gespürt außer dem samtenen Muster, das sich in ihre Wange grub. Und irgendwann, als es schon dämmerte, war der Schlaf gekommen, zaghaft und flirrend.

* * *

JULI FUHR. SIE schaute auf die Straße, auf die Lichter, die sich vor ihr aufreihten, sie lenkte und blinkte, mal links, mal rechts, und irgendwann hielt sie an. Sie stieg aus, öffnete die Schiebetür, nahm einen Strauß heraus oder ein Gesteck und ging auf ein Haus zu. Suchte einen Namen, fand ihn und läutete. Sprach in kleine Kästchen, dass sie etwas besonders Schönes dabeihabe, so, wie sie es immer tat. Lehnte sich gegen Türen, die summten, stieg Treppen hinauf, ging durch dunkle Flure und kam zu anderen Türen, in denen jemand stand. Dann holte sie die Blumen mit Schwung hinter ihrem Rücken hervor, fast wie Zauberei sah das aus. Und in dem Moment, in dem sie den Strauß überreichte, meinte Juli, ein Leuchten in den Blüten von Windröschen und Ritterstern zu sehen, ein Strahlen, das alles beschien, den Menschen, der vor ihr stand, den dunklen Flur und sogar das Leben, wenigstens für einen Augenblick. Nur sie selbst blieb im Schatten.

Sie sah zu, wie die Tür sich wieder schloss, hörte Schritte, die sich entfernten, das Klirren einer Vase, das Rauschen von Wasser. Und dann ging sie, wie sie gekommen war, still und in sich versunken, zurück zu dem Wagen und der Liste, die Marie ihr am Morgen gegeben hatte. Dreizehn Namen, das waren viele, und das war gut, hatte Juli gedacht, dann hatte sie eine Aufgabe, die eine Weile dauern würde.

Marie hatte das ebenfalls gedacht, aber nicht nur das. Sie hatte auch gedacht, dass sie zueinander gehörten, Juli und Oskar, denn Marie war nicht blind und außerdem eine kluge Frau. »Die Geschichte ist noch nicht zu Ende«, hatte sie gesagt, nachdem Juli ihr alles erzählt hatte, von Anna Lensky und Gustav Schumann und von dem, was auf der Flucht geschehen war. »Aber wenn ihr euch jetzt trennt, dann werdet ihr nie erfahren, wie sie ausgeht. Dann handelt ihr nicht anders als eure Mütter und Väter, und das Schweigen geht weiter.«

Juli hatte nachgedacht. Und dann hatte sie Marie angeschaut, ihre Freundin. Sie hatte Maries Hand genommen und die raue, rissige Haut gestreichelt. »Es gibt diesen Satz von dem Schatten, über den man springen muss. Ich habe nie verstanden, was damit gemeint ist. Jetzt weiß ich es. Und ich habe es versucht, wirklich. Ich bin gesprungen, so schnell und so hoch ich konnte. Es hat nicht geklappt. Aber weißt du was? Es kann gar nicht klappen. Meine Mutter konnte es nicht, mein Vater konnte es nicht. Warum sollte ich es können? Niemand kann über seinen Schatten springen.«

»Das stimmt nicht«, hatte Marie geantwortet, »denk an Martha Zeising und Emil Faber, sie haben es geschafft.«

»Nein. Martha Zeising und Emil Faber sind nicht über ihre Schatten gesprungen. Sie haben Licht darauf geworfen. Das ist etwas anderes. So lassen sich Schatten auflösen. Oskars und mein Schatten aber sind genau gleich, wie zwei schwarze Silhouetten, zwei Scherenschnitte, die man übereinanderlegt. Sie lösen sich nicht auf, im Gegenteil, zusammen werden sie noch dunkler.« Juli hatte ein Lächeln versucht. »Eines Tages wird der Mann kommen, mit dem mein Schatten sich auflöst.«

Marie hatte nicht überzeugt ausgesehen.

»Vielleicht treffe ich ihn schon morgen beim Metzger Saltzmann.«

»Dort ganz bestimmt nicht. Zwischen Wurstzipfeln findet man keinen Kerl fürs Leben.« Und weil Marie da ganz sicher war, hatte sie Juli zum Blumenausliefern geschickt.

Aber Juli fing an diesem Tag nichts an. Beim Namen Nummer fünf nicht, bei Nummer zehn nicht und auch nicht bei dreizehn. Möglich, dass sie jemandem begegnet war, dessen Leben in Ordnung gebracht werden musste. Sie wusste es nicht.

Jetzt war der Wagen leer, nur Juli selbst war noch darin und die Stille, die mit ihr fuhr. Jemand hupte. Juli erschrak, sah, dass die Ampel grün leuchtete, sie trat aufs Gas, die Reifen schlitterten auf dem feuchten Asphalt. Doch sie kam nicht weit, vor ihr reihte sich Wagen an Wagen die Straße hinauf. Juli seufzte. Sie wollte nach Hause, ein Schaumbad nehmen, einen Grießbrei mit Himbeersirup essen und dabei »Sissi« schauen, zum wahrscheinlich fünfzehnten Mal. Sie sah sich in die Gegenrichtung um, legte krachend den ersten Gang ein, drehte das Lenkrad, bis es nicht weiterging, und wendete. Nun würde sie einen Umweg fahren, aber das würde immer noch schneller gehen.

Sie bog nach links ab, dann nach rechts, fuhr im Zickzack durch das Viertel. Schlagartig erkannte sie, wo sie war.

Juli hielt an, schaltete den Motor aus und schaute durch die Frontscheibe. Im zweiten Stock, dort, wo das winzige Wohnzimmer war, brannte Licht, ein Rechteck aus flackerndem, buntem Schein. Vermutlich sah Oskars Mutter fern.

Juli stieg aus. Sie wusste gar nicht genau, warum. Sie ging auf das Haus zu, behielt das Fenster im Blick. Dann stand sie an der Tür und schaute auf die Klingel.

»Lensky«, flüsterte Juli. Sie hob die Hand und streichelte das Schild.

Da ging die Tür auf, und darin stand Oskars Mutter. Sie trug ihr grünes Puffärmelkleid und Plüschpantoffeln, die wie zwei Tigerpfoten aussahen, und in der Hand hielt sie eine große, randvolle Plastiktüte.

Frau Lensky sah Juli an, einmal von oben bis unten und wieder zurück, und wunderte sich gar nicht. »Ich bring nur schnell den Müll runter«, sagte sie, so als wären sie miteinander verabredet.

»Ist gut«, sagte Juli.

Sie sah dabei zu, wie Oskars Mutter den Deckel der Mülltonne öffnete, hineinschaute, die Tüte über die Öffnung hob, sie fallen ließ, dem dumpfen Schlag nachhorchte und den Deckel wieder schloss. Dann wandte sie sich um, machte einen Schritt, hielt inne, ging zurück zu der Tonne, öffnete erneut den Deckel und sah noch einmal hinein.

»Sie ist weg«, sagte Juli.

»Ja«, sagte Frau Lensky.

Jetzt standen sie wieder voreinander und schauten sich an.

»Es ist kalt«, sagte Frau Lensky.

»Ja.«

Oskars Mutter streckte eine Hand nach Juli aus. »Na komm«, sagte sie. »Gleich fängt die Hitparade an.«

Juli nickte. Dann fasste sie nach der Hand, die erstaunlich warm und samtig war, und ließ sich durch die Tür führen und ins Treppenhaus. An der Wohnung von Herrn Bulka blieben sie kurz stehen – Oskars Mutter, um Luft zu holen, Juli, um zu lauschen. Doch sie hörte nur den Atem von Frau Lensky und wie er sich beruhigte. Dann gingen sie weiter.

In Frau Lenskys Wohnung brannte Licht, überall, im Flur, im Wohnzimmer und auch in der winzigen Küche. Der Wellensittichkäfig war mit einem Tuch abgedeckt.

»Charles und Camilla schlafen schon«, flüsterte Frau Lensky. Sie bedeutete Juli, sich auf das Sofa zu setzen, wo der Fernseher lief.

Und das tat Juli jetzt. Sie fragte sich nicht, was sie hier überhaupt machte, in der Wohnung von Oskars Mutter, und was sie hier wollte. Vielleicht wollte sie gar nichts, außer dem Zufall nachgeben, oder wie immer man das nennen wollte, der sie hierhergeführt hatte. Sie betrachtete das Foto auf dem Servierwagen, Oskar in dem gelben Pullover, der ihm zu kurz war, und der Jeans, die ihm zu lang war. Und da dachte Juli, dass sie vielleicht hier saß, um ihm doch wieder nahe zu sein, ein bisschen wenigstens.

Frau Lensky kam aus der Küche, sie hielt einen Suppenteller in beiden Händen, und darin lag ein Käsebrot. Damit setzte sie sich neben Juli, stellte den Teller auf ihren Schoß und machte den Fernseher lauter. Dann biss sie von dem Brot ein großes Stück ab, kaute geräuschvoll und schaute Juli dabei an.

Der Fernseher spielte eine Melodie, die Juli bekannt vorkam und die sie an die Zeit erinnerte, als sie auf einem Telefonbuch gesessen hatte, um über den Tisch schauen zu können.

»Die Hitparade«, sagte Juli.

Doch Oskars Mutter wandte den Blick nicht von ihr ab. Als sie fertiggekaut hatte, reichte sie Juli das Brot. »Du musst was essen, Kind.«

Juli nahm es, schaute es von allen Seiten an, auch von der angebissenen, und dachte: Was soll's.

Frau Lensky tätschelte Julis Wange, während sie aß. »So ein gutes Mädchen.«

Juli überlegte, ob Frau Lensky wohl noch wusste, dass sie die Frau war, der sie von Gustav Schuhmann erzählt hatte. Von dem Mann, der Julis Vater war. Bei dem Gedanken spürte Juli, wie es unter ihren Lidern zu brennen begann. Aber sie zwang das Weinen hinunter, und dann biss sie noch einmal in das Käsebrot, das jetzt, zusammen mit den verschluckten Tränen, ganz anders schmeckte. Trockener, bitterer und irgendwie auch nach nichts.

»Er hat in einer Druckerei gearbeitet«, sagte Frau Lensky plötzlich.

Juli schaute sie mit großen Augen an.

»Na, der Gustav«, betonte Frau Lensky, als wäre Juli schwer von Begriff. »Er war Schriftsetzer. Den Beruf gibt es heute gar nicht mehr. Eine Schande.« Sie schielte nach dem Käsebrot. »Er war immer ordentlich angezogen. Sogar eine Krawatte hat er getragen, obwohl das ja nicht nötig gewesen wäre. Ich hab ihn zuletzt hier in der Stadt gesehen, das ist aber schon ewig her, bestimmt dreißig Jahre. Er hat eine kleine Tochter gehabt.«

»Ja«, sagte Juli tonlos, »ich weiß.«

Frau Lensky nahm ihr das Brot wieder aus der Hand. »So ein Mädchen wie du, das wäre richtig für meinen Jungen.« Sie grinste. »Die anderen taugen doch alle nichts.« Dann lehnte sie sich zufrieden kauend zurück und wippte mit den Tigerpfoten im Takt der Musik, die aus dem Fernseher kam.

Unwillkürlich sah Juli das Bild vor sich, wie Oskars Mutter auf dem Sofa lag in ihrem grünen Puffärmelkleid und mit den Zehen wackelte. Sie sah Oskar, wie er eine Decke über sie breitete. Sie sah sich selbst, wie sie in der winzigen Küche mit Oskar getanzt hatte.

»Clap along if you feel like happiness is the truth.«

Juli schluckte. Ja, in diesem Moment war sie wirklich glücklich gewesen. Aber da hatte sie auch noch nicht gewusst, was sie jetzt wusste.

Frau Lensky hatte das Brot aufgegessen, jetzt sank ihr Kopf langsam, wie in Zeitlupe, auf ihre Brust, und sie begann, leise zu schnarchen.

Da stand Juli auf, schaltete den Ton ab und bettete Oskars Mutter auf das Sofa, sie wusste, wie das ging, erst den Kopf, ganz vorsichtig, dann die Füße. Sie breitete die Decke über ihr aus, so wie Oskar es getan hatte. Dann ging sie zum Fenster und schaute hinaus auf die Straße, auf der der Lieferwagen stand. Und auf einmal dachte sie, dass Oskar womöglich auf dem Weg hierher sein könnte. Dass er gleich zur Tür hereinkommen und Juli hier entdecken könnte, mit einem leeren Suppenteller, einer schlafenden Mutter und einer Erinnerung. Und was immer Juli sagte, er würde ihr nicht glauben. Er würde nur glauben, dass sie sich in sein Leben drängte.

Juli holte Luft und schob das Kinn nach vorne, so machte man das, wenn man eine Entscheidung getroffen hatte. Sie schloss leise die Tür hinter sich und lief die Treppe hinunter. Sie würde das alles hinter sich lassen. Oskar, seine Mutter und die Erinnerung. Sie würde noch einmal etwas wagen, um wieder glücklich zu sein. Und sie wusste auch schon, wie sie das anfing. Sie würde tanzen. So, wie sie noch nie getanzt hatte. Nicht mit Martin, nicht mit Richard, nicht mit dem Tanzstundenherrn. Und schon gar nicht mit Oskar.

* * *

JULI SCHLOSS DIE Augen. Sie spürte den Bass, das rhythmische Schlagen, das Vibrieren, das überall war, im Boden, in der Luft und auch in ihr selbst. Hinter den Lidern zuckte das Licht, grell und weiß, in den Ohren krachte Musik, die Juli nicht kannte, aber das machte nichts. Sie stand einfach da, mittendrin, und ließ es geschehen, dass andere Körper sie streiften, sie fühlte fremde Haut und fremden Schweiß, sie hörte fremde Stimmen, die etwas riefen oder sangen, das sie nicht verstand. So stand sie eine Weile, rührte sich nicht und gab sich dem Leben hin, das um sie war, bebend, laut und leicht. Es war wie ein hitziger, wogender Strom, der in sie drang und alles fortspülte, den Kummer, die Sehnsucht, die Verwirrung, bis sie sich leer fühlte, fast schwerelos.

Und dann bewegte Juli sich, es ging ganz von allein, erst ruckten die Füße, dann die Beine, dann kippte sie die Hüften, nach links und nach rechts, sie schwang die Arme, die Schultern und den Kopf. Und dann drehte Juli sich, schnell, immer schneller. Aber diesmal trug sie keinen Rock, der wie eine Glocke hätte aussehen können, dazu war er viel zu eng und viel zu kurz, er glitzerte silbern, genau wie die Kugeln, die an der Decke kreisten.

Der Rock gehörte Marie und auch die schwarze Bluse, das war das Richtige für so einen Club, hatte Marie gesagt, als sie am frühen Abend vor ihrem Kleiderschrank gestanden hatten. Juli hatte sich gefügt, denn Marie kannte sich aus mit dem Tanzengehen, das war schließlich eine ganz andere Art von Rausgehen, das ging nicht in einem Kleid mit Marmeladenflecken. Juli war noch nie in so einem Club gewesen, vor dem man warten musste mit kalten Füßen und roten Lippen, bis man an der Reihe war und ein kahlköpfiger, kaugummikauender Kerl einen musterte mit diesem Blick, den Juli nur vom Metzger Saltzmann kannte, wenn er für sie das beste Fleischstück aussuchte.

»Dann wird es aber mal Zeit«, hatte Marie gesagt und einen der oberen Blusenknöpfe, den Juli gerade geschlossen hatte, wieder geöffnet. Danach hatte sie Stifte, Tuben, Tiegel und Fläschchen auf dem Wohnzimmertisch ausgebreitet, Juli angewiesen, sich hinzusetzen und nicht zu rühren, außer wenn sie wünschte, dass Juli die Augen schloss, den Kopf neigte oder den Mund öffnete.

»Nicht so weit, deine Plomben muss ich nicht sehen.«

Nach einer Weile, die Juli erstaunlich lang vorgekommen war, hatte sie endlich in den Spiegel blicken dürfen. Sie hatte den Hals gereckt und sich nach vorne gelehnt, weiter, noch weiter, so weit, bis ihre Nasenspitze fast das Glas berührt hatte. Sie hatte sich zur Seite gedreht, auch auf die andere, und wieder zurück.

»Wie hast du das gemacht?«

»Das ist die Kunst«, hatte Marie geheimnisvoll getan, »es darf nicht geschminkt aussehen«.

Und deshalb hatte der Türsteher kurz das Kaugummikauen vergessen, als Juli an ihm vorbeigegangen war.

Jetzt hob sie die Arme hoch über ihren Kopf und hüpfte, immer auf und ab, und schlug mit den Fäusten den Takt, immer vor und zurück. Es gab nichts mehr, kein Denken, kein Erinnern, es gab nur diesen Rhythmus, in dem sie hüpfte und schlug. Dann hoben sich neben ihr andere Arme, andere Körper hüpften mit, und Juli wurde ein Teil von diesem hüpfenden, Arme schwenkenden Knäuel, und das war ein neues, ein mitreißendes Gefühl.

Juli öffnete die Augen, ihr Blick fand Marie, das war nicht schwer, sie sah ihre roten Haare wirbeln und die goldenen Kreolen glitzern. Eine Hand lag auf Maries Hüfte, es war Max, der sie von hinten umfasste und ihren Nacken küsste, und während er das tat, lachte Marie Juli an. Denn so machte man das, wenn man eine Frau war, die ihr Leben lebte, souverän und selbstbewusst. Juli hatte recht gehabt – wenn sie tanzen ging, würde sie eine andere sein. Eine, die wieder glücklich war.

Auf einmal spürte sie etwas. Sie sah hinunter und auf eine Hand, die ihre Taille berührte, genau dort, wo der Knoten ihrer Bluse saß. Unwillkürlich zog Juli den Bauch ein. Die Hand blieb liegen, verstärkte den Griff. Juli schaute auf. Sie sah Marie, die ihren Rücken an Max schmiegte. Er hatte sie fest umschlungen, seine Hand konnte es also nicht sein, die da auf Julis Taille lag.

Sie drehte sich um, die Hand verschwand. Sie schaute in zwei Augen, hell und blau wie Hyazinthen. Der Mann, der dazugehörte, hatte kurze blonde Haare, war nicht viel größer als Juli und strahlte sie an. Juli dachte an den Schauspieler aus »Frühstück bei Tiffany«, dessen Namen sie immer vergaß.

Er neigte sich vor, sie spürte seinen Atem.

»Ich hab dich hier noch nie gesehen!«

»Ich dich auch nicht!«, rief Juli. Und das stimmte ja.

Er lachte. »Ich bin Alex. Und du?«

»Holly.«

Der Name war einfach aus Juli herausgekommen, vielleicht, weil sie an diesen Film hatte denken müssen. Auch darin hatte Audrey Hepburn mitgespielt, aber Holly Golightly war eine ganz andere Rolle gewesen als Prinzessin Ann in »Ein Herz und eine Krone«. Doch daran wollte Juli nicht erinnert werden und schon gar nicht an Gregory Peck. Heute wollte auch sie eine andere sein, eine, die unbefangen war und verführerisch und an gute Enden glaubte.

»Hallo Holly!« Alex lächelte. Mehr fiel ihm nicht ein. Das passierte ihm häufig, denn er fürchtete sich davor, etwas Falsches zu sagen, nachdem ihm die Eltern, die Lehrer und auch die Frauen bei verschiedenen Anlässen geraten hatten, er solle lieber den Mund halten. Also sprach er meist wenig oder gar nichts und schaute irgendwie schlau und möglichst geheimnisvoll, was ihm mehr oder minder gelang. Stille machte ihm keine Angst, er war eher ein Mann der Tat.

Aber um Stille ging es hier nicht und auch nicht ums Sprechen, hier ging es ums Tanzen, und das taten sie jetzt. Alex legte wieder eine Hand auf Julis Taille, und dann bewegten sie sich, erst zögernd noch, dann schneller, ungestümer, ihre Blicke verloren die Scheu, ihre Körper drehten sich, berührten sich, strebten aufeinander zu, in demselben wogenden, vibrierenden Rhythmus.

Und da dachte Juli, wie einfach das doch ging, eine andere zu sein, sich schön zu fühlen und frei von dunklen Vermächtnissen. Sie spürte, wie sie leicht wurde, wie sie einen Zentimeter über dem Boden zu schweben schien. Sie spürte die Hitze und den Schweiß, der sich in der kleinen Kuhle zwischen den Schlüsselbeinen sammelte. Und sie spürte, wie sie vergaß. Oskar, den Schrank, den Vater, den Brief. Es gab nur noch Holly, die Frau ohne Schwere und ohne Sorge, die mit einem Fremden tanzte, weil sie das wollte. Und diesem Fremden, Alex, war anzusehen, dass er das genauso wollte.

Juli drehte sich um zu Marie, die Max eng umschlungen hielt, über seine Schulter zu Juli sah und mit den Lippen eine tonlose Frage formte.

Juli nickte: Alles in Ordnung. Marie lachte, deutete auf ihre Armbanduhr und ließ zwei Finger in der Luft kreisen, um zu erklären, dass sie bald gehen wollten, es war ja schon spät. Wieder nickte Juli und bedeutete ihr, dass sie noch bleiben würde. Marie hob einen Daumen, wandte den Kopf zu Alex hin und kniff ein Auge zu. Juli wertete dies als Zeichen ihrer Zustimmung. Doch da ließ Marie schon von Max ab, kam auf Juli zu und rief ihr etwas ins Ohr.

»Ist wirklich alles gut bei dir?«

»Ja! Wirklich!«

»Okay.« Marie schaute zu Alex, der hinter Juli weitertanzte. »Er sieht ja ganz nett aus.«

Juli nahm Marie bei den Händen, schwenkte sie hin und her und begann zu hüpfen, damit Marie mit ihr hüpfte, aber die lachte nur und schüttelte den Kopf. »Dann viel Spaß noch!«

Juli sah, wie Max ihr zuwinkte und mit Marie in der Menge verschwand.

Dann fühlte sie ein Kitzeln im Nacken, es war Alex, der sich ihr von hinten näherte.

»Willst du was trinken?«

Juli nickte.

Da nahm Alex ihre Hand und führte Juli zu der Theke, die an einer Seite der Tanzfläche lag, ein langer Tresen, an dem sich die Menschen drängelten und mit Scheinen wedelten. Zwei Barhocker waren noch frei, und auf einen setzte Juli sich, aber sie wusste gar nicht, wie das ging mit so einem kurzen Rock, und sie wusste auch nicht, was man bestellte an so einer Bar. Deshalb lehnte sie sich nur halb auf den Sitz, rückte den Knoten ihrer Bluse zurecht und sagte, sie nehme dasselbe wie Alex.

Sie konnte nicht hören, was er bestellte. Er lehnte sich weit über den Tresen, winkte einen Barkeeper herbei, der so lässig aussah, als sei das Barkeepen unter seiner Würde, und kurz darauf reichte er Juli ein hohes Glas. Darin waren eine helle, etwas trübe Flüssigkeit, Blätter von Minze, Scheiben von Limonen, zerstoßenes Eis und ein schwarzer Strohhalm.

Das Getränk war kühl und süß, aber auch sauer und irgendwie scharf, und Juli trank schnell und gierig und auch die letzten Tropfen, die durch den Strohhalm gluckerten.

»Davon brauche ich sofort noch einen!«

Alex lachte und hob zwei Finger.

Juli dachte, dass sie nun ein Gespräch beginnen sollte, und dazu sagte man am besten etwas, bei dem der andere mitreden konnte. Deshalb fragte sie jetzt: »Was machst du, wenn du nicht tanzen gehst?«

»Marketing.«

»Aha.« Das hatte irgendetwas mit Reklame zu tun, überlegte Juli, nur dass es exquisiter klang. »So am Telefon?«

»Auch.«

Womöglich hatte Alex schon mal bei ihr angerufen, um ihr ein neues Waschpulver zu verkaufen oder eine Auslandsreisekrankenversicherung für einen Urlaub in der Karibik.

»Eher Crossmedia.«

Juli fragte lieber nicht nach.

»Für einen Finanzdienstleister.« Damit hatte Alex offenbar ausführlich genug über seinen Beruf gesprochen. »Und du?«

»Ich bin Geschäftsfrau.«

Er sah beeindruckt aus. »Und was für Geschäfte sind das?«

»Blumen«, erklärte Juli.

»Blumen? Du siehst aber gar nicht danach aus.«

»Wonach?«

»Nach Blumenmädchen.«

Juli schaute an sich hinunter, auf den kurzen silbernen Rock und ihre Knie, auf die schwarze Bluse und den Knopf, den Marie wieder geöffnet hatte und der ein helles Stück

Haut frei ließ. Sie sah das alles und stellte sich vor, wie sie mit diesem bisschen Stoff Blumen verkaufte. Da wäre es kein Wunder, wenn ein Kunde auf andere Wünsche kam.

»Stimmt.« Sie hickste. »Von diesem Mischgetränk kann man ja gar nicht genug kriegen.«

Alex rückte näher an Juli heran, sie spürte eine Hand auf ihrem Knie.

»Von dir auch nicht.«

Die Hand glitt sanft an ihrem Bein hinauf. Alex stieg von seinem Barhocker, trat zu Juli hin und streifte mit den Lippen ihr Ohrläppchen.

»Blumenmädchen Holly«, murmelte er.

Falsch, dachte Juli, Blumenmädchen Eliza müsste es heißen, aber das würde jetzt, da Alex' Lippen an ihrer Wange entlangwanderten, zu weit führen.

Sie spürte seine Bartstoppeln und seinen Puls, sacht und doch viel stärker als das Wummern der Bässe. Ihre rechte Hand berührte ein Schulterblatt, das sich bewegte unter fein gewebter, hyazinthenblauer Popeline. Sie schloss die Augen und hob den Kopf, seinem warmen, pochenden Atem entgegen. So machte man das, wenn man eine Frau war, die ihr Leben lebte, souverän und verführerisch, die mit einem Fremden tanzte und sich auf ein Getränk einladen ließ. Oder auch auf zwei. Das war sie, die neue Juli, die Holly hieß, nur so zum Spaß.

Die Lippen trafen ihren Mund, sanft und fordernd zugleich.

Unvermutet war da ein Duft, der Juli bekannt vorkam. Sandelholz und Bergamotte. Sie erstarrte. Und vor ihren Augen tauchte ein Bild auf: Oskars hohe, schwarze Gestalt, die ihr den Rücken zuwandte und langsam, aber stetig über das Eis glitt, sich von Juli entfernend. Er trug keine Schlittschuhe, nur schwarze Socken in Größe dreiundvierzig. Juli sah, wie er den Kopf zwischen die Schultern zog, wie er fröstelte und kurz erschauderte. Dann drehte er sich um, sie erkannte den Schatten auf seinem Gesicht, dunkel und hart.

Alex' Kuss schmeckte nach Minze und Rum und nach der Absicht, in dieser Nacht möglichst wenig zu sprechen und möglichst viel zu tun.

Oskar blieb stehen.

Juli kniff die Augen zusammen, so fest sie konnte. Dann öffnete sie den Mund, denn sie wusste doch, wie das ging, das Anfassen, und darum ging es jetzt. Ausgehen und Anfassen. Aber das Bild blieb in ihrem Kopf. Oskar, der allein mitten auf dem Eis war.

Juli spürte das ganze Zittern und das ganze Sehnen, das in ihr war, und sie versuchte, es herausfließen zu lassen, aber das ging nicht, das Sehnen stockte und floss in sie zurück, als wäre ihr Inneres ein Becken, das sich mit Wasser füllte, alles lief herein, aber nichts hinaus.

Oskar rührte sich nicht, er stand einfach da und sah sie an.

Alex schob eine Hand in Julis Nacken, die andere in ihr Dekolleté. Und plötzlich krachte etwas in ihr, es klang wie eine Axt, die auf berstendes, schwarzes Eichenholz traf. Aber das war es nicht.

Es war das Eis, auf dem Oskar stand.

Juli schrie auf. Sie wich zurück und hob die Hände wie zum Schutz. Das Bild verschwand.

»Was ist?«

Sie atmete, schwer und keuchend.

»Ist dir nicht gut?«

Juli schaute ihn an. Diesen blonden, fremden Mann, der dachte, sie sei eine andere. Sie sei eine Frau, die bei Tiffany frühstücken ging und frei war. Aber all das war sie nicht. Sie war Juli Mahlo, sie hatte kaum jemals woanders gefrühstückt als an ihrem Küchentisch, und sie war nicht frei. Nicht im Kopf und nicht im Herzen.

»Nein.«

Und wie Alex sie jetzt ansah, fragend und irritiert und irgendwie auch entschlossen, sich mit der überraschenden Wendung der Dinge nicht abzufinden, da fiel Juli der Name des Schauspielers wieder ein. George Peppard, dachte sie, erstaunlich, so ein berühmter Film, aber niemand erinnerte sich daran, wie der Mann neben Audrey Hepburn hieß. So sollte das nicht sein, dachte sie, das hatte er nicht verdient.

»Tut mir leid.« Juli stand auf, ihr war schwindelig.

»Gehst du jetzt?« Alex' Stimme schwang zwischen Wut und Sorge.

Juli nickte. »Ja, ich … Ich sollte besser nach Hause.«

»Na toll.« Seine Stimme hatte sich entschieden, seine Augen wurden schmal und kalt. Er packte Juli am Arm.

»Lass mich. Bitte.«

Alex verstärkte den Griff, er funkelte Juli an.

»Gibt's Probleme?« Der Barkeeper neigte sich über den Tresen zu ihnen herüber, und er sah nicht so aus, als würde es sich lohnen, sich mit ihm anzulegen.

»Alles klar, schon gut.« Alex ließ von Juli ab, er zeigte seine Handflächen, aber friedlich wirkte diese Geste nicht.

»Okay«, sagte der Barkeeper, »dann ist ja gut.« Er spreizte zwei Finger und bedeutete Alex, dass er ihn im Auge behielt.

Doch der wandte Juli schon den Rücken zu und tat, als hätte er sie längst vergessen. Ein gescheiterter Versuch, mehr war sie nicht. Sein Blick glitt über die Tanzfläche, sein Körper straffte sich, seine Füße machten sich bereit.

Juli drehte sich um, bahnte sich einen Weg durch die schwitzende, wogende Menge, dann holte sie an der Garderobe ihren Mantel, zog ihn eng und schützend um sich und ging hinaus. Dort stand sie und schaute in die Nacht, in den Himmel, in dem der Mond hing, milchig weiß. Sie atmete, die Luft roch nach Regen. Und dann ging sie los, lauschte ihren Schritten auf dem Asphalt, als gehörten sie einer anderen.

* * *

ALS JULI NACH Hause kam, war es fast halb drei. Sie lief die Treppe hinauf, so leise sie konnte, um Marie und Max nicht zu wecken. Dann drehte sie den Schlüssel um, einmal, zweimal, die Tür ging auf, und schon stand sie mitten im Flur. Düster war es darin, aber nicht, weil ein hoher, bedrohlicher Schrank ihn verschattet hätte. Der Schrank, oder eher der Rumpf, den Juli noch von ihm übrig gelassen hatte, war nicht mehr da. Max hatte ihr geholfen, ihn fortzuschaffen, die Trümmer, die zersplitterten Türen und Wände und Böden. »Ich konnte ihn einfach nicht mehr sehen«, hatte Juli gesagt, und das hatte Max verstanden. So ein dunkles Ungetüm hätte er auch nicht in der Wohnung haben wollen. Juli hatte gut überlegt, ob sie die Kleider, die der Vater einst getragen hatte, aufbewahren sollte. Aber dann waren sie ihr bloß wie eine Erinnerung an das Schweigen erschienen, von dem sie nun endlich wusste, woher es kam. Diese Gewissheit genügte ihr. Nur den Mantel mit dem Fischgrätmuster hatte sie behalten, er hing an der Garderobe, als gehörte er einem Gast.

Juli sah an der Wand hinauf, an der der Schrank gestanden hatte, all die Jahre lang. Sie konnte seine Umrisse sehen, auf der Tapete und auch auf dem Holz der Dielen, ein Schattenriss der Vergangenheit. Sie tat noch einen Schritt, das Knarren klang wie das Echo aus einem früheren Leben. Sie spürte, dass mit dem Schrank auch der Schrecken verschwunden war. Sie dachte daran, mit welcher Kraft sie die Axt gehalten, mit welcher Wucht sie zugeschlagen hatte. Diese Kraft und diese Wucht waren in ihr, in Juli, gewesen. Und sie waren immer noch dort.

Und weil das so war, duckte sie sich nicht, sondern stand aufrecht und schaute auf die Stelle, an der es nur noch eine Kontur von dem gab, was sie einst beherrscht hatte – sie und auch die Mutter und die Großmutter. Beide hatten versucht, das Dunkle wegzusperren, und hatten doch stets gewusst, wo es den Schlüssel dazu gab. Offenbar hatte die Mutter den Vater mehr als einmal gefragt, was mit ihm sei. Warum er so schweigsam war und so verschlossen. Vielleicht hatte sie nicht oft oder nicht beharrlich genug gefragt, vielleicht hatte sie sich zu schnell gefügt in das Los, einen Mann an ihrer Seite zu haben, den sie mit etwas teilte, das nicht zu greifen und womöglich auch nicht zu begreifen war. Und doch blieb die Frage, ob sie ihn ins Leben hätte holen können. Oder ob sie im Stillen sogar eine Erleichterung gespürt hatte, dass er gestorben war. Dann, dachte Juli jetzt, wäre der Schrank auch eine Art Mahnmal gewesen, eine beständige, plagende Erinnerung, mit der die Mutter fortan genauso gelebt hatte wie der Vater mit den düsteren Bildern der Flucht, die sich nicht hatten vertreiben lassen. Zumindest nicht durch Schweigen. Und es mit Sprechen, mit Sich-Öffnen zu versuchen, hatte er nicht gewagt. Erst dann, als es zu spät gewesen war, als er eine Entscheidung getroffen hatte.

Juli hörte ein Klacken, dann erlosch das Licht im Treppenhaus. Sie blieb im dunklen Flur stehen, vor der kahlen Wand, und horchte in die Stille. Plötzlich war etwas darin, etwas Fremdes. Juli schaute sich um, sah die Garderobe, die ein bisschen schief an der Wand hing, und den Mantel des Vaters. Aber das war es nicht, was sie irritierte. Sie ging in das mittlere Zimmer, sah die Vitrine mit den Mokkatassen und die zwei steifen Ohrensessel, in denen sie einst mit Martin Kaffee getrunken hatte. Sie ging in die Speisekammer und hob den Deckel der Suppenschüssel. Auch der Duft war noch da. Alles war noch da. Die Waschmaschine im Bad. Die Waage mit den kegelförmigen Gewichten. Das Nähkästchen mit den bunten Garnspulen. Alles, was zu Juli gehörte wie der kleine, kreisrunde Leberfleck über der Oberlippe, der aussah wie hingemalt. Sie stand inmitten der Dinge, die ihr vertraut waren, und kannte sich doch nicht mehr darin aus.

Im Spiegel sah Juli ein Gesicht. Sie bemerkte das Flackern in ihrem Blick. Sie füllte das Waschbecken mit Wasser, senkte den Kopf hinein. Es fühlte sich an wie damals, als sie im Schwimmbad gewesen war, ein Kind, das niemand beachtet hatte und das immer tiefer gesunken war in eine türkisblaue Welt, friedlich und frei. So verharrte Juli auch jetzt, hörte das Rauschen in den Ohren und spürte das Pochen hinter den Schläfen. Erst als der Drang zu atmen übermächtig wurde, tauchte sie wieder auf. Sie keuchte und hustete und sah braune Schlieren, die über ihre Wangen liefen. »Die Farbe steht dir so gut«, hatte Marie gesagt.

Und da erkannte Juli, dass sie weinte. Um Oskar, um das Glück, das scheu war und eigensinnig. Um den Vater, die Mutter und auch um das Leben, das sie selbst bislang geführt hatte und das nun, das spürte sie, vorbei war, endgültig. Sie verbarg das Gesicht in einem Handtuch, versuchte das Weinen zu ersticken. Aber das half nicht. Und es half auch nicht, so zu tun, als sei sie eine andere, so wie es auch dem Vater nicht geholfen hatte, ein anderer zu sein. Es gab keine Holly, es gab nur Juli Mahlo. Doch nun wusste sie nicht mehr, wer das eigentlich war.

* * *

JULI STAND IM Laden und blinzelte in das Licht, das durch das große Schaufenster hereinfiel. Die Sonne schien klar und ließ die silbernen Vasen glänzen und auch das Messing der alten Registrierkasse. Juli spürte den Schmerz hinter der Stirn, hinter den Schläfen. Sie hörte Marie im Bindezimmer arbeiten, das Schnappen der Schere und das Knacken der Stiele, aber auch dieses Geräusch gab ihr keinen Trost. Sogar an diesem Ort, der ihr so vertraut war mit seinen Klängen und Farben, mit all seinen Routinen, kannte Juli sich auf einmal nicht mehr aus. Und doch war sie froh, dass sie hier sein durfte und arbeiten, vielleicht lenkte sie das ab, von allem, von Oskar, von der letzten Nacht und irgendwie auch von sich selbst.

Sie trank einen Schluck von dem Tee, den Marie ihr gebracht hatte. Winterzauber, mit Zimt. Marie hatte Juli nur angeschaut und das Stumpfe und das Trübe in ihren Augen gesehen, und das hatte genügt, um zu erkennen, dass das Tanzen nichts genutzt hatte und erst recht nicht das Tanzen mit einem fremden Mann. Marie hatte Juli eine Hand auf die Wange gelegt, und kurz hatte Juli sich angelehnt an das Raue und das Kalte, und das war ein gutes, ein passendes Gefühl gewesen. Dann war sie hinter die Theke gegangen mit ihrem Tee und ihrem Trübsinn, und Marie hatte gesagt, wenn etwas sei, solle Juli sie rufen. Als wäre sie ein Kind.

Nun stand Juli dort und rührte sich nicht, bis das Glockenspiel über der Tür ging. Dann kamen Kunden herein, die lachten und ihre Mäntel öffneten und von Juli wissen wollten, ob das nicht ein herrlicher Tag heute sei. Juli nickte nur. Sie fragte nicht, ob jemand einen Wunsch hatte. Sie ließ sie reden, von Geburtstagen, von Trauungen, von silbernen oder gar goldenen Hochzeiten, von neuen Freundinnen, Schwiegermüttern und Säuglingen. Und ihr war, als hörte sie eine fremde Sprache, die sie zwar verstehen, aber in deren Wörtern sie keinen Sinn finden konnte.

Juli nahm die Blumen, die die Kunden wählten. Weiße Alabaster-Rosen, rosafarbene Cashmere-Rosen, rote Kavaliers-Rosen, alle wollten Rosen an diesem angeblich herrlichen Tag, zehn, zwanzig, dreißig Stück. Damit ging Juli ins

Bindezimmer, stellte sich neben Marie, die auf ihrem Tisch üppige, kunstvolle Gestecke arrangierte, noch höher aufragend als die schaukelnde Haar-Palme. Schweigend band Juli die Rosen zu Sträußen, doch nicht ein einziges Mal tauchte sie die Nase in eines der dichten, duftigen Köpfchen, so wie sie es sonst getan hätte. Sie wand frisches Grün hinein, Weidenzweige und Schleierkraut, und schnitt alle Stiele auf dieselbe Länge. Sie wusste, wie das ging, und wusste doch nicht, was sie da machte. Nur Marie spürte, dass es trotzdem das Beste war, was Juli jetzt tun konnte.

Dann ging Juli zurück und zeigte ihr Werk und schaute in leuchtende, fröhliche Gesichter. Sie schlug den Strauß in Seidenpapier ein, kurbelte an der Kasse und füllte Münzen und Scheine in die Fächer. Und dann schaute sie den Menschen nach, wie sie mit ihrem Glück verschwanden.

So ging es, Stunde um Stunde. Dann, als es langsam zu dämmern begann, stand Juli allein hinter der Theke und schaute so ernst in die Welt, wie sie es früher getan hatte, als die Mutter noch gelebt, aber meist geschlafen hatte und Juli oft allein am Fenster gestanden und die Nacht betrachtet hatte. Mit einem Blick, der nichts sah.

Da spürte sie einen leichten Druck auf ihrem Arm.

»Ich liefere nur noch schnell die Gestecke aus«, sagte Marie, leise und sanft, wie um Juli nicht zu erschrecken. »Wenn ich in einer halben Stunde nicht zurück bin, schließ den Laden einfach ab.«

»Ja.«

»Und dann kochen wir zusammen, hast du Lust? Ich will mal was Neues ausprobieren, Mexikanisch, wunderbar scharf, und danach hauen wir uns auf die Couch und schauen einen Film nach dem anderen, Max hat herrliche alte Schinken besorgt, Hitchcock und Miss Marple. Prima? Prima! Also, bis gleich, ich beeil mich!«

Juli dachte, scharfes Essen war genau das Richtige. Wenn einem dabei die Tränen kamen, dann nicht, weil man traurig war. Und bei Hitchcock und Miss Marple ging es nicht um Liebe, auch das war genau das Richtige. Und da dachte Juli, dass sie eine gute, eine besonders gute Freundin hatte, die wusste, was zu tun war, wenn Juli selbst es nicht wusste.

Es war so still, dass sie das Ticken der Uhr hören konnte, die in Maries Stube an der Wand hing. Minute um Minute verging, doch es kam niemand mehr. Um zwei Minuten vor sechs Uhr war Juli schon fast auf dem Weg zur Tür, als sie einen Mann vor den Laden treten sah. Er trug einen schwarzen Mantel, den Kragen hochgeschlagen, und schwarze Lederschuhe, und auch die Haare waren schwarz. Alles zusammen wirkte sehr elegant. Er blieb vor dem Schaufenster stehen.

Juli hielt inne.

Der Mann kam so nah an die Scheibe heran, dass seine Nasenspitze fast das Glas berührte. Dann hob er die Hände und beschirmte damit seine Augen, die so braun wie Tulpenzwiebeln waren.

Juli wusste, wie sich diese Hände anfühlten. Sie wusste, wie dieser ganze Körper war unter den Kleidern, die er trug, und wie seine Stimme klang, wenn ihr Kopf auf seiner Brust lag. Juli sehnte sich nach diesen Händen, diesem Körper, dieser Stimme. Und es wäre so leicht. Sie müsste nur einen Fuß vor den anderen setzen, erst rechts, dann links. Sie würde rausgehen, durch die Ladentür. Sie würde das Glockenspiel hören und das Leben, das auf der Straße war. Und dann würde sie den Duft einatmen, Sandelholz und Bergamotte, sie würde sein Herz schlagen hören unter dem schwarzen Stoff. Sie würde sich hineinschmiegen in das alles, mit dem sie sich auskannte und auch wieder nicht. Schon spürte sie ein Zucken in den Knien und auch in den Füßen, es war wie eine Bewegung, die sich ankündigte.

Sie sah das Suchende in seinem Blick. Das auch dann nicht ruhte, als ihre Augen einander fanden. Sie sah das Lächeln, wie es aufschien und gleich wieder verschwand, als hätte es sich vor sich selbst erschreckt. Sie sah, wie seine Schultern sich nach vorne neigten und wieder zurück, schwankend zwischen Wagen und Zögern. Doch vor allem sah sie den Schatten, den die schönen Hände auf sein Gesicht warfen. Und der blieb, als er die Hände sinken ließ.

Da machte Juli einen Schritt, einen kleinen nur. Und dann noch einen, setzte einen Fuß hinter den anderen, bis sie im Dunkel des Bindezimmers verschwunden war. Dort blieb Juli stehen und atmete in die kühle, vom Rosenschnitt erfüllte Luft. Ihre Hände umfassten die Tischkante, das grob gezimmerte Holz. Eine alte Angst polterte in Juli hinauf, begleitet von einer Melodie, die nur für sie spielte. Der Klang der drei Hörner, die den Wolf ankündigten. Und mittendrin glaubte sie, das Glockenspiel zu hören, das Schlagen der Tür, die ins Schloss fiel, und den Hall von Ledersohlen auf blanken Fliesen.

Sie atmete und lauschte. Das Hallen verebbte, die Melodie zerrann, die Angst verschwand. Und dann war alles still.

Noch zögerte Juli. Doch dann schob etwas sie voran, aus dem Dunkel ins Licht, in den Laden, in dem niemand war und auch nicht davor. An der Stelle, an der Oskar gestanden hatte, glaubte Juli noch eine Kontur zu erkennen, die ihm ähnelte, eine Silhouette aus Luft. Dann kam der Wind und nahm sie mit. Nur für den Wimpernschlag dieses Moments war Juli nicht mehr sicher, ob es wirklich Oskar gewesen war, den sie gesehen hatte. Oder nur ein Wunsch, ein Bild, das sie getrogen hatte.

* * *

SIE ZEIGTE SICH nicht. Sie hatte nur wenig geschlafen, fühlte sich grau und matt, und dagegen hatte nicht mal der Kaffee geholfen, den sie am Morgen besonders stark gekocht hatte. Vor allem aber wollte Juli nicht stören. Sie gehörte ja nicht zur Familie, auch wenn sie Schwester Clara Petrovic im Krankenhaus gesagt hatte, sie sei Herrn Habakuks Tochter. Doch jetzt stand sie auf einem Friedhof, vor einer Kirche, und das war etwas völlig anderes.

Juli war froh zu sehen, dass Herr Habakuk tatsächlich eine Familie hatte, keine große zwar, es waren kaum mehr als zwanzig Menschen gekommen. Aber Juli vermutete, dass einer davon der Sohn sein musste und ein anderer der Enkel; mit den blonden Locken, den Sommersprossen und der Lücke zwischen den Schneidezähnen sah er genauso aus wie Hans Habakuk auf dem Foto von seinem elften Geburtstag.

Juli wartete in der Nähe der Kirche an den wuchtigen Stamm eines Ahornbaumes gelehnt, bis die Trauerfeier vorüber war. Wieder war es nicht sehr kalt, manchmal ließen die Wolken ein blasses Licht hindurch und schickten eine Ahnung von Wärme. Juli sah, wie sich die Türen öffneten und die Menschen herauskamen, der Pfarrer voran, daneben der Sohn, der die Urne trug mit ernstem, beherrschtem Blick. In Herrn Habakuks Wohnung hatte Juli kein Bild von ihm oder dem Enkel gefunden. Vielleicht hatte auch zwischen ihnen ein Schweigen geherrscht oder eine Entfernung, die nichts mit Kilometern zu tun hatte. Das wusste Juli nicht. Sie sah nur, dass eine Frau neben dem Sohn herging, eine Hand an seinem Arm, die andere fasste das Kind. Wie sie so gingen, langsam und mit bedächtigen Schritten, strahlten sie eine Verbundenheit aus, eine Balance, die sie hielt, und das, dachte Juli, hätte Herrn Habakuk sicher gefallen.

Dann kamen sie an das Grab, es lag in der Nähe eines von Kastanien gesäumten Platzes, an dem es einen Brunnen gab und eine Reihe grüner Gießkannen, mit denen man Wasser holen konnte. Das hatte Juli früher oft getan, wenn sie mit der Mutter auf den Parkfriedhof gegangen war, um Gräber zu pflegen, denn das gehörte zu den Dienstleistungen des Blumenladens dazu. Dann hatte Juli sich weit über den Brunnenrand gestreckt, der von Flechten bewachsen und glitschig war, und die Kanne hineingetaucht. Das Wasser war immer kalt gewesen, auch im Sommer, und der Brunnen so tief und so schwarz, dass man nicht bis auf den Grund schauen konnte. Die Kanne hatte sich schnell und gurgelnd gefüllt und war so schwer geworden, dass Juli von ihrem Gewicht fast in den Brunnen hineingezogen worden wäre.

Daran dachte sie, als sie nun, hinter einem hohen Stein verborgen, zuschaute, wie die Urne in der Erde versank, wie die Menschen still vor der kleinen Grube standen, mit Händen voller Erde und bunter Blütenblätter, die sie in das Grab warfen. Auf dem hellen Marmor konnte Juli auch den Namen Irene Habakuk lesen, geboren am 30. Juli 1940, gestorben am 12. März 2013. Davor hatte jemand, vielleicht Herr Habakuk selbst, Silberblatt und weiße Erika gepflanzt.

Juli bemerkte nicht die Schritte, die sich hinter ihrem Rücken näherten, und nicht die Hand, die sich nach ihrer Schulter ausstreckte. Erst bei der Berührung wandte sie sich um und schaute auf eine erhobene Augenbraue, die ihr bekannt vorkam. Aber sonst erkannte sie nichts wieder. Nicht das offene, weiß gelockte Haar, nicht die rosigen Lippen, nicht den fliederfarbenen Mantel. Und schon gar nicht das Lächeln.

»Ich habe mir gedacht, dass Sie kommen würden.« Margarethe Vallentin zog die Hand wieder zurück. Sie blieb neben Juli stehen und schaute zu den Menschen hin, die an Herrn Habakuks Grab standen. »Ein guter Platz.« Es klang, als ginge es darum, einen Tisch auf der Terrasse eines Cafés zu wählen.

Juli fand, dass sich nicht nur das Äußere von Margarethe Vallentin verändert hatte, die Farben, die sie trug, und die Art, wie sie sich bewegte, alles wirkte gemildert und gelöst. Doch vor allem ihr Blick war anders: offen und kein bisschen einschüchternd.

»Waren Sie in der Kirche?«, fragte Juli.

»Nein.«

Frau Vallentin war es wohl ähnlich gegangen wie ihr. Sie wollte nicht stören, und außerdem gehörte sie ja nicht zur Familie. Obwohl das nicht stimmte, dachte Juli, Margarethe

Vallentin gehörte zur Familie, seit siebenundsechzig Jahren schon.

»Dabei wäre der Herr Pfarrer bestimmt stolz auf mich gewesen.« Frau Vallentin grinste Juli an. »Wie war das? Vergib uns unsere Schuld, wie auch wir vergeben unseren Schuldigern?«

Juli nickte.

»Na dann …« Frau Vallentin blickte in den Himmel.

»Das steht Ihnen gut«, sagte Juli. »Das Vergeben.«

»Finden Sie?« Frau Vallentin grinste noch breiter.

Am Grab gab man einander die Hand, dann löste sich die kleine Gruppe langsam auf. Der Sohn, die Frau und der Junge gingen an Juli und Margarethe Vallentin vorbei, ohne auf sie zu achten. Sie setzten einen Fuß vor den anderen und schienen genau zu wissen, wohin.

Juli schaute ihnen nach, und sie konnte nicht anders, sie sah sich selbst, mit Oskars Hand in ihrer Hand, an der anderen vielleicht sogar ein Kind. Sie hätte gerne gewusst, wie es sich anfühlte, in so einer Balance zu leben, einander zu halten und zu wissen, dass das Eis trug.

Margarethe Vallentin neigte den Kopf und musterte Juli, einmal hinunter und wieder herauf. »Sie sehen auch irgendwie anders aus.«

»Finden Sie?«

Frau Vallentin nickte. »Aber das steht Ihnen nicht gut, wenn ich das sagen darf.«

Unwillkürlich rückte Juli ein Stück von ihr ab. »Was?«

»Ich glaube, das wissen Sie besser als ich.« Margarethe Vallentin hatte ihren Mantel geöffnet und spielte mit dem in

Golddraht gewundenen Amethyst, der an der langen Kette um ihren Hals hing.

Juli schwieg.

Frau Vallentin trat hinter dem Baum hervor, in die Richtung, in der das Grab lag.

Juli zögerte. Etwas zog sie an und stieß sie zugleich ab, wie zwei widerstrebende Magnete, und sie wusste nicht, welchem sie nachgeben sollte. Sie spürte, dass Margarethe Vallentin recht hatte. Sie hatte etwas gesehen, das auch Juli entdeckt hatte, als sie vergangene Nacht vor dem Spiegel gestanden hatte. Das Fremde, das Entwurzelte in ihrem Blick. Juli war, als wäre sie kilometerweit, vielleicht mehr als tausend, von sich selbst entfernt.

»Ich habe mich übrigens geirrt.« Margarethe Vallentin blieb stehen, auf halbem Weg, und wandte sich Juli zu. Die weißen Locken umwehten ihr Gesicht. Sie hob einen Arm und winkte Juli zu sich heran. »Kommen Sie, dann erzähle ich es Ihnen.«

Sie liefen nebeneinander her, langsam und schweigend, bis zu dem Grab von Herrn Habakuk. Dort schauten sie auf den Stein und die frische Erde davor.

Margarethe Vallentin räusperte sich, und dann sprach sie, zu dem Stein hin, aber Juli wusste, dass jedes Wort ihr galt.

»Sie haben etwas getan, das Sie vermutlich gar nicht beabsichtigt haben. Eigentlich haben Sie ihm helfen wollen.« Sie deutete auf Hans Habakuks Namen. »Ihn wollten Sie von seiner Last befreien. Dass er dabei starb, dafür können Sie nichts, das war Zufall oder Schicksal, wie auch immer Sie es nennen mögen. Ich habe gesagt, dass Sie ihm den Tod gerettet haben. Und das stimmt. Aber dabei haben Sie auch mein Leben gerettet, obwohl Sie das vielleicht gar nicht wollten.« Margarethe Vallentin lächelte. »Ich war ja auch nicht gerade freundlich zu Ihnen, als Sie mir dieses … Gewächs gebracht haben.« Sie lachte. »Kennen Sie Opossums? Diese kleinen lustigen Beuteltiere? Wenn ihnen Gefahr droht, fallen sie einfach um und stellen sich tot, täuschend echt sieht das aus. So habe ich das auch gemacht, viele Jahre lang, viel zu viele. Mich tot gestellt wie ein Opossum. Das mag gegen Kojoten helfen. Aber sehen Sie hier irgendwo einen?« Sie tat zum Scherz, als suchte sie etwas zwischen den Bäumen. »Gegen das Leben hilft Totstellen nicht. Doch darum geht es. Ums Leben. Immer. Auch wenn man so alt ist wie ich.« Sie schaute Juli an. »Und Ihnen steht das Totstellen auch nicht, glauben Sie mir.«

Juli spürte einen vertrauten Schmerz hinter den Lidern und eine Hitze auf den Wangen. Sie fühlte sich ertappt wie ein Kind, das heimlich Plätzchen genascht hat und mit vollem Mund und Krümeln im Kragen behauptet, nicht zu wissen, wer an der Suppenschüssel war. Aber sie war kein Kind mehr, sie war eine erwachsene Frau, und es wurde Zeit, dass sie nicht nur das Leben anderer in Ordnung brachte, sondern endlich auch ihr eigenes. Etwas in ihr hatte es gewusst, lange bevor Margarethe Vallentin es ausgesprochen hatte. Und plötzlich konnte Juli dieses Wissen greifen. Sie dachte, dass es vielleicht gar keinen Unterschied machte, ob es um die Liebe zu einem Mann ging oder um die Liebe zu sich selbst. Es brauchte Geduld und Zutrauen, daran hatte sich nichts geändert. Und das war immerhin etwas, an das sie sich halten konnte.

Frau Vallentin kam auf sie zu. Ihre grünen Augen blitzten. »Ihnen das zu sagen war das wenige, was ich tun konnte, um mich bei Ihnen zu bedanken.« Dann öffnete sie die große Tasche, die sie bei sich trug, und holte etwas heraus, Juli erkannte es sofort, es war etwas besonders Schönes. Margarethe Vallentin nahm den Weihnachtsstern aus seinem Topf und setzte ihn in die frische Erde, genau vor Hans Habakuks Namen. Sie rieb die Hände aneinander, schaute auf ihr Werk und nickte zufrieden. Dann drehte sie sich um und ging mit leichten, fliederfarbenen Schritten davon.

Juli schaute ihr nach, bis sie kaum mehr auszumachen war in einem blassen Licht, das tatsächlich ein bisschen wie im Frühling schien.

* * *

JULI WARTETE. KAUM hatte sie das Geschäft betreten, hatte sie ihn schon wahrgenommen, den vertrauten metallischen Geruch. Aber heute roch es hier noch nach etwas anderem, und das waren nicht die heißen Frikadellen. Es roch nach Nässe und nach Straßenstaub, gemischt mit Trübsinn, dachte Juli. Dabei war es hier, beim Metzger Saltzmann, zu dem sie so gerne ging und der immer fröhlich war, doch praktisch unmöglich, trübsinnig zu sein.

Unter ihren Schuhen sammelte sich eine kleine Pfütze, die großen Schaufensterscheiben waren milchig beschlagen. Der Tag hatte mit Regen begonnen und bis jetzt, am späten Nachmittag, nicht damit aufgehört. Suppenwetter, hatte Juli gedacht, und da war der Weg hierher natürlich naheliegend gewesen.

Vor ihr in der Reihe standen ein Mann – in der einen Hand hielt er einen tropfenden, zusammengerollten Schirm, in der anderen die Hand seiner kleinen Tochter – und eine Frau, die Juli an Frau Zeising denken ließ, so alt und zart und winzig, wie sie war. Juli schaute, so wie sie es immer tat, auf die Hinterköpfe. Aber da gab es nichts zu sehen. Die Frau trug eine bunt getupfte Regenhaube, die im Nacken verknotet war, der Mann hatte seinen Mantelkragen hochgeschlagen und wippte unruhig von einem Fuß auf den anderen. Das Kind hielt sich an einem seiner Ärmel fest, lehnte sich zurück, zog daran und quengelte.

»Gleich, gleich.« Der Mann hörte auf zu wippen. Dann beugte er sich über den Ladentisch und beobachtete, wie Metzger Saltzmann Rouladenfleisch in dünne Scheiben schnitt.

»Noch ein bisschen dünner bitte.« Er streckte, ohne hinzuschauen, einen Arm nach seiner Tochter aus, tätschelte aber nur die Luft. »Wir gehen ja gleich.«

»Nein! Jetzt!«, protestierte das Kind.

Juli trat unauffällig einen Schritt zur Seite, um sein Profil sehen zu können. So weich und nachgiebig, wie sein Äußeres wirkte, dachte sie, ob er sich vielleicht vor Bällen fürchtete, wenn sie mit hohem Tempo auf ihn zugeschossen kamen. Und ob er deshalb im Sportunterricht oft erst als Letzter in eine Mannschaft gewählt worden war. Das war eine Erfahrung, die Juli sehr gut kannte.

Sie wandte sich zu der alten Frau. Deren Blick war ganz auf die Theke fixiert, er durchdrang das Glas, fand die getrüffelte Kalbsleberpastete und ruhte darauf, als könnte sie mit der wenigen Sehkraft, die ihr geblieben war, sogar noch etwas schmecken.

Juli dachte, dass die Frau sicher gleich ein Achtel gemischten Aufschnitt bestellen würde. Und dass sie, bevor sie aus dem Haus gegangen war, noch drei oder vier Mal kehrtgemacht und nachgeschaut hatte, ob sie wirklich den Herd und das Bügeleisen ausgeschaltet hatte, aus Angst, ihre Wohnung in Brand zu setzen.

»Wir! Gehen! Jetzt!« Nun zerrte das Mädchen am Knie seines Vaters, als wollte es einen Stamm aus der Erde ziehen.

»Und noch fünf Scheiben von dem Rosmarinschinken«, erwiderte er.

Metzger Saltzmann, der Armin hieß, hob eine Hand, um dem Mann zu bedeuten, dass diese Bestellung kurz warten musste. Dann neigte er sich so weit, wie sein beeindruckender Bauch das zuließ, über den Ladentisch zu dem Mädchen hin. Früher, als er selbst noch ein Kind gewesen war, hatte er Angst vor Mädchen gehabt. Besonders vor solchen, die aus besseren Familien kamen als er, die mehr Geld hatten und deutlich weniger Speck auf den Hüften. Zum Glück hatte er viele Jahre später eines kennengelernt, dem Geld und Speck egal waren und das seine Vorliebe für Krautwickel teilte.

»Magst du etwas probieren?«, fragte Metzger Saltzmann. Um seinen Rumpf spannte sich eine Schürze, die erstaunlich weiß war.

Das Mädchen hielt inne und starrte ihn an.

»Sie isst nicht so gern Fleisch«, sagte der Mann.

»Aber vielleicht Wurst?« Armin Saltzmann warf dem Mädchen einen verschwörerischen Blick zu, dann wandte er sich ab. Das Kind beobachtete jede seiner Bewegungen, als wappne es sich gegen einen Angriff. Doch Armin Saltzmann war ja der friedlichste Metzger, den man sich nur vorstellen konnte. Er ging zu einem Kühlschrank, der an der Wand hinter der Theke stand, nahm eine dunkelbraune Rolle heraus, legte sie auf ein frisches Brett und schnitt eine Scheibe ab. Dann streckte er sich über die Theke, so weit, wie es nur ging.

»Koste mal.«

Das Mädchen rührte sich nicht.

Juli sah, wie die kleine und zarte alte Frau vor ihr sich die Lippen leckte.

»Das ist etwas ganz Besonderes.« Armin Saltzmann schwenkte die Scheibe lockend hin und her.

Die Frau machte einen winzigen Schritt nach vorne, besann sich aber und blieb stehen.

Das Kind sah zu seinem Vater auf. Der zuckte mit den Schultern. »Wenn du willst ...«

Das Mädchen trat auf Metzger Saltzmann zu, stellte sich in seinen rosafarbenen Gummistiefeln auf die Zehenspitzen, nahm ihm das Stück aus der Hand, musterte es einen Moment und biss hinein.

»Das ist ja süß!«

Armin Saltzmann grinste. »Kalter Hund, nur rund.« Er lachte dröhnend, und das Mädchen lachte mit: »Wurst aus Schokolade!«

»Mit Butterkeksen.« Metzger Saltzmann wandte sich seiner nächsten Kundin zu. »Möchten Sie auch probieren? An so einem grauen, verregneten Tag kann man doch etwas Süßes gebrauchen, oder?«

Die kleine, alte Frau zögerte. Dann drehte sie sich um und schaute Juli an, als wollte sie um Erlaubnis fragen.

»Ich …« Die Stimme der Frau klang wie eisverkrustet. Sie räusperte sich, drehte sich wieder zurück. »Gerne.«

»Na also«, freute sich Armin Saltzmann. »Was ist mit Ihnen, junger Mann? Auch ein Stück? Und du, Juli? Oder lieber wieder nur Bauchfleisch?« Er lachte nochmal.

Doch Juli konnte gerade nicht antworten. Sie schaute nur auf die Frau vor ihr, die den Kuchen in ihrer Hand betrachtete, als wüsste sie nicht, wie er dort hineingekommen war. Sie leckte sich erneut die Lippen, führte die Scheibe langsam zum Mund, nahm einen winzigen Bissen und kaute konzentriert.

»Das ist wirklich Schokolade.«

»Sag ich doch«, sagte Metzger Saltzmann.

Statt ihn strahlte die Frau Juli an.

Und die dachte, dass es Wünsche gab, die tatsächlich in Erfüllung gingen: Ein Metzger schenkte einer kleinen und zarten alten Frau eine Wurstscheibe, sogar eine süße. Und weil das so war, ging Juli plötzlich auf, sollte man nicht trübsinnig sein. Und schon gar nicht sollte man Ängste sammeln. Sondern Wünsche. Denn wenn man sie im Laufe seines Lebens vergaß, konnten sie sich auch nicht erfüllen.

Deshalb fasste Juli jetzt einen Entschluss. Und gleich noch einen.

»Hundertfünfzig Gramm, wie immer?« Metzger Saltzmann war schon dabei, das schönste Stück für sie auszusuchen.

»Nein«, erwiderte Juli. »Heute nicht. Heute nehme ich …«, sie blickte sich in der Auslage um, »… zweihundert Gramm Saftgulasch.«

Armin Saltzmann sah sie an, drei, vielleicht vier Sekunden lang. Dann breitete er die Arme aus, so weit, dass er mit den Fingerkuppen fast an die gegenüberliegenden Wände seines Ladens stieß. Er schaute zu der Frau, zu dem Mann und seiner Tochter hin, mit einem Ausdruck, der sagte, ich habe es doch immer gewusst. Und dann rollte er die Augen zum Himmel. »Dass ich das noch erleben darf!«

* * *

JULI LIEF AUF die Rampe, nur wenige Meter, dann war sie oben. Vor ihr klaffte ein Schlund. Sie trug ein Nierentischchen mit Mosaikmuster, und jetzt hob sie es über ihren Kopf. So stand sie einen Moment, unbewegt, nur ihr Atem stieg in Wölkchen auf, und fast sah es aus, als würde sie es sich noch einmal überlegen. Doch dann holte Juli aus, mit aller Kraft, die sie hatte, und warf den Tisch hinein. Sie hörte das Splittern und Krachen und Quietschen, Holz auf Metall, und dann sah sie, wie der Schlund sich bewegte und den Tisch zermalmte, als wäre er bloß aus Pappe.

Sie sah Marie neben sich, mit der Truhe, in der die Axt gewesen war, und Max, er trug einen Teil der Kommode, die im mittleren Zimmer gestanden hatte. Schweigend schauten sie zu, wie beides in dem Schlund verschwand, die Truhe und der Torso, sie hörten die Walze dröhnen und die Wände bersten, und dann gingen sie zurück zu dem Wagen, in dem heute keine Blumen waren.

Jetzt nahm Juli die Garderobe, die so schief an der Wand gehangen hatte und die schwer war, aber das machte nichts.

Damit lief sie die Rampe hinauf, schnell ging das jetzt, und als sie oben war, blieb sie kaum stehen, sondern warf das Messinggestell sofort mit Schwung in die Presse hinein. Und schon war Juli wieder am Wagen und zerrte das nächste Stück heraus, einen Stapel Bretter, eine Schublade, einen Stuhl, und wieder lief sie hinauf und warf es fort, kaum sah sie ihm noch hinterher. Sie war wie im Rausch, sie fühlte keinen Schmerz in den Muskeln, sie spürte nur die Kraft, die darin war. Es war, als gäbe es einen Raum in Julis Innerem, den sie zum ersten Mal betrat. Plötzlich stand er offen, sie musste gar nichts dafür tun. Groß und hell war er, und Juli wusste, dass er ihr allein gehörte und darauf wartete, gestaltet zu werden.

Als sie jetzt oben auf der Rampe stand mit einem Karton, in dem es klirrte und schepperte, da lachte Juli, und dann hob sie den Karton und kippte alles, was darin war, in den Schlund hinein. Die hauchzarten Mokkatassen, die Schütten aus Glas, das Silberbesteck, die tiefen Suppenteller, die Becher und die Töpfe, die Gewichte der alten Küchenwaage und auch den Kasten mit der Staub-Auslese, denn niemand, der ein neues Leben wagte, bewahrte den Staub von gestern auf. Und ganz zum Schluss holte Juli noch etwas aus ihrer Manteltasche. Sie spürte, wie es in ihrer Hand lag, und es kam ihr vor, als würde es schwerer mit jeder Sekunde, die verging. Jetzt ist es genug mit der Angst, dachte Juli, endlich genug. Sie streckte den Arm, bog ihn weit zurück, und dann hatte sie Kraft und Schwung, um den Almanach in hohem Bogen in die Presse hineinzuwerfen. Und als er zwischen den malmenden Walzen verschwunden war, riss Juli beide Arme in die Höhe und juchzte. Marie und Max klatschten in die

Hände, als hätte Juli ein Kunststück vollbracht. Und ein bisschen war das ja auch so.

* * *

MARIE WAR SCHON da. Sie hatte noch einen letzten freien Tisch am Fenster ergattert, dort saß sie jetzt, vor sich ein hohes schmales Glas mit einer trüben Flüssigkeit, und schaute hinaus. Deshalb sah sie nicht, wie Juli in das kleine Bistro trat. Das war gar nicht so einfach mit den vielen Tüten, Juli musste fast seitwärts gehen, um zwischen den Tischen hindurchzugelangen. Sie schüttelte das vom Regen feuchte Haar und bedeutete der Wirtin, dass sie erwartet wurde. Im Slalom lief sie auf Marie zu, Entschuldigungen murmelnd, wenn sie andere Gäste mit ihren Tüten streifte.

Marie kniff die Augen zusammen, als Juli den Tisch erreichte. »Moment mal … Das glaube ich jetzt nicht …«

Juli lachte und wuchtete ihre Last auf einen der beiden noch freien Stühle. »Nougat. So heißt die Tönung.« Sie öffnete ihren Mantel. »Hat aber völlig anders geduftet.«

Marie stand auf und musterte Juli von allen Seiten. Dann fasste sie sie an den Schultern und hielt sie eine Armeslänge von sich weg. »Du siehst ja Hammer aus! Ich hab dich erst überhaupt nicht erkannt.« Es hätte nur noch gefehlt, dass Juli aber groß geworden sei.

»Ich dachte, ich probiere mal was Neues aus.«

»Dachtest du.« Marie grinste. »Der Schnitt steht dir super. Sieht irgendwie … französisch aus. Und die Klamotten? Die sind doch auch alle neu.«

Juli drehte sich einmal um die eigene Achse, damit Marie die schwarze Jeans, den petrolfarbenen Pullover und die silbernen Ohrringe bewundern konnte, die wie winzige Teeeier aussahen.

Zuerst hatte Juli vorgehabt, noch einmal in die Boutique ohne Preisschilder zu gehen, in der sie das Rosenblütenkleid gekauft hatte. Aber dann hatte sie beschlossen, alles ganz alleine aussuchen zu wollen, ohne Verkäuferinnen, die dabei zusahen, wie sie aus der Kabine kam, und dann trällernd behaupteten, dieses sündhaft teure Tweedjäckchen mit dazu passendem Matrosenmützchen sei ja wie für Juli geschaffen. Deshalb war sie einfach in das größte Kaufhaus gegangen, das es in der Stadt gab, hatte drei Stunden lang Hosen, Röcke, Kleider, Blusen und Pullover anprobiert und sich dabei in aller Ruhe im Spiegel betrachtet. Bis sie ganz genau gewusst hatte, wie sie sich selbst am besten gefiel.

»Ich hab dir auch was mitgebracht …« Juli wühlte in den Tüten.

»Was darf's denn sein?«, unterbrach sie die Wirtin, eine immer gut gelaunte, tüchtige Frau, die sich mit ihrem Bistro einen Lebenswunsch erfüllt hatte. Aber es gab noch einen, den sie seit ihrer Kindheit verspürte: einen Hula-Hoop-Reifen länger als fünf Sekunden um die Taille kreisen lassen zu können.

»Ich will genau das, was sie hat.« Juli deutete auf Maries Glas.

»Pastis. Kommt sofort.« Die Wirtin wandte sich zum Tresen.

Juli reichte Marie eine Rolle Papier, um die sie eine rote Schleife gebunden hatte.

Marie sah sie verwundert an. »Was ist das?«

Juli lächelte geheimnisvoll. »Mach es auf.«

Marie rollte das Papier auseinander. Und las. Las noch einmal, lange und gründlich. Dann schaute sie Juli an. Schaute wieder auf das Papier. Und wieder auf Juli. »Nein«, flüsterte sie.

»Doch«, lachte Juli und bedankte sich bei der Wirtin, die den Pastis brachte. »Und wie trinkt man das jetzt?«

»Lenk nicht ab.« Marie schluckte. »Das geht doch nicht.«

»Klar geht das. Wie viel Wasser machst du da rein? Halb voll?«

»Voll voll«, sagte Marie. »Das kann ich nicht annehmen.«

»Und ob du das kannst.«

Marie wischte sich mit einem Ärmel übers Gesicht. Alles zitterte. Der Ärmel, die Hand und sogar die rote Haarpalme. »Weißt du, wie lange Max und ich uns das schon wünschen? Einen eigenen Blumenladen?« Der Ärmel wurde feucht.

Juli streckte eine Hand über den Tisch und streichelte Maries Arm.

Marie schaute wieder auf das Papier. »Aber der Preis … das ist doch viel zu wenig …«

»Papperlapapp.« Juli hob ihr Glas. »Du hast bestimmt schon einen Namen, oder?«

Marie schniefte und lächelte, immer abwechselnd. »Ja. Den weiß ich schon lange.« Sie stieß mit Juli an. »Blütezeit.«

* * *

BALD WÜRDE ES läuten. Eine halbe Stunde war es her, dass Juli angerufen hatte mit dem neuen Telefon, das Tasten und keine Wählscheibe hatte und auch keine Schnur. Und weil das so war, hatte Juli aus lauter Vergnügen vom Badezimmer aus telefoniert, das hatte sie noch nie gemacht. Dabei hatte sie sich auf die neue Waschmaschine gesetzt, die an ihrem Platz blieb, auch wenn sie schleuderte, und die das so leise tat, dass Juli sich wunderte, wie das überhaupt möglich war. Dann war sie durch den Flur gegangen, in dem der neue Schrank und die neue Garderobe standen, beides schlicht und aus weißem Schleiflack, der gut zu dem Dielenboden passte. Sie hatte alle Türen geöffnet, die vom Schlafzimmer, vom Wohnzimmer und auch vom mittleren Zimmer, und hineingeschaut. Nichts war mehr darin, das noch der Mutter und der Großmutter gehört hatte. Nicht das große Doppelbett, nicht die Vitrine, nicht die steifen Sessel. Die Wände hatte sie weiß gestrichen und manche mohnblumenrot und die Dielen hell lasiert. Keine schweren Vorhänge, keine Teppiche. In jedem Raum, den sie betrat, waren Luft und Licht und eine große Vase. Goldglöckchen, Chrysanthemen, Fransentulpen, natürlich aus dem Laden von Max und Marie. Es duftete nach Blüten, nach frischer Farbe und Veränderung.

Nur den Küchentisch mit der Kerbe hatte Juli behalten, denn die gehörte zu ihr, sie war wie eine Narbe. Und sie würde im Lauf der Jahre noch tiefer werden, jedes Mal, wenn sie Plätzchen backte mit dem Fleischwolf, dessen Öffnung aussah wie ein kleiner Stern. Das würde zu den Dingen gehören, die sich nicht änderten, so wie sie auch die Suppenschüssel aufbewahrte, die an ihrem Platz blieb, ganz oben im Regal der Speisekammer.

An diesem Tisch saß Juli jetzt und schlug die erste Seite eines Notizbuches auf, so groß wie ein halbes Frühstücksbrettchen, mit hellblauem Einband und liniertem Papier. »Wunschregister« stand darauf. Sie nahm einen Stift und begann ihre neue Sammlung.

»Erstens: Auf der Straße mit jemandem verwechselt zu werden, den der andere mag. Zweitens: Eine entlaufene Katze finden und ihrem Besitzer zurückbringen …«

Dann hörte sie es läuten. Einmal, zweimal. Aber es gab keinen Grund, sich zu erschrecken. Sie stand auf und ging zur Tür, und dann stand jemand vor ihr, ein junger Mann in einem mandarinenfarbenen Anorak.

»Einmal die große Spezialbox?«

Juli nickte, gab ihm einen Schein und sagte, stimmt so.

Der junge Mann bedankte sich überschwänglich. Das Trinkgeld konnte er gut gebrauchen, denn er sparte für seinen größten Wunsch: Den nächsten Winter an einem Ort zu verbringen, an dem es mindestens dreißig Grad warm war und an dem sich niemand Essen nach Hause liefern ließ.

»Guten Appetit!« Schon stürmte er die Treppe wieder hinunter.

Zurück in der Küche, öffnete Juli die Schachtel und nahm ein Paar Holzstäbchen heraus. Sie wusste zwar nicht, wie man sie benutzte, aber das machte nichts, das Essen war ohnehin kalt, also hatte sie Zeit zum Üben, und nach einer Weile klappte es immer besser. Juli probierte Sashimi und

Tekka Maki, Chuka Roll, Tamago und Nigiri, und das alles war so köstlich, dass sie die ganze große Spezialbox auf einmal leerte.

Jetzt war sie eine Frau, die Sushi aß statt Graupensuppe und die sogar Internet hatte, denn das war das Allererste gewesen, was Max für sie erledigt hatte.

»Lass mich nur machen«, hatte er verkündet, eine Hand weit von sich gestreckt, als ginge es darum, eine heikle Angelegenheit diskret zu erledigen. Juli hatte sich nur ein bisschen darüber gewundert, wie ein Mensch so viel Vergnügen an etwas finden konnte, über das es so viel zu fluchen gab, wie Max es später getan hatte, als er drei Stunden unter Julis neuem Schreibtisch verbracht hatte und nicht mal mit einer Portion Schokoladeneis mit heißen Kirschen dazu zu bewegen gewesen war, »diese verdammte Fummelei« zu unterbrechen. Und Marie hatte versprochen, Juli zu zeigen, wie sie mit dem neuen Internet unterwegs sein konnte, so hatte Marie es gesagt, »unterwegs sein«, und das klang, als könne Juli damit an jeden Ort der Welt fahren.

Vielleicht wäre es wirklich gut, unterwegs zu sein, dachte Juli jetzt, so wie Oskar es mochte, und an einem Ort anzukommen, den sie nicht kannte, tausend oder mehr Kilometer weit fort. Einem Ort, an dem es längst schon Frühling war und an dem die Luft nach Salz und Lorbeer schmeckte. Sie dachte an das Foto, das bei Herrn Habakuk an der Wand gehangen hatte. Irene, seine Frau, die ein buntes Tuch trug, das im Wind flatterte. Juli sah sie vor sich, wie sie lachend in die Sonne blinzelte. »Dort sind es jetzt fünfundzwanzig Grad«, hatte Herr Habakuk gesagt. Vielleicht sollte sie dorthin fahren, dachte Juli, wo die Weihnachtssterne wuchsen, wild und üppig und hoch wie Bäume. Aber sie wusste nicht recht, wo Teneriffa überhaupt war und wie sie es im Internet finden sollte, und deshalb ging sie ins mittlere Zimmer zu dem neuen Bücherschrank, holte den Atlas heraus und schlug ihn auf.

Er öffnete sich genau in der Mitte. Dort, zwischen Madagaskar und Mosambik, lag etwas. Ein Strauß Schneeglöckchen, zwanzig Stück, mit einem blauen Band darum. Juli hob ihn auf, vorsichtig und mit beiden Händen, damit die zarten, getrockneten Kelche nicht zerfielen.

Achtunddreißig Tage war es her, dass Oskar sie ihr geschenkt hatte, am letzten Abend des alten Jahres. So viel war seither geschehen, viel mehr, als eigentlich in achtunddreißig Tage passte. So viele Aufgaben hatte Juli erfüllt, so viele Schweigen gebrochen, so viele Leben in Ordnung gebracht. Sie hatte Freunde gefunden und auch ein bisschen mehr sich selbst. Denn es war noch etwas geschehen: Juli hatte das Geheimnis ihrer eigenen Familie ergründet. Sie hielt den Strauß ins Licht. Frau Lensky hatte Recht gehabt. Die Blüten hatten sich verändert. Aber sie waren immer noch schön.

Und weil das so war, wusste Juli, was sie noch zu tun hatte.

* * *

DAS HAUS LAG ein bisschen abseits von den anderen, es war das letzte in einer schmalen Straße, die an einem Park entlangführte. Es war weiß und niedrig, mit Dachziegeln aus der Weihnachtspyramide. Sie hatte ihn unter dem Schrank in ihrem Flur gefunden, wie auch immer er dorthin gekommen war. Er war nie fort gewesen, er hatte nur darauf gewartet, gefunden zu werden. Die andere Hand umfasste einen Strauß, zwanzig frische Schneeglöckchen, mit einem blauen Band darum.

Juli lachte. Und dann holte sie beides mit Schwung hinter ihrem Rücken hervor.

Dank

Diese Geschichte hätte ich nicht erfinden können ohne die Inspiration und die Bestärkung von Menschen, die es wundervollerweise wirklich gibt: Stephan Hebel, mein Zuhause, mein Leuchtturm, mein unerschütterliches Glück. Danke an meine Agentin Andrea Wildgruber fürs Ermutigen und Zur-Seite-Stehen. An Michelle Stöger und Susann Rehlein für ihre Empathie und ihr dem Text und der Autorin wohltuendes Lektorat. Meine Eltern, die mir Welten eröffneten, große und kleine, und den Blick für Helles und Dunkles. Jakob, der mich – wie schön – Teil seines Lebens sein lässt und mit der entzückenden Maria an einen Tisch bringt. Christopher, Ruth und Axel, Rita, meine verschwägerten Lieblingsgeschwister. Danke den Freunden, die mir nah sind, die mich begleiten und bereichern: Andrea, Cousine Anne, Jürgen, Lia, Robert und Thomas. Und an einen besonderen Ort und die Menschen, die ihn dazu machen (in der Reihenfolge ihres Erscheinens): Marlene, Sabine, Jette und das ganze »Niewo«.